自序

诗、词、曲是中国传统文学的结晶，历史悠久，博大精深。诗、词、曲作自古以来就源于生活又高于生活，今天的诗、词、曲作仍然跳不出这一限域。战国·毛亨《毛诗·大序》云："诗者，志之所之也，在心为志，发言为诗。"诗、词、曲作要表达作者的真情实感，应该是作者的身世经历、生活体验、思想意志、内心感动等心理和行为与外部客观世界高度契洽的综合映像。

"尽享余生乐此闲，儿时旧曲又新弹。蕉阴鹭影诗书味，始伴皤翁每日餐。"这首七言律绝《64周岁自寿》，是本书作者退休一年时关于居闲生活的一帧剪影。从中可知，诗词、书法在作者儿时，就已经成为其学习、生活的重要内容。但囿于诸多不可抗拒的主客观因素，这一乐趣长期未能得到充分延展。

2013年初作者脱离行政工作岗位，虽说还有教学任务在身，但却有了很多可以自由支配的闲暇时间。如何使自己既保持原有的时间张力，又有益于向退休生活顺利过渡，作者毫不犹豫地选择了重拾儿时之乐。在大量增加诗、词、曲原著阅读和不断丰富诗、词、曲基础理论的前提下，开始了诗、词、曲习作的全面尝试。该《静斋诗词曲集》收录了作者自1971年迄2019年初，已经完成的诗、词、曲习作1747首（其中诗作1339首，词作371首，曲作37首），现结集出版。从已有作品中，可以看出作者真实的心路与行路历程，以及诗、词、曲习作的成长过程。既有初出茅庐的浅陋和青涩，又有对格律规范的依从和信守。不但有普通人、平常心的坦露与剖白，而且有教育者、学术界的关切与思考。习作题材广泛，内容丰富，愿为理科学人和中老年诗、词、曲作爱好者用韵语演绎现代社会和现代生活提供有益的参考和借鉴。

作者谨识

己亥春分于静斋

上册

词编（依《钦定词谱》）

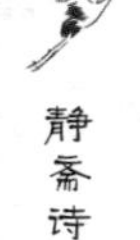

词

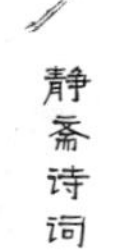

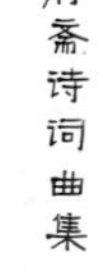

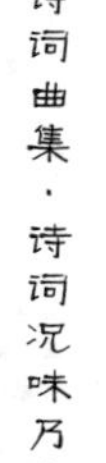

卷一

1971~2011

五古·夜诊[①]

夜串千家巷，身披四季风。
激情酬壮志，星路伴云踪。

七古·联想

任重身轻夜巡忙，为国为民救死伤。
今夕生产第一线，明朝出没在沙场。

七古·无题

有意偏寻失意事，无情终遇有情人。
兰蕙[②]欺芳轻姿露，难悔神倾日益殷。

① 夜诊：时任黑龙江生产建设兵团五师四十八团卫生队医生助理。

② 兰蕙：兰花和薰草的总称。宋·罗愿《尔雅翼》："兰之叶如莎，首春则着其芽，长五六寸，其杪作一花，花甚芳香，大抵生深林之中……""蕙大抵似兰花，亦春开，兰先而蕙继之，皆柔荑。其端作花，兰一荑一花，蕙一荑五六花，香次于兰。"

七古·送友赋怀

莺啼燕语送归客，心随明月到京城。
不期还日笑颜逐，但往八宝谒新灵[①]。

五古·无题

挥手朋侪去，拥肩挚友归。
月残感故事，衷肠不胜悲。

五古·偶作[②]

吾身四十一，望奎学种地。
自信趣如在，亦为人之志。
志当存高远，趣在入心底。
坦然相与对，任其雨和霁。

---

① 新灵：亦作新陵，指 1976 年 1 月 8 日逝世的周恩来总理之陵。

② 偶作：写于黑龙江省望奎县人民政府挂职副县长之日。

五古·甲戌春雪

紫气复东来，梨花万树开[①]。
雪晴犹霁雨[②]，农稼喜萦怀。

五古·挂职临春

挂衔到五井[③]，三月又逢春。
农家事耕耨，遍地种金银。
广交好朋友，真情胜酒淳。
落地为兄弟，何必骨肉亲。[④]

---

① 化自唐·岑参《白雪歌送武判官归京》：“忽如一夜春风来，千树万树梨花开。”

② 霁雨：雨止。宋·张元干《怨王孙》词：“霁雨天迥，平林烟暝。”

③ 五井：黑龙江省望奎县，旧名双龙城，土名五井子。

④ 引自东晋·陶渊明《杂诗十二首（其一）》：“落地为兄弟，何必骨肉亲！得欢当作乐，斗酒聚比邻。”

五古·别李公云龙教授

宿雨[①]尚飘零，送君下泉城[②]。

未尽樽中酒，清泪已纵横。

不愁尺书[③]寄，但忧鬓霜生。

望怀心底事，南北总关情。

七古·东渡

东渡瀛邦四月间，似雪樱花压枝繁。

有心草木发春[④]晚，陪伴友人劝留连[⑤]。

---

① 宿雨：夜雨；经夜的雨水。隋·江总《诒孔中丞奂》：“初晴原野开，宿雨润条枝。”

② 泉城：济南。

③ 尺书：书信。古时书函长约 1 尺，故名。

④ 发春：春气发动。唐·李华《含元殿赋》：“及乎献岁元辰，东风发春。”

⑤ 日本樱花南北成带，由于 2005 年迟开 1 周，此访日本从北到南（新潟——东京——鸟取）尚能看到樱花。

五古·无题

斜阳山褪绿，暮色水泛金。
倦鸟归林早，空余钓海人。

七古·夜宿三亚

正是鹿城[①]一月中，时气不与他季同。
潮水接天满眼绿，袭人寒意欺稼翁[②]。

五古·己丑早春

春风才数日，岭南已花馨。
要向小儿学，偷闲在鹿城。[③]

① 鹿城：三亚的别称。

② 稼翁：稼穑翁，谓农夫，作者自比。唐·孟郊《蓝溪元居士草堂》：“木倦采樵子，土劳稼穑翁。”

③ 化自北宋·程颢《春日偶成》：“时人不识余心乐，将谓偷闲学少年。”

七古·南岛将别

南岛风光春日华，无边碧水满天涯。
尽弃随来身外物，归去重又置新家。

五古·《粮食法》立法座谈会

民以食为天，食与粮尤关。
足食壮民力，囤粮保安全。

七古·隔年同月临宁[①]

隔年复又访钟山，风雨依稀在眼前。
落拓不晓愁滋味，旷达更觉乐陶然。
平生岂求福禄寿，担当何拒苦累难。
政声且贵人去后，民意犹真巷中言。[②]

---

① 宁：南京的别称。

② 为官箴言。化自朱惠民先生1985年送给时任河北省献县县委书记吴野渡之楹联：“政声人去后，民意闲谈时。”

七古·游记三首

七古·夜半

双峰夜半响涛声，疑是沙场秋点兵[①]。

风吹叶舞犹虫噬，雨敲檐唱若雷鸣。

七古·秋虫

足音空谷骇秋虫，四处逃身愤不恭。

怨尔扰其成双梦，原谅初到此山中。

七古·再访兴凯湖

兴凯灵湖似镜平，碧波千顷旭日升。

渔歌唱晓惊鸥起，最是白鱼有盛名[②]。

---

① 化自南宋·辛弃疾《破阵子·为陈同甫赋壮词以寄之》："八百里分麾下炙，五十弦翻塞外声，沙场秋点兵。"

② 兴凯湖白鱼是青梢红鲌（又名戴氏红鲌、达氏鲌）的兴凯湖亚种，仅生存于大兴凯湖，历史上曾占兴凯湖鱼获的绝大部分，"兴凯白鱼"由此得名。兴凯白鱼其色如玉，肉嫩味香，与乌苏里江的大马哈鱼、绥芬河的滩头鱼并称"边塞三珍"，亦是国宴上的佳肴。

七古·农垦赞三首并引

时间："稻花香里说丰年，听取蛙声一片。"（南宋·辛弃疾《西江月·夜行黄沙道中》）

地点："继承下去吧，我们后代的子孙！这是一笔永恒的财产——千秋万古长新；耕耘下去吧，未来世界的主人！这是一片神奇的土地——人间天上难寻。"（现代·郭小川《刻在北大荒的土地上》）

口号："抢担领跑农业现代化的示范区、城乡一体化的先行区，为农垦粮食400亿斤做贡献！""耕作在广袤的田野上，居住在现代化城镇里。""昔日亘古北大荒，今日中华大粮仓。"

七古·农业赞

广饶天地任耕耘，现代农业扎深根。
良种良方安排巧，四百亿斤[①]再创新。

七古·农村赞

移风易俗建新村，城乡一体敢领军。
生产生活双飞跃，天新地新人更新。

---

① 四百亿斤：为黑龙江省农垦总局产粮新目标，现已达363亿斤。

七古·农民赞

昔日农作生产者，今朝产业经营人。

年创百万添财富，无愧时代新农民。

七古·庚寅中秋

又是一番秋光好，云淡风清月正明。

初心不改千年逝，华夏儿女共真情。

七古·下榻园博园[①]

园博园中秋意兴，随处可闻喜鹊声。

心底雾霾一尽扫，同仁汇聚眷友情。

① 园博园：指济南国际园林花卉博览园（简称济南园博园），2008 年 10 月 19 日开工建设，2009 年 9 月 22 日建成开放。济南园博园是集园林景观、生态旅游、植物科普、文化博览、休闲度假、水上游览为一体的大型综合性国际博览园，是继“一山、一水、一圣人”之后山东省又一新的代表性旅游景点。

五古·无题

喜鸦攀枝闹，丝柳垂湖钓。
但见波光粼，不见鱼儿跳。

七古·友人赠语

业内谁人不识君，能言实话敢较真。
是非功过任评度，正气一身自亲民。

七古·漳州水仙[①]

隆冬时节绽仙葩，暗香涌动比兰花。

---

① 水仙：石蒜科水仙属多年生草本植物，别名凌波仙子、金盏银台、洛神香妃等。原产亚洲东部的海滨温暖地区，中国浙江、福建沿海岛屿自生，各省区所见者全系栽培。传统观赏花卉，中国十大名花（花中之魁——梅花、花中之王——牡丹花、凌霜绽妍——菊花、君子之花——兰花、花中皇后——月季花、繁花似锦——杜鹃花、花中娇客——茶花、水中芙蓉——荷花、十里飘香——桂花、凌波仙子——水仙花）之一。鳞茎多液汁，有毒。唯福建省漳州水仙鳞茎硕大，箭多花繁，色美香郁，素雅娟丽，故有“天下水仙数漳州”美誉。闽南友人第二年寄赠漳州水仙，花开冬日，清香浓郁。

又是一年春日近，闽南故友谊堪夸。

五古·鸿运当头[①]

鸿运当头照，自扶自持骄。
初妍见华色，久韵成绿条。

五古·锦鲤[②]娃

正月春阳日，新添锦鲤娃。
轻灵富活力，灿若水中花。

① 鸿运当头：凤梨科果子蔓属多年生草本植物，别名咪头、圆椎果子蔓、火炬凤梨。原产安第斯山脉，我国多地利用大棚进行栽培。是冬、春季室内观赏花卉，临近花期，中心部分叶片变成光亮的深红色、粉色，或全叶深红。

② 锦鲤：鲤科鲤属动物，别名红鲤鱼、花脊鱼。原产中国，锦鲤祖先即食用鲤，广布中国、朝鲜、日本和欧洲多国。体形健美，色彩艳丽，花纹多样，泳姿雄然，是风靡当今世界的高档观赏鱼，有“水中活宝石”“会游泳的艺术品”等美称。

五古·乐在其中

陆羽[①]著茶经，茶仙堪可名。

我今论茶道，乐此不疲行。

五古·三月初三杂感

三月初三日，古人曰上巳[②]。

曲水结诗社，流觞欢祓禊。

今忽降大雪，不见春踪至。

窃问王逸少[③]，何言踏青事？

---

① 陆羽（733—804年），字鸿渐，复州竟陵（今湖北天门）人。唐代著名茶学家，被誉为“茶仙”，尊为“茶圣”，祀为“茶神”。

② 上巳：上巳节，固定在三月三日。旧俗以此日在水边洗濯污垢、祭祀祖先，叫作祓禊、修禊、禊祭，或者单称禊。

③ 王逸少：王羲之（303—361年），字逸少。东晋时期著名书法家，有“书圣”之称。历任秘书郎、宁远将军、江州刺史，后为会稽内史，领右将军。穆帝永和九年（353年）三月三日，王羲之与谢安、孙绰等41位军政高官，在山阴（今浙江绍兴）兰亭“祓禊”，期间每人做诗，王羲之欣然为诗集撰写序文《兰亭集序》，记叙兰亭周围山水之美和聚会的欢乐之情，抒发作者对生死无常的感慨。后人将《兰亭集序》手稿尊为“天下第一行书”。

七古·辛卯寒食[①]

谁言寒食不动火，祭扫先人纸烧多。
地府何计吾与汝，互通有无万家和。

七古·辛卯清明春迟[②]

北风卷地春来迟，清明不见桐花枝。
更无海棠梨花在，何谈麦花柳花时。

① 寒食：即寒食节，亦称“禁烟节”“冷节”“百五节”。在农历冬至后105日，清明节前一或两日。在这一日，禁烟火，只吃冷食，所以叫做“寒食节”。在后世的发展中逐渐增加了祭扫、踏青、秋千、蹴鞠、牵勾、斗卵等风俗。寒食节绵延2000余年，曾被称为民间第一大祭日。

② 清明春迟：南朝·宗懔《荆楚岁时说》：“始梅花，终楝花，凡二十四番花信风。根据农历节气，从小寒到谷雨，共八气，一百二十日。每气十五天，一气又分三候，每五天一候，八气共二十四候，每候应一种花。顺序为：……春分：一候海棠、二候梨花、三候木兰；清明：一候桐花、二候麦花、三候柳花……”历史上中国的主要政治、经济、文化、农业活动中心多集中在黄河流域中原地区，二十四节气也就是以这一带的气候、物候为依据建立起来的。以农历二十四节气中小寒到谷雨物（花）候为基础的二十四番花信风，不可能适用于地处东北地区的哈尔滨市。

七古·日出

日出东林红胜火，辉照西楼灿如丹。
游子床边思亲重，喜鹊枝头报平安。

七古·哀大黄锦鲤

明城祭扫已三天，锦鲤八条挂心间。
理论可饿一个月，实际如何待察诠。
水浑味变前曾有，弧线采食问新缘。
清晨女主尖声叫，大黄气尽命堪怜。

七古·急救群鲤

一条锦鲤命呜呼，另有七条采食殊。
急急消毒又换水，欣欣隔日小恙除。

七古·田家

天气预言多日晴，东风兀自起黎明。
吹来雨雪田家乐，不误农时备耨耕[①]。

七古·偶题

潜志钻研电脑前，心无旁骛术业专。
罡风[②]猎猎鞭耳鼓，纸鹞翩翩动眼缘[③]。

① 耨耕：泛指农活。晋·王沉《释时论》："贱有常辱，贵有常荣；肉食继踵于华屋，疏饭袭迹于耨耕。"

② 罡风：强劲的风。宋·刘克庄《梦馆宿》："罡风误送到蓬莱，昔种琪花今已开。"

③ 眼缘：眼缘（eyes-affinity）是一个人同另一个人或事物在第一次见面时被对方外表、神韵所吸引的现象。眼缘有一眼缘和终身眼缘。一眼缘是指短暂的认同愉悦，而终身眼缘则指那种"相看两不厌，只有敬亭山"（李白《独坐敬亭山》）百看不厌、不关岁月的真正眼缘。

自由诗

在党旗下

眼前——红旗、铁锤、钢镰，
窗外——朝霞、红日、蓝天。
年轻的战士呵，
面对火红的党旗，你倾吐多少誓言。
噙着泪花，口角微颤；
拳头高举，神情庄严。
你是在聆听党的教诲，
遥望南湖红船的桅杆；
还是在回顾攀登的足迹，
检查是否步步走在革命路线。
此刻哟，
党旗映红你朝气蓬勃的笑脸，
党把重担放在你的双肩。
呵，又一滴新鲜的血液，流入党的脉管。
看窗外——
八九点钟的太阳，
借红霞，
你把誓言描上蓝天。

回报

春风吹拂着原野，
原野回报一片郁郁葱葱；
夏日浸染着花枝，
花枝回报一片姹紫嫣红；
秋雨沐浴着果实，
果实回报一片丰收美景；
冬雪覆盖着山川，
山川回报一片万物新生。
啊，祖国赋予了我的一切，
我捧出满腔热血，
把无限的虔诚供奉。

假如

假如我们能在蓝天翱翔，
是因为您给了我们腾飞的翅膀；
假如我们能够搏击风浪，
是由于您给了我们弄潮的力量。
啊，亲爱的祖国，
您为我们呕心沥血，
滴滴汗水哺育我们成长；
啊，伟大的祖国，
我们为您放声歌唱，
拳拳之心，一片儿女情长。

枢纽[①]礼赞

你是心脏，沟通根根脉管；
你是纽带，连接条条银线；
你是中枢，集散龙江珍宝；
你是支点，擎起力臂万千。
在你的脉道里，
流淌着铁道儿女的热血；
在你的筋骨内，
浇铸着铁道儿女的魂胆。
为了你，再苦再累也觉甘甜；
为了你，百折不挠勇往直前。
光荣哟，却是那样坦然；
伟大哟，可又如此平凡。
家乡将因你再振龙威，
祖国将因你宏图大展。
改革大潮，
将融进你奔腾激越的赤子情感；
四化伟业，
将载入你动人心魄的灿烂诗篇。

① 枢纽：哈尔滨铁路枢纽工程。此诗与蔡雪杰高级工程师合作完成。

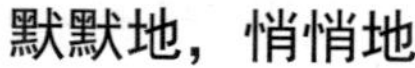

默默地，悄悄地

默默地、默默地走完了大学阶段，
悄悄地、悄悄地把行囊打点，
无论是今天还是明天，
母校将把你永远眷恋。
默默地、默默地注视着你的双眼，
悄悄地、悄悄地把风帆高展，
无论是眼前还是天边，
母校将把你永远牵念。
默默地、默默地编织着美好祝愿，
悄悄地、悄悄地把游子呼唤，
无论是幸福还是苦难，
母校将与你永远相伴。
默默地、默默地走向那广阔田园，
悄悄地、悄悄地把地球装扮，
无论是星移还是斗转，
母校将与你永远并肩。

词

唐多令·读毛泽东《水调歌头·重上井冈山》和《念奴娇·鸟儿问答》

云锦掠空垂，虹旌迎面飞。断声呼、叱咤风雷。物换星移千古越，君王贱，庶民岿[①]。

莺唱燕鸽归，春来紫气随。笑两强、日暮途危。无可奈何花落去[②]，东流水，岂能回。

卜算子·悼毛泽东主席逝世

绝代噩闻生，旷世惊雷炸。万水千山掩涕哀，悲恸横天下。

打倒旧王朝，名震新东亚。物阜民安社稷宁，领袖推华夏。

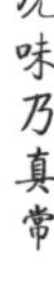

清平乐·重访雁窝岛

神驰心往，旧地重游访。塞北江南秋色望，何见昨时湖荡。

陵园松柏森然，丰碑伫立云天。英烈名垂青史，后人薪火

---

① 化自《孟子·尽心下》："民为贵，社稷次之，君为轻。"

② 引自宋·晏殊《浣溪沙·一曲新词酒一杯》："一曲新词酒一杯，去年天气旧亭台。夕阳西下几时回？无可奈何花落去，似曾相识燕归来。小园香径独徘徊。"

相传。

唐多令·七一

金斧拓新元，银镰破旧寰。历万辛、空古无前。所向披靡荆莽路，奇儿女，志弥坚。

沥血建家园，呕心谱巨篇。展宏图、国泰民安。胜利全凭您指引，强邦立，美名传。

如梦令·八一

坦克飞机军舰，侠骨忠肝义胆。钢铁筑长城，伟业试看谁撼。谁撼，谁撼，必胜寇仇来犯。

清平乐·军训

秋高气爽，脚步回声朗。鱼水情缘心绪昶，军训官兵相长。

留神虎豹当前，提防狼狈为奸。如若有人进犯，定然来而无还。

如意令·庚申中秋晚会

夜挂银盘一盏，汇聚群星灿烂。回首入学时，个个语焉难断。重现，重现，总把旧情留恋。

恰是青春扑面，何惧前途艰远。今日猎书人，明日步趋刚健。宏愿，宏愿，能与国家同善。

梦江南·思念

愁离远，尺素[1]数天行。残月不知心底事，羁鸿应晓世间盟。思念每时生。

痴情重，寻遍校园曾。人过徒增神怅惘，日斜倍显意伶仃。欲恸苦难平。

诉衷情·告别

倚窗所得泪沾衣，不忍此分离。站台车上瞑视，心语互相知。

声颤栗，嘱娇妻，务珍宜。百天归后，抱子合欢，再望云霓。

---

① 尺素：亦指书信，释同前“尺书”。

诉衷情·国庆

开天辟地万机荣，华夏壮威名。问求伟力何在？马列指航程。

立大志，倡新声，树文明。改革开放，兴业强邦，凤翥龙腾。

采桑子·新年

新年伊始春来早，日渐清风。姹紫嫣红，尽在民心国运中。

育人学术齐头进，幽境千重。再整装容，科教兴农蓄内功。

卜算子·同学毕业十年集庆

常忆十年前，共踏松边路。别后频收尺素书，同学情如故。

今日应邀期，师友齐佳处。寸草春晖弟子规，纵唱知恩赋。

卜算子·44 岁诞日

天幕已华光，旷野仍萧瑟。正是冰封殆尽时，松影横丹鹤。

歌咏未穷欢，舞蹈难足乐。把酒临风自有怀，惬意随身侧。

踏莎行·夜宿扬州

水秀山明，桥肥湖瘦，笑谈千古烟云后。旧时宫苑故人情，莺歌燕舞当年柳。

暮鼓昏灯，晨钟喧昼，拥衾难梦秋声透。忽来夜雨叩窗纱，琼花解落君知否？

蝶恋花·时差

域外七天嫌太久。地广人稀，不似家乡秀。早起晚归难罢手，精疲力惫形容陋。

每夜醒来观北斗。钟表悄声，陪伴闲庭走。睡意朦胧晨露后，夏寒梦浅何消受？

如梦令·盼归

远望长牵遥挂，大海高山深峡。借问路边鸥，一路几千横跨？惊诧，惊诧，当日可回华夏。

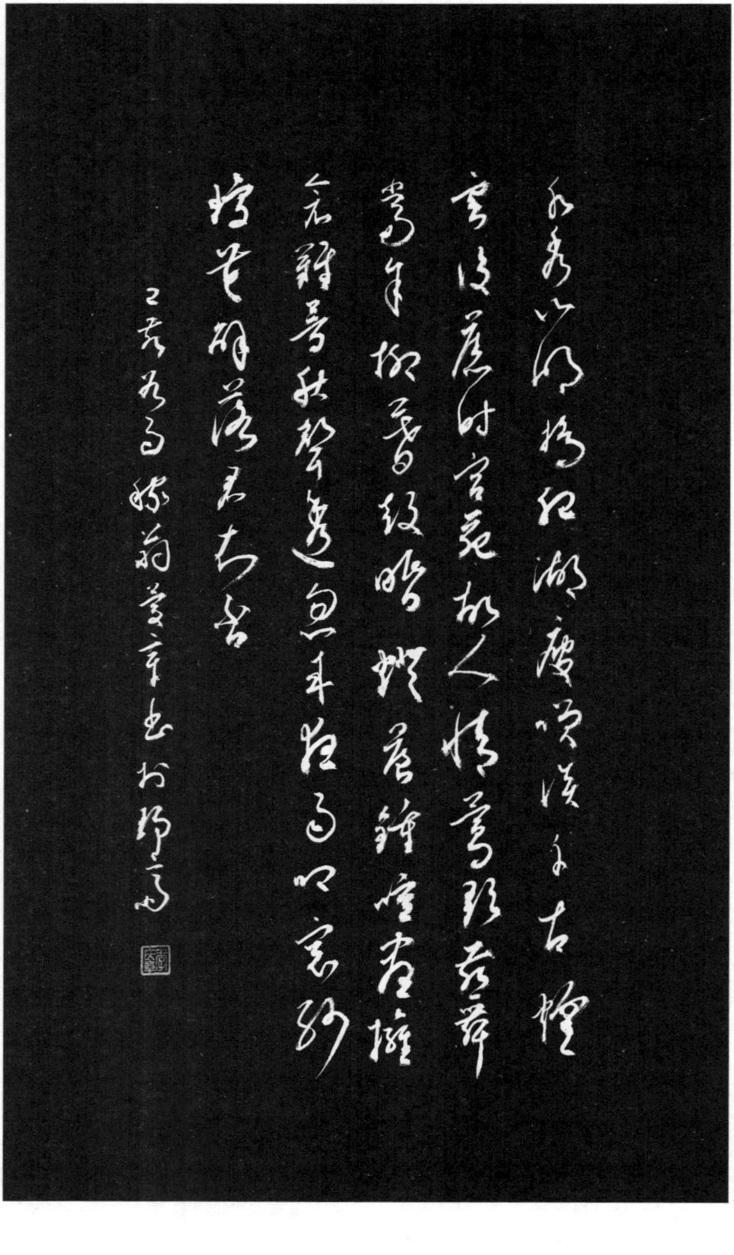

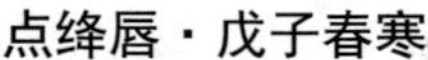

点绛唇·戊子春寒

物换星移，春回绿草芳茵地。寒潮暴戾，天变俄然起。
黄泛梢头，桃色栖枝密。三更里，恶风横逆，所剩花无几。

如梦令·省悟

一世不疑人坏，迟早终由他害。君问：“所因何？”“其实莫足为怪。”休怪，休怪，市井岂贫无赖。

曲

天净沙·天涯

槟榔芒果番瓜，椰林海浪船家，朝日和风晚霞。心猿意马，一皤翁寄天涯。

2012

七绝·雾霾

适逢岁启路人惊，似雾如烟怪味生。
郁郁心期[①]难释放，昏昏路径不分明。

七绝·春的足迹

每天圆[②]里不违时，春脚[③]留痕始鉴知。
芳草向阳新绿亮，繁花对月旧情痴。

① 心期：情绪，心境。明·汤显祖《牡丹亭·诊祟》："又不是困人天气，中酒心期，魆魆地常如醉。"

② 圆：六十。古代整十的表示：二十是廿，三十是卅，四十是卌，五十是圩，六十是圆，七十是进，八十是枯（分见《说文》或"百度百科"）。根据霍普金斯物候定律，推算出春天脚步的行进速度约为28公里/日。

③ 春脚：指春天的时光。明·汤显祖《牡丹亭》第八出："阳春有脚，经过百姓人家。"

五绝・连翘[①]

心旷黄芝舞，神怡绶带香。
兀然今肇始，春信过高墙。

五绝・壬辰谷雨

暮春清露寡，初夏丽阳繁。
地地忙耕种，家家守信言。

七绝・修表

腕表粗心落水池，三年日历不遵时。
夽中病卧无心问，妙手回春业内师。

---

① 连翘：木樨科连翘属落叶灌木，又名一串金、迎春柳、黄绶带等。我国除华南地区外，其他各地均有分布，日本也有栽培。早春先叶开花，满枝金黄，艳丽可爱，是早春优良观花灌木。与姊妹花木犀科素馨属迎春的特征区别是迎春有6个花瓣，连翘则只有4个花瓣。

七绝·春迟

困柳初萌泛鸭黄，迟花已见吐春芳。
桃红遍地群峰乱，布谷催耕劝种忙。

七律·桃[①]花

五木之精[②]锦上花，冰肌玉骨莫须夸。
阳光素喜真才女，恶鬼时征本术家。
傍沼无言沅水色，临风带笑武陵霞。
不争一日容姣媚，愿报春明唤景华。

① 桃：蔷薇科桃属落叶小乔木。原产中国中部及北部，法国、澳大利亚、地中海等温暖地带都有种植。花可以观赏，果实可以食用。桃有多个品种，一般果皮有毛，油桃果皮光滑，蟠桃果实扁盘状。碧桃是观赏花用桃树，有多种形式的花瓣。

② 五木之精：北宋·李昉等《太平御览》："桃者，五木之精也，故压服邪气者也。桃之精，生鬼门，制百鬼……"

七律·自嘲

自诩平生惯冗忙，老来诸事转寻常。
松江傍邑蒸鱼美，冰雪连天炖肉香。
无意乔装安笔砚，有心劳作乐农桑。
寅初梦醒闻鸡起，影只形单早夜[1]凉。

七律·学生网聊感作

咫尺天涯响迅霆，群聊屡次问安平。
关心地位升和降，留意胸襟隘与闳。
谙忆岁除[2]包水饺，戏谈高就列题名。
言真趣远师徒谊，历久弥新肺腑声。

---

① 早夜：天亮前。西汉·司马迁《史记·齐悼惠王世家》：“及魏勃少时，欲求见齐相曹参，家贫无以自通，乃常独早夜埽齐相舍人门外。”

② 岁除：除夕的别称，古代还有除摊、除夜、逐除、大除、大尽等称呼。

七律 · 阴雨不晴

天神莫要逞骄凶，满面阴沉睨宇穹。
苦雨绵绵何日止？凄风瑟瑟几时终？
风推雨势忧畴痹①，雨助风威惧畎癃②。
自古农家心欲寡，躬耕乐道比年③丰。

七绝 · 小儿捉蜂④

天真尚异戏黄蜂，尾刺蜇伤若跳脓⑤。
慈父笑谈医院往，娇娃纵泪怯声从。

---

① 畴痹 chóu bì：痹：中医专业术语，指风、寒、湿侵袭导致的肢节疼痛、麻木、屈伸不利。《黄帝内经 · 素问 · 痹论》：“风寒湿三气杂至，合而为痹也。其风气胜者为行痹，寒气胜者为痛痹，湿气胜者为着痹也。”畴痹此处借指连日风雨造成的春寒和地温下降。

② 畎癃 quǎn lóng：癃：中医专业术语，指小便不利，属癃闭之轻者。清 · 林佩琴《类证治裁 · 闭癃遗溺》：“闭者小便不通，癃者小便不利。”畎癃此处借指连日风雨造成的春涝和难于播种。

③ 比年：每年，连年。西汉 · 戴圣《礼记 · 王制》：“诸侯之于天子也，比年一小聘。”郑玄注：“比年，每岁也。”

④ 小儿捉蜂：余儿幼时，常独自玩耍，乐此不疲。忽一秋日，嚎啕进门，哭诉黄蜂蜇手，疼痛难支。家父取皂水嘱浸之。俄顷，指痛大减，破涕为笑。

⑤ 跳脓：形容剧烈疼痛，呈搏动性。

七律·悼周公源昌[①]教授并引

初识先生，岁在甲子（公元1984年）。自美初回，指名问起。南开学毕，何时返校？回校之后，有何进取？话语不多，点滴入心。心中温暖，身上有力。先生已去，驾鹤归西。仁者寿高，八十有七。先生之德，山高水长。先生之业，名归实至。先生风范，终生学习。先生恩泽，终生怀记！

红色专家有定言，带薪培养到苏联。
非洲济助功夫硬，美国研修术业坚。
继晷焚膏称世表，鞠躬尽瘁誉高贤。
身前硕果同仁颂，逝后英名晚辈传。

① 周源昌（1926—2012年），东北农业大学动物医学学院教授，寄生虫与家畜寄生虫病学专家。

七律·水竹[①]

邻家盛意贺乔迁，惠赠青[illegible]饰客间。
插入瓶中三载共，立于水内两亲攀。
翠条葱茜遐俗媚[②]，绿叶葳蕤近雅娴。
不向居人殊眷讨，惟求正气世尘环。

七绝·丁香花

世称情客不娇柔，春末炎初[③]展凤眸。
紫气氤氲颜色好，馨香馥郁女中侯。

① 水竹：龙舌兰科龙血树属多年生常绿观叶小乔木，别名富贵竹、万年竹、塔竹等。原产于加利群岛及非洲和亚洲热带地区，自 20 世纪 80 年代后期大量引进中国。一般多用于家庭瓶插或盆栽护养，观赏价值高。中国有“花开富贵，竹报平安”的祝辞，由于富贵竹茎叶纤秀，柔美优雅，极富竹韵，故而深得人们喜爱。余乔迁新居，偶得青竹数枝。插于清水之中，但见绿叶丛生，枝条强劲，裨益心智，养人眼力。竹虽不语，但有生命，每日伺弄，感情渐生。

② 化自北宋·苏轼《于潜僧绿筠轩》：“可使食无肉，不可居无竹。无肉令人瘦，无竹令人俗。人瘦尚可肥，士俗不可医。傍人笑此言，似高还似痴。若对此君仍大嚼，世间那有扬州鹤？”

③ 炎初：夏初。四季别称中，夏季又称为炎节。晋·李颙《悲四时赋》：“悲炎节之赫羲，览祝融之御辔。”

七绝·梨[1]花

几树含风素嫁裳，一枝带雪吐芬芳。
北归堂燕呢喃语，粘絮游蜂采蜜忙。

七律·猫戏老鼠

践蹂穷鼠自寻欢，不屑行中詈几般。
将释将诛听任取，是生是死岂容谩[2]。
应知戏虐伤心志，当晓凌深种祸端。
规劝物中猫蛊[3]类，慎斸兽性莫为奸。

---

① 梨：蔷薇科梨属落叶乔木或灌木。原产中国，栽培遍及全国。春季开花，花色洁白，如同雪花，具有浓烈香味。果实可食，不同品种梨的果皮颜色大相径庭，有黄色、绿色、黄中带绿、绿中带黄、黄褐色、绿褐色、红褐色、褐色，个别品种亦有紫红色。

② 谩：轻慢，不尊重。东汉·班固《汉书·董仲舒传》："故桀纣暴谩。"

③ 猫蛊：猫鬼。古代行巫术者畜养的猫。谓有鬼物附着其身，可以咒语驱使害人，因称。

七绝·主持哈尔滨医科大学博士学位论文答辩幸遇故人

答辩嘉期遇故人，嘘寒问暖倍懽亲。

了无官场觥酬累，惟有同侪肺腑真。

七绝·含笑[①]二首

二首其一

焉知此女若何遴？公子痴情话语尊。

玉骨冰肌传妩媚，浅颦深笑荡神魂。

二首其二

超尘玉女婵娟舞，傅粉何郎寤寐求。

莫为痴情寻自苦，常开笑口遣烦忧。

---

① 含笑：木兰科含笑属常绿灌木，别名含笑梅、白兰花、香蕉花等。原产中国广东和福建，现长江流域至江南、台湾等各地均有栽培。芳香花木，花期3～5月，苞润如玉，香幽若兰。

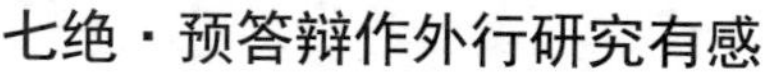

七绝·预答辩作外行研究有感

厦外高楼岭复山，隔行若堑莫轻关。
平生只做优长事，乐在人忙我辈闲。

七绝·哈尔滨市科协换届

哈市科协又变更，一刀切下已完成。
故人不见真情在，新友初交惬意生。

七律·儿时戏耍[①]

稚子无何不耍玩，自寻乐趣本天然。
呼来喊去喧声迫，东躲西藏喜气连。
竹棍一根为骏马，柳枝半段做皮鞭。
岂知今日童顽辈，不会亲书将帅篇。

---

① 儿时戏耍：对于孩子，什么都可能成为玩具。只要他专心致志，就会乐在其中，其乐无穷。切不可因为孩子人微言轻而嗤之以鼻，更不能因为孩子幼稚可笑而不屑一顾。我们的耐心可能正在成就一个孩子的梦想，我们的拙手可能正在推动一位伟人的摇篮。

七绝·戏耍泥巴[1]

数次浓稠数次稀，几多猫犬几多鸡。

泥丸串起充珠链，赠与邻囡作嫁衣。

七绝·柳[2]絮

随风借力舞姿翩，几许婵娟几许癫。

尊口免开轻抱怨，清纯似雪兆丰年。

① 戏耍泥巴：吾儿幼时，家境拮据，无力购买各种玩具。每遇雨天，常和些泥巴与其玩耍，如泥塑小动物、摔炮、炮舰等，久之其习以为常，并乐此不疲。

② 柳：杨柳科柳属乔木或灌木。主要分布于北半球温带地区。葇荑花序，先叶开放，或与叶同时开放，稀有后叶开放。柳絮，即柳树的种子，上面有白色绒毛，随风飞散如飘絮，所以称柳絮。据宋元·张炎《辞源》，“杨花”亦为“柳絮”。古代诗词中“杨柳”意向不是杨树和柳树，而是柳树，一般指垂柳。折柳送别是古人的一种习俗，柳者留也，借以表达送别者的依依惜别之情。

七绝·往返长春

卯去申归夏日中[①]，水田沿路绿秧芃。
百灵高唱随车右，喜煞农家一老翁。

五律·研究生答辩[②]

不付辛和苦，何谈岭上巅。
登台虽数语，继晷已多研。
敬请行中擘，诚邀业内专。
欲求新进步，快马再加鞭。

七绝·夏雨

适才还是艳阳天，转瞬风狂骤雨旋。
脸色无常犹总角[③]，方知预报莫求全。

---

① “卯”即卯时，清晨 5 ～ 7 时；“申”即申时，下午 15 ～ 17 时。

② 盛邀数位外省、外校教授参加研究生答辩，评说质疑，堪称天籁，令人豁然开朗，裨益良多。

③ 总角：借指童年。古时儿童束发为两结，向上分开，形状如角，故称总角。清·刘大櫆《祭族长嗣宗先生文》：“我始总角，翁犹壮年。”

七绝·黄蔷薇[①]

风清弄影月中娟，露泫传香日内妍。

妙钿黄金浮碧翠，精裁织锦泛霞鲜。

五律·夏荷[②]

叶阔连天碧，花妍映日衡。

蜓娴偎菡立，鱼犷绕身行。

入水难污染，出泥易濯清。

任凭蛙噪起，何辱洛神[③]名。

---

① 蔷薇：蔷薇科蔷薇属植物，别名多花蔷薇、蔓性蔷薇、墙靡等。分布在北半球温带、亚热带及热带山区等地区。主要指蔓藤蔷薇的变种及园艺品种。花常是6～7朵簇生，有白色、黄色等多种颜色。

② 荷：睡莲科莲属多年生草本植物，又称莲花、芙蕖、水芙蓉等，溪客、玉环是其雅称。大部分原产北非和东南亚热带地区，少数产于南非、欧洲和亚洲的温带和寒带地区，美国也有。中国分布广泛，各省区均有栽培。未开的花蕾称菡萏[hàn dàn]，已开的花朵称鞭蕖[qú]，地下茎称藕。藕能食用，叶入药，莲子为上乘补品。我国十大名花之一。花可供观赏，花色有白、粉、深红、淡紫色或间色等变化。

③ 洛神：又名宓妃[fú fēi]，中国远古时代神话传说中的女神，乃伏羲氏之女，因迷恋洛河两岸的美丽景色，降临人间，来到洛阳，故名洛神。三国·魏·曹植《洛神赋》有“迫而察之，灼若芙蕖出绿波”，把荷花比作洛神。

七绝 · 一流科学家[①]

名下无虚在领航，一流标准看担当。
崇实斥假禁言谎，灼见真知确有常。

五绝 · 运动会预检

按院排先后，依人列纵横。
声声旋律迫，面面彩旗明。

五绝 · 寿

自古知人寿，声名冠福祥。[②]
鸿祯仁者位，颐养最佳方。

---

① 一流科学家：化自中国人民教育家陶行知先生关于“千教万教，教人求真；千学万学，学做真人”的论述。一流科学家应该是科研育人的一流教育家，是以研究和育人为主业的知识分子。真正的知识分子虽已多年不见，但一经露面，便似曾相识，一见如故。

② 在“五福”中，“寿”排在首位。汉 · 桓谭《新论》：“五福：寿、富、贵、安乐、子孙众多。”明 · 吕坤《呻吟语》说：“仁者寿，生理完也。”即“仁者”在形、神诸方面都完全具备了有利于生命延续的全部积极因素。

五律·向日葵[①]

贤人同在道，恰似向阳花。

不屑矜清丽，何尝羡世华。

花心随日转，日彩照花斜。

物态尝如此，休谈己自遐。

七律·仙人掌[②]

夷然自若勇担当，佩剑横身著甲裳。

漠上雄夫南美汉，庭中武士故园郎。

---

① 向日葵：菊科向日葵属一年生草本植物，别名向阳花、转日莲、望日莲等。原产北美洲，分布世界各地。因其盘型花序随太阳转动而名。向日葵从发芽到花盘盛开之前，其叶子和花盘白天追随太阳从东向西，不过并非即时跟随。据植物学家测量，其花盘指向落后太阳大约 12 度，即 48 分钟。太阳下山后，向日葵的花盘又慢慢向回转动，大约凌晨 3 点时，又朝向东方等待太阳升起。

② 仙人掌：仙人掌科仙人掌属丛生肉质灌木，别名仙巴掌、霸王树、火掌等。原产南北美洲热带、亚洲热带大陆及附近一些岛屿，主要分布在美国南部及东南部沿海地区、西印度群岛、百慕大群岛和南美洲北部、中国南方及东南亚等热带、亚热带地区。喜强烈光照，耐炎热、干旱、瘠薄，生命力顽强，常生长于沙漠等环境中，被称为“沙漠英雄花”。仙人掌的花一般开在充分经受阳光的成熟片状茎上，很多种类都能一次开大量的花。除了真正的蓝色和黑色外，各种花色都有，而且千变万化。

威名盖世维边地，毅力惊人守僻乡。

株老花开[①]韶艳日，面飞霞晕拒称王。

七绝·昙花[②]

花中雅士韵非常，自古人间尽毁伤。

不改清幽无恨去，嫣然一笑绣阁香。

五律·长春净月潭园门外“灶台鱼”大快朵颐

家人方坐定，店主便临前。

片晌离池跃，须臾入釜煎。

果然香适口，莫怪趣多偏。

若有重归日，还因老灶缘。

---

① 仙人掌开花必须符合两个条件：一是老株才能开花，二是要求冬季温度高且紫外线充足。

② 昙花：仙人掌科昙花属附生肉质灌木，别名昙华、鬼仔花、韦陀花等。原产墨西哥、危地马拉、洪都拉斯、尼加拉瓜、苏里南和哥斯达黎加，世界各地区广泛栽培，我国各省区常见。花单生于枝侧的小窠，漏斗状，于夜间开放，芳香扑鼻，享有“月下美人”之誉。当花渐渐展开后，过1～2小时又慢慢地枯萎，整个过程仅4个小时左右。故有“昙花一现”之说。

五律·赴吉林大学主持研究生答辩

有幸游吉大，同仁早布宣。
根由答辩启，更属旧情延。
故友珍重聚，新朋乐始骈。
深知而在者，复遇所难全。

五律·三角梅[1]

每岁三时见，妍容短日催。
攀援资蔓韧，簇聚显花瑰。
绚烂山林染，嫫娴水苑偎。
天涯增美色，盛誉比官梅[2]。

---

① 三角梅：紫茉莉科叶子花属藤状灌木，别名光叶子花、宝巾、三角花等。原产巴西，中国南方栽植于庭院、公园，北方栽培于温室。短日照开花，被我国海南省三亚市人大常委会定为市花。

② 官梅：官府所种的梅。唐·杜甫《和裴迪登蜀州东亭送客逢早梅相忆见寄》："东阁官梅动诗兴，还如何逊在扬州。"南朝·梁·何逊为官在扬州时，官府中有梅，常吟咏其下，故云。

五律·一串红[①]

喜色盈腮粲，芳名爆仗同。
鲜明情胜火，热烈气如虹。
无意孤家傲，全心盛事躬。
花期长且久，最爱沐秋风。

---

① 一串红：唇形科鼠尾草属草本植物。别名爆仗红、墙下红、西洋红等。原产南美巴西，我国各地广泛栽培。一串红花期长，小小花朵般红饱绽，色泽靓丽，成串密集于茎顶，宛如串串鞭炮，故又称爆仗红。东北农业大学校园的一串红格外盛美，每到秋日，满园的一串红如火如荼。特别是1996年“211工程预审”期间，一串红大出风头，为学校增光添彩，立下汗马功劳，理应尊为“校花”。

七律·重访哈尔滨东北虎[①]野化训练基地

食难果腹寄人檐，野性磨光始默缄。

痛困平阳遭犬戏，悲遗猎艺被猫谗。

休言落魄情无已，应见纡尊[②]气不凡。

待到归山驰骋日，仍将百兽口中衔。

---

① 东北虎：猫科豹属食肉动物，别名西伯利亚虎、阿尔泰虎、乌苏里虎等。分布于亚洲东北部，即俄罗斯西伯利亚地区、朝鲜半岛和中国东北地区。现存体重最大的肉食性猫科动物，雄性体长可达 2.8 米左右，尾长约 1 米，最大体重达 350 公斤以上。头大而圆，前额上数条黑色横纹，中间常被串通，极似“王”字，故有“丛林之王”之美称。独居，无定居，具领域行为，活动范围可达 100 平方公里以上。很少袭击人类，主要捕食鹿、羊、野猪等大中型哺乳动物，也食小型哺乳动物和鸟。由于栖息地被破坏与偷猎，至 2015 年初统计，世界上仅存野生东北虎 500 头之内。时隔 10 年重访哈尔滨东北虎林园，据称园内人工繁殖和养殖东北虎已达上千只。人在车内，虎在园中，但见东北虎三五成群，往来如织。长期圈养，老虎虽则野性大减，但其兽王雄姿依然。

② 纡（yū）尊：纡，屈抑。指地位高的人降低身份，做本不应自己做的事。

附：袁公晓东自创庚寅新年祝语

东北虎林园观感

卧居兴安百兽哀，误落平阳食嗟来。
而今岭上扬威客，尽是昔日趾下才。
人前俯首现怜态，月夜神游梦云台。
闲园信步听风雨，遥望群山林如海。

七绝·江心岛放风筝[1]

儿时父母每休闲，半岛江皋放纸鸢。
快意顽童凫水戏，借风沙燕[2]入云旋。

---

① 放风筝：吾儿小时，父母常带他到松花江江心岛放风筝。一边放风筝，一边戏江水，好不快活。每每回忆至此，便生出许多留恋。

② 沙燕：风筝之一种。在众多的北京风筝中，有一种性能最好，对全国影响最大，也最具代表性的风筝，那就是外形活脱一个“大”字形的“沙燕儿”（或称“扎雁儿”“沙雁儿”等）。

七绝 · 奶奶为孙儿放飞塑料袋

不晓何方购纸鸢，一条凫袋任翩跹。
幼孙拍手欢声荡，老妪牵绳笑语潺。

五律 · 一品红[①]

百花凋落尽，一品竞开长。
火赤添嘉庆，金黄贺瑞祥。
碧桃稍逊色，丹桂略输香。
凛冽难移志，迎风更向阳。

① 一品红：大戟科大戟属灌木，别名象牙红、老来娇、圣诞红等。原产中美洲，广泛栽培于热带和亚热带，中国绝大部分省区均有栽培。苞叶常见朱红色。另有一品黄，苞片淡黄色；一品白，苞片乳白色；一品粉，苞片粉红色。

五律·忘忧草[①]

久闻姿百媚，与共可消忧。
干挺深拥翠，花荣浅曜秋。
成人何憾悔，律事岂苛求。
幻化无穷处，何当至死休。

五律·康乃馨[②]

每日欢颜驻，情缘眷母深。
芬芳传喜讯，绚丽送佳音。
宁赠一枝好，无求九赤金。
春晖何奉报，孝顺鉴儿心。

---

① 忘忧草：百合科萱草属多年生草本植物，别名萱草、金针菜、黄花菜等。原产欧亚，我国也是原产地之一，在我国栽培历史悠久。是一种美容价值、药用价值和营养价值都很高的花卉食品。

② 康乃馨：石竹科石竹属多年生草本植物，别名狮头石竹、大花石竹、荷兰石竹等。原产地中海地区，主要分布于欧亚温带，是世界应用最普遍的花卉之一。通常开重瓣花，花色多样且鲜艳，气味芳香。代表健康和美好，可供作切花、胸花等。1907 年，美国费城的贾维斯（Jarvis）曾以粉红色康乃馨作为母亲节的象征。

五律·仙客来①

花如蝴蝶媚，叶似画图明。
春暮开无败，冬初绽有情。
冰清娇态见，玉洁丽容生。
知晓仙临莅，躬身始迓迎。

五律·水仙

乡在荒陂处，移来雅室妆。
婷婷犹玉立，楚楚更馨香。
傲骨焉能毁，冰心岂可伤。
凌波开岁末，盈月显荣光②。

① 仙客来：紫金牛科仙客来属多年生草本植物，别名兔耳花、一品冠、篝火花等。原产希腊、叙利亚、黎巴嫩等地，现已全世界广泛栽培。花冠卷曲呈螺旋状，花瓣向上翻卷扭曲。其拉丁学名 Cyclamen 音译为中文“仙客来”，译名巧妙。

② 1 个月光景，水仙花即可含苞待放。

五律·蔷薇科三杰[①]

一胞三姊妹，秀美占铅华。
月季荣时密，春风暖日嘉。
玫瑰凝裛露，情爱沐朝霞。
莫道蔷薇小，缤纷百姓家。

七律·回故乡[②]

五五年前远别乡，天横晓露彻身凉。
儿时记忆情犹在，老境心思意未央。
姑母重将家事数，表兄屡劝醉侯[③]尝。

---

① 蔷薇科三杰：玫瑰、月季和蔷薇，三者都是蔷薇科蔷薇亚科蔷薇属植物。主要分布在北半球温带、亚热带地区及热带山区等。在汉语中人们习惯把花朵直径大、单生的品种称为月季，小朵丛生的称为蔷薇，可提炼香精的称玫瑰。但在英语中它们统称 rose。

② 回故乡：55 年后重返故乡。93 岁的姑母谈兴极高，故人旧事，记忆非凡。表兄、嫂年事已高，相视而谈，异常亲切。不期与姑母此见竟成永诀，秋后 10 月其寿老而终，令人感叹唏嘘。

③ 醉侯：魏晋时期名士刘伶（生卒年不详，一说约 221—约 300 年），字伯伦，沛国（今安徽省淮北市）人，魏晋时期名士，与阮籍、嵇康、山涛、向秀、王戎和阮咸并称为“竹林七贤”。嗜酒，酒风豪迈，常“借杯中之醇醪，浇胸中之块垒”，并乘兴著诗。被称为“醉侯”。此处“醉侯”指保定市特产酒“刘伶醉”。

人生趣味何如此，夙愿终成死不惶。

七律·壬辰五月五日

端阳本为祭贤明，缛礼繁仪表颂声。

屈子投江悲楚烈[①]，伍公饮剑警吴铮[②]。

清如玉壶标名士，直若朱丝范俊卿。

文冠古今华夏耀，功高盖世鬼神惊。

七律·饮茶联想

金人七品诺茶烹[③]，吾辈随时享啜荣。

身卧新庐长夏饮，手持古卷短诗成。

---

① 公元前278年，秦将白起攻破楚都郢（今湖北江陵），屈原悲愤交加，怀石自沉于汨罗江，以身殉国。

② 吴王夫差听信太宰伯嚭谗言，称伍子胥阴谋倚托齐国反吴，派人送一把宝剑给伍子胥，令其自杀。在伍子胥死后9年，吴国为越国所灭。

③ 清·袁枚《随园诗话》："苏州老红豆惠周迪先生有句云：'花浮小盏三投酒，乳拨深炉七品茶。'人疑'七品'当是'七碗'之误。余曰：非也。金人、七品官，才许饮茶，事见《金史》。"

七律·读书

徜徉书斋不晓回，隔门常有内人催。

陪岑共饮观冬雪，伴陆同游赏腊梅。[①]

七律·与毕业研究生同照共勉

恍然仲夏正当中，竞放芙蕖[②]映日红。

花叶实根稀共见，[③]清幽雅信少重逢。

读书自古轻佻戒，就业时今学历崇。

但愿吾言能入理，一生不辍是真功。

---

① “岑”指唐代岑参，他是一位边塞诗人，长于七言歌行，代表作是《白雪歌送武判官归京》，其中“忽如一夜春风来，千树万树梨花开”脍炙人口；“陆”指南宋陆游，陆游爱梅成癖，在他的诗词中，有百首以上咏梅之作，如“雪虐风饕愈灿然，花中气节最高坚”“何方可化身千亿？一树梅花一放翁”等。

② 芙蕖：即莲。

③ 莲全身皆宝，藕和莲子能食用，荷茎、荷叶、荷花、藕节、莲子、种子的胚芽等都可入药。如此根、茎、叶、花、实同在，通身皆贵者，在植物中实属罕见。

七律·参加婚礼有感

躬虔下拜敬爹娘，与子相偕入洞房。
十载身成同艋顺，百年功满共衾香。
鸳鸯交颈期修远，鸾凤和鸣愿沈长。
千里盛筵终有散，稔知亲谊不能忘。

五律·午间小睡

午憩深藏趣，舒眠体魄安。
家私充卧具，椅背作围栏。
睡意悠然起，酣声顷刻欢。
长滋驱倦怠，久养耐风寒。

七律·天河园观天厅送别沈公荣显①院士

沈公驾鹤已成仙，八九高龄甚少骈。
仁者寿馨昭晚辈，名家业伟著遗篇。
病因机理能扛鼎，免疫新论可补天。

① 沈荣显（1923—2012 年），中国农业科学院哈尔滨兽医研究所研究员，中国工程院院士，我国著名动物病毒及免疫学专家。

告诫后生须妥适，博观约取贵衡专。

七绝·缸中之鱼[①]

湖海江河是故乡，身沦图圄已平常。
前途有限光明在，困顿无期出路茫。

七绝·老友造访

房门尚闭手先推，老眼昏花辨可为。
身住东极佳市[②]远，心牵老友硕形羸。

---

① 缸中之鱼：自古“海阔凭鱼跃，天空任鸟飞”，万物相安，和平共处。不知何时，万物之灵的人类把鱼虾养于一缸，将草木缩于一盆，使鸟兽安于一笼，由此天然生态便遭破坏。

② 东极佳市：佳木斯市，简称佳市，别称华夏东极、东方第一城。

七律·壬辰小暑[①]

盛夏时分苦热浓，高温渐入汗津濛。
炎飙[②]烈烈驱云聚，蟋蟀叽叽怨日烘。
鹰傲九霄欢语荡，禾欣一雨稻花丰[③]。
耐烦小暑随身过，何惧煎熬大暑中。

五律·黄叶落花[④]

萧然黄叶下，惊讶已临秋。
暑热初逢始，熏蒸恰兆头。
夜闻风雨骤，朝见落英稠。

① 壬辰小暑：今年小暑热甚，吾却心旷神怡，别有快意。其实人生就是这样，世态炎凉、人情冷暖，无一不在感受。只要有一颗平常心，春夏秋冬、风霜雨雪，不过自然而已！小暑三候：我国古代将小暑分为三候，即“一候温风至；二候蟋蟀居宇；三候鹰始鸷。”

② 炎飙：热风，炎热的疾风。晋·葛洪《抱朴子·论仙》：“蹈炎飙而不灼，蹑玄波而轻步。”

③ 暑日的雨对生长期的农作物非常重要，农谚说：“伏天的雨，锅里的米。”

④ 黄叶落花：时值小暑，绿树浓荫。一夜风雨，校园萧条。所到之处，黄叶落花。无时有气，令之使然。

怒犯苏花使[①]，无声此更忧。

七律 · 专家顾问体检

继始开今众望颇，每人消费两千多。
男男女女如逢喜，往往来来似走梭。
领导关心安置细，医生谨慎诊查苛。
健康永伴言恭祝，快乐长随咏赞歌。

七绝 · 雏雀

牖畔凄声鸟聒晨，迷踪雏雀觅娘亲。
神情惆怅询音切，难倒无知哑语人。

① 苏花使：指五月芍药花神苏东坡。他赞“扬州芍药为天下之冠”，任扬州太守时，看到官方举办“万花会”，损害芍药，滋扰百姓，便下令废除“万花会”，受到百姓拥护。

七绝·蚊子[①]

亲昵何以这频仍，一夜之中吻不停。

来刻温情姝女样，去时狂妄恶人形。

七律·大学同学毕业卅年林城伊春聚会

当年毕业口黄雏，卅载重逢暮老夫。

身影远观尤肯定，面形近视愈模糊。

堂前林海涛声滚，座上同窗泪水濡。

再会何时知几许，惺忪醉眼问山姑。

① 蚊子：蚊科蚊属昆虫，别称蚊虻。全球约有 3000 种。是一种具有刺吸式口器的纤小飞虫。雌性以血液作为食物，而雄性则吸食植物的汁液。吸血的雌蚊是登革热、疟疾、黄热病、丝虫病、日本脑炎、寨卡病毒病等病原体的中间寄主。除南极洲外各大陆均有蚊子的分布。

七律·三伏[①]

因循夏至又三庚，十日一周自古经。
肇始刚刚燋热炙，居中恰恰炮燔刑。
曾闻伏后多旸燥，亦见秋前少静宁。
等耐时终霜日进，西风渐起几曾停？

七律·连年三到南京

三年三度赴同城，一载一遭各有名。
世界豪商淞沪聚，全球重校建康盟
撰修律法尊前位，造访华西畏后生。
学会祇今新届换，乘时祝寿九旬英。

---

① 三伏：初伏、中伏和末伏的统称，是一年中最热的时节。每年出现在公历 7 月中旬到 8 月中旬。其气候特点是气温高、气压低、湿度大、风速小。“伏”表示阴气受阳气所迫藏伏地下。每年入伏的时间不固定，中伏的长短也不相同，需要查历书计算，简单地可以用“夏至三庚”这四字口诀来表示入伏的日期。按我国农历气候规律，前人早有规定：“夏至后第三个庚日开始为头伏（初伏），第四个庚日为中伏（二伏），立秋后第一个庚日为末伏（三伏），每伏 10 日共 30 日。”有的年份“中伏”为 20 日，则共有 40 日。

五律·喜会同班故学

同窗念本缘，此见愈留连。
松水初冬别，韶光卅载迁。
手足情有故，生死谊空前。
待到归家去，无忘尺素传。

七律·止恃

劝君且莫恃恍轻，怠慢皤头老贡生。
非是寿高能力弱，而为欲寡素襟闳。
人间阅尽知时退，事态明通晓势行。
可叹当年威柄去，乞餐半碗惕心平。

七律·戒急

匆匆过客奈何因，碌碌无为倦鸟奔。
抑躁扬矜深领会，存真去伪善追根。
功名利禄抛身外，德学才识荫子孙。
调整步伐从慢走，时常小憩候灵魂。

七律 · 北京 61 年一遇最强暴雨

大暑之时愣雨狂，北京一片水汪洋。
街头车辆漂浮起，路上烝民赤脚蹚。
交警指挥难调度，洁工排险敢担当。
事生无奈多人弱，电视传播亦复殃。

七绝 · 喷嚏

醒来喷嚏数声连，不晓原因揣测繁。
要么重洋儿记挂，或然长梦友嘘寒。

七绝 · 称谢友人

未见之时电话殷，一经会面问声亲。
叮咛每日多强体，嘱咐平常少费神。

七律·哈市科协 2011 年自然科学学术成果联评会

成果联评又序迁，细勘申请选佳篇。
去年鉴宝香江渡，今岁淘金诺曼川。
准备前期因事妥，实施即日便功圆。
午时宴聚心情畅，新任当家口唾莲。

七绝·曙光初露

曙光初露见岚晴，起舞闻鸡报晓声。
绪似狂涛涛浪滚，心如止水水波平。

七绝·德山兄

温文尔雅敬称兄，每遇相亲总是情。
九载留洋成美器，一朝回国噪贤名。

七绝 · 独生儿女远离，父母渐老感怀

今朝志士遍全球，昔日先贤不远游。
孝顺儿孙牵念苦，空巢父母盼归愁。

七绝 · 朋友送菜

嘉朋馈送感情深，一片清香赤子心。
北菜南输成看点，取长补短费研寻[①]。

七律 · 也说刘翔退赛

奥会伦敦赛冗忙，全球瞩目数刘翔。
飞人美誉压强大，商界投资允诺钢。
跟腱撕开犹未愈，心情阴郁又添伤。
一拼踏破千重浪，亿万星迷热泪汤。

---

① 研寻：研究探索。唐 · 刘知几《史通 · 题目》："窃以《周易》六爻，义存《象》内；《春秋》万国，事具《传》中。读者研寻，篇终自晓。"

七律 ·“海葵”[1] 登陆

风雨钟山又一年，海葵登陆犯狂颠。
云翻飏卷天灾降，电闪雷鸣地害延。
辰岁渺无遭水涝，暑禾极罕灭虫缠。
攸关秋后头霜早，颗粒靡收百姓悁。

七律 · 弟子刘永杰博士宴请

尚未成行屡电传，抵宁联系愈频繁。
江南美味多曾见，塞北香粳少许餐。
弟子五人谈旧谊，友朋三位话开端。
校园信步明天定，参谒陵宫四百盘[2]。

① 海葵：2012 年 11 号台风，8 月 8 日登陆江苏，受害地区主要在苏南，上海及南京周边（镇江、无锡等地）尤重。

② 四百盘：南京中山陵，从牌坊开始上达祭堂，共有石阶 392 级，8 个平台。台阶用苏州花岗石砌成。

七律・南京中山陵凭吊

气势恢宏峙北山[①]，绿荫环抱沐苍烟。
先生遗训今人记，主义真声后世传。
辛亥洪钟萦耳际，复兴号角遏云天。
民族大业辉煌日，两岸同胞汇聚年。

七绝・南京中山陵风景区音乐台

琴台兀立默无声，惟见信鸽缓步行。
过隙白驹遗往事，参天古木焕新容。

七绝・赶路南京至北京，赴973项目中期总结会议

海葵过后艳阳天，飞去京城会议蝉。
机误一时闲叵耐[②]，车耽两处走为难。

---

① 北山：又名紫金山、钟山、神烈山等。中国近代伟大民主革命先行者孙中山先生的陵寝——中山陵就位于紫金山南麓钟山风景区内。

② 叵耐：无奈。唐・张鷟《游仙窟》：“一眉犹叵耐，双眼定伤人。”

七律·973 项目北京中期总结

行色匆忙拜考官，颐泉[①]会议聚群仙。

课题总管精心述，业界专家细致掂。

木入三分抓主线，语惊四座控前沿。

不知何故周身热，当晚乘车火速还。

七律·弟子婚礼答谢宴会

婚庆排筵满汉楼，师生团聚纵歌喉。

一酬再造人生贵，二谢开蒙术业优。

还忆寒窗同日月，亦怀热恋共春秋。

路旁杨柳甘为证，道侧松杉乐举瓯。

七律·伊春宏富山庄晚餐

同窗款会聚伊春，宏富山庄语共频。

持箸举杯耆欲盛，嘘寒问暖故情真。

野猪麅鹿熏灰狗，山菜园蔬食用菌。

尽管朵颐多快意，惭将动物妄称臣。

---

① 颐泉：北京海淀颐泉山庄宾馆，会议下榻处。

七律・自叹腿伤，不能与毕业 30 年团聚同学共游

故地新游喜乐多，爬山数次宝刀磨。
争先恐后登峰顶，茹苦含辛下陡坡。
笑语欢声同望远，爽心悦目共扬歌。
惟余拄杖常栖憩，自叹难如怨腿疴。

七律・大学本科一同学 30 年后仍风趣如初

不改当年戏谑形，如今再现保真名。
容苍有信无繁虑，发白无求有挚情。
每次诙谐均捧腹，全程逗趣众和声。
绝非凡辈能侪匹，心地纯庬[①]乃俊卿。

七律・毕业 30 周年同学聚散记事

归路迢遥此恨绵，环拥眴视[②]诚声繁。

---

① 纯庬 máng：纯朴敦厚。战国・楚・屈原《楚辞・九章・惜往日》："心纯庬而不泄兮，遭谗人而嫉之。"

② 眴 xuàn 视：凝神注视。

互知迩贵遐尤贵，相见时难别亦难[①]。
昨夕侬吾方始聚，今朝南北既终还。
无常自古谁违拗，千里长筵必有完。

七绝·东方欲晓

万籁无声夜色残，东方欲晓紫光斓。
雄鸡三唱音高亢，呼唤黎明彻宇寰。

七律·初到成都

多年未见感情殷，降落双流[②]问候频。
夫妇一心迎远客，西东两座[③]品川珍。
酒楼弟子谦谦让，驿馆师翁细细询。

---

① 引自唐·李商隐《无题》："相见时难别亦难，东风无力百花残。"

② 双流：成都双流国际机场。

③ 古人席次尚右，右为宾师之位，居西而面东。清·梁章钜《称谓录》卷八："汉明帝尊桓荣以师礼，上幸太常府，令荣坐，东面，设几。故师曰西席。"

隔日安排今已定，少陵茅舍[①]谒先人。

五律·乘机延误有感

乘机屡误班，数载已没缘。
不意多年后，仍萦一瞬前。
空飞超速度，起落爽约单。
杖老无其奈，临蓉夜色然。

七律·成都春熙[②]步行街

摩肩接踵走春熙，灯火辉煌色陆离。
知是身临名片地，错当步涉赌城陴[③]。

---

① 少陵茅舍：杜甫草堂。杜甫（712—770 年），字子美，自号少陵野老，唐代伟大的现实主义诗人。

② 春熙：成都市春熙路，路名取自《道德经》“众人熙熙，如春登台”。春熙路作为成都市的名片，是游客临蓉必到之地。自 2002 年春熙路步行街升级亮相以来，10 年间已成长为与北京王府井、上海南京路并肩的“中国三大商业街”之一。据称未来 2 到 3 年内，春熙路商圈将向东向西拓展，新生体量上百万平方公尺。

③ 赌城陴 pí：指美国赌城拉斯维加斯。拉斯维加斯白昼一片寂静，晚上则灯火通明，流光溢彩。

琳琅满目民钦讶，靓雅殊瑰客赞奇。
再次增容而后鉴，商街首大跃然居。

七绝 · 9.9 元一市斤，这里图书按斤卖

若菜销书不值钱，论斤定价罕坊间。
昔时纸贵争相粂，何以今朝卖法蛮。

七绝 · 台风“布拉万”① 光顾哈尔滨

夜半狂风啸耳边，晨时骤雨瀑窗前。
何曾东北闻君顾？更有冰城若此缘。

七绝 · 为学生作专题学术讲座

受命途中岂可悛，凝神准备论题专。
由衷期冀多提问，无奈书生少近前。

① 布拉万：2012 年第 15 号超强台风“布拉万”(Typhoon Bolaven)。

七绝 · 同班同学聚会

同窗聚会重清欢[①]，只论年龄免计官。
但愿民间如此效，何尝社众不曾安。

七绝 · 农历七月廿二日晚鞭炮齐鸣，不逊除夕之夜

满城鞭炮响冲天，似此欢欣为哪般？
真正财神冥诞日，先人范蠡岁新幡。[②]

七绝 · 第 28 个教师节并引

弟子百人，各赴东西。事业有成，家业明晰。每临节日，问候叠至。师生情谊，心中永记。此时精神，胜过物质。犹如清茶，

---

① 清欢：清雅恬适之乐。北宋 · 苏轼《浣溪沙 · 从泗州刘倩叔游南山》："人间有味是清欢。"

② 农历七月二十二是真财神的生日。中国有三大财神：文财神赵公明、武财神关羽和真财神范蠡。范蠡（公元前 536—前 448 年），字少伯，春秋后期南阳人，投奔越王勾践，助其卧薪尝胆，成就霸业，功成后激流勇退。后定居于宋国陶丘并于陶地经商，自称"陶朱公"。以智慧生财，三致巨富。很多人至今仍称商业为"陶朱事业"，范蠡因此被尊为"商业鼻祖""财神爷"。世人誉范蠡"忠以为国，智以保身，商以致富，成名天下"。

回味无期。

一天短信百封连，千里飞鸿数秒还。
笃认斯生将暮老，但留清气在人间[①]。

七律·参访某地，晡食千斤鳇鱼

跻身某地访新区，满目光鲜态自居。
傲诩宏图一载兑，纵谈班底半年趋。
愁于每日迎嘉客，苦在多时顾宴醹。
今晚大餐开眼处，达鳇[②]吨迩尽人吁。

① 化自明·于谦《石灰吟》：“粉骨碎身全不怕，要留清白在人间。”

② 达鳇：鲟科鳇属水生动物，别名黑龙江鳇鱼、达氏鳇。个体甚大，为淡水中最大型的鱼类之一，大的个体长达3.9米，重500公斤，最大的重达1000公斤。根据生物学特征，黑龙江鲟鱼学名为“施氏鲟”，鳇鱼学名为“达氏鳇”，合称黑龙江鲟鳇鱼。施氏鲟与达氏鳇同为黑龙江水域的名贵经济鱼类，有“淡水鱼王”美称。鳇鱼肉味鲜美，全身是宝，曾是进献给皇帝的贡品。鲟卵和鳇卵都用以制作鱼子酱，国际上称为“黑色软黄金”。

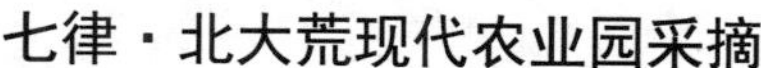

七律·北大荒现代农业园采摘

碧空如洗素秋时，景丽风和共采芝[①]。
北国园中观硕大，南乡林下看新奇。
两只灰鹤排云过，一对天鹅傍水嬉。
尤趣火鸡追美女，后尘紧步索甘饴。

七律·秋分日参访东北林业大学帽儿山实验林场

中平昼夜是秋分，帽儿山庄遇故人。
常任副官聊以谑，新升市长借机贫。
一枝歧秀双兄弟，两校同宗一嫡亲。[②]
此去虽言时岁久，血浓于水意情真。

---

① 采芝：采摘芝草，此处指采摘蔬果。唐·陈子昂《感遇》诗之十："已矣行采芝，万世同一时。"

② 1952年东北林学院（现名东北林业大学）成立，与1948年建校的东北农学院（现名东北农业大学）合署办公，由刘达（成栋）一人长二校。1956年两校分立。

七绝·绰号调侃

士人调侃古来常，绰号招呼逗趣彰。
卅载时光虽已过，如今倍感旧难忘。

七律·一九七七级学生毕业30周年聚会

岁月如歌唱羽商[①]，青春似画绘玄黄[②]。
离情别绪犹难尽，笑语欢声尚未央。
昨日英男和靓女，今天白叟与徐娘。
时延卅载重新聚，耋耄之年朵颐香。

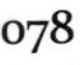

七律·女儿[③]美国归来探亲

女儿归国探家亲，牵动夫门二老神。
婆母协同遴用物，公爹陪伴供咨询。
一时疲惫胸怀昶，三日繁忙话语谆。

---

① 羽商：羽，羽调；商，商调。为古代乐律中的2个调名。

② 玄黄：指天地的颜色。玄为天色，黄为地色。《易·坤》：“夫玄黄者，天地之杂也，天玄而地黄。”

③ 女儿：作者在作品中习将儿媳称作女儿。

明岛酒家排饯宴，重临故地品馐珍。

七律·莫言[①]获2012年诺贝尔文学奖

文坛巨匠莫言公，斩获殊荣诺奖通。
异国学人夸故事，同宗儒士喟罡风。
根深叶茂良能萃，实至名归硕果隆。
一日登高临显处，微词依旧不由中[②]。

七律·导师刘公忠贵[③]教授结肠癌手术

结肠病变已重年，横向侵淫近一环。
住院宜时调体顺，上台适况刈癌顽。
床头行走敦能动，盐水平衡益泰闲。

---

① 莫言，1955年生，原名管谟业，第一个获得诺贝尔文学奖的中国籍作家。他的一系列乡土作品充满“怀乡”“怨乡”的复杂情感，被称为“寻根文学”作家。2011年莫言凭借小说《蛙》，荣获茅盾文学奖。2012年获得诺贝尔文学奖，获奖理由是：“通过幻觉现实主义将民间故事、历史与当代社会融合在一起。”

② 由中：犹由衷。

③ 刘忠贵，1930年生，东北农业大学动物医学学院教授，我国著名兽医病理学专家。

拨冗驱车今次见，春风满面笑声潺。

七律·导师刘公忠贵教授结肠癌术后吻合口瘘

初元选定满心欢，夫妇偕行探病专。

患者盈门人躁恼，电梯排队序安然。

廊间巧遇师娘到，病室惊闻噩耗传。

肠瘘已成餐不进，褥疮乍见寝难眠。

七律·现代城市立交桥

昼开雾渺右飞龙，夜入星繁左耀虹。

信步桥涂[①]观世态，置身云闼览民风。

熙来过客优游乐，攘往居人竟进匆。

万物之灵无末路，立交飞架傲苍穹。

① 桥涂：桥路，桥上路面。南朝·梁·简文帝《七励》：“路入阆风，道经通谷，桥涂泱漭，路林萧萧。”

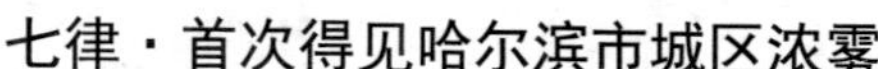

七律·首次得见哈尔滨市城区浓雾

霜降之时水气浓，眼前数丈物华[①]朦。
常言早雾当晴好，预报高温可遘逢。
似有似无仙境幻，若明若暗太虚空，
人间此景欣多见，风雨兼程驾彩虹。

五律·秋菊[②]

清容秋毕见，不意徼[③]人欢。
霜打腰身硬，风摧本色磐。
埋名销垢忌，隐逸度恬安。
高士相知久，俦居醉喜寒。

---

① 物华：自然景物。宋·张道洽《岭梅》诗：“到处皆诗境，随时有物华。”

② 菊：菊科菊属多年生草本植物，别名寿客、金英、陶菊等。原产中国，已有3000多年的栽培历史。8世纪前后传至日本，17世纪末叶引入欧洲，18世纪传入法国，19世纪中期引入北美，现菊花遍及全球。中国十大名花（梅花、牡丹花、菊花、兰花、月季花、杜鹃花、茶花、荷花、桂花、水仙花）之一，花中四君子（梅、兰、竹、菊）之一，被赋予清净、高洁、真情、吉祥、长寿之义。

③ 徼ji ǎo：贪求。西汉·司马迁《史记·匈奴列传》：“患其徼一时之权。”

五律·木棉[①]花

阳刚多壮美，奔放若狂颠。
未叶花先盛，花开叶后然。
英雄哀末路，豪气贯云天。
身死忠魂在，名垂百世传。

七律·初雪

漫天飘洒杜梨[②]花，俄顷云开暮色嘉。
中夜卧闻风入舍，日晞[③]立览雾浮霞。
楼台雪映晨光好，街巷冰封路况差。
且劝妇人多属意，增添衣物少生瘕[④]。

① 木棉：木棉科木棉属落叶大乔木，别名斑芝树、英雄树、攀枝花等。原产地不详，广泛种植于中国华南、台湾，中印半岛及南洋群岛。树高可达 25 米，常高于邻树，树形具阳刚之美，故名英雄树。早春先叶开花，花簇生于枝端，花型硕大，花冠红色、橙红色或白色。花掉落后，树下落英纷陈，不褪色，不萎靡，很英雄地告别尘世，故称英雄花。

② 杜梨：蔷薇科梨属落叶乔木。别名棠梨、土梨、海棠梨等。花瓣白色，结果期早，寿命很长。杜梨抗干旱，耐寒凉，通常作各种栽培梨的砧木。

③ 晞 xī：通“昕 [xīn] ”。晓，黎明，天刚明。

④ 瘕 jiā：妇女腹中结块病。隋·巢元方等《诸病源候论·瘕病候》：“瘕病者，由寒温不适，饮食不消，与藏气相搏，积在腹内，结块瘕痛，随气移动是也。言其虚假不牢，故谓之为瘕也。”

七律·一级飓风“桑迪”[①]肆虐美国东部地区

桑迪首害大洋城，厄自天来美国惊。
千万黎民殃祸事，百余性命殉灾情。
苦于行走交通断，郁在休居电力盲。
罕见鲨鱼游市肆，巷中无处觅糁羹。

七律·北京初冬暴雪

五十九载未曾闻，一日之间数尺濒。
积雪当街招叹讶，坚冰塞道使颦呻。
无心光顾红装女，有意提防绿脸人[②]。
自古风多沙卷地，从今涿郡[③]玉生尘。

---

① 桑迪：美国东部时间2012年10月29日晚8时许，形成于大西洋洋面上的一级飓风“桑迪”(Hurricane Sandy)在新泽西州登陆。截至11月4日，飓风桑迪已导致美国至少103人死亡，联合国总部受损。

② 绿脸人：草莽英雄。

③ 涿郡：北京的别称。

七律·壬辰立冬

已是辰年九月终，暖阳和煦每多逢。
时闻大雪将临莅，偶见浮云又匿踪。
树上虬枝依样绿，林中疏叶尚然红。
非时有气[①]当留意，警惕寒流再逞凶。

七律·动物医学学院研究生科学道德和学风建设报告会

弦歌永续后来人，雨露阳光每日新。
术业功夫源历练，德风涵养赖修身。
博通今古惟思最，学贯中西但问频。
贵在导师长自牧[②]，从游[③]垂范共周巡。

① 宋·王怀隐、陈昭遇等《太平圣惠方·卷第十五时气论》：“夫时气病者。是春时应暖而反寒，夏时应热而反冷，秋时应凉而反热，冬时应寒而反温，非其时而有其气。”

② 自牧：自我调养，自我修养。伏羲、文王等《易·谦》：“谦谦君子，卑以自牧。”孔颖达疏：“恒以谦卑自养其德也。”

③ 从游：指原清华大学校长梅贻琦（1889—1962 年）的“从游论”。“从游论”可概述为：“学校犹水也，师生犹鱼也，其行动犹游泳也。大鱼前导，小鱼尾随，是从游也。从游既久，其濡染观摩之效自不求而至，不为而成。”

七律·著名表演艺术家李默然[1]

幼时家境赤贫名，革命军营半个丁[2]。
天道酬勤成大业，梨园耐苦铸优伶。
忠心耿耿仁人誉，铁骨铮铮硬汉形。
旧日南开言故事，满堂喝彩励文青。[3]

五律·与以色列友人丹·本-卡南[4]（Dan Ben-Canaan）先生宴聚

灯火辉煌夜，兰心蕙性人。
欣尝清玉蕊，畅饮赤粱醇。
谊笃高朋智，情浓贵友珍。

---

① 李默然（1927—2012年），原名李绍诚，生于黑龙江省尚志市，著名表演艺术家，国家一级演员，中国戏剧家协会原主席。

② 半个丁：丁，古代指能担任赋役的成年男子。李默然13岁入伍，随军南下，故称“半个丁”。

③ 1981年在南开大学学习期间，曾当面聆听李默然的从艺生涯和话剧欣赏讲座，印象颇深。

④ 丹·本-卡南（Dan Ben-Canaan），英文写作及新闻学教授、大众传媒专家。所赠亲笔著作《卡斯普事件》(THE KASPE FILE）1册，以其翔实的考证和明快的笔触向世人披露尘封已久的哈尔滨市老马迭尔酒店绑架案。

赠书开雾眼，景慕以嘉宾。

五律·偶题

每次会臻完，心怦所竟然。
欢情偕适昶，旧谊复新翩。
术业分高下，操行辨佞贤。
政声其后贵，人意巷中坚。

七律·导师刘公忠贵教授预定下周二出院

重逢首见笑眉弯，细数疗程缓慢言。
肠瘘已封无后虑，刀伤未愈有今烦。
三餐每进脾阳盛，一日常行步履轩。
体力渐增多补益，下周可盼返家园。

五律·悍妇高声，旁若无人，令人无奈至极

尚未见尊形，已然晓大名。
滔滔闲口话，滚滚迅雷声。

乐处歌翻覆，忧时泪纵横。

错疑神志乱，致使路人惊。

五律 · 入冬后又雪

昨夜北风闻，今朝霰雾奔。

忽焉空散魄，瞬即壤凝魂。

福瑞枝头挂，祯祥树下屯。

洁身横沃野，大地了无痕。

七绝 · 柳色冻枝头

突兀寒来万物凋，澄阳迹匿雀声消。

路行人少衣新靓，绿冻枝头色窈娆。

七绝 · 召集博士后经费资助和博士后科研启动金答辩会有感

论剑华山艺领先，功无止境莫贪安。

虽然博士文凭获，更要良骢再著鞭。

七绝·雪霁

连阴四日见初晴，万物欣然眼洞明。
喜笑颜开前辈唤，欢呼雀跃子孙应。

七绝·偶感

凌晨四点入书斋，光耀东窗眼顿开。
疑是金星天幕挂，原为灯塔路边栽。

七绝·自救[①]

农家主妇叹称奇，骁勇非常烈女资。
机器卷身惟自救，保全性命斫伤肢。

① 据《新文化报》(2012-11-01)：农妇收玉米被机器咬住右手，挥镰刀断臂自救。

七绝·笑议“世界末日”前赶造“诺亚方舟”[①]

理工学士信谣言，倾尽家资造大船。
谶日来临犹尚惑，庸人自扰莫能诠。

七绝·光棍[②]节

单身若欲早脱光[③]，门户斟裁务妥当。
致富应从勤励拓，结婚莫把感情伤。[④]

---

① 据中国新闻网（2012-11-22）：男子担忧“世界末日”，花光积蓄造“诺亚方舟”。

② 据新华网（2012-11-11）：报告称中国单身男女达1.8亿，中国式相亲如同商业交易。

③ 脱光：脱离光棍（单身）生活。

④ 家庭富裕的希望应该寄托于婚后两个人的共同努力，通过诚实劳动致富，而不应该希望通过婚姻暴富。结婚主要是两个人感情上的事情，不应该掺杂不应有的功利色彩。

七绝·独居死亡[1]有感

空巢老者日趋多，孝顺儿孙意欲何？
终末关怀需变奏，独居时代重民歌。

七绝·群鸟死亡[2]

女娲创世为苍生，人鸟同安享太平。
彼此尊崇弘道纵，互相戕害厄灾横。[3]

---

① 据《中国新闻周刊》(2012-11-11)：独居时代，死亡悄无声息。一系列独居死亡事件，是逝者的不幸，更是社会的悲哀。这些事件也引发社会对独居老人的关注。

② 据《新京报》(2012-11-19)：东方白鹳遭毒杀，职业杀手随鸟迁徙一路投毒。

③ 人和物的生命权和生存权为天赋神授，不得按照人的意志肆无忌惮地毁物害命。

七律 · 科学博士厌倦科学研究，跳槽而去[①]

青葱博士厌科研，心去难留事已然。
自古功成凭赖趣，从来方向仗依坚。
忧中有乐为真乐，苦内存嫣是至嫣。
腹笥五车行路远，恒知笨雀也能天。

七绝 · 人生悲剧[②]

人生悲剧有依归，得到或然逢告吹。
得到常常初意顺，告吹往往信心衰。

七律 ·《中国奶牛学》编委会会议

安之若素趣环生，独自蹒跚赴北平。
起卧如常心绪好，饮飧似故胃神清。

---

① 据《新京报》(2012-11-23)：清华博士逃离科研当中学老师，称已厌恶科研。

② 人生悲剧："得到我所要的"也是悲剧，是因为许多人经过奋斗达成目标后，才发现这并非自己真正想要的。或者所付出的代价太高，得不偿失。所以做事不可太过功利，享受过程更加重要。

真知灼见论撰构，广历博闻议纂成。

已惯乘机金卡客，依然延误不须惊。

七律·三粒毒药[①]

三方毒剂断然离，切莫生吞祸乱栖。

偷巧能成空有志，贪功可竟笑无稽。

品牌消费将人惑，奢侈俚风被物迷。

色性如魑休靠近，敲髓榨骨命归西。

七绝·囧[②]字小议

画图生动象形真，符号时期创意蕴。

本自光明招世爱，后从窘迫惹人惛。

---

① 现代社会有三粒毒药：成功学、消费主义和性自由。成功学以速成为噱头，以名利为药效，误导急于走捷径成为人上人的年轻人投身其中，投机成瘾；消费主义以品牌为噱头，以时尚为药效，将人卷入无休止的购买与淘汰的恶性循环中，恋物成瘾；性自由以人性为噱头，以性爱为药效，不断释放暧昧与激情的烟幕弹，纵欲成瘾。

② 囧 jiǒng："冏"的衍生字，两字读音相同。本义为"光明"，现释义同"窘"，表示郁闷、尴尬、悲伤、无奈、困惑、无语等。"囧"被认为是"21 世纪最风行的一个汉字"。

七绝·夫妻养鸡[①]

布衣学子若斯求，心地安宁意境幽。
绿水环田鸡作伴，青山抱舍自封侯。

七绝·高校建“宫殿图书馆”[②]

无声潜润化功专，百代千秋燧火燔。
格物致知称圣地，何须似此耗财源。

七绝·惜福

幸福务要倍珍崇，得到艰难去遽匆。
粒米饱含耕耨苦，寸衫深蕴纺缫工。

---

① 据华商网－《新文化报》(2012-11-23)：夫妻放弃优裕生活进山养鸡，称厌倦了被领导管着。

② 据《长江商报》(2012-11-23)：高校建“宫殿图书馆”引质疑，校方称造价过亿正常。

七绝·好大

喜功好大弄敖倪[①]，兴尽悲来陷楚凄。
积跬能行千里路，防微可保万仞堤。

七绝·高速公路车祸[②]

连环车祸骇人听，动用官兵上百名。
性命关天须镇重，交通守序莫矜轻。

七绝·官腔

人前切莫打官腔，形象唯真要妥当。
语恶声蛮商宦道，心平气静庶民纲。

---

① 敖倪 áo ní：亦作“敖睨”。侧目斜视，骄矜之貌。元·刘壎《隐居通议·诗歌一》：“阁下乃敖睨一世，尚友千古，非今人所可跂及。”

② 据中国新闻网（2012-11-26）：京台高速山东段 120 车连环相撞，已致 7 死 35 伤。

七绝·有感马拉松死亡[①]

全民健体贵经常，项目因人慎考量。
万好初衷如若越，事同愿反命身伤。

七绝·欧洲奶农抗议奶价下跌[②]

欧洲鲜乳跳楼销，牧主游行怒火烧。
奶贱伤农非小事，审时度势免风潮。

七绝·炫富

富殷何以炫人前，勤俭持家见古贤。
丰裕理当亏欠备，盛妆应晓丐衣怜。

---

① 据东方网（2012-11-27）：广州马拉松又一名选手死亡。

② 据慧聪食品工业网（2012-11-28）：欧洲奶农举行示威游行，抗议欧盟牛奶收购价格过低。

七绝·假造新闻[①]

新闻假造有专能，严肃文风葆诨名。
嘲讽直攻阴暗所，弦歌婉送爱民声。

七绝·院内开花院外红

立春耕稼立秋丰，院内开花院外红。
五子登科[②]频诱惑，九爷[③]见状也颠疯。

① 据网易新闻中心（2012-11-29）：洋葱新闻网专业打造优质假新闻。洋葱新闻网（The Onion）是美国著名的讽刺新闻组织，他们以真实事件为蓝本，加工杜撰假新闻，毫无顾忌地嘲弄和讽刺。

② 时下新版“五子登科”寓指：妻子、孩子、房子、票子、车子。

③ 九爷：指知识分子，人称“臭老九”。古代中九流：一流举子（举人）二流医（郎中），三流风水（风水先生）四流批（算命先生），五流丹青（书画）六流相（相士），七僧（和尚）八道（道士）九琴棋（文人）。

七绝·学生犯上[①]

学生犯上岂能禁，部长难安忐忑心。

狷少愤青宜大度，和风细雨更深沈。

七绝·乳房“管状腺瘤”误诊[②]“管状腺癌”

切除错误为何般，一字之差潜祸患。

腺病本应良性物，腺癌必属恶中顽。

---

① 据人民网（2012-12-05）：台湾新竹清华大学学生当面骂教育部长“伪善”“装死”。

② 据《武汉晚报》(2012-12-11)：女患者因医院检验报告写错字被误切左乳。医生误诊是误治的祸缘，而责任心差和程序缺位是误诊误治的根源。对于制式管理占主流的医院，一切行为必须置于完全的程序化中。否则，就只能是按下葫芦起来瓢。

七绝·养鸡45日速成[1]

昔时散放换盐鲜，今日经营赚大钱。[2]
休道速成罹病少，专家特写便民篇。

七绝·雪后雾凇

琼花满树夜时开，预兆丰年自始来。
何路神仙施幻术，谁家玉女坐妆台？

七绝·烟雾

车灯探路入烟团，乍暗时明眼若瞀。
头痛难捱咳喘剧，盼能晴好寸心安。

① 据《北京日报》(2012-12-14)：45天速成鸡，生长快有五大秘密。

② 改革开放前，农村养鸡是为了零花钱（或以蛋换盐吃），所以有“养鸡为换钱，养猪为过年”之说。改革开放以后，养禽业获得极大发展，集约化养鸡可以发财致富，养鸡成为农民致富的途径之一。

七绝·美国又起枪杀案[①]

惊雷又炸纽敦城，二十八人横祸生。
总统唏嘘潸热泪，亲朋泣血痛难平。

七绝·知人善任

知人善任历来关，品学兼优自古宣。
潜在条规行市道，莫嗔民愤怨冲天。

七绝·答谢陆承平先生赠书[②]

诗瞳化物尽诗篇，秀士呼朋俱秀纶。
喜怒忧思毫颖[③]聚，风花雪月碧瑶[④]攒。

---

① 据新华网（2012-12-15）：美国小学枪击案已致28人死亡，含20名儿童。

② 赠书：指南京农业大学动物医学学院兽医微生物与免疫学教授陆承平先生赠书《诗眼看世界》（陆承平、韩冲著，广东省出版集团花城出版社，2012年11月）。

③ 毫颖：指毛笔。

④ 碧瑶：诗笺的一种，即碧瑶笺。

七绝·壬辰冬至

晨昏雾雪意缠绵，闲坐忧心事几般。
都赞岁丰祥瑞兆，谁怜茅舍越冬寒。

七绝·斥网络乱象[①]

信息时代乱频仍，符号年头噪速成。[②]
莫道神灵无可问，多趟不义自寻烹。

七绝·世界末日预言[③]不攻自破

渔歌唱晓海波平，坤转乾廻旭日明。
智者无忧酣夜睡，庸人自扰虑天倾。

---

① 据新华网（2012-12-21）：专家呼吁立法维护健康有序网络环境。

② 符号转变为信息需要除去符号携带的噪音，因此符号是一种乱象，必须除噪才能上升为信息，信息再进一步升级为知识。

③ 世界末日预言：无论玛雅人的预言如何，2012 年 12 月 21 日的旭日如期升起，世界末日的传言不攻自破。不论曾经为之惊恐或是感伤，生活仍将继续。带着对 2013 年的无限憧憬与期盼，人类将继续在追求幸福的道路上前行！

七律·学生傅刚探望感赋

情深谊重傅家郎，罗五花三[①]蜀酒香。
冬至雪晴天有致，人逢喜事醉无妨。
开流[②]薪火渔而猎，兴凯弦歌典亦常。
莫道今人心不古，析肝刿胆话麻桑。

七律·汽车噪音

迁居金地二环边，幸免足登十四旋。
身下高桥横跨越，眼中廛路纵伸延。
日耕苦自鸣笛闹，夜耨愁因警号煎。
地动天摇疑海啸，风驰电掣半云天。

---

① 罗五花三：即黑龙江特产“三花五罗”8种鱼的合称，指鳌花、鳊花、鲫花，哲罗、法罗、雅罗、胡罗、铜罗。

② 开流：即新开流文化，指中国北方地区的新石器文化，其上层较晚的年代为公元前4100年左右。因黑龙江省密山市兴凯湖畔的新开流遗址而得名。居民以捕鱼为生，兼事狩猎和农耕。

七律・斥贪心

人生何必太多忙，攘去熙来苦涩尝。
结党营私行不义，争名夺利作强梁。
铁窗之内方知律，重病而后始愿康。
更有贪心无尽止，临终犹梦娶新娘。

七律・《政府工作报告》征求意见座谈会

今年与往不消同，官样文章一扫空。
用语平和连地气，措词严谨话由衷。
新兴产业安排定，发展氛围澄廓充。
现代都城追国际，宜居便利重民功。

十六字令·闲三首

三首其一

闲！且把光阴赋彩笺。其中味，恬静又心安。

三首其二

闲！陪伴荆人到市廛。寻虚位，展阅待呼传。

三首其三

闲！叹赏冰橇雪地船。人声沸，冬泳驻足观。

贺新郎·元旦

爆杖高鸣处，旧年辞、新元伊始，运交千户。肠绪遂阳初显露，何以专门眷顾。毕竟是、严寒三数。古往今来人心恶，况世风日下清流汙[①]。惟自重，靠能助。

居闲总把诗词赋。惯牌名、韵声格律，万般衷愫。积雪封霜胸臆阔，笔底波狂涛怒。思且盼、谁当为伍？无畏肯将真言启，愿好人安顺休惊怖。筛烈酒，与君吐。

忆江南·春日近

春日近，天暖乍寒时。聒雀岂关人善恶，闲鸦焉问事诚欺。心苦有谁知？

渔歌子·入世文人

入世文人要热情，出世才子免纷争。莫图利，勿贪名，安康快乐慰今生。

---

① 汙wū：停积不流的水，同“污”。春秋·鲁·左丘明《左传·隐公三年》：“潢汙行潦之水。”注：“水不流谓之汙。”

捣练子·心若静

心若静，欲则空。身有儒生屋漏工[①]。夜半敲门无所惧，酣然一梦日斜东。

忆王孙·峥嵘岁月

峥嵘岁月长精神，浩荡乾坤炼魄魂。忙里闲中品性真，任评论，小胜聪明大胜仁。

调笑令·春雪

春雪，春雪，不见淑闺笑靥。狂风怒号横斜，行人懔栗蚓蛇。蛇蚓，蛇蚓，皤老尤须谨慎。

如梦令·一世淡恬

一世淡恬宁静，只为心无苦病。也笑到头来，自问读书何

---

① 屋漏工：即屋漏工夫，指不在暗处做坏事。明·吕坤《呻吟语》："无屋漏工夫，做不得宇宙事业。"

圣？身正，身正，打铁首需腰硬。

长相思·一日亲

一日亲，日日亲，亲我之人安我神，亲人难舍分。

少猜瞋，不猜瞋，以沫相濡生死恩，同吟锦帐春。

生查子·寒食

寒食两千年，介子[①]持斋祭。为报主公恩，割股忠心毅。寒食又今天，我辈情尤炽。若可利苍生，死把诚昭示。

点绛唇·月白风清

月白风清，众星无语人声寂。棉衾双倚，难却春寒意。此顾明城，只为先公祭。姏[②]翁已，路途迢递，往返佳天气。

① 介子：介子推（？—前636年），又名介之推，后人尊为介子，春秋时期晋国（今山西省介休市）人。因“割股奉君”“辞官不言禄”之壮举，深得世人怀念。死后葬于介休绵山，晋文公重耳遂改绵山为介山，并立庙祭祀，由此产生“寒食节”（清明节前一日）。

② 姏mán：指老年妇女。

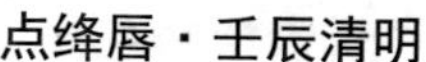

点绛唇·壬辰清明

时令清明，春寒料峭行人少。野荒陵庙，祭扫多来早。默默哀思，切切情难了。诸家老，冥钱捎（烧）到，收后无需告。

浣溪沙·普诺—纽文[①]

普诺纽文千里多，奈何长路百重磨，夫妻携手跨江河。笑面人生无悔事，热衷经历奏弦歌，心情欢乐共吟哦。

菩萨蛮·飓风[②]作恶

飓风作恶天撕破，德州受害民遭祸。屋顶剩几何，雨情犹颓沱。车飞头上过，幸甚无人挫。要谢阿罗诃[③]，护儿免祟瘥。

---

① 普诺—纽文：美国普莱诺（Plano）到纽黑文（New Haven），全程1800英里（约2880公里），李溯、苏天夫妻二人驾车前往，历时6日。

② 飓风：美国德克萨斯州达拉斯—斯沃堡地区20年一遇龙卷风为害，但无人员死亡，特别是刚刚到达德州普莱诺（Plano）工作的李溯安然无恙，是为幸事。

③ 阿罗诃：景教（最早自唐代进入中国的基督教派）在中国演化时，上帝的称呼取叙利亚文Alaha音译“阿罗诃”。

诉衷情·连翘

东风弗度是何为？万象尽遭摧。凌霜傲雪亭立，春暮领春回。
无大志，不消吹，免生非。自怡香淡，莫问它花，玉矩珠规。

诉衷情·人生可贵

人生可贵在相知，莫过生和师。浑如父母儿女，团聚一家时。
同苦乐，共勤思，互帮持。三年飞逝，旧景依稀，似画如诗。

采桑子·次辛公书博山道中壁[1]韵

当年不识书滋味，更上层楼。更上层楼，乐在其中何所愁。
如今识尽书滋味，欲罢难休。欲罢难休，宁静清恬春与秋。

① 南宋·辛弃疾《丑奴儿·书博山道中壁》：“少年不识愁滋味，爱上层楼。爱上层楼，为赋新词强说愁。 而今识尽愁滋味，欲说还休。欲说还休，却道天凉好个秋。”

卜算子·壬辰立夏

已入夏初时，仍是春天气。冷遏群英笑靥无，哪有游蜂戏。
最怕落花风，又遇阴潦渍。正处农家抢种忙，遭此天灾沴[①]。

减字木兰花·大学之厚

大学之厚，旨在和谐人造就。绝不于兹，专业行家一大批。
大学之最，重在人才和设备。切忌佻浮，戒慕虚名贵慎庥[②]。

减字木兰花·柳絮

翩跹起舞，无骨身家难自主。更有轻柔，招惹行人恶语稠。
谁能深解，空意乔妆裳似雪。称谢熏风，助我遗传把代宗。

① 沴 lì：克，伤害。南朝·宋·范晔《后汉书·五行志一》："惟金沴木。说云：气之相伤谓之沴。"

② 庥 xiū：同"休"，意为止息。大学的可贵之处，不仅要知道须做什么，更重要的是还要知道不能和坚决不做什么。

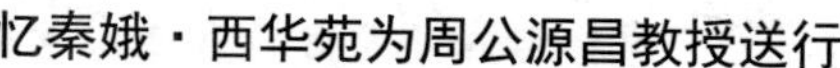

忆秦娥·西华苑为周公源昌教授送行

西风恶，黑云肆虐天帷落。天帷落，千河呜咽，万山喑啜。

先师伟岸花丛卧，后生肃立哀情默。哀情默，悲声厉响，颂歌[①]谁作？

清平乐·门下师生同游太阳岛

夏时初卯，蝉唱天明早。在校一人都不少，同旅太阳小岛。

远林青草飞莺，江风柳暗花明。仗剑三年不辍，挟书万里前行。

摊破浣溪沙·主持首届博士研究生分论坛

但见青英侃侃言，胸中文墨起波澜。三载修为道中道，志恒坚。

继晷焚膏披万卷，含辛茹苦过千关。直到览山皆众小[②]，尽开颜。

---

① 颂歌：见2012年卷《七律·悼周公源昌教授并引》。

② 化自唐·杜甫《望岳》：“会当凌绝顶，一览众山小。”

摊破浣溪沙・迎接专家组973课题中期考核预检

六月多阴雨亦频，专家评审到黉门。昼夜兼程甚劳苦，作风敦。

谋划捭阖疏经纬，运筹帷幄定乾坤。言简意赅惊四座，指迷津。

桃源忆故人・秦公鹏春[①]教授铜像落成记

苍天洒泪情悲怆，泣问秦公何往？望重德高群仰，人去声名亮。

焚膏继晷为师榜，传与晚生宗尚。松柏精神高唱，品似红梅样。

桃源忆故人・观电视连续剧《知青》，插队北京女知青冯晓兰洒泪跪别延安同感

乡亲待我家人样，春作秋成同饷。稼穑桑麻缫纺，劳动光荣酿。

---

① 秦鹏春（1923—2008年），东北农业大学生命科学学院教授，我国著名动物组织学与胚胎学专家。

不眠总把思潮涨，年暮此心惆怅。最是别离难忘，长跪山村向。

太常引·重访昔日中国人民解放军兽医大学

今朝无改旧容颜，一部驻三园。合校已八年，重墨彩、新书巨篇。

旷原烟树，山间明月，学术气氛磐。余敢断然言，苟日久、必将领先。

太常引·观45集电视剧《知青》有感

心头往事起烟波，映像似雕磨。岁月若诗歌，未曾叹、青春已过。

鼎新革故，复兴中国，历史岂容颇。军垦好山河，勿忘我、挥镰枕戈。

西江月·重游长春净月潭

往事不堪回首，十年弹指难追。重游故地旧颜非，山水空濛心醉。

雾雨情真为伴，喜鸦意切相随。不知时已唤人归，犹恋玄狐[1]妩媚。

醉花阴·壬辰夏至

时气参差从夜昼，直射歙阳透。最是北回区，此日足长，暑热随其后。

山明水碧风光秀，夏至人消瘦。凉面补身宽，亲友同餐，莫把贪心凑。

醉花阴·重阳又壬辰霜降

霜降重阳今又会，遍地黄花媚。偏遇北风残，零落成泥，更把心揉碎。

桑榆未晚云霞蔚，狷志仍难坠。余兴待来时，蜡炬春蚕，此世人无愧。

① 玄狐：净月潭之形状，颇似一灵动可爱的小狐狸，令人浮想联翩。

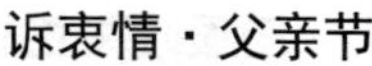

诉衷情·父亲节

世间万物界阴阳。父性最刚强。阳刚托起家业，强健善担当。承重荷，蔑轻狂，耐风霜。浓茶酽酒，父爱如山，儿女情长。

浪淘沙·儿幼时观《米老鼠和唐老鸭》等动画记

童趣最天真，如若阳春。专心无二意难分。两目凝然何外顾，充耳毋闻。

时而自言频，大笑雷奔。恣情和唱影中文。学剑习书堪教导，来日方殷。

浪淘沙·送妻弟女儿蔡思毅赴美留学

映雪见真功，枫叶初红。三年发奋大连东[①]。学海无涯艰作鹢[②]，风满帆篷。

淘漉壬辰中，小试牛锋。两邦五序有归鸿。选定美联普渡校，万里鹏踪。

---

① 大连东：大连枫叶国际学校（高中校区）坐落在大连市东北部的大连市金石滩国家旅游度假区。

② 鹢 yì：头上画着鹢的船，亦泛指船。

鹧鸪天·壬辰端午忆屈子[①]

自古忠臣屡祸端，平生多险被谗言。纵然玉壶冰心在，无奈奸人恶浪翻。

千载事，转身间，举觞凭吊为屈原。惯听沧浪渔翁唱，相伴离骚万代传。

鹊桥仙·《知青》上山下乡[②]祭

战天斗地，史无先例，壮美人生演绎。丹青水墨写春秋，就须用、浓颜重笔。

前仆后继，可歌可泣，开创世间奇迹。呕心沥血绘蓝图，更需要、儿孙传递。

---

① 屈子：屈原（公元前340—前278年），战国时期楚国诗人、政治家。屈子身屡遇害，壮志难酬，自沉汨罗，以身谢国。是真士子也！想今世上真学者不多，或滥竽充数，或随帮唱影，或拾人牙慧，或唯唯诺诺。士人无骨气，则民族无灵魂；才子无真知，则民族无文化。吾辈当知耶！

② 上山下乡：45集电视连续剧《知青》，在中央电视台综艺频道黄金时间热播结束。在中国的广袤大地上，于20世纪50年代至70年代，曾掀起一股上山下乡的热潮，前后人数达2000多万人。这一“移风易俗，改造中国”的壮举，曾经是一代人的共同理想，其意义之深远、作用之巨大，必将名垂史册、昭示世人。

鹊桥仙·七夕

松萝共倚，鲽鹣同进，更忆一瞥似故。感情浓处竟多寥，爱到炽、心头愈苦。

死生相守，安贫乐道，不辍全身佑助。谁言前路友朋靡，知己者、何曾众数。

鹊桥仙·贺弟子新婚

婷婷倩女，翩翩才子，天设地生连理。持红月老一相牵，便成就、嘉媳快婿。

凤凰齐驾，鸳鸯同戏，举案齐眉伉俪。外随内唱亦堪行，尤贵在、莫离毋弃。

玉楼春·扇子

一年四季多闲赋，唯有夏时无彳亍。但随家主手挥斯，送去风凉平热苦。

莫嫌平淡襄人碌，甘愿埋身归隐处。声名何必伺机谋，诸葛[①]

① 诸葛：诸葛亮（181—234年），字孔明，号卧龙，三国·蜀丞相，杰出的政治家、军事家、外交家、文学家、书法家、发明家。

轻摇传万古。

虞美人·壬辰小暑

平明[1]乍见曦光照，知是新时到。山荆早市一归巢，便报今天温度异常高。

昊苍颇似开玩笑，俄顷乌云罩。至吾日上[2]演晨操，更有风生轩牖雨飘摇。

南乡子·专家体检

渥眷有真情，资重人多隔岁行。众口同讴佳举止，心声。踊跃参加欢乐盈。

顾问业光荣，愿为家乡献赤诚。勿用扬鞭勤奋自，殚精。不教冰城负盛名。

---

① 平明：太阳露出地平线之前，天刚蒙蒙亮的一段时间，也就是黎明之时。用地支表示这个时段，则为寅时，即每天清晨的 3～5 时。

② 日上：指太阳升出地平线之时，用地支命名为卯时，这个时段指每天清早的 5～7 时。

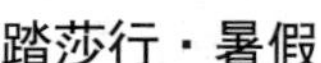

踏莎行·暑假

日影横窗，晨钟回荡，勿沦暑假成怡养。休将浪费好时光，白驹过隙零商量。

福寿难双，花红有当，张弛适度无迷惘。清闲定要虑匆忙，一生不悔心情昶。

临江仙·韩公正康[①]教授鲐背之年

虎踞龙蟠先帝府，钟灵毓秀金陵。秦淮河水荡欢声。凤鸾衔彩练，松柏贺鲐星。

科苑探源寻妙谛，杏坛桃李撷英。畜禽生理筑高瓴。弦歌前辈递，薪火后人承。

蝶恋花·卅载重逢

卅载重逢皆故旧。谊切情真，胜似亲人厚。明月清风将进酒，高山流水知音奏。

慨忆当年拼夜昼。捧卷钻研，常到三更漏。今世何祈福禄寿，

---

① 韩正康，1924 年生，南京农业大学动物医学学院教授，我国著名家畜生理学家。

青灯作伴书为友。

蝶恋花·高考七七

高考七七犹在忆。挥洒青春，身事山乡寄。夜寐夙兴勤努力，题名金榜登高第。

毕业卅年星月替。儿女初成，我等皤翁（徐娘）已。半百虽多轻势利，同窗情分甘如蜜。

破阵子·壬辰大暑

当热反凉秋更，宜晴多雨霜前。暑日易长增苦郁，戾气难消减惬欢。忧愁稼穑关。

伏卧适从燠暖，饔飧避讳辛寒。冬患夏疗除已病，阳泌阴平防未然。养生百岁闲。

渔家傲·壬辰立秋

暑热正浓秋日到，兰香微起心思浩。絮聒寒蝉随意叫。须正告，西风落叶休狂躁。

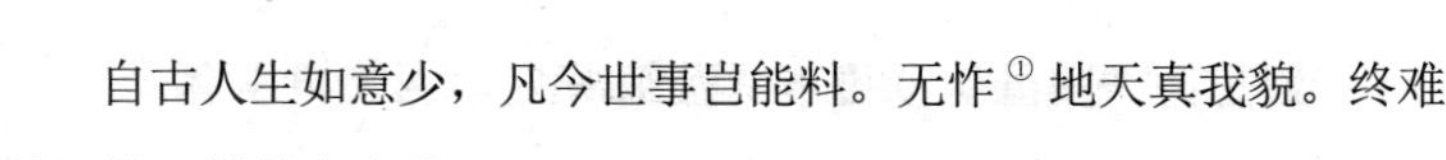

自古人生如意少，凡今世事岂能料。无怍[①]地天真我貌。终难耗，丹心傲骨当空啸！

谢池春·赴宁参会，适逢台风“海葵”[②]在江苏登陆

业界精英，又会六朝京府。海葵君、也来凑数。飞机着地，便狂风摇雨。全身浇透无心顾。

人还未到，短信告知三度。用餐时、嘉宾共餔[③]。周公[④]筛酒，道行程辛苦。旧僚老友真情笃。

---

① 怍 zuò：惭愧。春秋·鲁·孔子及其弟子《礼记·祭义》：“孝子临尸而不怍。”

② 海葵：2012 年 11 号强台风，8 月 8 日会议报到日登陆，苏南一带受害严重。南京受其影响，发生今年以来少有的大到暴雨及从未见过的 10 级圈风。

③ 餔 bū：吃。

④ 周公：南京农业大学时任校长周光宏教授。

青玉案·美国奥罗拉市“世纪 16”电影院枪击案[①]

美邦又起凶嚣案，世感愕，人兴叹。十二平民遭死难。白宫震动，庶民嗔怨。国会煽涎战。

岂能枪械家家现？有证持枪怎监管？痛定思殃心愈乱。亲朋遽去，哀伤渐远。枪案何曾断。

江城子·壬辰处暑

天高云淡好时光。夜清凉，昼悠长。暑气此消，万物化收藏。又是一年丰产望，蛙声遍野，稻花香。

江城子·壬辰白露

此时天气已深凉。雁南飞，叶秋黄。露自今凝，月朗是家乡[②]。奉告饕蚊当闭嘴，物中丑类，莫嚣张。

① 当地时间 2012 年 7 月 20 日，美国科罗拉多州奥罗拉市举行《蝙蝠侠前传 3：黑暗骑士崛起》首映式的“世纪 16”电影院发生严重枪击案，导致 12 人死亡，58 人受伤。

② 化自唐·杜甫《月夜忆舍弟》：“露自今夜白，月是故乡明。”

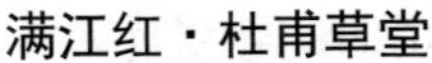

满江红·杜甫草堂

漫步园中，全然若、与公同宿。仍可见、径涂足印，阶墀苔绿。耳畔似闻风疾号，眼前犹睹霜严酷。有谁怜、陵老泣平生，何能赎。

人间事，多感触。世上苦，心头溽。恤民耽道义，迅雷声瀑。草舍本为流浪所，陋居原作栖身筑。诗两百、相伴浣花溪，丰碑矗。

水调歌头·同学／师生情

怀曩时依永，思念梦中收。今朝难又相逢，凝视语无周。重叙同窗（师生）嘉谊，共煮琼浆碧酒，一醉可方休？屈指岁匆去，逐浪若飞鸥。

手拉手，没处够，意悠悠。志存高远，都有着各自追求。情感蒙殃愈守，友爱经霜尤厚，时代竞风流。宏愿胸膺在，重彩写春秋。

水调歌头·都江堰

自古水为害，顺势虐双边。岷江洪泛川西，人或变鱼鼋。当若平遭荒旱，则见锱铢无获，千里赤如丹。民众屡涂炭，生命倍熬煎。

多少载，寻常事，任其然。李冰父子，心怀悲悯睡难眠。勘测灾情细致，疏浚工程精湛，排灌两相全。世界丰碑立，华夏史诗传。

水调歌头·壬辰中秋

花好月圆日，灯火万家时。世间天上同庆，夜色美如霓。身老乡愁成性，年迈亲情倍蓰[①]，未旦[②]苦难移。望远面东立，潸怅影迷离。

子留学，八年已，自成蹊。男儿有志，三十而业剑锋犀。抬眼人非物是，转瞬驷驰隙过，书苑草萋萋。今夜秋风瑟，远近鹧鸪啼。

念奴娇·七七情并引

真情难忘，一九七七。卅载寻梦，情景依稀。一代学人，发

---

① 倍蓰 xǐ：数倍。

② 未旦：即夜半。前日夜 11 时至当日凌晨 1 时，这个时段用地支命名称作子时。

奋努力。天之骄子，华夏称奇。肩负重担，扛鼎之力。披肝沥胆，所向披靡。日月荏苒，白驹过隙。双鬓已白，耳顺之期。仰不怍天，俯不耻地。烈士暮年，老骥伏枥。生命之树，长青不易。此地别后，来日再聚。

雁归高唳，伴熏风撩面，秋色斑斓。曩昔同窗今日见，难止清泪潸然。卅载如烟，离情无限，语细润心田。马家花苑，喜迎游子回还。

追忆吾辈当年，山乡多锻炼，共苦同欢。巨手狂澜邓公[①]挽，教育书写新篇。任重盈肩，青春宏愿，碧血荐轩辕[②]。此生何憾，晚晴晖映流丹。

苏幕遮・同游北大荒农业园

碧云天，秋色灿。约定农园，全系同仁唤。四季收成当日见。北塞南乡，是处惊奇绽。

好人缘，心顾眷。众口齐声，团队精神赞。笑语欢歌多进饭。喝彩鱼香，一尾七斤半。

---

① 邓公：邓小平（1904—1997 年），1977 年推动恢复高考，时年 73 岁。

② 化自鲁迅《自题小像》：“寄意寒星荃不察，我以我血荐轩辕。”

苏幕遮·壬辰秋分

桂花香，秋已半。昼夜平分，寒热从人愿。阳晦阴明由此断。福祸相依，留意需成算。

总开心，勤锻炼。随遇而安，切莫寻烦乱。苦乐无关方好汉。笑面凡生，自定[①]身躯健。

桂枝香·大漠人生

苍茫大漠，恰鬼斧神工，地成天设。千载魂灵依旧，品行惟我。静如淑女闺房守，躁狂时、石飞沙落。率真情性，侠肝义胆，莫论功过。

转眼间、星移斗错。看百万官兵，胸有丘壑。塔里木河饮马，战勋丰硕。原油翻滚威声震，葡萄甜润美名拓。棉桃含笑，雪瓜甘冽，稻花香彻。

① 自定：犹自安。魏·王肃注《孔子家语·五仪解》：“所谓庸人者，心不存慎终之规，口不吐训格之言；不择贤以托其身，不力行以自定。”

水龙吟·胡杨[①]

饱经大漠沧桑，遍尝苦难生戈壁。乾坤铸就，钢筋铁骨，青松意志。世代凝成，坚贞隐忍，达观性体。叹人间显贵，游侠义士，风流竞，谁能比。

莫论守边业绩，纵情于、雨狂沙肆。承天哺育，千年不死，森罗蔽日。受地滋濡，千年不倒，巍然屹立。更英雄气概，千年不朽，令神仙泣！

石州慢·本命年

岁在壬辰，虚度六旬，寡欲何怛[②]。听音响亮方聪，视物近趋才澈。神闲气静，淡定缘自安贫，从容因有前知阔。廉正享怡宁，志弥坚难夺。

无惑，布衣蔬食，藜杖芒鞋，稼阡桑陌。来去销声，自比山人樵客。迩今一载，曲兴词趣频仍，百篇习作添欢惬。老树暮年时，又萌芽生叶。

---

① 胡杨：杨柳科杨属，落叶中型天然乔木。树干通直，高10～15米，直径可达1.5米。木质纤细柔软。耐旱耐涝，生命顽强，是自然界稀有的树种之一。民间有胡杨“生后一千年不死，死后一千年不倒，倒后一千年不朽，朽后一千年不散”之传说。胡杨树叶奇特，因生长在极旱荒漠区，为适应干旱环境，幼树嫩枝上的叶片狭长如柳，大树老枝条上的叶却圆润如杨。

② 怛dá：忧伤。

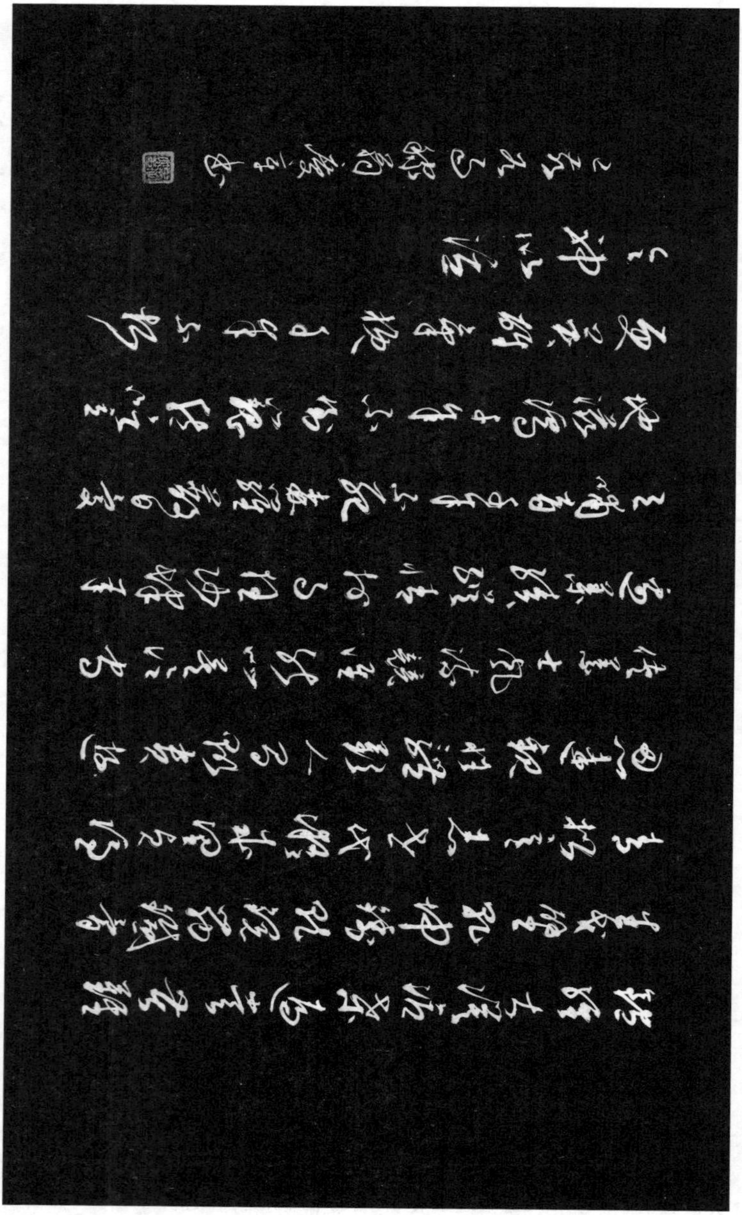

雨霖铃·话别

人生云谲，待回头看，感喟尤烈。踌躇满腹憧憬，虽登胜处、神慵形竭。万念皆灰寡眷，谓无悔相叶。想一路，星夜兼程，不晓留心百花惬。

真情未必伤离别，更当堪、塞雁长空咽。悄思甲子身倦，应就此、驻鞍消歇。记取来今，须要从容淡定酣悦。便乐享、第二青春，唱诵知足诀。

南乡子·壬辰寒露

北雁又徂迁，露冷霜严日渐寒。天下好人多保重，身关。衣物随时增与删。

刈豆正当前，晚稻还家莫等闲。颗粒尽收无浪费，民安。手有余粮心内宽。

永遇乐·乳品科学教育部重点实验室

竭虑殚精，八年铺垫，基业成就。重点平台，声名鹊起，硕果随人右。韶华才俊，科研老叟，同演和声协奏。唱宫商、珠圆玉润，更期乐章渊薮。

民为国本，餐齐天昊，岂可用心粗陋。饮乳荣身，安全畿要，标准当关口。[1]创新惟尚，探幽无止，确保酪香浆厚。向来路、风光旖旎，览千岭秀。

望海潮·南开凭忆

南开凭忆，三十历载，光阴荏苒流芬。八里璧台[2]，一方圣地，槐花柳浪莺闻。桃李绚如云。大师育才秀，尚用唯真。允公允能，日新月异[3]，见精神。

提前选送津门。择诸多课目，生化专飧。膏雨沛霖，丰田沃

① 中国乳业有“国以民为本，民以食为天，食以乳为先，乳以安为要”之成说。

② 八里璧台：指八里台。明·宋濂、王祎《元史〈第29卷·泰定本纪〉》：“八里台原称八里带亲王属地。八里带为元世祖忽必烈之侄孙，封地在今八里台至六里台一带。八里台是八里带亲王属地之通称，并不指特定之楼台，亦无距何处为八里之量化概念。”

③ 允公允能，日新月异：南开系列学校的共同校训，由我国近代爱国教育家严范孙、张伯苓在办学实践基础上总结凝练而成。

土，贪心虎咽鲸吞。枯木恰逢春。苦读居翘楚，基业恒真。实至名归岂忘，当日训蒙人。

归国谣·秋日仲

秋日仲，游子归来姑舅颂，一声呼唤心砰动。[①]

美去多载夫妇共，留学梦，齐飞比翼潮头弄。

沁园春·冬日赴宁

雪沃风高，地冻天寒，日丽景澄。瞰山披缟素，青松傲立，河壅琼玉，飞鸟骞腾。歧路茫茫，行人踽踽，身下村庄图画明。师生四，喜耕耘志趣，收获心情。

同盟[②]齐聚南京，又经岁研休大点兵。赞把关将帅，文韬武略，攻坚士卒，马纵矛横。初战传捷，中期言磬，华夏牛欢奶更馨。来年见，颂水肥草美，舞曼歌轻。

---

① 儿媳自美国归国探亲。电话传情，一声“妈，我回来了！”令婆婆兴奋不已，一夜难以成眠。姑舅：丈夫的父母，公婆。唐·杜甫《牵牛织女》：“虽无姑舅事，敢昧织作功。”

② 同盟：喻指国家重大基础研究项目“牛奶重要营养品质形成与调控机理研究”项目组。

摸鱼儿·旧趣重拾

卅年间、讲台三尺，西宾东北东大。苍华犹感心思切，珍重此身儒雅。惟爱那，少儿态、激情四溅凭挥洒。识途老马。惯蹑蹻担簦[①]，安贫乐道，另类复呆傻。

书为伴，醉与先贤对斝[②]，开怀堪似游耍。平生贵有知天慊，高卧北窗消夏。何以诧，目惛愦、人心不古惊儇诈[③]。无需患寡。便做个神仙，闲云野鹤，欲止莫能罢。

六州歌头·东农旧忆

东农旧忆，一九四八年。晨已报，晓将破，炮声连，战旗翩。一纸擢贤令，自兹日，刘成栋，担市务，兼长校，筑黉坛。延揽群才，中外亲身顾，赤胆忠肝。聚燃情彦俊，后稷有人传。续写遗篇，肇新元。

渐高楼立，菁英育，推教改，学苏联。培良种，筛稼艺，重科研，旷无前。地域存分异，谁替代？自方圆。根黑土，流血汗，志云天。万古鸿荒已变，岂能忘、创业艰难。祖国粮仓沛，民众

① 蹑蹻担簦 niè jué dān dēng：指远行，跋涉。明·宋濂《太上清正一万寿宫住持提点张公碑铭序》："公皆蹑蹻担簦，往拜其坐下。"

② 斝 jiǎ：古代中国先民用的酒器。

③ 儇 xuān 诈：奸诈。

免饥僝[①]，有我攻关。

上行杯·壬辰立冬

细雨轻寒时节，需廿日、物象方浓。生长收藏天道寄，安能任意。隰将眠，田始憩，雪莅，人喜，樽响炉红。

桃源忆故人·壬辰小雪

新寒渐重玄阴蕴，草木凋零几尽。终日雾腾霾滚，杖者尤当慎。

依稀旧忆传狰讯，经岁无人曾问。喟谢良知难泯，尚有真情信。

---

① 饥僝 chán：饥饿憔悴。前蜀·贯休《还举人歌行卷》："王恺家中藏难掘，颜回饥僝愁天雪。"

上行杯·壬辰大雪

四野苍茫寥落，时雪沃、喜兆丰年。牲旺鱼欢粮满囤，标高再进[①]。国家强，民众奋，好运，忙趁，同贺新元。

① 据人民网（2012-10-23）：黑龙江省委 10 月 22 日召开前三季度全省经济形势分析会，据称黑龙江省 2012 年农业生产喜获丰收，粮食总产可达到 1200 亿斤以上，成为全国第一产粮大省，为保障国家粮食安全做出新贡献。

曲

红锦袍·那老子

那老子长高校十二年，老来神未变，余生趣更绚。曾读经集数百卷，曾阅子史几千编。爱那汗牛充栋，喜那墨香盈砚，乐得个静斋清微淡远。

2013

五律·师生同聚

雪后晴明日，园鸦絮语喃。
阿春身首府，邦若挂边衔。
北往诚偕婿，南来谒索函。
师生同庆贺，谈笑口难缄。

五律·2013年元旦

素心逢首日，无意恋书房。
夜色依然黑，晨曦尚未光。
新年怀旧事，旧岁启新黄。
吾自寻香者，诗笺暐映[①]窗。

五律·人鼠同笼

苦害如何耐，成因未几同。
尿骚熏过客，粪臭浸居翁。

---

① 暐wěi映：光彩照耀。南朝·梁·江淹《萧被尚书敦劝重让表》：“不谓过延渥洽，谬攀河汉，荣宗葐蒀，宠华暐映。”

屡叱家私劣，严呵异味洪。
原来人与鼠，上下一藩笼。

七绝・云南故人

李桃硕彦遍乾坤，云岭之南有故人。
咫尺犹觉心意重，天涯更见感情淳。

七绝・三九赴春城

异种心情另样天，七千里路[①]乐中完。
琼花玉树晨言别，姹紫嫣红晚问安。

① 哈尔滨太平国际机场到昆明长水国际机场的航空里程为 3494 公里。

七绝 · 翠湖鸥影

西伯利亚徙鸥[①]来，云岭之南菡萏开。
菜海[②]白天嬉水面，滇池黑夜宿石台。

七绝 · 客居枫叶王府

晓雾迷蒙雨色微，闻声对面不知谁。
一盘米线宽肠绪，两袖清风展笑眉。

---

① 西伯利亚徙鸥：即西伯利亚海鸥。海鸥是鸥科鸥属海鸟，为候鸟。分布于欧洲、亚洲至阿拉斯加及北美洲西部。中等体型，身姿健美，惹人喜爱，其身体下部的羽毛像雪一样晶莹洁白。海鸥俄罗斯亚种繁殖于俄罗斯自卡宁半岛和莫斯科地区向东至西伯利亚中北部勒拿河，越冬于东南欧和黑海、里海、波斯湾及中国东部沿海。昆明人讲，自 1986 年以来，每年来自于西伯利亚的大群红嘴鸥在昆明滇池等水域觅食越冬。

② 菜海：又名翠湖，位于云南省昆明市，因其八面水翠，四季竹翠，春夏柳翠，故称“翠湖”。元朝以前，滇池水位高，这里还属于城外的小湖湾，多稻田、菜园、莲池，故称“菜海子”。因湖东北有“九泉所出，汇而成池”，故又名“九龙池”。

七绝·柿子[①]

剔透玲珑挂树头，星罗棋布缀山楼。
曾疑忙碌无心顾，原是难销任意留。

七绝·亲鸟筑巢

不图享受筑温巢，但为儿孙忍愤憀[②]。
敢问人间贪嘴客，何时可把恶心消。

---

① 柿子：柿科柿属多年生落叶果树，又名红嘟嘟、朱果、猴枣等。原产中国长江和黄河流域，现全国各地广为栽培，已有一千多年的栽培历史。柿子 19 世纪传入法国和地中海各国，后又传入美国。现世界各地均有柿树栽培，但大都由我国引种。我国五大水果（葡萄、柑桔、香蕉、苹果、柿子）之一，成熟季节在 10 月左右，入秋碧叶丹果，鲜丽悦目，果实形状有球形、扁桃形、锥形、方形等，不同品种颜色从浅橘黄色到深橘红色不等。柿树树冠开张，叶大光洁，绿树浓影，夏可遮荫纳凉。晚秋红叶可与枫叶媲美，也是一种优良的观赏树木。北宋·仲殊《西江月·味过华林芳蒂》："味过华林芳蒂，色兼阳井沈朱。轻匀绛蜡里团酥。不比人间甘露。神鼎十分火棘，龙盘三寸红珠。清含冰蜜洗云腴。只恐身轻飞去。"

② 憀 liáo：悲恨。唐·陆龟蒙《自遣》："谁使寒鸦意绪娇，云晴山晚动情憀。"

七律·石林

地顺天和祷圣灵，神工鬼斧自浑成。
千骑万队雄师演，九陌三条帝府行。[①]
叩问谁人传鼓瑟，参寻何处踏歌声。
嫣然诗玛彝妆靓，遍撒鲜花客礼明。

七绝·杯酒人生[②]

人生恰似酒流芳，回味无穷耐永长。
牛饮鲸吞亲戚否，浅斟低酌友朋臧。

---

① 据清朝初期（1712年）编纂的《路南州志》记载：“石林，岩高数十仞，攀援始可入。其中怪石如林，如千队万骑，危檐逐窟，若九陌三条。色俱青，嵌结玲珑，寻之莫尽。下有伏流，清冷如雪。”

② 杯酒人生：在西双版纳州府景洪市勐巴拉娜西艺术宫广场场外晚会观看大型歌舞秀《勐巴拉娜西》，从傣语“几把多（喝酒）”“几把也（喝醉酒）”感悟“杯酒人生”。

七绝·绞杀[①]

热带丛林万象生，屠刳俦类令人惊。

桑科榕树争营养，棕榈身躯陷绞烹。

七绝·朱樱花[②]

英雄本色世功高，静女情怀面目娇。

古往木兰从父业，今来艳蕊恋松飂。

---

① 绞杀：即植物绞杀现象。绞杀植物大多是榕树，其种子多通过鸟的粪便或者被风刮到棕榈树、铁杉树等被绞杀植物易于榕树生长的树干上，等到发芽后，其根就植入被绞杀植物的根部。绞杀植物缠绕在被绞杀植物茎干上，与被绞杀植物争夺养料和水分，绞杀植物慢慢成长为既附生又自主的热带植物。若干年后，被绞杀植物就会因营养和水分不足而逐渐死去。中国科学院西双版纳热带植物园特别是棕榈园中，绞杀现象是处可见，见后令人目瞪口呆，听后叫人悲悯油生。

② 朱樱花：豆科朱缨花属落叶灌木或小乔木，别名红合欢、美蕊花、美洲合欢，俗称“红绒球”。原产南美，现热带、亚热带地区常有栽培。中国台湾、福建、广东有引种，栽培供观赏。离生的花丝深红色，花极美丽。漫步在中国科学院西双版纳热带植物园中，一丛丛朱樱花鲜红耀眼，恰似武士头盔上的红樱，令人肃然起敬，驻足观赏。

五律·驯象表演

野谷欢声起，游人笑语扬。
主持频讪谑，驯象偶吭喤[①]。
罗汉磬熟惯，华兹舞故常。
长鼽[②]摩靓女，吻你不商量。

七绝·孔雀于飞

碧波荡漾满金湖，山色空濛掩翠篁。
百位游宾观止卷，千只孔雀放飞图。

---

① 吭喤kēng huáng：开口大声叫喊。

② 鼽qiú：鼻，中医学称名堂。《灵枢·五色》："明堂者，鼻也。"相当于解剖学之外鼻，别称鼽。《黄帝内经太素·经筋》："鼻中出气之孔谓之鼻也，鼻形谓之鼽也。"

七律·勐巴拉娜西[①]

勐巴拉娜美名扬，奇幻殊伦物我忘。
版纳风情亲远客，澜沧春色润多疆[②]。
傣家泼水邀歌戏，孔雀成婚伴舞翔。
众口祈福襄盛举，声难绝耳韵绵长。

七绝·山茶[③]

既往知名未见花，如今觌面理当夸。

---

① 勐巴拉娜西：西双版纳傣族自治州的别名，此处指西双版纳的超级歌舞秀。“勐巴拉娜西”傣语意为“美丽神奇的地方”，全剧将傣家特有的民族文化与地域风情演绎到极致，世人皆说“中国歌舞看云南，云南歌舞看版纳”。

② 澜沧江是澜沧江—湄公河水系在中国境内河段的名称。澜沧江上源扎曲、子曲，均发源于中国青海省唐古拉山北麓，东南流至西藏昌部与右岸支流昂曲汇合后，在云南省西双版纳傣族自治州勐腊县出境成为老挝和缅甸的界河，始称湄公河（Mekong River）。湄公河流经老挝、缅甸、泰国、柬埔寨和越南，于越南胡志明市流入中国南海。

③ 山茶：山茶科山茶属灌木或小乔木，别称曼陀罗树、薮春、茶花等。原产中国，主要分布在浙江、江西、四川、重庆及山东，日本、朝鲜半岛也有分布。四川、台湾、山东、江西等地有野生种，中国各地广泛栽培。山茶花花色品种繁多，花朵硕大，多数为红色或淡红色，亦有白色，多为重瓣。

娇羞难掩真佳丽，韵若牡丹魂似霞。

七绝·云南一品红[①]

久遇曾尊室内葩，在滇山野贵为家。
高高大大如乔木，火火红红似绮霞。

---

① 一品红：大戟科大戟属常绿灌木，又名圣诞花、象牙红、老来娇等。原产中美洲，广泛栽培于热带和亚热带。中国绝大部分省区市均有栽培，常见于公园、植物园及温室中，供观赏。其最顶层的叶是色彩鲜艳呈火红色、粉色（一品粉）、白色（一品白）或黄色（一品黄）的苞片（变态叶），常被误为花朵。真正的花则是苞片中间一群黄绿色的细碎小花，不易引人注意。

七绝 · 初识红梅[①]

联大[②]遗园沐古风，忽焉梅影入双瞳。

纵然映日虞姬艳[③]，不抵凌寒铁骨红[④]。

七绝 · 云南归来

夫妻伴旅到祯滇，七日优游始放还。

出去方知风色好，归来依旧满城烟。

---

① 梅：蔷薇科杏属小乔木、稀灌木，原产中国，各地均有栽培，但以长江流域以南各省最多，江苏北部和河南南部也有少数品种，某些品种已在华北引种成功。日本和朝鲜也有栽培。先叶开花，香味浓。花瓣倒卵形，白色至粉红色。梅花位于中国十大名花之首，与兰花、竹子、菊花一起列为“四君子”，与松、竹并称为“岁寒三友”。在中国传统文化中，梅以它高洁、坚强、谦虚的品格，给人以立志奋发的激励。在严寒中，梅开百花之先，先天下而春。红梅，梅花的一种。

② 联大：指我国抗日战争时期，由北京大学、清华大学和南开大学辗转南迁昆明组建而成的国立西南联合大学。

③ 虞姬艳：即虞姬艳装，红色类牡丹之一种。

④ 铁骨红：朱砂型红梅，喻抗日战争时期在艰苦的办学环境中仍然卓然不群的国立西南联合大学。

七绝·一路牵心

一路牵心在锦鱼，七天顾返气长嘘。
浮游水面凝神对，啜动双唇笑口呿[①]。

七绝·无情[②]

无情却又总关情，寡泣鲜欢视物清。
寻故加之心不怒，猝然遇尔魄靡惊。

七绝·旅行

欲觅童真便旅行，风光无限好心情。
烦劳弃手安和逸，快乐随身实又名。

---

① 呿qū：（口）张开。《黄帝内经·灵枢·本输》：“刺上关者，呿不能欠。”张景岳注：“呿，张口也；欠，张而复合也。”

② 无情：一个医生，面临的是生死存亡和功过得失，需要有极好的心理素质，如果思虑过多，便无法行医。美籍华人作家刘墉《多情却似总无情》：“只有不哭不笑的眼科医生能做得长，也只有不哭不笑的眼睛看得清，使病人的眼睛能哭能笑。”“只有不哭不笑的能撑得下去，只有不哭不笑的医生，能救更多人”。

七绝·淡定

淡定平和品韵高，从容镇静气襟劭。

去留不意无惶惑，宠辱无惊不寂寥。

七绝·戒怒

伤身恚怒[①]勿闲萌，气死君家几动情。

愤世嫉俗心内荡，横眉立目胆边生。

七律·六十自题

六旬诞日喜筵排，诸位相知贺寿来。

悦海佳肴香覆齿，贵州美酒妙涵腮。

期颐双庆如何易，花甲古稀似可该。[②]

应晓死生诚顺矩[③]，短长未便任斟裁。

---

① 恚 huì 怒：生气，愤怒。明·张岱《陶庵梦忆·仲叔古董》：“淮抚李三才百五十金不能得，仲叔以二百金得之，解维遽去。淮抚大恚怒。”

② 期颐也称人瑞，指百岁老人；双庆即古稀双庆，一百四十岁。花甲或称耳顺，指六十岁；古稀，指七十岁。

③ 顺矩：顺应自然法则。三国·魏·嵇康《太师箴》：“体资易简，应天顺矩。”

七绝·家乡大枣[①]

园中棘实谓能餐[②]，三百诗存诵可传。
秀润甘怡逢岁寄，家乡味道每时鲜。

七绝·小年祭灶

何需祭灶贿仙翁，拜乞神灵免祸逢。
日子每天勤俭过，儿孙世代不沾穷。

七绝·湿地[③]

滩涂沼泽自然妆，保护潜心受用长。
神醉目酣佳去处，水肥草美鸟天堂。

---

① 枣：鼠李科枣属落叶小乔木、稀灌木，别称枣子、大枣、刺枣等。原产中国，亚洲、欧洲和美洲常有栽培。核果矩圆形或长卵圆形，成熟时红色，后变红紫色，中果皮肉质，丰厚，味甜。

② 化自诗经《国风·魏风·园有桃》：“园有棘，其实之食。”是说园中有枣树，结下的枣子可以食用。

③ 湿地：是位于陆生生态系统和水生生态系统之间的过渡性地带，覆盖地球表面仅有6%，却为地球上20%的已知物种提供了生存环境，具有不可替代的生态净化功能，有“地球之肾”美称。

七绝·宿雪

路旁宿雪化春泥，解冻暄风守信时[①]。
但见疏枝光彩幻，方知凝露日晖奇。

七律·真情

今年顾访反增多，攘往熙来若织梭。
问候身心劳与逸，关垂膝胫利同蹉。
叮咛莫要频忙碌，诰诫应须少负荷。
自古相传仁者寿，先声续作后人歌。

七律·听雪

黄昏洒落细无声，深夜纷扬啸耳闳。
静伴婉娴闺苑秀，动随叱咤武林英。
玲珑剔透真模样，璀璨晶莹富感情。
非是心高孤自傲，纤尘不染玉壶清。

---

① 暄风，即春风、东风。中国古代将立春的十五天分为三候："一候东风解冻，二候蛰虫始振，三候鱼陟负冰。"信时即物候，指动植物的生长、发育、活动规律与非生物的变化对节候的反应。

七绝·家

双亲在处乃称家，传统民风众诩夸。

父母安然福气旺，儿孙泰顺喜星华。

七绝·回家

儿居敻远[①]母担忧，母困空巢子愈愁。

云路迢迢归雁迫，天伦兴兴旅人遒。

七律·壬辰除夕

吉星高照满堂春，紫气东来万象新。

步步清澄缘淡定，年年惬顺赖冲真。

和和美美团圆夜，幸幸福福甲子人。

喜炮声声欢庆祉，礼花灿灿乐天伦。

---

① 敻xiòng远：遥远。近代·严复《有如三保》："地学家谓奥洲以敻远不通之故，其中动植诸物，皆比欧亚为后一期。"

七绝·美国暴雪[①]

车毁人亡道路停，门封电断暖调倾。
谁云大雪昭饶岁，反复仓皇逞虐行。

七绝·布衣固穷[②]

墨客骚人古自穷，今朝何必梦飞骢。
安于寂寞心情逸，乐在贫寒物欲空。

七绝·节日高速[③]

百万车人日骤增，圆[④]余千尺路全停。

① 据中国天气网（2013-02-11）：暴风雪2月9日横扫美国东北部，康涅狄格州部分地区被接近1米的积雪“掩埋”。许多居民打不开家门，至少65万户家庭和商业场所停暖断电，6人死于与暴风雪有关的事故。

② 固穷：甘于贫困，不失气节。东晋·陶渊明《饮酒二十首之十六》：“竟抱固穷节，饥寒饱所更。”

③ 据《北京晨报》(2013-02-13)：112万辆车今天上高速。

④ 圆：六十。

休因爱小亏空大，好去难回尽可听。[①]

七绝·朋友自美国归来，邀至家中小酌

明若孤身探老归，艾伦父母省亲回。
新年愿景环楹柱，旧岁云烟漫酒杯。

七律·人日[②]

自律人辰古训彰，神成万物女娲强。
尊崇生命开千瑞，爱护天然启万祥。
世代循环三界[③]顺，子孙演进六合[④]昌。

---

① 指有些游客贪图国家重要节假日小客车高速公路不收费的便宜，结果造成塞车严重，有去难回。

② 人日：每年农历正月初七，为古老的中国传统节日，又称人节、人庆节、人七日等。传说女娲初创世时，在造出鸡、狗、猪、羊、牛、马动物后，于第七天造人，所以这一天是人类的生日。

③ 三界：指道家所说的“三界”，包括天、地、人，即整个世界或宇宙范围。

④ 六合：上下和四方，即天、地、东、西、南、北，泛指天下。唐·李白《古风》：“秦王扫六合，虎视何雄哉！”

夜郎自大蒙心智，灵长[1]无端肇祸殃。

七绝·谷日友人来访

风雪交加谷日中，有朋造访杖藜翁。
一坛佳酿人微醉，两对知心话正隆。

七绝·屋顶残雪[2]

零落残痕片片遗，洁身自好任风欺。
宁同云汉成昆友，不与缁尘作嬖姬[3]。

① 灵长：万灵之长，指人类。东晋·袁宏《后汉纪》："夫天地灵长，不能无否泰之变；父子自然，不能无天绝之异。"

② 屋顶残雪：屋顶雪有其特殊性，只能凝华和蒸发，所以说是洁身自好。不同于路上积雪，一旦融化则与路上灰尘混为泥淖，造成环境污染，给交通带来不便和给行人带来不快。

③ 嬖 bì 姬：受宠爱的姬妾。

七绝·读杨万里《观物化》[①]感作

蝴蝶[②]奇为两易容，卵生稚幼变成虫。
幼虫作蛹天然力，卧蛹灵飞自主功。

七绝·风气

风尚时情莫等闲，俭靡成败总相干。
小从家睦人和好，大到邦宁本固难。

七绝·说谎

成人说谎似当然，世代传承变孽缘。
白纸孺儿污染历，平生怎把是非掂。

---

① 南宋·杨万里《七绝·观物化》："蝴蝶新生未解飞，须拳粉湿睡花枝。后来借得风光力，不记如痴似醉时。"

② 蝶：或称为"蝴蝶"，为节肢动物门昆虫纲鳞翅目锤角亚目动物的统称。全世界大约有14000多种，中国有1200种。蝴蝶是"破蛹化蝶"而不是"破茧化蝶"，因为蝶的蛹生阶段裸而无茧，而蛾的蛹外面有茧。

七绝·正月十九日罕见大雪

方才尚沐日光晖，转瞬天阴夜色微。
忽作尘昏遮望眼，顿成蝶乱惹人非。

七绝·对雪[①]

昏窗对雪几家愁，陋室吟诗半句休。
何叹人生终暮老，苍天也会有皤头。

七绝·沙尘[②]

滚滚沙尘日褪光，森森涴染[③]害无常。
轻言定胜天然力，必致苍生百祸殃。

---

① 对雪：大雪过后，天寒地冻。乐者自乐，愁者自愁。耳闻某退休返聘教师，因雪后天气骤冷脑血管瘤破裂不治而死，感慨赋之。

② 沙尘：沙尘的形成，一定与环境破坏密切相关。特别是植被减少、土地裸露，应该是沙尘的主要成因。

③ 涴 wò 染：污染。

七绝·斯文

自古斯文逸友侪，附庸风雅众人哀。
三成才气超即躁，七分知华满便呆。

七绝·玉兰[①]

翙翙[②]鸾惊雨后雯，亭亭玉立女儿身。
冰肌雪骨神高逸，纵便无情也动人。

七律·桂花[③]

本在银台吐沁芳，吴刚斫木济民殃。

---

① 玉兰：木兰科木兰属落叶乔木，别名白玉兰、望春花、玉兰花。中国原产著名花木，有 2500 年左右栽培历史，为我国中部各省庭园中名贵的观赏树木。花白色至淡紫红色，大型，芳香，花冠杯状。先叶开花，花期 10 天左右。

② 翙翙 huì huì：鸟飞声，亦指鸟飞。《诗经·大雅·卷阿》："凤凰于飞，翙翙其羽。"郑玄笺："翙翙，羽声也。"

③ 桂花：木犀科木犀属常绿灌木或小乔木，又名岩桂、木犀、金粟等，俗称桂花树。花簇生，花冠分裂至基乳，有乳白、黄、橙红等色，花香四溢。桂花以其淡然、贞定的品格为世人器许。

天宫落子非凡种，明月培根迴异香。

七绝·城市[①]

城市经营数百年，生活美好自当先。
个人意志须休止，系统功能莫跑偏。

七绝·坚持

毅力时常挂嘴边，应知笃定乃真诠[②]。
殆无虚日潜心做，铁杵成针自可然。

① 城市："城为人居"，城市的最大贡献在于宜居，让人们生活得更美好。宜居城市是指对城市适宜居住程度的综合评价，其特征是：环境优美、社会安全、文明进步、生活舒适、经济和谐、美誉度高。2010 年上海世博会的主题"城市，让生活更美好"，应当成为每个城市未来发展的方向。未来城市应倡导低碳、节能、便利，倡导人际关系、人与自然关系的和谐，使每位市民、每位来访者都充分享受现代城市文明。

② 真诠亦作"真筌"，犹真谛。宋·延寿《宗镜录》卷二六："且金是身外之浮财，岂齐至教；命是一期之业报，曷等真诠！"

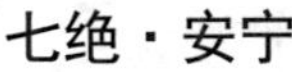

七绝·安宁

心地安宁使气宏，闹中寻静是豪英。
起居简淡要求少，处事憨真耳目明。

七绝·浙江余姚四明山

山顶平原气象千，冰川漂砾巨岩眠。
夷平作用由天力，搬运功能自地缘。

七绝·阳春

信步轩庭眺碧空，惺忪柳眼笑皤翁。
韶春浅浅坚冰软，宿雪斑斑丽日红。

七律·萧红[①]祭，电影《萧红》观后

平生多舛祚福寥，旷世瑰才寿岁夭。
颠沛流离无定所，水深火热倍煎燋。
痴心偏遇花心汉，烈性终逢率性魈。
薄命红颜天亦叹，香消玉殒动仙韶。

七绝·会工作[②]

工作何须落臼窠，提高效率少蹉跎。
文山铲肃民心快，会海填平众口歌。

① 萧红（1911—1942 年），中国近代女作家，“民国四大才女”之一，被誉为“20 世纪 30 年代的文学洛神”。她是“民国四大才女”中命运最为悲苦的女性，也是近代文学史上一位极具个人特色的作家。1942 年 1 月 22 日，因肺结核病逝于香港，年仅 31 岁。电影《萧红》为纪念萧红诞辰百年拍摄，讲述了萧红凄美的爱情故事和充满传奇色彩的人生经历，在心灵深处与观众剧烈碰撞，使观众产生深切感悟与强大震撼，充满普世情怀和人文关怀。

② 会工作：是指某些官员以形式主义会议为主的工作，有人戏称为“会工作”“会生活”或“会囧”。

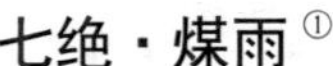

七绝·煤雨[1]

似此离奇旷古殊，风吹黑雨景胜污。
惊疑玉帝倾松液[2]，骇讶天尊洗炼炉。

七绝·二月二

秋匿春兴二月龙，耕云播雨五粮丰。
人神交泰祈千瑞，天地同攸表万衷。

---

① 煤雨：指从空中落下表观类似于黑色煤粉状物质的非自然现象。专家认为“煤雨”主要由近距离焚烧树枝、树叶所致。

② 松液：墨的别称之一。元·宋无《端石砚》：“要与陶泓作佳传，老磨松液写《黄庭》。”

七绝·银杏[①]

道骨仙风已万春，孑遗自立誉瑶琨。

一纲仅此龟龄树，二致完无聚宝盆。

七绝·檐下冰凌

蓦见冰凌忆少年，儿时快乐透眉间。

一竿打落开心笑，数次噙含惬意闲。

① 银杏：银杏为银杏科银杏属落叶乔木，别称白果树、公孙树、鸭脚树等。主要大量栽培于中国、法国和美国南卡罗莱纳州，国外的银杏均由中国直接或间接传入。银杏是世界上十分珍贵的树种之一，是现存种子植物中第四纪冰川运动后遗留下来的最古老孑遗植物，和它同纲的所有其他植物都已灭绝，因此被视为植物界中的“活化石”。银杏具有欣赏、经济、药用等重要价值。

七绝·食蚁兽[①]

体态憨顽被毳衣，行踪敻异寡群居。
一生食蚁专门性，半岁背儿授乳期。

七绝·樱花[②]

洽忆东京叹落英，春城飞雁报娉婷。
红男绿女开心样，锦簇花团瀑布形。

---

① 食蚁兽：贫齿目食蚁兽科哺乳动物，仅3属4种，分布于美洲。吻部尖长，嘴管形，无齿。舌可伸缩，喜食蚂蚁、白蚁及其他昆虫。性情温和，动作迟钝。用指关节行走，走起路来像个跛子。大食蚁兽几乎整个哺乳期间，总是把幼仔驮在背上，形影不离，一直守护到母兽下一次妊娠为止。

② 樱花：蔷薇科樱属落叶乔木。樱花原产北半球温带环喜马拉雅山地区，在世界各地都有生长。喜马拉雅樱花传往日本后，在精心培育下不断增加品种，成为一个丰富的樱家族。由于日本曾培育出冠绝世界的品种，所以樱花一定程度上指日本樱花，或具有日本特色的樱花品种。《中国植物志》新修订的名称中专指"东京樱花"，亦称"日本樱花"。云南樱花与日本樱花同由原生腾冲、龙陵一带的苦樱桃演变而来，是一个变种，花由单瓣变重瓣，色由淡粉红色变深粉红色，这颜色与同为观赏度很高的日本樱花相区别，日本樱花的花多为淡粉红色。樱花幽香艳丽，可分单瓣和复瓣二类，常用于园林观赏。

七绝·急雪

正启南窗换曙风，忽飞駃雪舞苍穹。
争先恐后参差入，匿迹销声万事空。

七绝·蒹葭[①]

花若青尘[②]干似篁，生于泽地任人忘。
朝迎水雀鸣曦悦，昔伴渔翁钓晚凉。

七绝·雪花

守信遵时迹有涯，尘间圣境乃卿家。
光明本色淳人颂，磊落情怀雅士夸。

---

① 蒹葭：多年水生或湿生的禾本科芦苇属高大草本植物，又名芦苇。世界各地均有生长。芦苇茎秆直立，植株高大，迎风摇曳，野趣横生。可入药、造纸、制作工艺品，并能净化污水。

② 青尘：即拂尘，又称拂子、拂帚、无尘子等。宋·沈遘《次韵和王岩夫有美堂会诸年契》：“纵谈更起挥青尘，极醉何妨倒紫纶。”

七绝·睡眠[①]

看似皮毛小事情，实为体魄大支撑。
纳头便睡从来少，最怕通宵两目睁。

七绝·饮酒[②]

病酒[③]贪杯似可嗔，醒来常悔感伤频。
存于一处无声响，饮入三焦[④]便闹人。

---

① 睡眠：第一份以中国人睡眠状况为研究对象的《喜临门中国睡眠指数报告》(2013) 显示，公众"喜临门中国睡眠指数"得分为 64.3 分，刚逾及格线。其中，四分之一 (24.6%) 的居民在睡眠这件事上"不及格"(低于 60 分)，超九成 (94.1%) 公众的睡眠与"良好水平"存在差距。报告认为，中国人睡的时长并不少，但睡眠质量却不高。

② 据中国青年网 (2013-03-17)：外媒评出世界十大最爱喝酒国家，中国排第二。

③ 病酒：饮酒沉醉。明·陈汝元《金莲记·量移》："枫凝血，草含秋，愁深如病酒。"

④ 三焦：中医藏象学说专用名词，是上焦、中焦和下焦的合称，其功能实际上是五脏六腑全部功能的总和。

七绝·吃鱼中毒[①]

渔户飧鱼属日常，缘何此次致人伤。
海涂污染经年久，毒物沉潜累月强。

七绝·花朝[②]

祭拜花神午夜寥，窗前憩赏玉尘[③]飘。
流光溢彩妆冰塑，闪绿飞红扮雪雕。

① 据中国新闻网（2013-03-17）：雷州吃跳跳鱼中毒患者增加至21人，1人病情恶化。疾控中心有关负责人介绍，跳跳鱼可能是吃了被毒物污染的海草、海藻等海生生物，造成毒物在鱼体沉积和富集，渔民食用了“毒鱼”而中毒。

② 花朝：即花朝节，又称花神节、花神生日、百花生日。汉族传统节日，流行于东北、华北、华东、中南等地。农历二月十二日或二月十五日举行。节日期间，人们结伴“踏青”和“赏红”。是日夜晚，人们提着“花神灯”巡游，以延伸娱神活动。花朝节与中秋节一样，是中国最富诗意的传统节日，分别称为“花朝”与“月夕”。

③ 玉尘：喻雪。唐·白居易《酬皇甫十早春对雪见赠》：“漠漠复雰雰，东风散玉尘。”

七绝·春社[1]

江南春社万心欢，塞北冬藏众手闲。
得意之时惟进酒，推杯换盏乐丰颜。

七绝·教材研讨会[2]

社日何方去踩春？大荒聚会议耕耘。
当夸学者心思密，宜赞编人见解殷。

---

① 春社：社日之一。社日是古代农民祭祀土地神的节日。汉以前只有春社，汉以后开始有秋社。自宋代起，以立春、立秋后的第五个戊日为春社和秋社。

② 教材研讨会：春社之日，雪地冰天。还是由高等教育出版社生命科学与医学出版事业部（生命科学分社）主办、东北农业大学生命科学学院承办，13个农林高等学校参加，在北大荒国际饭店召开的“生命科学类基础课程精品资源共享课及系列教材研讨会”给哈尔滨带来一丝春意。

七绝·寒食

禁烟[①]风大且多云，心事茫然鼓戒晨[②]。
怜悼介推刀刈股，愤悁重耳火烧人。

七绝·癸巳清明

遍添新火入清明，草色遥看柳泛青。
喜鹊翩飞横牖过，信鸽盘绕顺心听。

① 禁烟：即禁烟节，寒食节的别称。

② 戒晨：报晓警睡。《周礼·地官·鼓人》：“凡军旅夜鼓鼜。”汉·郑玄注：“《司马法》曰：‘昏鼓四通为大鼓，夜半三通为戒晨，旦明五通为发昫。’”

七绝 · 乌鸦[①]

遍体黧乌丑陋名，喉音嘶哑厄灾声。

知恩反哺深仁孝，晓爱痴迷重感情。

七绝 · 攀山

攀山未必顶巅行，一路风光万景明。

境自心来云会意，趣因神往水含情。

七绝 · 烦恼

人生烦恼本多余，恰似搜虫入谷衢[②]。

觅苦何难随处是，邀欢岂易用心需。

---

① 乌鸦：雀形目鸦科数种黑色鸟类动物的俗称，又称老鸹、老鸦。乌鸦共 36 种，几乎遍步全球。中国有 7 种，大多为留鸟。据研究，乌鸦在人类以外的动物界中具有独到使用甚至制造工具达到目的的能力，即使人类的近亲灵长类动物也不过只能使用工具。“乌鸦反哺”的“孝鸟”形象几千年来一脉相承。明 · 李时珍《本草纲目 · 禽 · 慈乌》：“此乌初生，母哺六十日，长则反哺六十日，可谓慈孝矣。”乌鸦终生一夫一妻。

② 搜虫入谷衢：化自广州口语“捉虫入屎窟（窟读忽）”，指原本没事，自寻烦恼，自讨苦吃。

七绝·母鸡变性

母鸡变性确无奇，美女难逃有此纰。
莫怪饲粮生羽孽，如何同伴未兼疑。

七绝·李溯乔迁①

李溯乔迁讯喜谙，忧心父母告安恬。
牵思过敏干咳剧，挂虑房间暑热炎。

① 李溯乔迁：李溯去岁诊断为螨虫过敏，怀疑与住所潮湿有关。上周六搬至新所，今晨通话并视频，心中一块石头落地。贺联一副：迁居新逢吉祥日，安宅正遇如意春。横批：新居贺日。

七律 · 大金国[1]

百年称霸女真戈，砥炼成金几度磨。
灭宋平辽开鼎业，征南战北架戎锅。
徽钦二帝归降辱，宗戚三宫去路迮。
十代辉煌威海内，一朝覆没汇长河。

七绝 · 雪祭

清明翌日雪纷纭，九转廻肠悼故尊。
愁绪结成心腑碎，哀思化作目睛昏。

---

① 大金国：天庆四年（1114年），金太祖完颜旻统一女真诸部后起兵反辽。翌年在上京会宁府（今黑龙江省哈尔滨市阿城区）建都立国，国号“大金”。1125年灭辽，2年后再灭北宋，掠走徽、钦二帝，是为“靖康之耻”。偕友幸游阿城“金上京历史博物馆”，感慨万千。

七绝·仲春暮雪

寒英[①]劲舞漫天飞，遁入人间不复回。
玉润冰清多自好，沦身在涅憎同颓。

七绝·雪中足球

狂舞银蜂瞬蔽天，远观蹴战正酣边[②]。
你追我赶临风啸，后堵前截斗雪虔[③]。

七绝·上巳[④]

三月初三景簇新，踏青祓禊祛灾根。

---

① 寒英：指雪花。宋·范仲淹《依韵和提刑太博嘉雪》："昨宵天意骤回复，繁阴一布飘寒英。"

② 酣边：畅快，高兴，兴头上，兴趣正浓时。清·吴敬梓《儒林外史》第三九回："那少年弹子正打得酣边，老和尚走来，双膝跪在他面前。"

③ 虔：虎行走的样子，引申为勇武、强固。东汉·许慎《说文》："虔，虎行貌。"《诗·商颂·长发》："武王载旆，有虔秉钺。"

④ 上巳：古代节日，又称上巳节。旧俗以此日在水边洗濯污垢，祭祀祖先，叫作祓禊［fú xì］、修禊、禊祭，或者单称禊。魏晋以后把上巳节固定为三月三日，此后便成了水边饮宴、郊外游春的节日。

临滨宴客高人趣，曲水流觞雅士魂。

七绝·亚马逊涌潮[①]

排山倒海力摧枯，横扫千军势破觚。

戏浪顽儿潮顶立，颉颃出没引人呼。

七绝·剥瓜子仁

慈父忙剥手作声，乖儿静待眼垂青。

痴情长辈经心讲，会意蒙童侧耳听。

七绝·谷雨雪

谷雨时分天未暖，忽然大雪又飘零。

要知春种倏然误，总有秋收欠产经。

---

① 涌潮：潮波在河口传播过程中产生的波陡趋于极限而破碎的潮水暴涨现象。中国钱塘江、南美巴西亚马逊河、南亚恒河并列为“世界三大强涌潮河流”。

七绝·家园

莫将拥有口头衔，似讲归于理数严。[①]

共世家园多赞许，同居处所少嗔嫌。

七绝·读书[②]

学能启智灌醍醐，读可开蒙饮酪酥。[③]

乐在其中天地阔，寂寥捱过素人殊。

① 第63届联合国会议（2008）主席米格尔·德斯科托·布罗克曼（Miguel d'Escoto Brockmann）说："人类不拥有地球，而是属于地球。"他说，通过设立"世界地球日"，联合国呼吁各国重视人类和地球的福祉，把爱护地球和保护日渐稀少的自然资源作为人类的共同责任。

② 读书：1995年，联合国教科文组织宣布4月23日为"世界读书日"。世界读书日的主旨宣言为："希望散居在全球各地的人们，无论你是年老还是年轻，无论你是贫穷还是富有，无论你是患病还是健康，都能享受阅读的乐趣，都能尊重和感谢为人类文明做出巨大贡献的文学、文化、科学思想大师们，都能保护知识产权。"

③ 化自佛教经典《大般涅槃经》："善男子，譬如从牛出乳，从乳出酪，从酪出生酥，从生酥出熟酥，从熟酥出醍醐。醍醐最上，若有服者众病皆除，所有诸药悉入其中。"

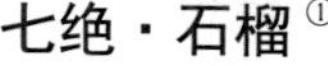

七绝·石榴[①]

形容美丽艳情忱，子女缠身净友钦。

中亚原生称故里，张骞引种至凡今。

七绝·合欢[②]花

姿若朱樱[③]赛锦团，形如羽扇号合欢。

昼开夜闭神仙趣，解郁除烦五脏安。

---

① 石榴：石榴科石榴属落叶乔木或灌木，别名安石榴、丹若、金罂等。原产巴尔干半岛至伊朗及其邻近地区，全世界的温带和热带都有种植。中国南北都有栽培，以安徽、江苏、河南等地种植面积较大。果石榴花期5～6月，榴花似火，果期9～10月。花石榴花期5～10月。中国传统文化视石榴为吉祥物，其花语为“成熟的美丽、富贵和子孙满堂”。

② 合欢：豆科合欢属乔木，又称夜合欢、夜合树、绒花树等。具药用价值，合欢花有宁神作用。作为观赏树木，过去只有小花种，现已有硕大美丽的品种。合欢花是夫妻好合、永远恩爱的象征。

③ 朱樱：即朱樱花。

七绝·君子兰[1]

品正行端誉领先，温良恭俭气如莲[2]。
草身何以千金贵，炒作撩人只为钱。

七绝·扶桑花[3]

枝叶葳蕤影倩摇，神容雅丽韵含娇。

① 君子兰：石蒜科君子兰属多年生草本植物，别名大花君子兰、大叶石蒜、达木兰等。原产非洲南部亚热带山地森林，有从欧洲和日本传入的两个种，英国、美国也有，栽培最普遍。植株文雅俊秀，有君子风姿，其花如兰。具有很高的观赏价值，是重要的节庆花卉。花语：君子谦谦，温和有礼，有才而不骄，得志而不傲，居野而不卑。长春农博会（2010）上，一株标价 7777 万元的君子兰格外引人注目。如此非但没有抬高君子兰的身价，反而有损其“君子”形象。

② 化自北宋·周敦颐《爱莲说》：“莲，花之君子者也。”

③ 扶桑花：锦葵科木槿属常绿大灌木，别名朱槿、赤槿、佛桑等。原产中国，世界名花，在全球尤其是热带及亚热带地区多有种植。我国岭南一带将之俗称为“大红花”，主供园林观赏。枝叶类桑，花色鲜艳，花大形美，品种繁多，四季花开不绝，全世界有 3000 多个品种。

扶桑国是无需辩[①]，朱槿花名自古昭。

七绝·勿忘我花[②]

半露将含美色嫣，眉清目巧世尘缘。
花中情种终难忘，梦里佳人永挂牵。

七绝·海棠花[③]

碧叶摇风韵满枝，繁花弄影艳丰姿。

---

① 扶桑国说有墨西哥、日本不定，但以中美墨西哥说法更为确切。南朝·姚思廉《梁书·扶桑中传》："文身国，在倭国东北七千余里……大汉国，在文身国东五千里……扶桑国在大汉东二万里，地在中国之东，其土多扶桑木，故以为名。"

② 勿忘我花：紫草科勿忘草属多年生草本植物，又名星辰花、补血草、不凋花等。原产欧亚大陆，分布于欧洲、伊朗、俄罗斯、巴基斯坦、克什米尔、印度以及中国大陆。生长于海拔 200 米至 4200 米的地区。勿忘我花小巧秀丽，色彩搭配和谐醒目，惹人喜爱，令人难忘。

③ 海棠花：蔷薇科苹果属落叶乔木，别名海红、解语花等。是中国的特有植物，生长于海拔 50 米至 2000 米的地区。花开似锦，花未开时红色，开后渐变为粉红，素有"国艳"之誉和花中神仙、花贵妃之称。

雅俚共赏无香恨[①]，贫富同侪显贵疑。

七绝·牡丹[②]

国色天香傲骨铮，仙姿佚貌侈心宁。

甘为玉碎轻权贵，致使周皇也用刑。[③]

---

① 无香恨：海棠美却无香。宋·释惠洪《冷斋夜话》卷九："渊材尝曰‘吾平生所恨者五事耳，第一恨鲥鱼多骨，第二恨金橘大酸，第三恨莼菜性冷，第四恨海棠无香，第五恨曾子固不能作诗。’"

② 牡丹：毛茛科芍药属多年生落叶灌木，又名鼠姑、洛阳花、富贵花等。"中国十大名花"之一，是中国特有的木本名贵花卉，并早已引种世界各地。牡丹花色艳丽，玉笑珠香，挺拔有致，富丽堂皇，素有"花中之王"美誉和"国色天香"之称。在栽培类型中，根据花色可分为上百个品种。

③ 传说天授二年腊月初一，长安大雪纷飞，武则天饮酒作诗："明朝游上苑，火速报春知，花须连夜发，莫待晓风吹。"百花慑于此命，连夜开放，唯独牡丹闭蕊不开。武则天盛怒之下，将牡丹贬出长安，发配洛阳，并施以火刑。牡丹遭此劫难，体如焦炭，在严寒凛冽中挺立依然，春风劲吹之时，花开更艳，被誉为"焦骨牡丹"。

七绝·芍药[①]

艳冠群英守药香，甘居相位奉花皇。

谁言草本凡身弱，仙韵清幽贵气飏。

七绝·杜鹃

杜宇[②]催耕早种忙，年丰岁稔普天觞。

---

① 芍药：芍药科芍药属多年生草本植物，别名将离、离草、红药等。原产中国，分布于江苏、东北、华北、陕西及甘肃南部，其他省市多有栽培。朝鲜、日本、蒙古及西伯利亚地区也有分布。原种花白色，花瓣5～13枚。园艺品种花色丰富，有白、粉、红、紫、黄、绿、黑和复色，花径10～30厘米，花瓣可达上百枚。芍药被誉为“花仙”和“花相”，且被列为“中国十大名花”之一，又被称为“五月花神”。根可入药。

② 杜宇：传说周朝末期，蜀王杜宇称帝，号望帝。杜宇生前注意教民务农，死后仍不改其性，化为杜鹃鸟（又叫布谷鸟）呼唤人们“布谷”。因为杜鹃鸟口腔和舌都为红色，古人误以为它啼得满嘴流血，所以又有杜鹃花的颜色是杜鹃鸟啼血染成之说。

魂依义鸟[1]犹啼血，魄寄仁花[2]愈吐芳。

七绝·兰花[3]

芽吐轻红紫茎柔，花开浅碧绿枝幽。
香名寰宇芊芊貌，待嫁深闺淡淡愁。

---

① 杜鹃鸟：鹃形目杜鹃科鸟类动物的通称。有三分之一的杜鹃鸟有巢寄生现象。它属于林业益鸟。“杜鹃啼血”的杜鹃鸟应当是俗称布谷鸟的大杜鹃。

② 杜鹃花：杜鹃花科杜鹃属常绿或平常绿灌木，又名映山红、照山红、山石榴等。产自中国江苏、安徽、浙江、江西、福建、台湾、湖北、湖南、广东、广西、四川、贵州和云南，世界各公园中均有栽培。杜鹃花一般春季开花，花有红、淡红、杏红、雪青、白色等，为“中国十大名花”之一，具有较高的观赏价值。该物种全株可供药用。

③ 兰花：兰科兰属单子叶多年生草本植物，别名中国兰、春兰、幽兰等。原产中国，分布于亚洲热带与亚热带地区，向南到达新几内亚岛和澳大利亚。中国地域辽阔，兰花资源非常丰富，全国都有分布，种类最多的是云南、四川和台湾省。“中国十大名花”之一，中国传统名花中的兰花仅指分布在中国兰属植物中的若干种地生兰，如春兰、惠兰、建兰、墨兰和寒兰，即通常所指的“中国兰”。中国人历来把兰花看做是高洁典雅的象征，并与梅、竹、菊合称“四君子”。通常以“兰章”喻诗文之美，以“兰交”喻友谊之真，以“兰客”喻朋友之良。

七绝 · 郁金香[①]

状若瑶尊醉贵妃，形同王冕誉花魁。
千金身价平常事，一品赢将古堡回。[②]

七绝 · 狗尾草[③]

怀恋童年趣绮浓，牵抻狗尾论英雄。
一棵小草多歧乐，尽在嬉玩快意中。

---

① 郁金香：百合科郁金香属草本植物，又名洋荷花、草麝香、荷兰花等。世界各地均有种植，是荷兰、新西兰、伊朗、土耳其、土库曼斯坦等国的国花。被称为世界“花后”，是代表时尚和国际化的一个符号。全世界约有 2000 多个郁金香品种，但被大量生产的约有 150 种。

② 荷兰有句流行语：“有钱人如果没有郁金香，就算不得真正富有。”一个罕见的品种花头（鳞茎）可值 1000 英镑，甚至可换得一所带花园的房子。

③ 狗尾草：禾本科狗尾草属一年生草本植物，别名毛毛狗、绿狗尾草、谷莠子等。原产欧亚大陆的温带和暖温带地区，现广布于全世界的温带和亚热带地区。生长于海拔 4000 米以下的荒野、道旁，为旱地常见的一种杂草。秆、叶可作饲料，具有一定的药用价值。花语为坚忍、不被人了解的、艰难的爱，暗恋。

七绝·含羞草[①]

仓廪充焉礼义稠，飧衣足矣智仁求。[②]
堪夸寸草知荣辱，爱满人间泯恚忧。

七绝·马蹄莲[③]

骇世姿容静女姝，惊人气质美名孤。
只知模样招矜爱，岂晓通身遍毒荼。

---

① 含羞草：豆科含羞草属多年生草本或亚灌木，又名感应草、知羞草、怕丑草等。原产热带南美，现广布世界热带地区。含羞草与一般植物不同，它在受到触动时，叶柄下垂，小叶片合闭，因此人们理解它为“害羞”，故名。含羞草的花、叶和荚果均具有较好的观赏性。全草药用。

② 《孟子·告子上》：“恻隐之心，仁也；羞恶之心，义也；恭敬之心，礼也；是非之心，智也。”

③ 马蹄莲：天南星科马蹄莲属多年生具块茎粗壮草本植物，别称慈姑花、水芋、野芋等。原产埃及、南部非洲，世界各地广泛栽培。马蹄莲挺秀雅致，花苞洁白，宛如马蹄，叶片翠绿，缀以白斑，可谓花叶两绝，已成为国际花卉市场重要的切花种类之一。马蹄莲在欧美国家是新娘捧花的常用花。它也是埃塞俄比亚的国花。马蹄莲块茎、佛焰苞、肉穗、花序有毒，内含大量草酸钙结晶、生物碱等，误食会引起昏迷等中毒症状。马蹄莲可外敷药用，禁忌内服。

七绝·八哥[1]

气吐幽兰道苦辛，聪明绝顶善摹真。

虽然几句平常话，胜过无操野陋人。[2]

七绝·百灵鸟[3]

义气凌云爱素妆，歌声婉转颂真常。

无心市宠[4]由人赞，留意开怀本自康。

---

① 八哥：椋鸟科八哥属鸟类动物的通称，别称鹦鸽、鸲鸲了哥、凤头八哥等。共有 6 种，主要分布于亚洲，中国有 4 种。飞行过程中两翅中央有两块明显的白斑，从下方仰视，呈“八”字型，这也是八哥名称的来源。它能模仿其他鸟的鸣叫，也能模仿简单的人语。

② 八哥虽然能习数语，但都是人间“敬语”，为人们增添快乐。而人群中不乏鄙野之人，他们几乎一句客气话也不会说，人不如物，实属可悲。

③ 百灵鸟：雀形目百灵科鸟类动物的通称，该科下分 8 属 15 种。草原上盛产的名贵鸟类，多为终年留居或繁殖鸟，是国内外熟知的观赏笼鸟之一。我国常见的种类有沙百灵、云雀、角百灵、小沙百灵、斑百灵、歌百灵和蒙古百灵。百灵鸟可以模仿许多鸟类和小动物们的声音，它的叫声响亮且能够维持很长时间，声色委婉动听，在高空中可以直抵云霄，即使关在笼子里它也能歌善舞，因此称百灵鸟为“鸟中歌手”。

④ 市宠：博取别人的喜爱或恩宠。宋·朱熹《戊申封事》：“无一人敢通内外，窃威福，招权市宠，以紊朝政。”

七绝·喜鹊[①]

爱上高枝聒不休，瞒哀报喜欲何求。

世间多少聪明仕，赞美声中鹊印[②]丢。

七绝·倒春寒[③]

春寒最怕是农家，不见他花见雪花。

有种无苗人有悸，有时无气地无华。

---

① 喜鹊：鸦科鹊属鸟类动物，又名鹊、客鹊、飞驳鸟等。共有10个亚种，全世界分布，欧亚大部可见，非洲北部和北美洲西部亦可见。中国除草原和荒漠外，见于全国各地，有4个亚种，均为当地留鸟。宋·彭乘《墨客挥犀》：“北人喜鸦声而恶鹊声，南人喜鹊声而恶鸦声。鸦声吉凶不常，鹊声吉多而凶少，故俗呼为喜鹊。”

② 鹊印：晋·干宝《搜神记》卷九载：张颢得山鹊所化的金印，官至太尉，后遂以“鹊印”指得官的喜兆。唐·岑参《献封大夫破播仙凯歌》之三：“丈夫鹊印摇边月，大将龙旗掣海云。”

③ 倒春寒：指初春气温回升较快，而在春季后期气温较正常年份偏低的天气现象。长期阴雨天气或频繁的冷空气侵袭，抑或持续冷高压控制下晴朗夜晚的强辐射冷却易造成倒春寒。初春气候多变，经常是白天阳光和煦，早晚却寒气袭人，让人倍觉“春寒料峭”。倒春寒对农业生产和居民生活极易造成不良影响。

七绝·尊重儿童[1]

要向儿童俯下身，痴言梦呓也当尊。
教惟求是凝心志，学必归元[2]铸魄魂。

七绝·寿光菜

碧血丹心日月彰，瘦红肥绿暑寒香。
誉名天下堪遐久，异口同声赞寿光。

七绝·体检

已有脂肝伴痛风，耳鸣瞻暗也临戎[3]。
不知心电因何变，尚待高人鉴诊功。

---

① 儿童：现代指年纪小于少年的幼孩。为了促使国际社会高度重视儿童问题，1986 年联合国规定：每年 4 月的第四个星期日为“世界儿童日”。爱护儿童，首要的是尊重儿童，能俯下身与儿童交流。其次还要有赤子之心，从来不敷衍塞责。要“教人求真”和“学做真人”。

② 归元：即归真。

③ 临戎：亲临战阵，从军。唐·刘禹锡《令狐相公见示赠竹二十韵，仍命继和》：“峻节可临戎，虚心宜待士。”

七绝·黑熊进村

屡见棕熊闯数村，深知生态好多分。
相安无事天人乐，共处和平地物欣。

七绝·连翘三首

三首其一

唤春去岁误春时，报信今年到信迟。
三日归来惊邂逅，东风又是第一枝。

三首其二

黄芝一日闹枝头，春色三分绕舍周。
唤醒百花悄自去，瘁心身后但无求。

三首其三

十字形容灿早春，一身贵气韵清纯。
尊凭药祖仙功化，疗遍人间外感温。

七律·青年戒

青年不可自期高，重利贪名待价销。
处事投机求快惬，做人弄巧觅逍遥。
踌躇满志千仞上，万念皆灰半语寥。
天道酬勤须记取，始微毕钜莫轻佻。

七绝·榆叶梅[①]

此间已是夏时天，照眼榆梅满校妍。
蝶乱蜂狂争蜜宠，男红女绿斗衣鲜。

七绝·东北虎进村[②]

食物贫悭两目瞠，饥肠难耐寨中行。
昨伏百兽嘲庸物，今贱孤身讽赝名。

---

① 榆叶梅：蔷薇科桃属灌木或稀小乔木，又名榆梅、小桃红、榆叶鸾枝。榆叶梅原产中国北部，在中国已有数百年栽培历史，全国各地多数公园内均有栽植。因其叶片像榆树叶，花朵酷似梅花而得名。花单瓣至重瓣，紫红色，花期4月，主要供观赏。

② 东北虎进村：虎乃兽中之王，居食物链上位，过去曾经衣食无忧的“兽王”，今天也落得食不果腹。兽之哀乎？人之孽哉！

青年不可自期高，重利贪名待价销。
处事投机求快惬，做人弄巧觉逍遥。
踌躇满志千仞上，万念皆灰半语寥。
天道酬勤须记取，始微毕钜莫轻丝。

乙亥元月孙荫庆书于静斋

七绝·樱桃[①]花

榆梅萎谢绽樱桃，淡抹轻妆赴盛邀。
天后笑夸公主媚，玉皇喜赞女儿娇。

七绝·夏日春时

阳烘柳眼盼啼莺，雨润花唇恋翠茎。
凭借风神三日力，千红万紫锦霞明。

七绝·疏雨落花

疏雨潇潇朔气吹，余香脉脉片红衰。
花开花落犹常事，何以天公也放悲？

---

① 樱桃：蔷薇科樱属落叶乔木，又名莺桃、荆桃、楔桃等。主要分布在美国、加拿大、智利、澳大利亚、欧洲等地，中国主要产地有山东、安徽、江苏等。先叶开花，花瓣白色，卵圆形，先端下凹或二裂。核果可作为水果食用，色泽鲜艳，晶莹剔透，红如玛瑙，黄如凝脂。

七绝·梨花带雨

柳絮迎风怨寿夭，梨花带雨叹春消。

应知是处熙华景，恬淡清和品位陶。

七绝·客居北京友谊宾馆

浓荫蔽日舞婆娑，喜鹊栖枝踏壤歌[1]。

难忘杜鹃林野处，天明尚把劝耕哦。

七绝·宾馆蚊子二首

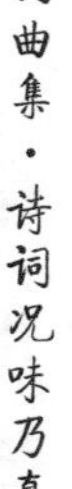

二首其一

三更耳鼓数声敲，半宿皮肤几处挠。

切莫轻心该物类，戕人利己自清高。

---

① 壤歌：即《击壤歌》。东汉·王充《论衡·艺增篇》：“传曰：有年五十击壤于路者，观者曰：‘大哉，尧德乎！’击壤者曰：‘吾日出而作，日入而息，凿井而饮，耕田而食，尧何等力！’”后成为歌颂太平盛世之典。

二首其二

捉蚊更鼓响三通，战绩辉煌辨雌雄。
五个来源居室内，七只出自厕房中。

七绝·随遇而安

接连两夜受煎熬，随遇而安乐自陶。
蚊虐贪心身忘死，人狂暴力手操刀。

七绝·泡桐[①]花

满树繁花透雅馨，一身紫气染都城。
忽焉掠过晨风爽，奏响编钟悦耳鸣。

---

① 泡桐：玄参科泡桐属乔木，别名白花泡桐、大果泡桐、紫花树毛等。泡桐属的树种均原产中国，很早就被引种到越南、日本和亚洲各地，目前已经分布到全世界。泡桐花大，淡紫色或白色，顶生圆锥花序。具有重要经济价值和药用价值。

七绝·小桃落红

别时烂漫韵称奇，归后飘零色叹衰。

花落花开凿定矣，云舒云卷任由之。

七绝·丁香

轻施粉黛巧梳妆，佚貌仙姿透体香。

郎媛深情情胜海，死生联世世无双。[①]

七绝·家燕[②]归来

忽闻廊道燕声连，知是长途故里还。

颔首问安迎贵友，衔泥筑穴备遗传。

---

① 化自古老传说一对青年男女的爱情故事和他们的千古绝对：“氷（冰）冷酒，一点，两点，三点；丁香花，百头，千头，万头。”又称为“联姻对”或“生死对”。

② 家燕：燕科燕属候鸟，别名燕子、拙燕。世界性分布。体态轻捷伶俐，两翅狭长，尾分叉象剪刀。善飞行，迅速如箭，忽上忽下，时东时西，能够急速变换方向。捕食蝇、蚊等各种昆虫。

七绝·榆钱[①]二首

二首其一

休言此物太贫尪[②]，平淡无奇貌不扬。
兵燹[③]人伤疗病药，天灾岁欠度饥粮。

二首其二

悬挂枝头诱稚攀，匍匐地面任风翻。
凭空落脚于何处，易可生根作故园。

① 榆钱：榆树的翅果，因其外形圆薄如钱币，故而得名。具有药用和食用价值。榆树：榆科榆属落叶乔木，又名家榆、春榆、白榆等。分布于中国东北、华北、西北及西南各省区，朝鲜半岛、俄罗斯、蒙古也有分布。

② 贫尪 wāng：贫穷衰弱。清·奭良《张文忠公祠堂记》："神宗之初，内安外攘，几于富强，迨其末年，贫尪交迫，截若旷代。"

③ 兵燹 xiǎn：因战乱而遭受焚烧破坏的灾祸。宋·庄季裕《鸡肋篇》："先圣旧宅，近日亦遭兵燹之厄，可叹也夫！"

七绝·雾里青[①]

茸毫披露价身名，韵味鲜醇雾里青。
汤液明黄山润色，芽头肥嫩雨涵馨。

七绝·炸雷

虎啸风威丑类惊，龙吟水怒乱云停。
殷天顺送千峰雨，动地横催万物灵。

七绝·癸巳小满

塞北时令已麦秋，田中禾穗尚藏头。
驱车诧见蔷薇俏，更有杨花体韵柔。

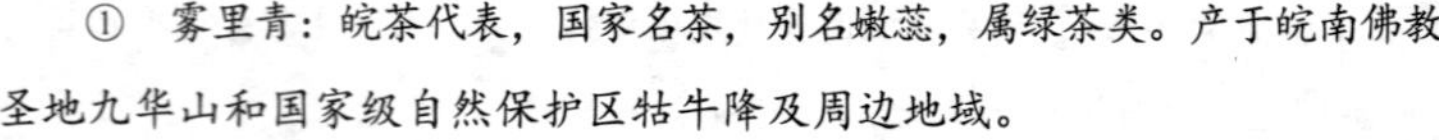

① 雾里青：皖茶代表，国家名茶，别名嫩蕊，属绿茶类。产于皖南佛教圣地九华山和国家级自然保护区牯牛降及周边地域。

七绝·紫藤[1]

四月芬芳妩媚生，一身俏俪迩遐名。
堪称静雅花姝女，纵使无心也动情。

七绝·晨练

起舞闻鸡日正东，累勋钝学趣方浓。
莫将强体休闲视，积健为豪贵有宗。

七律·欣逢故友美籍华人赵伟钧先生

老友重逢叙旧情，推心置腹乐忘形。
五年未见贤兄面，三载无闻俊弟扃[2]。
昔惯繁忙珍志道，今钟简逸嗜伶丁。
酒筛数盏朦胧对，执手言欢热泪零。

---

① 紫藤：豆科紫藤属攀援性藤本植物，又名朱藤、招藤、招豆藤等。原产并广泛分布于中国境内，朝鲜、日本亦有分布。花紫色或深紫色，十分美丽。具有较高的园艺装饰价值和药用价值。

② 扃 jiōng：门，门户。

七绝·柳絮

柳情绰态舞翩跹，与世无争任诋谩。

逸驻云头心界广，幽栖地面趣缘宽。

七绝·园中鸟语

日始林园漫步行，枝头俊鸟悦心鸣。

其中一羽尤亲切，宛若当年鉴美声。

七绝·笼中鸟

见惯司空怪事生，古来良鸟吊笼盛。

傲居高就无忧惕，浅唱低吟有浪名。

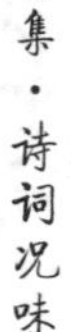

七绝·鸢尾花[①]

驿外塘边喜自生，心甘落寞隐声名。

身怀剑客凌云志，面带娇容少女情。

七绝·山荆子[②]花

满面春分靥笑开，翩然昴降[③]自天来。

百般娇媚湘姑貌，一点灵犀越女才。

① 鸢尾花：鸢尾科鸢尾属多年生草本植物，别名爱丽丝、紫蝴蝶、扁竹花等。鸢尾属约300种，原产并分布于中国中部及日本，北非、西班牙、葡萄牙、高加索地区、黎巴嫩和以色列也有分布。叶剑形，花大而美丽，有蓝紫色、紫色、红紫色、黄色、白色，观赏价值很高。花香气淡雅，可以调制香水。根状茎可作中药，全年可采。

② 山荆子：蔷薇科苹果属落叶乔木，别名林荆子、山定子、山丁子。产于中国辽宁、吉林、黑龙江等省（区），分布于蒙古、朝鲜、俄罗斯西伯利亚等地。树姿优雅，花繁叶茂，白花、绿叶、红枝互相映衬，娴美靓丽，是优良的观赏树种。幼苗可供作苹果、花红和海棠的嫁接砧木，为很好的蜜源植物。

③ 昴mǎo降：为称颂显贵之词。前蜀·韦庄《琵琶洲和吟》：“已觉地灵因昴降，更闻川媚有珠生。”

七绝·以儿童为师

要拜儿童做老师，源于本色不矜持。
自然纯粹良知润，天赋真诚快乐滋。

七律·癸巳春季研究生答辩

答辩多门乐不疲，留心借鉴默相期。
同行异向科源本，齐向分行术理基。
务实求真当瑾煜，弄虚作假必瑕疵。
探幽须守平生贵，究竟应求数证宜。

七绝·矮牵牛[①]

倩影仙踪遍五洲，千红万紫竞风流。
玲珑娇小冲天立，淡抹浓妆靓女羞。

---

① 矮牵牛：茄科碧冬茄属多年生草本植物，别名毽子花、矮喇叭、撞羽朝颜等。原产南美阿根廷，如今各国广为流行。花期长达数月，花冠喇叭状；花形有单瓣、重瓣、瓣缘皱褶、不规则锯齿状等；花色美丽，有红、白、粉、紫及各种带斑点、网纹、条纹等。

七绝·美人蕉[①]

媚色娇容立水滨，夙兴夜寐伴郎君。[②]
霸王身去忠魂在，血洒乌江死谊沈。

七绝·百合[③]

朗目疏眉仕女名，仙风道骨圣姑情。
百年共枕称秦晋，一世同心享怡平。

---

① 美人蕉：美人蕉科美人蕉属多年生草本植物，别名红艳蕉、大花美人蕉、小芭蕉等。原产美洲、印度、马来半岛等热带地区，分布于印度以及中国大陆南北各地。亚热带和热带常用观花植物，花单生或对生，花冠大多红色，且有白、黄和杂色。

② 相传楚汉相争之时，虞姬为激励项羽突围，毅然拔剑自刎，演绎了史上感人的故事——霸王别姬。后来项羽被汉兵围追至乌江，亦拔剑自刎，随身的金鞭插入地中，变为极有生命力的绿色植物霸王鞭。虞姬死后香魂不散，见到夫君化作的霸王鞭，随即化身美人蕉，日夜伴随深爱的夫君。

③ 百合：百合科百合属多年生草本植物，又名强瞿、番韭、百合蒜等。原产中国，主要分布在亚洲东部、欧洲、北美洲等温带地区。百合花素有“云裳仙子”之称，其外表高雅素洁，在插花造型中可做焦点花、骨架花，属于特殊型花材。百合的鳞茎由鳞片抱合而成，有“百年好合”“百事合心”之寓意。鳞茎含丰富淀粉，可食用，亦作药用。

七绝·鸡冠花[①]

丽冕高扬唤日红，碧衣宽罩傲苍穹。
一声巨吼东方亮，三次长鸣鬼蜮忡。

七绝·红景天[②]

一品功同四物煎，百尝誉满两千年。[③]
醒神明目传奇效，益气轻身著巨篇。

---

① 鸡冠花：苋科青葙属一年生草本植物，别名鸡髻花、鸡公花、红鸡冠等。原产非洲、美洲热带和印度，世界各地广为栽培。夏、秋季开花，花色有鲜红色、橙黄色、暗红色、紫色、白色、红黄相杂色等，呈鸡冠状，故称鸡冠花，享有“花中之禽”的美誉。常用作花坛用花，高型品种用于花境、花坛，还是很好的切花、干花材料。具有很高的药用价值。

② 红景天：景天科红景天属多年生草本植物，别名蔷薇红景天、扫罗玛布尔（藏名）等。分布于中国黑龙江、吉林、西藏等地，在欧洲北部至俄罗斯、蒙古、朝鲜、日本亦有分布。生长在海拔 1800 ～ 2500 米的高寒无污染地带，其生长环境恶劣，因而具有很强的生命力和特殊的适应性。可作药用，或作护肤品，也可食用。

③ 四物煎即“四物汤”，是中医补血、养血的经典方药，方用当归、川芎、芍药、熟地四味药组成。我国古代第一部医学典籍《神农本草经》将红景天列为药中上品，记载“高山红景天可轻身益气，不老延年”。现代研究表明，红景天具有适应原样作用，可帮助人体恢复稳态。

七绝·公鸡

红冠缀顶善司晨，慧眼识妖巧辨真。
面向东方高傲立，一声逸唱普天新。

七绝·晨曦

一缕清风爽遍身，几声鸟唱乐熟闻。
庭除净扫黎明起，拳脚功夫锻炼勤。

七绝·三亚印象

热带神姿纵美名，季风气候自形成。
阳光假日青春恋，浪漫天涯老迈情。

七绝·文殊兰[1]

坦荡安详度众生，聪明睿智富才情。
淡妆素面亭亭立，慧眼兰心袅袅[2]行。

七绝·凤凰花[3]

火凤翾飞靓羽妆，丹凰翩舞艳姿扬。
群葩暗暧无颜色，鬼魅缄言话短长。

---

① 文殊兰：石蒜科文殊兰属多年生草本植物，别名文兰树、水蕉、十八学士等。原产印度尼西亚、苏门答腊等，我国南方热带和亚热带省区有栽培。文殊兰花叶并美，亭亭玉立，气质高贵，淡雅飘逸，满堂生香，令人赏心悦目，是佛经规定佛教寺院必须种植的“五树六花”（五树指菩提、高榕、贝叶棕、槟榔和糖棕，六花指莲花、文殊兰、黄姜花、鸡蛋花、缅桂花和地涌金莲）之一。叶、根可药用，全株有毒，内服宜慎。

② 袅袅niǎo niǎo：亦作“嫋嫋”，轻盈纤美貌。晋·左思《吴都赋》：“蔼蔼翠幄，嫋嫋素女。”

③ 凤凰花：凤凰木之花。凤凰木：豆科凤凰木属落叶乔木，别名红花楹树、金凤花、火树等。原产马达加斯加，世界各热带、亚热带地区广泛引种，分布于中国南部及西南部。凤凰木树冠高大，花期花红叶绿，满树如火，富丽堂皇，由于“叶如飞凰之羽，花若丹凤之冠”，故取名凤凰木，是著名的热带观赏树种。树皮具有药用价值，花和种子有毒。

七绝·鸡蛋花[①]

神闲气定韵非常，入圣超凡品自香。
大象无形名士趣，白衣卿相世人臧。

七绝·荔枝[②]

雍容华贵紫霓裳，香气清幽浅靥黄。
一抹雪痕公子醉，方知艳遇此时当。

---

① 鸡蛋花：夹竹桃科鸡蛋花属落叶灌木或小乔木，别名缅栀子、蛋黄花。原产美洲，我国已引种栽培，是佛教寺院必须种植的“五树六花”之一。夏季开花，花数朵聚生于枝顶，清香优雅，花冠外面乳白色，中心鲜黄色，似鸡蛋白包着蛋黄，故名。原种的红色鸡蛋花较为少见，多数是栽培变种。落叶后的树干弯曲自然，其状甚美。

② 荔枝：无患子科荔枝属常绿乔木，别名丹荔、丽枝、离枝等。中国特产，与香蕉、菠萝、龙眼共称“南国四大果品”。花多，富含蜜腺，是重要的蜜源植物。果皮有多数鳞斑状突起，鲜红或紫红。果肉新鲜时呈半透明凝脂状，香甜可口。

七绝·莲雾[①]

形俏如荷品质端，神幽似雾口缘鲜。

果中皇帝临天下，众所称臣本自然。

七绝·山竹[②]

解渴生津味美依，赏心悦目色香栖。

慎称皇后防宫变，免致才人帝也迷。

① 莲雾：桃金娘科赤楠属常绿小乔木，别名天桃、水蒲桃、洋蒲桃。原产马来半岛，在马来西亚、印尼、菲律宾和中国台湾地区普遍栽培，中国大陆的海南、广东、广西、福建南部也有种植。全世界以台湾所产的莲雾品质最高，又以屏南的品质最好。果形美观，果色鲜艳，果肉海绵质，略有苹果香气，味道甘甜，清凉爽口，为消暑佳品。吃莲雾最好是整颗咬，从尖端吃起，会越吃越甜。

② 山竹：金丝桃科藤黄属常绿乔木，别名莽吉柿、山竺、山竹子。原产马来半岛和马来群岛，在东南亚地区和非洲热带地区广泛栽培，中国台湾、福建、广东和云南也有引种或试种。果肉雪白细嫩，味道清新，甘甜可口，止渴生津，为热带果中珍品，有“水果皇后”之称。山竹还有降火的功效，能克榴莲之燥热。

七绝·芒果[①]

袅娜娉婷口气新，端庄绮丽笑容淳。
劝君美色当节制，切忌贪婪损贵身。

七绝·番荔枝[②]

普度黎民颂释迦，永遵真理道无涯。
修成正果终生悟，绵蜜香甜世代夸。

---

① 芒果：漆树科杧果属常绿乔木，别名杧果、檬果、蜜望等。著名热带水果之一，原产印度及马来西亚，世界有70多个国家生产芒果，集中分布在亚洲、非洲、美洲的热带和亚热带地区，我国的台湾、广东、广西、海南、福建、云南等地均有种植。芒果因其果肉细腻，风味独特，深受人们喜爱，素有“热带果王”之美誉。

② 番荔枝：番荔枝科番荔枝属半落叶小乔木，别名赖球果、佛首果、释迦果。原产热带美洲，现全球热带地区多有栽培，中国台湾、福建、广东、广西、海南、云南等省区均有种植。热带地区著名水果，果实聚生，外形酷似荔枝，故名“番荔枝”，又因果皮突起形似佛头别名“释迦”。果肉绵密，味道独特。树皮纤维可造纸，根可药用。

七绝・杨桃[①]

横见星形纵椭圆，先尝酸味后甘鲜。

芳香可口平风热，脆软宜人解瘴烟。

七绝・老之已至

治疗心脏逾多年，修复肢伤历两番。

近见冠渠三处窄，应知老迈史书掀。

七律・自嘲

不知吾者谓何求，洞晓余心喟隐忧。

误入邅途十六载，端行正道六十秋。

三年噩梦神方醒，两目迷离泪始流。

自诩平生诚待世，抚须冷对小人谋。

---

① 杨桃：酢浆草科五敛子属常绿小乔木，别名五敛子、洋桃、三廉子。横切面如五角星，故国外称之为“星梨（starfruit）”。原产斯里兰卡，现世界各地广泛种植，中国广东、广西、福建、台湾、云南有栽培。浆果肉质，皮薄如膜，酸甜多汁，味道像是葡萄、芒果和柠檬的集合体。因为草酸含量过高，肾脏功能不全的人不宜多食。

七绝·父亲

万物滋生父起源，一家举教父承传。[①]
父仁似璞胸襟阔，父爱如山话语慜。

七绝·小草二首

二首其一

默默无闻喜自尊，生生不息乐同茵。
凄风苦雨何足惧，福祸相依世代循。

二首其二

漫山遍野自然生，谷隐林栖莫问名。
不与芳邻争寸土，但求一笑伴春晴。

---

① 古人以为天地生万物，为万物化生之本。《易·说卦》："乾，天也，故称乎父；坤，地也，故称乎母。"父，甲骨文形象右手持棒者，意思是手里举着棍棒教育子女信守规矩的人。东汉·许慎《说文解字》："父，家长举教者。"

七律·蚂蚁[①]

蚂蚁情操警世闻，人生况味谏言真。
罔谈放弃惟弘毅，未雨绸缪仅契神。
期待满怀前路远，不遗余力目标遵。
行疑旅雁惊仁理，止拟群羊叹义伦。

七律·蜜蜂[②]

母系家宗大本营，专长序定各司能。
蜂王孕育功劳筑，蜂后翻牌地位升。
孤雌衍繁[③]蜇懒汉，数频驱赫饱欺凌。

---

① 蚂蚁：膜翅目蚁科昆虫，别名蚁、玄驹、昆蜉等。除南极洲外，其他各州均有分布。蚂蚁的种类繁多，世界上已知有11700多种，有21亚科283属，中国境内已确定的蚂蚁种类有600多种。蚂蚁为典型的社会性群体，同种个体间能相互合作照顾幼体，具明确的劳动分工，在蚁群内至少两个世代重叠，且子代能在一段时间内照顾上一代。

② 蜜蜂：膜翅目蜜蜂科昆虫，全球性分布。群居生活，群体中有蜂王、工蜂和雄蜂，包括1只蜂王（后），1～15万只工蜂，500～1500只雄蜂。蜜蜂科许多种类具有巨大的经济价值，与人类生活密切相关。不少种类的产物或行为与医学（如蜂蜜、王浆、蜂毒）、农业（如果树、作物传粉）、工业（如蜂蜡、蜂胶）有密切关系，因此被称为资源昆虫。

③ 孤雌衍繁：即孤雌生殖，指蜂王在雄蜂房里产未受精卵发育成雄蜂的生殖过程。

和谐社会公平在，何以工蜂美誉承。

七绝·人类中心主义戒

地转天旋宇宙经，虫歌鸟唱自然声。
任由人类弹钧曲[①]，后果难堪恶满盈。

七绝·蝴蝶效应[②]

无心蓄意奉和卿[③]，有势自然化动能。
混沌难题如此释，花人搧过小桥应。

---

① 钧曲：指钧天广乐，即天上的音乐、仙乐，后形容优美雄壮的乐曲。北宋·王禹玉《御宴》："夜又更传仙鹤语，为延钧曲与民娱。"

② 蝴蝶效应：蝴蝶效应（The Butterfly Effect）是指在一个动力系统中，初始条件下微小的变化能带动整个系统的长期的巨大的连锁反应。

③ 和卿：元代王和卿，为人滑稽佻达，名播四方。中统初，燕市有一蝴蝶，其大异常，和卿即赋《醉中天·咏大蝴蝶》："弹破庄周梦，两翅架东风。三百座名园一采一个空。谁道风流种？唬杀寻芳的蜜蜂。轻轻的飞动，把卖花人搧过桥东。"

七绝·蟋蟀[1]

警世通言正视听，玩虫丧志败功名。
寒蛩宰相徽钦耻，蟋蟀君王血泪横。

七绝·夜雨

雨骤风狂赫睡人，雷鸣电闪裂重云。
心忧草舍屋檐漏，更念荒郊考妣坟。

① 蟋蟀：直翅目蟋蟀科昆虫，别称促织、吟蛩、蛐蛐儿等，中国三大鸣虫（蟋蟀、油葫芦、蝈蝈）之一，世界性分布。雄性善鸣，好斗。中国养、斗蟋蟀的风习从唐朝天宝年间开始，兴于宋，盛于明清。因啮食植物茎叶、种实和根，属农业害虫。干燥虫体入药。

七绝 · 对雨

六月蜚云少女颦，七天淫雨恶魔瞋。
田中满目汪洋水，愁煞耘时稼穑人。

七绝 · 夜雨

澍雨倾盆夜打窗，湿云密布昼昏堂。
五更早起腰肢软，手捧诗书遣意茫。

七绝 · 小雨

天色俄晴又转阴，廉纤雾雨碍难禁。
深忧曀晦[①]禾遭害，最喜霉天客莅临。

---

① 曀晦 yì huì：为天色阴沉昏暗。宋·陈造《后囚山赋》："岚昏涝朝，黯掩曀晦。"

七绝·阴晴

昨夜犹听雨扣门，今晨已见日穿云。
阴晴难以从心愿，何必肤庸自扰纷。

七绝·癸巳小暑[①]

十日连阴雨未停，何知暑热竟难撑。
从无蟋蟀庭中叫，只有蚊虫耳畔鸣。

七律·麻雀[②]

吾心独爱是非精，相貌无奇宇内行。
苦陷沉冤蒙宿耻，欣逢竦论获重生。
痴头不改唠叨嘴，故土难离养育情。

---

① 小暑三候：一候温风至，二候蟋蟀居宇，三候鹰始鸷。

② 麻雀：文鸟科麻雀属鸟类动物的通称，别名家雀、嘉宾、老家贼等。除极寒冷的南北极和高山荒漠，世界各地均有分布。世界共 27 种，其中 5 种分布在中国。留鸟，喜欢群居，非常团结，胆大近人，好奇心强，聪明机警，有较强的记忆力，不耐远飞，鸣声喧噪。中国国家二级保护动物。1955 年麻雀被定为“四害”之首，1960 年因生物学家朱冼据理力争而为麻雀平反。

懒意嘉宾争宠顾，家贼务必要除名。

七绝·螳螂[①]

鹤势螂形自古称，蜂腰猿背迄今名。
捕蝉切记防黄雀，得意之时气静平。

七绝·隔道雨

右向阴沉骤雨连，左方晴朗燠阳悬。
常言六月犹儿样，哭笑无时蔑水仙[②]。

---

① 螳螂：昆虫纲螳螂目肉食性昆虫，别名刀螂、大刀螂、祷告虫。除极地外，广布世界各地。在古希腊，人们将螳螂视为先知，因螳螂前臂举起的样子像祈祷的少女，所以又称祷告虫。全世界已知有2000多种，中国已知147种，是农业害虫的重要天敌。

② 水仙：指能兴雨的雨神或称雨师，其信仰与风神一样，起源甚古。汉人在以箕星为风伯的同时，则以毕星为雨师。后来雨师被道教纳入神系，或为龙，或为商羊，或为赤松子。

七绝·乱针绣[①]

乱字当头惑世人，真容毕现美殊伦。
针为画笔摅思[②]绮，线作丹青绣彩缤。

七绝·《信天游》[③]电影观感

两袖清风训诂留，一身正气信天游。
为官务把民高举，政去馨音不胜收。

① 乱针绣：由现代女刺绣工艺家杨守玉女士创始于20世纪30年代，又名“正则绣”“锦纹绣”。因其绣法自成一格，被誉为当今中国第五大名绣。适宜绣制欣赏品的新绣种，擅长绣制油画、摄影、素描等稿本的作品。

② 摅 shū 思：运思，动脑筋。三国·魏·嵇康《琴赋》：“至人摅思，制为雅琴。”

③ 信天游：《信天游》是由冯小宁执导的“报告电影”。影片讲述了在黄河岸边、黄土地上最底层老百姓身边发生的触目惊心、发人深省的纪实故事。被称为“人民青天”的某县纪委书记杨雨露（郭达饰）同志冒着丢官甚至失去生命的危险，在纪检监察岗位上同腐败现象和邪恶势力做坚决斗争，为人民群众惩恶扬善，扶危济难。影片真实深刻地塑造了一个一心为人民办事的优秀共产党员的光辉形象，剧情感人肺腑，催人泪下。

五律·初识两湾城

杖立雾轩腾，耳嘈晓浪声。
鸡啼楼道走，犬吠宇门横。
老者询来处，儿童叩顺平。
曛[①]离松水畔，夜半两湾迎。

七绝·晨兴

诧异身前告急声，拨开杂草夏虫鸣。
自知羁旅人他处，地理风情已嬗更。

七绝·再识两湾

些许晨风送海咸，轻声鸣响见渔帆。
临空放眼南望去，浩渺烟波皎镜嵌。

---

① 曛 xūn：落日的余光。

七绝·海种图

昆布成行任浪梳，白鸥结对喜昏凫。
渔歌唱晚斜阳里，一卷蓑翁海种图。

七绝·海耕

傍水修堤育鲍鲜，依山筑坝养参蛸。
罟船[①] 出没风波里，耕耨汪洋井字田。

七律·顽童

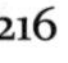

乘车偶遇稚顽童，面对亲尊逞骜凶。
满脸阴沉随性耍，全程躁恼迫人从。
母亲见惯无嗔恚，祖父安常屡纵容。
切莫轻言该事小，家庭皇帝岂能封。

---

① 罟 gǔ 船：渔船。清·林则徐《焚剿夷船擒获汉奸折》：“适有罟船一只，慌忙奔窜。”

七绝 · 北村寻山所

犬吠鸡啼雾蕴蒸，白墙红瓦绿丛生。
夜来遍地蛙歌起，胜过麻凫护仔情。

七绝 · 寻山镇集市

论五逢十购物忙，寻山集市趣游尝。
熙来攘去人攒动，马咽车阗货满装。

七绝 · 癸巳大暑

雾雨濛濛夏麦黄，海涛阵阵夜风凉。
难求傍水居多日，暑热遐离胜故乡。

七绝 · 云开日出

久病能将意志戕，连阴可使魄神伤。
暑蒸欣有云消散，心上重霾一扫光。

七绝·虚惊

卡器忽焉作弄人，荧屏屡次舛讹申。
二毛[1]实地求因果，一场虚惊辨伪真。

七绝·故乡人

偌大楼盘住户痕，他乡巧遇故园人。
盛邀集市购需用，特载城隈[2]逛海滨。

七绝·北望

北眺浓云似远山，小村飘渺竖炊烟。
身居异地思归迫，人客他乡念友虔。

① 二毛：斑白的头发，常用以指老年人。春秋·鲁·左丘明《左传·僖公二十二年》："君子不重伤，不禽二毛。"杜预注："二毛，头白有二色。"

② 城隈 wēi：城角，城内偏僻处。唐·骆宾王《帝京篇》："三条九陌丽城隈，万户千门平旦开。"

七绝·维修

屋漏为殃地板哀，水积成害柜橱颓。
维修久盼今终了，满面愁云刹那开。

七绝·会友

容武[①]听涛沐晚霞，新朋聚会乐天涯。
海鲜红酒乡情厚，荒友羁人祝语佳。

七绝·入境随俗

东北居民住两湾，鲁齐农事已深谙。
楼头密种花生果，地角疏栽望日莲。

---

① 容武：山东省荣成市容武宾馆。

七绝·异味腥咸

腥咸弥漫味熏天，顿感胸闷肺不宣[①]。
循迹约行三十武[②]，曝阳海带顺街延。

七绝·晚兴

木棹咿呀海浪生，渔灯闪烁水波横。
农家小院农家饭，故友重逢故友情。

七绝·三别锦鲤

远去休闲廿日多，万般牵念苦销磨。
飒焉亲睹饥劬烈，刹那悲生涕泗沱。

① 肺不宣：即肺气不宣。中医理论认为，肺司呼吸而开窍于鼻，外合皮毛。这些功能正常，表示肺气宣畅。如因外邪侵袭，皮毛闭塞，肺气不能宣通，可出现一系列呼吸道症状。

② 武：半步。古以六尺为步，半步为武。

七绝·夏蝉[①]

栖上居高品位尊，餐风饮露欲求淳。
劝人伏了防邪重，自己何曾警雀嚚[②]。

七绝·报雨

满院蜻蜓[③]上下飞，低空紫燕往来随。
谚云此候天将雨，觅饵忙茹愈可为。

七绝·房屋漏雨

首次成行困扰逢，寻常小事寸心忡。

---

① 蝉：半翅目蝉科昆虫，别名蚂知了、知了猴、蛭蟟等。世界性分布，生活于温带至热带地区，目前已知有2000余种。雄蝉叫声响亮，雌蝉不发声，成虫用针刺口器吸取树汁，幼虫吸取树根液汁，对树木有害。蝉蜕及雄蝉均可入药。

② 嚚yín：形容奸诈、狡猾。春秋·左丘明《左传·僖公二十四年》："心不则德义之经为顽，口不道忠信之言为嚚。"

③ 蜻蜓：蜻蜓目昆虫的通称，别名猫猫丁、蚂螂、河嘻嘻等。世界性分布，有5000余种，在中国约300种。复眼发达，有3个单眼，视力极好。无论成虫还是幼虫均为肉食性，多食害虫，是昆虫界的捕虫高手。

时今偌大犹城市，何以楼房畏雨风。

七绝·癸巳立秋

一叶梧桐落地黄，半天雷雨爽身凉。
浮瓜沉李争时味，遍地蛙声咏稻香。

七绝·听秋

夜雨敲窗暑热停，晨风盥耳逸思生。
娱心喜鹊欢秋色，畅意吟蛩乐野鸣。

七绝·红蓝知己

红蓝知己贵澄心，忘却年龄重友忱。
切记适衷情载谊，严防太过火刑金。

七绝·初秋夜雨

黄昏暑盛热蒸熏，夜半雷鸣雨骤溯。
风掠凉生魂魄爽，自矜胜似宓羲人[①]。

七绝·兰月[②]

兰月初时已数天，伏终暑热愈缠绵。
书斋偶悦秋虫唧，卧榻常欣夜雨溅。

七绝·早市

混迹人群百念除，不谙讨价顺安图。
无心身世心清净，忘却官阶却丈夫。

---

① 宓 fú 羲人：宓羲时代的人。宓古同“伏”，宓羲即“伏羲”。

② 兰月：指农历七月，因许多品种的兰花在七月吐芳，故名。

七绝·防灾治害

降雨空前水势盛，洪潦每遇壮怀铿。
防灾规划宜长远，治害潜堤务久衡。

七绝·值年返校

毕业双十岁已更，校园重聚缅曾经。
昨天靓女今尤靓，彼日型男此愈型。

七绝·怨雨

大作俄然势莫当，连绵不绝量非常。
圩[①]年一遇灾情戾，内涝滋生稼穑殃。

① 圩：五十。

七绝·胃出血

暂愈频发苦痛烹，病征笃重使人惊。

瞬间扑地神昏悴，胃溃疡沉血妄行。

七绝·天鹅[①]

吻颈同歌伉俪声，排空共享侣俦情。

终生厮守从专爱，高贵安娴贯美名。

七绝·中元[②]

念祖怀亲孝道言，好施乐善义行专。

阴阳两界无屏障，心地安宁比上贤。

---

① 天鹅：鸭科天鹅属鸟类动物，共有7种，属游禽，为鸭科中个体最大的类群。除非洲、南极洲之外的各大陆均有分布。喜欢群栖在湖泊和沼泽地带，主要以水生植物为食，也吃螺类和软体动物。多数是一夫一妻制，相伴终生。求偶的行为丰富，雌雄会趋于一致地做出相同的动作，还会体贴地互相梳理羽毛。迁徙时会多群集结，但仍是小群行动。

② 中元：农历七月十五日汉族称中元节，祭祀先人；正月十五日称上元节，乃庆元宵；十月十五日称下元节，乃食寒食，飨祭祖先。

七绝·丹顶鹤[①]

一品当朝众鸟王，忠贞清正寿龄昌。
能歌善舞嘹而唳，白羽朱冠慨且慷。

七绝·真我

在世人生务静恬，安身[②]不必虑何堪。
真于内者神于外，贵在翛然重在憨。

七绝·修路

昨日车行粉烬扬，今天步履笑容张。
架桥修路关民意，何必淹延雪复霜。

---

① 丹顶鹤：鹤科鹤属大型涉禽，别名仙鹤、红冠鹤。分布于中国东北、蒙古东部、俄罗斯乌苏里江东岸、朝鲜、韩国和日本北海道。通体大多白色，头顶鲜红色，喉和颈黑色，耳至头枕白色，脚黑色，特征明显，极易识别。常成对或成家族群和小群活动。迁徙季节和冬季，常由数个或数十个家族群结成较大的群体。主要以鱼、虾、水生昆虫、软体动物、蝌蚪、沙蚕、蛤蜊、钉螺以及水生植物的茎、叶、块根、球茎和果实为食。

② 安身：安定的人。秦·吕不韦《吕氏春秋·谕大》："天下大乱，无有安国；一国尽乱，无有安家；一家皆乱，无有安身。"

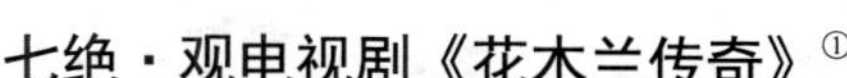

七绝·观电视剧《花木兰传奇》[①]

替父从戎孝女身，出生入死魏军魂。
功成名遂辞皇禄，粝食粗衣奉老亲。

七绝·叶底藏花

夏来黛绿正浓侵，春去柔红渐少寻。
亮色倏然怡目闪，方知叶底隐花深。

七绝·梦中踏雪

踏雪寻芳会友人，梦中世界净销魂。
寻芳去处足音悦，会友来时履迹痕。

---

① 花木兰传奇：《花木兰传奇》是由中央电视台、河南电影电视制作集团有限公司和东阳江山多娇文化传媒有限公司联合出品，卫翰韬、黄伟明执导，侯梦瑶、郭品超、吕良伟、刘德凯、杨丽菁、艾东、姚安濂联袂主演的年代古装剧。该剧以北朝民歌《木兰辞》为基础，讲述了花木兰如何从一个普通织女成长为为国织绣“和亲图”的天下第一织女，而后又如何从一个普通士兵成长为战功卓著将军的故事。

七绝·秋雨初寒

一夜秋风雨瀑连，气温骤降卧难眠。
心情颓落洪灾虑，思绪翻腾故里牵。

七绝·纸鹞

疑是雄鹰展翅飞，原为喜鹞溯风徊。
虽能胜处凌霄汉，待到收篷纸一堆。

七绝·读书

造炬求光百世承，读书索理万民明。
当心传统今蠲弃，一代愚氓必产生。

七律·柳如是[①]

出自寒门璨若珠，源于柳巷贵如瑚。
谙通音律求精善，锦绣诗情觅卓殊。
铁腕银钩红豆馆，丹青水墨绛云庐。
家亡国破风高劭，烈女堪称大丈夫。

七律·悼王公金陵[②]先生

农桑巨擘荏菽[③]情，砥志研思毕世经。
北上栽培移七舍，田间育种覆千町。
道传垂范身心泰，业授躬亲弟子馨。

① 柳如是（1618—1664年），浙江嘉兴人。明末清初女诗人，本名杨爱，字如是，又称河东君，因读宋·辛弃疾《贺新郎》“我见青山多妩媚，料青山见我应如是”，故自号如是。与马湘兰、卞玉京、李香君、董小宛、顾横波、寇白门、陈圆圆同称“秦淮八艳”。后嫁有“学贯天人”“当代文章伯”之称的明朝大才子钱谦益为侧室。作品主要有《湖上草》《戊寅草》与《尺牍》。此外，柳如是有着深厚的家国情怀和政治抱负，徐天啸曾评价“其志操之高洁，其举动之慷慨，其言辞之委婉而激烈，非真爱国者不能”。

② 王金陵（1917—2013年），黑龙江省原副省长、省人大原副主任，东北农业大学教授，大豆育种学家和农业教育家，中国大豆杂交育种的开拓者。

③ 荏菽 rěn shū：大豆。《诗·大雅·生民》：“荏菽旆旆，禾役穟穟。”毛传：“荏菽，戎菽也。”郑玄笺：“戎菽，大豆也。”《尔雅·释草》：“戎叔谓之荏菽。”

自古仁贤多鹤寿，王公美誉胜龟龄。

七绝 · 升麻[①]

薄雾轻云暮雨稀，残红椶绿[②]素蕤奇。

升麻悄立神凝重，宛若贞娘孝甫披。

七绝 · 第 29 个教师节

学海轻艖意窈悠，苦心孤诣谓何求。

一生不善其他事，三尺平台自诩侯。

---

① 升麻：毛茛科升麻属多年生草本植物，别名龙眼根、周麻、窟窿牙根。主产于辽宁、吉林、黑龙江三省，河北、山西、陕西、四川、青海等省亦产。生于山坡草丛，以及林边、山路旁灌木丛中。干燥根茎经炮制可入药，具发表透疹、清热解毒、升阳举陷等功效。

② 椶 zōng 绿：绿中泛棕色的一种颜色。

七绝·出门闻喜

喜鹊迎头噪树端，询饔问暖报平安。
不求名利无关害，岂在嘉音瑞鸟弹。

七绝·军训

号令铿锵响震天，和声嘹亮势吞山。
威风凛凛形容肃，铁骨铮铮意志顽。

七绝·秋日低吟

日见风高地气凉，时逢桂月[①]稻花香。
田家庆喜年惠好，虽遇洪灾谷富仓。

---

① 桂月：指农历八月。此月桂花盛开，故称。

七绝 · 牵牛花[①]

破土缘篱善附攀，迎风挺脊自安然。

顽儿蹑手偷撷下，喇叭高吹响彻天。

七绝 · 骤冷

寒气倏增弱者伤，时温骤降病家殃。

留心卧睡宜规律，注意穿衣莫逞强。

七绝 · 成诗 600 篇记

弃理从文晚岁欢，居闲远趣耨耕繁。

山河有意吟明志，风月无边诵寄言。

---

① 牵牛花：旋花科牵牛属一年或多年生草本植物，别名朝颜、碗公花、喇叭花等。原产热带美洲，现已广植于热带和亚热带地区，是常见的观赏植物。花酷似喇叭，因此有称“喇叭花”。花的颜色有蓝、绯红、桃红、紫色等，亦有混色者。果实卵球形，种子具药用价值。

七绝 · 趣致

气旷神怡曳尾龟[①]，情长韵远介之推[②]。
高山流水知音聚，月满中秋闻蟹肥。

七律 · 癸巳中秋

去岁兹时雨数零，今年此际乐频仍。
晴空碧洗神思澈，明月高悬意念澄。
喜报大儿申总部，欣闻小女获文凭。[③]
隔洋万里双鱼寄，骨肉情长笑语凝。

七绝 · 癸巳秋分

落木萧萧柳陌幽，吟蛩切切妇人羞。
今天昼夜均长短，景色嫣然纵远眸。

---

① 曳尾龟：曳尾涂中之龟，比喻甘贫贱而全身者。唐·白居易《九年十一月二十一日感事而作》："麒麟作脯龙为醢，何似泥中曳尾龟。"

② 介之推：即介子推。

③ 大儿、小女是爱称儿子和儿媳。

七绝·燕子群徙

玄鸟秋深欲徙南，晨时聚会两楼尖。
呢喃絮语真情蜜，霏娓叮咛厝意甜。

七绝·曼陀罗[①]

今古相传入药家，金钟倒挂一奇葩。
但知毒力周身布，不晓禅名适意华[②]。

① 曼陀罗：茄科曼陀罗属一年生草本植物，在低纬度地区可长成亚灌木，别名洋金花、醉心花、狗核桃等。原产墨西哥，广泛分布于世界温带至热带地区，中国各地均有栽培。叶、花、籽均可入药，整株有毒，种子毒性最大。花艳丽妖娆，圣洁高贵，但因剧毒应谨慎用于观赏。

② 适意华：曼陀罗花印度意译为“适意华”。唐·窥基《法华经玄赞·卷二》：“曼陀罗华者，此云适意，见者心悦故。”“华”古同“花”。

七绝・黄瓜[①]

冰清玉润翠霓裳，入圣超凡素面妆。
与世无争桑稼女，明眸皓齿口唇香。

七绝・外来物种入侵

外蠹[②]侵凌起祸端，平衡破坏助波澜。
人寰末日人灾致，世界终期世害关。

---

① 黄瓜：葫芦科黄瓜属一年生草本植物，别名胡瓜、刺瓜、青瓜等。广泛种植于世界温带和热带地区，中国各地普遍栽培。黄瓜的果实是由子房和花托发育而成的，植物学上称作假浆果，又叫瓠果。夏季主要菜蔬之一，现代生活中黄瓜已成为一种新型的时尚健康食品。

② 外蠹：指美国白蛾，灯蛾科白蛾属昆虫，别名美国灯蛾、秋幕毛虫、秋幕蛾，世界性检疫害虫。主要危害果树、行道树和观赏树木，尤以阔叶树危害严重，对农作物、林木果树等可造成严重危害，已被列入我国首批外来入侵物种。长城网－《燕赵都市报》（2013-09-29）以“河北多地遭毛毛虫袭击，虫子爬满院孩子不敢回家”为题，报道了外来入侵物种美国白蛾危害情况。

七绝·海市蜃楼

扑朔迷离冇定踪，镜花水月醉朦胧。
尘间莫羡神仙地，缥缈虚无总是空。

七绝·关门危机[①]

政府关张大减员？美邦今岁蔚奇观。
稽违欠债时程到，雪上加霜变数繁。

七绝·回尖山

驱车北上愿心还，两代同行欲雨天。
旧忆卜奎寻吊饼，新拾妙好话当年。

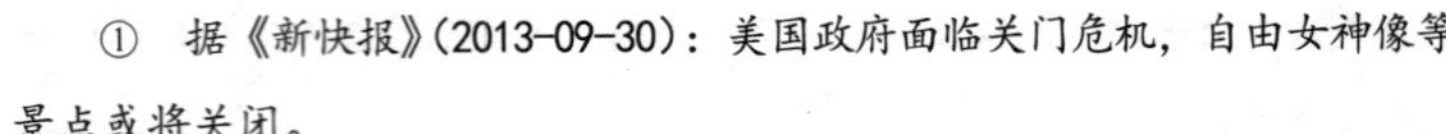
① 据《新快报》(2013-09-30)：美国政府面临关门危机，自由女神像等景点或将关闭。

七律·荒山祭亲

秋风萧瑟祭家尊，野草深芜掩旧坟。
淳意族亲哀语切，真情戚友悯嗟殷。
熟谙训示禁劳苦，稔记箴铭耐俭勤。
耕读传家经世久，阴阳两界笑声闻。

七绝·非洲紫萝兰[①]

五色纷呈艳不骄，一生怒放媚无佻。
玲珑稚巧招人爱，落地萌根四海遥。

---

① 非洲紫罗兰：苦苣苔科非洲苦苣苔属多年生草本植物，别名非洲堇、非洲苦苣苔、圣包罗花等。原产非洲东部热带地区，后引进欧美，在中国已有栽培。栽培品种繁多，有大花、单瓣、半重瓣、重瓣、斑叶等，花色有紫红、粉红、白、蓝和双色。植株小巧玲珑，花色斑斓，四季开花，是国际著名盆栽花卉，在欧美特别盛行。

七绝·金苞花①

本志无心竞丽华，金虾跳上绿枝桠。
清香浓韵宗门贵，别致殊奇阆苑葩。

七绝·白鹤芋②

貌婉心娴韵满腮，怡情悦目口常开。
一帆风顺人人盼，四海升平世世来。

---

① 金苞花：爵床科单药花属多年生草本植物，别名黄虾花、金包银、黄金宝塔等。原产美洲秘鲁和墨西哥，现广泛分布在温带地区栽培。因其茎顶黄色的穗状花序，苞片层层叠叠，并伸出白色小花，形似虾体，故名黄虾花。其实金黄色的瓣片只是起保护作用的苞片，而长在苞片上的白色二唇裂瓣片才是真正的花瓣。金苞花株丛整齐，花色鲜黄，花型奇异，花期较长，观赏价值高。

② 白鹤芋：天南星科苞叶芋属多年生草本植物，别名苞叶芋、白掌、和平芋等。原产美洲热带地区，世界各地广泛栽培。春夏开花，佛焰苞大而显著，高出叶面，白色或微绿色，肉穗花序乳黄色。开花时十分美丽，不开花时亦是优良的室内盆栽观叶植物。是新一代室内盆栽花卉，还可以用作切花。民间因白鹤芋有吉祥寓意，按花的形象美其名曰“一帆风顺”。白鹤芋可过滤室内废气，对氨气、丙酮、苯和甲醛都有一定的清洁功效。

七绝·孔雀竹芋[①]

手握长缨孔雀衫，羽衣层被绿纹嵌。
清除秽气称高士，吸纳醛氨贵领衔。

七绝·奢侈[②]

警训箴言尽耳濡，洊经[③]几位不糊涂。
灯红酒绿遭人唾，纸醉金迷被世诛。

---

① 孔雀竹芋：竹芋科肖竹芋属多年生草本植物，别名蓝花蕉、五色葛郁金。原产热带美洲及印度洋岛域，中国有引种栽培。典型的观叶植物，风姿绰约，独具魅力。叶柄紫红色，叶片薄革质，叶面有墨绿与白色或淡黄相间的羽状斑纹，犹如孔雀尾羽毛上的图案，因而得名。叶片白天舒展，晚间折叠。

② 奢侈：据中国日报网（2013-10-07）报道，有媒体称，中国2%人口，消费全球1/3奢侈品。

③ 洊 jiàn 经：多次经历。清·陆以湉《冷庐杂识·李易安朱淑真》：“观其洊经丧乱，犹复爱惜一二不全卷轴，如护头目，如见故人。”

七绝·新“土豪”[1]

一夜之间变富豪，张财炫贵逞虚骄。
附庸风雅神情讷，弄斧班门气焰嚣。

七绝·结婚送礼[2]

女嫁男婚喜气泱，投桃报李岂能忘。
勿将脸大充肥硕，入不敷支莫逞强。

七绝·癸巳重阳

九重岁岁踏秋忙，兴致如初每度狂。
眺远登高怀谢孟[3]，赏花饮酒忆元黄[4]。

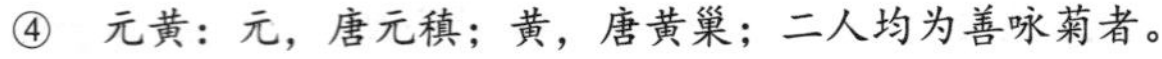

① 新“土豪”：据《新快报》(2013-10-07) 报道，国人假期在英国人均花费 7.8 万元，力压中东“土豪”。

② 结婚送礼：据《新京报》(2013-10-05) 报道，86% 受访者称国庆收到婚礼请柬，六成表示有压力。

③ 谢孟：谢，东晋谢灵运，山水诗人鼻祖；孟，唐孟浩然，山水诗人最有成就者之一。

④ 元黄：元，唐元稹；黄，唐黄巢；二人均为善咏菊者。

七律・悼宋公恩祥[①]副校长

宋公一世恋书香，不辍耕耘贵有常。
上论上篇收放恰，大俗大雅纵横臧。
光明磊落轻朋党，广度长才重友邦。
岂必求名千古在，郢人洒泪为君殇。

七绝・学驾车

大物庞然首次摩，手忙脚乱汗流多。
熟能生巧无烦虑，百炼成钢少骇讹。

七绝・又见烟霾

一年又到入冬前，视线模糊喘气难。
确信烟霾今复起，深知往迹再盘桓。

---

① 宋恩祥（1940—2013 年），东北农业大学原副校长，教授。

七绝·廿八都[①]

三省鸡啼入耳庭，大山寻梦乐闲行。

枫溪锁钥仙霞道，函盖充周[②]百姓城。

七绝·愁

醒来愁绪满胸添，又是烟霾累日闇。

昨夜干咳声渐起，今晨内病已成痰。

七绝·雾霾一扫

今日诚言大不同，雾霾完扫见晴空。

豁然开朗心情好，喜上眉梢肺气通。

① 廿八都：浙江省江山市廿八都镇为历史文化名镇，地处浙、闽、赣三省交界处，历史上是边区的重要集镇，专家誉其为“文化飞地”，学者称其为“一个遗落在大山里的梦。”

② 函盖充周：包容一切。清·戴名世《〈野香亭诗集〉序》：“先生于书，无所不读，函盖充周，不见涯涘。”

七绝·癸巳季秋

虽到今年九月终，冰城景色尚怡瞳。
秋阳和煦游人惬，绿柳浓荫落叶红。

七绝·叶落秋深

黄叶翩飞落地娉，路人纷沓驻身惊。
天然美景谁曾见，太过谙知使目盲。

七绝·去留无意

院长劳尊动穑人，厝心延聘索呈文。
去留随意听其便，长短无求任所斤。

七绝·癸巳立冬

几度宣称冷日隆，何曾得见雪形踪。
晨间感诧窗花绽，信是今朝业已冬。

七绝·初雪

初雪无常莫介怀，一呼三唤始翩来。
枝头柳叶依然抱，地上琼花径自开。

七绝·晚霞

千顷云霞晚照红，万家灯火馥飧浓。
明天喜又连晴日，民谚争先报暖冬[①]。

七绝·从子问安

昨夜从儿有电传，别无他事只询安。
闲云野鹤思乡更，苦口婆心嘱咐繁。

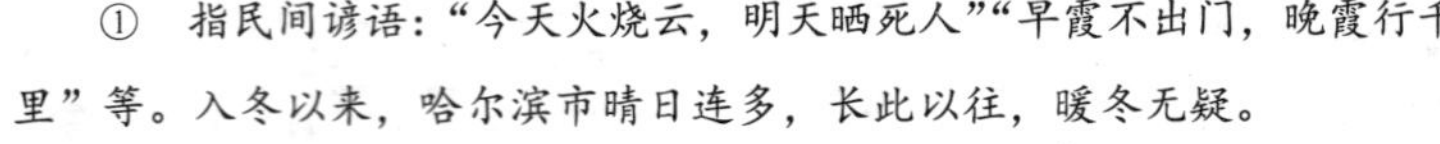
① 指民间谚语：“今天火烧云，明天晒死人”“早霞不出门，晚霞行千里”等。入冬以来，哈尔滨市晴日连多，长此以往，暖冬无疑。

七绝·雾凇夹道

玉树琼花诧错开，晶莹剔透雾镌裁。
忽焉晴朗仙踪匿，去向何方兀自猜。

七绝·人老

老去无多燠饱求，神情畅快勿添忧。
关心起卧劳宜少，重视飧饔忌不周。

七绝·暴风雪

呼啸寒风肆耳屏，迷茫冻雪扰安宁。
路难车阻行人慢，禀命师生把课停。

七律·读《李商隐[①]诗传》

诗人短命运靡常，怎奈终生为稻粱。
旷古才情孰与重，凌云壮志岂堪戕。
无心朋党偏多害，有意前程反数伤。
风潇雨晦年复载，朦胧语境但求祥。

七绝·暴雪又犯

暴雪重来两日狂，水空陆运几多殃。
手忙脚乱人追尾，地冻天寒鸟匿藏。

① 李商隐（约813—约858年），字义山，号玉溪（谿）生，又号樊南生，出生于郑州荥阳（今郑州市所辖荥阳市），晚唐著名诗人。李商隐是晚唐乃至整个唐代为数不多的刻意追求诗美的诗人。其诗构思新奇，风格秾丽，尤其是一些爱情诗和无题诗写得缠绵悱恻，优美动人，广为传诵。因卷入“牛李党争”的政治旋涡而备受排挤，一生困顿而不得志。

七绝·冰城再雪

昨天积雪尚犹存，今日银砂复又濒。
但愿青仙[①]能作美，布施琼玉济黎民。

七绝·惦念

迁时忖念盼儿音，寝食难安若卧针。
父母在堂休使惴，遐离何尽孝烝心。

七绝·久病

九龄望五寿星姨，抗拒医疗俟驾西。
久病床前无孝子，委知儿侧有刁妻。

---

① 青仙：即青女，中国神话传说中掌管冰雪的女神。西汉·刘安等《淮南子·天文训》："至秋三月……青女乃出，以降霜雪。"高诱注："青女，天神，青霄玉女，主霜雪也。"

七绝·锦鲤酬恩

静犹浮叶动如梭，上下翻腾蜿绕荷。
深晓报恩当缱绻，稔知投饲必婂婀。

七绝·高龄圆蛤[①]

圆蛤天然海诞生，年超五百寿高龄。
可悲世上贪心者，应噤人间重利经。

七绝·现代高层建筑

美国开宗盛在欧，萧条影迹亚洲留。
攀高贪大追时尚，炫富夸财抢镜头。

---

① 圆蛤：帘蛤科文蛤属无脊椎海洋动物，别名厚蛤。北圆蛤分布于圣罗伦斯湾至墨西哥湾一带的潮间带，是大西洋沿岸最重要的食用蛤。南圆蛤分布于乞沙比克湾至西印度群岛一带的潮间带。2006年英国研究人员从北大西洋海底捕到一只深海圆蛤，因为它有407岁，与中国明朝同龄，故取名为“明”。当科学家撬开它准备研究时，不小心致其死亡，他们重新读取贝壳纹路后发现它竟有507岁。科学是双刃剑，科学家尤要检点自己的行为，不可急功近利，否则就会带给世界无可弥补的巨大损失。

七绝·尊严不再

不朽[①]之躯自古珍，布衣高气奈何泯？
安贫守道真君子，作势装腔伪圣人。

七绝·大学五毛钱一菜[②]有感

大爱深沉贵以恒，凡心至伟迅雷生。
廿年不变言坚守，几代传人谱道情。

---

① 不朽：不磨灭，永存。春秋·鲁·左丘明《左传·襄公二十四年》：“太上有立德，其次有立功，其次有立言，虽久不废，此之谓不朽。”

② 五毛钱一菜：据新华网（2013-11-26）报道，浙江一大学食堂，坚持20年提供5毛钱菜品。

七绝·千鸢云集[①]

黑耳苍鹰[②]蔚大观，翕飞江上数成千。

若非游徙登程地，便是群飧聚首天。

七绝·斥家庭暴力[③]

妇女儿童最可怜，家庭暴力逞凶残。

世间真有人衣兽，践踏亲情岂任颟[④]。

---

① 据新华报业网－《扬子晚报》(2013-11-26)：千只鹰盘旋南京上空，居民家几十只鸡被叼。

② 黑耳苍鹰：即黑耳鸢，隼形目鹰科齿鹰亚科的鸟类动物，别名老鹰、老雕、老鸢等。分布广泛，见于西伯利亚东部、亚洲北部、日本、印度、缅甸、中国。此鸟为中国最常见的猛禽。留鸟分布于中国各地，包括台湾、海南岛及青藏高原。似黑鸢但耳羽黑色，体型较大，翼上斑块较白。一般栖息于开阔的平原、草地、荒原和低山丘陵地带，也常在城郊、村庄、田野、港湾、湖泊上空活动，以小鸟、鼠类、蛇、蛙、野兔、鱼、蜥蜴、昆虫等动物性食物为食，偶尔也吃家禽和腐尸，是大自然中的清道夫。

③ 家庭暴力：家庭暴力简称家暴，是指发生在家庭成员之间，以殴打、捆绑、禁闭、残害或者其他手段对家庭成员从身体、精神、性等方面进行伤害和摧残的行为。据网易（2013-11-26）报道，1/4 中国女性遭家庭暴力，目前尚无立法保障。

④ 颟：指颟顸 [mān hān]，意为糊涂而马虎。清·李伯元《官场现形记》："信上隐隐间责他办事颟顸，帮着上司，不替百姓伸冤。"

七绝·为鼠[①]执言[②]

彼此同生阅世间，夕朝相处历尘缘。

如何一副独尊样，忘却开宗共祖[③]权。

---

① 老鼠：啮齿目鼠科动物的统称，别名耗子、田鼠、家鼠等。除南极洲外全球分布。老鼠是现存最原始的哺乳动物之一，体色以灰、褐色为主。身体呈锥形，体形有大有小。无犬齿，门齿发达，无齿根，终生生长，常啮物以磨短。生命力旺盛、繁殖速度极快，适应能力很强，行动迅速。以植物为主食，也有的为杂食性。种类和数量繁多，全球现有 450 多种。能传播鼠疫、流行性出血热、钩端螺旋体病等病原。但是老鼠（模式动物大白鼠、小白鼠、裸鼠等）也为人类提供了无数医药实验数据。

② 为鼠执言：鼠对人类科学发展的贡献之大，是其他任何生物不能比拟的。鼠作为模式生物，其用量之大、历史之长，可谓名列前茅。

③ 共祖：达尔文进化论主要内容之一是“共同祖先”学说，认为所有的生物都来自共同的祖先，这也是一个被普遍接受的科学事实。分子生物学发现所有的生物都使用同一套遗传密码，生物化学揭示了所有生物在分子水平上有高度的一致性，最终证实了达尔文这一远见卓识。

七律·还原大学

成均[①] 旨在聚群芳，古校[②] 千年历久长。
文化自新陶育重，科研主动美范襄。
学生本位行天下，教授治黉飨四方。
功利远离坚守正，真容永驻世人彰。

七绝·蜘蛛[③]

结网拈来坐享成，人夸诸葛帅才凭。
胸怀远见筹帷幄，腹有良谋戏蚋蝇。

---

① 成均：古之大学，泛称最高学府。南朝·宋·颜延之《宋武帝谥议》：“国训成均之学，家沾抚辜之仁。”

② 古校：根据校训“研究的滋润之母”，意大利博洛尼亚大学自1088年成立，从来就没有停止运营，拥有“世界最古老的大学”之称。直到现代，该大学还只教博士课程。今天，它已经设有所有等级各种各样的课程。

③ 蜘蛛：蛛形纲蜘蛛目节肢动物，别名网虫、园蛛、喜子等。除南极洲以外，全世界分布。蜘蛛是陆地生态系统中最丰富的捕食性天敌，在维持农林生态系统稳定中的作用不容忽视。

七绝 · 鸟类迁徙[①]

冬去春来为哪桩，生儿育女自奔忙。
其中辛苦谁曾问，何又诛屠雪覆霜。

七绝 · 北京长安街小猪散步[②]

堂而皇之逛市容，怡然自得踏青葱。
传闻几日无人顾，不料俄顷网上红。

---

① 迁徙：为了觅食或繁殖，鸟类动物从一地区或气候区迁移到另一地区或气候区的周期性迁移现象。鸟类动物迁徙、昆虫迁飞、鱼类洄游、哺乳动物迁移等十分辛苦，愿人类能为自己的朋友提供一些方便，至少不要干扰它们生命周期中这一风险最高的行为，尤其不要趁机猎杀。

② 据《北京晨报》(2013-12-04)：北京小猪长安街独自遛弯走红，会躲车识归途。

七绝·捕虫堇[1]

逸事奇观数度闻，仙姿魅影几番询。
千呼万唤呈秦岭，食肉尊容始鉴真。

七绝·再话雾霾

空气污浑异味蒸，痰多喘速病魔生。
牢骚满腹防肠断，生态文明盼早成。

七绝·大雪“虎始交”[2]

二虎拼争各毁伤，双雄恶斗互矜强。[3]
通身欲火难能耐，领地何如美女郎。

---

① 捕虫堇：狸藻科捕虫堇属多年生草本植物，原名高山捕虫堇。分布于除澳大利亚以外的各大陆，全属共约有130种。捕虫堇拥有温文秀雅的线条，它的叶片通透洁净却又暗藏杀机，它的花朵也非常鲜艳美丽，是一种人见人爱的粘液型食虫植物，在园艺中也被广泛栽培。

② 农历大雪三候：“一候鹖鴠不鸣；二候虎始交；三候荔挺出。”

③ 据《新闻晚报》(2013-12-04)：两只老虎为争领地打架，血流满面仍不罢手。

七绝·东北红豆杉[①]

享誉兴安富贵翁，珍稀国宝耄耆容。
善疗癌病除腌苦，三纪遗危赤柏松。

七绝·为鱿鱼[②]翻案

空穴来风惑众人，谰言总被智通堙，
休耽食富甘油酯，莫惧餐多胆固醇。

---

① 东北红豆杉：红豆杉科红豆杉属东北红豆杉种乔木，又名紫杉、赤柏松、米树等。分布于中国吉林老爷岭、张广才岭及长白山区海拔500～1000米处，山东、江苏、江西等省有栽培。日本、朝鲜、俄罗斯也有分布。是第三纪子遗濒危植物，已有250万年的历史，有植物王国“活化石”之称，国家一级保护植物。

② 鱿鱼：头足纲十腕目海洋动物，又名柔鱼、枪乌贼。主要分布于热带和温带浅海。网上一直在流传“一口鱿鱼，等于40口肥肉”，尽管鱿鱼美味，但这句话却让很多人把鱿鱼拉进了健康食物的“黑名单”。其实，鱿鱼营养非常丰富，不但含有丰富的蛋白质、铁元素等，而且胆固醇含量低，营养价值能与深海鱼媲美。

七绝·恶作剧[①]

玩笑虽开讲寸分，愚夫且做莫丢人。
无知冻水能沾物，痛悔舌尖鲜血津。

七绝·生死相依[②]

生死相依死亦欢，苦甘与共苦心燔。
深情厚意缘何处，请问多虞女状元。

① 据中国新闻网（2013-12-06）：路人“吻”冰铁柱舌头被冻结，靠浇温水脱险。冬天潮湿物体极易与冰冷的物体如金属等冻沾在一起，不能松解，直至采取特殊手段如用热水浇开。这是一件十分可怕的事情，万万开不得玩笑！

② 据《今日女报》(2013-12-03)：益阳男摆摊卖饼供妻读书，妻子成教授生死相依。丈夫刘卫东用 9 年的坚持帮助妻子李时华完成了从一名中专生到博士副教授的人生飞越，如今他依旧用男人的坚强与担当将羸弱的妻子置于自己的羽翼之下，让她在经历鼻咽癌的生死考验后，依旧能够满怀幸福地追寻自己的梦想。

七绝·还说雾霾

颗粒悬浮属罪魁，汽车排废惹强非。
儿童受害尤其重，防范当前切莫违。[①]

七绝·野生动物保护

吠犬游鹰启自然，连横合纵蔚奇传。
平衡利害长期顾，食物浑成不解缘[②]。

---

① 和成人相比，儿童的身高决定了其受汽车尾气以及马路粉尘的影响更大，这已成为医学界的共识。因为儿童的呼吸道正好接近尾气高度，同时儿童单位体重的呼吸暴露量比成人大，导致其易感性更高，所以受尾气、雾霾等污染气体的影响更大。再加上儿童身体各器官没有发育完善，污染气体造成的伤害也就更大。

② 各种生物通过一系列吃与被吃的关系，把此生物与彼生物紧密地联系起来。这种生物之间以食物营养关系彼此联系起来的序列，在生态学上被称为食物链（food chain）。食物链是不能根据人类愿望来改变的，如果改变不当，则会对生态系统产生极大的破坏。在一个生态系统中，各种生物的数量和所占比例总是维持在相对稳定的状态，是为生态平衡，否则就是生态失衡。

七绝·麒麟鸡[1]

旋羽雄鸡曝罕闻，一时独步美殊伦。
要知斯乃遗传性，扭发[2]同源也见人。

七绝·带鱼[3]

遍体银装玉带名，性脾凶猛战刀形。
儿时记忆今犹在，每到年欢享懿馨。

---

① 麒麟鸡：麒麟鸡因其毛向前翻卷故名，又称作翻毛鸡、卷毛鸡。该鸡除具有较高食用价值外，也有一定观赏价值，特别是极为稀少的白羽卷毛鸡。

② 扭发：属先天性毛发结构异常。毛发结构异常 (abnormalities of the hair structure) 是由于遗传或某些因素作用于毛母质，使毛发生长受到干扰引起的种种缺陷。常见有扭发、念珠状发、环状发、羊毛状发、玻璃丝发、管型毛发、结发、竹节状发等多种类型。

③ 带鱼：鲈形目带鱼科咸水鱼，又名裙带、肥带、牙带鱼等。带鱼因其体型侧扁如带而得名。分布较广，在西太平洋和印度洋，中国沿海各省均可见到。为我国主要经济鱼类，和大黄鱼、小黄鱼及乌贼并称为“中国四大海产”。带鱼与刀鱼的区别：带鱼为鲈形目带鱼科带鱼属的咸水鱼，而刀鱼则为鲱形目鳀科鲚属的淡水鱼。刀鱼与河鲀、鲥鱼和鮰鱼被誉为“长江四鲜”。

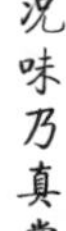

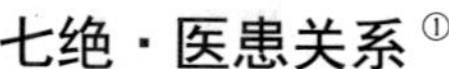

七绝·医患关系[①]

自古郎中爱病儿[②]，不成贤相做良医。
如何今日仇雠对，仰赖金钱宿祸居。

七绝·舍身忘死[③]

同命相连舛互依，舍身忘死喟称奇。
动心一幕惊人世，便是真情志不移。

---

① 医患关系：据金羊网（2013-12-10）报道，广州近百人持砖头木棒打砸医院，多人受伤。

② 东汉·许慎《说文解字》：“儿，古文奇字人也。”

③ 据新浪网（2013-08-24）：小白鼠蛇口勇救同伴，失败被活吞。浙江杭州动物园里，两只小白鼠不慎掉进蛇场，遇到一条刚从冬眠中醒来的蛇。在蛇准备吞下其中一只小白鼠时，另一只小白鼠尽其所能挽救同伴，与蛇展开搏斗。但是终究抵不过强者，甚至连自己也难逃一劫。此情此景，联想世风日下，道德沦丧，舍身相助，反诬有私，令人自愧不如。

七绝·民以食为天

黎贵饔飧易卦明[①]，民为国重古今清。
廪中粮富何惶惑，麦穗双歧享泰平。

七绝·虎皮[②]

虎啸风生百兽王，虎威狐假几曾当。
虎身虽去尊犹在，所剩皮张也贵强。

① 易卦解“民以食为天”：两根筷子，二数先天卦为兑。兑，为口，为吃。筷形直长，为巽卦。巽，为木、为入。组合在一起，就是用筷子吃东西。入口的是什么？是筷头。筷头圆，为乾卦，乾为天。这样吃的岂不是“天”？因此认为“民以食为天”是由此而来。

② 据央视新闻（2013-12-12）：哈尔滨一女子百万元售卖家传虎皮获罪。

七绝·鳄鱼[①]

利爪尖牙水陆横，凶神恶煞虎狼惊。
工于心计施阴巧，诱骗鸦儿入火坑。

七绝·蓝喉蜂虎[②]

身姿曼妙扰春心，体态轻盈动绻忱。
最是喉间蓝色靓，名姝犹伴绕梁音。

---

① 鳄鱼：鳄目短吻鳄科、鳄科、长吻鳄科性情凶猛的脊椎类爬行动物，别名鳄。除少数生活在温带地区，大多生活在热带、亚热带地区的河流、湖泊和多水的沼泽，也有的生活在靠近海岸的浅滩中。鳄鱼是迄今发现活着的最早和最原始的动物之一，出现于三叠纪至白垩纪的中生代（约2亿年前），它和恐龙是同时代的动物。鳄鱼是生态价值、科学价值和经济价值极高的野生动物。据报道美国科学家在印度调研时，发现鳄鱼会利用树枝隐蔽来捕食鸟类，是十分狡猾的动物。

② 篮喉蜂虎：蜂虎科蜂虎属的鸟类动物，别名红头吃蜂鸟。产于文莱、柬埔寨、中国、印度尼西亚、老挝、马来西亚、菲律宾、新加坡、泰国、越南，在中国主要分布于云南东南部（留鸟）、广西南部、广东、海南岛（留鸟）、福建、台湾（迷鸟）、香港（迷鸟）等南部地区，有时向北延伸至湖南、江西，直至河南南部。以蓝喉为特征，极具观赏价值，被誉为“中国最美的小鸟”。

七绝·天坑[①]

频发坍圮力难禁，众说纷纭蛊惑深。

地质原型遭破坏，自然生境陷霖霪。

七绝·牛狮大战[②]

一方霸主逞凶顽，两个仇家奏凯旋。

头挑饿狮鏖战急，水牛豪气奋飞天。

① 据新华网（2013-12-13）：四川广元现直径60米天坑，地陷致11间房屋被埋。

② 据《每日邮报》(2013-12-13)：南非水牛“顶飞”狮子，救下同伴。

七绝·科学[1]

关山难越尽情拦，风月无边放眼观。
好大喜功犹毒剂，一朝服用必身残。

七绝·造景

心机算尽慕勋名，动众劳师拜孔兄。
鬼斧神工花费大，终究难媲自然成。

① 科学高峰可能是科学家终其一生难以企及的目标，然不畏劳苦地攀爬，便可以使一个重视过程的真正科学家得到满足。正如《诗经·小雅·车辖》："高山仰止，景行行止。"据《东方早报》(2013-12-15)：诺奖得主抵制世界三大学术期刊，称其扭曲科学进程。2013年诺贝尔生理学或医学奖得主美国生物学家兰迪·谢克曼在英国《卫报》发文称，他的实验室将不再向世界三大顶级学术期刊《科学》《自然》和《细胞》提交论文，指责"这些世界最著名的期刊用不恰当的激励措施扭曲了科学进程，鼓励研究人员走捷径，在外表华丽而不是真正重要的领域进行研究"。

七绝·试酒

八征之法[①]肇姜公，赋酒于人试态容。
醉后无常尤须惕，难能举目再言憧。

七绝·义犬[②]

诚贞品性本由天，义犬[③]居常作美喧。
输忠效死明大美，知恩图报践微言。

① 战国·姜子牙《六韬·龙韬·选将》："知之有八征：一曰问之以言，以观其辞；二曰穷之以辞，以观其变；三曰与之间谍，以观其诚；四曰明白显问，以观其德；五曰使之以财，以观其廉；六曰试之以色，以观其贞；七曰告之以难，以观其勇；八曰醉之以酒，以观其态。八征皆备，则贤不肖别矣。"

② 据《北京晨报》(2013-12-16)：北漂小伙7年前救狗妈妈，狗娃报恩每天接他回家。

③ 犬：犬科犬属动物，别称狗，与马、牛、羊、猪、鸡并称"六畜"。分布于世界各地。有科学家认为狗是由早期人类从灰狼驯化而来，驯养时间在4万年前～1.5万年前，一直发展至今日。犬是现今饲养率最高的宠物，被称为"人类最忠实的朋友"。其寿命约12～18年。

七绝·妙手回春[①]

华佗再世显神灵，妙手回春济众生。
骨肉难分常在口，今方彻晓手足情。

七绝·兽性[②]

和谐共处逾十年，致命攻击仅刹间。
莫信平时虚假象，兽性难改几多蛮。

七绝·学习

未曾经历自茫然，易事些微感大难。
学海无涯舟楫苦，书山有径路途漫。

---

① 据中国新闻网（2013-12-17）：湖南小伙绞断手臂寄养在小腿上，再回植后成功复活。

② 据新民网（2013-12-17）：上海动物园一名饲养员被华南虎咬死。

七绝 · 临行南宁

翌晨即要广西游，出境突然证件求。
公事公行需半月，私情私办为一周。

七绝 · 邕城①小记

钟灵毓秀凤凰述，叠翠流金五象留。
朱槿花开昭四季，半城绿树半城楼。

七绝 · 初到桂林

境倚心生法自然，物随人转道无边。
三成形象七分想，烦恼皆除笑语潺。

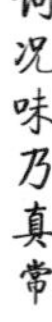

① 邕城：南宁别称，又称凤凰城、五象城、绿城。

七绝·夜游“二江四湖”[①]

流光溢彩盛春园，火树银花不夜天。
秀色宜餐游尽兴，二江四水弄舟扁。

七绝·阳朔

山清水秀醉心哦，洞美岩奇纵意歌。
徜徉天堂情未尽，漫游仙境趣饶多。

七绝·大榕树[②]

虬盘龙卧肃然钦，接地承天蔽日森。
苍劲挺昂千好寿，始知独木也成林。

---

① 二江四湖：指桂林的漓江、桃花江和杉湖、榕湖、桂湖、木龙湖。

② 大榕树：阳朔大榕树位于高田乡的穿岩村漓江风景区内，名“穿岩古榕”，为田园风光最佳处。千年古榕遮天蔽日，树高 17 米，树围 7.05 米，硕大的树冠覆盖 2 亩土地，盘根错节，枝繁叶茂，气根如老人胡须在风中飘拂，树干有的贴地而生，有的斜出如飞龙破雾，是罕见的奇树。

七绝·聚龙潭

腾云驾雾乐天台，乘浪泛波戏水斋。
吾亦远方同聚首，躬身策杖作龙侪。

七绝·冠岩

光岩历史已千年，霞客[①]优游记此缘。
山戴紫冠神聚处，水流甘冽米盈川。

七绝·粉之都

地方小吃踏街寻，桂粉之都印象深。
马卡罗尼[②]驰外域，过桥米线入滇黔。

---

① 霞客：徐霞客（1587—1641），名弘祖，字振之，号霞客，南直隶江阴（今江苏省江阴市）人，明代地理学家、旅行家和文学家。徐霞客一生志在四方，“达人之所未达，探人之所未知”。他经30年考察撰成地理名著《徐霞客游记》，被称为“千古奇人”。《徐霞客游记》开篇之日（5月19日）被定为中国旅游日。

② 马卡罗尼：指意大利通心粉。意大利通心粉即意大利面，欧洲最早的面条类食品，传说旅行家马可·波罗于1295年由中国带回意大利。

七绝·漓江风光

翠娥端坐面漓江，雾鬓风鬟扮嫁娘。
放眼澄波云起处，朦胧倒影半身光。

七律·柳宗元[①]

文坛巨匠柳宗元，妙笔飞书锦绣篇。
赋若枭风舒意境，诗如流水畅心泉。
鼎新革故频遭害，竭虑殚精善解悬。
独钓寒江轻世态，黔驴也感伎无缘。

---

① 柳宗元（773—819年），字子厚，汉族，河东（现山西省永济市一带）人。唐代文学家、哲学家、散文家和思想家，唐宋散文八大家之一，世称“柳河东”“河东先生”，因官终柳州刺史，又称“柳柳州”。柳宗元一生留诗文作品达600余篇，其文的成就大于诗。骈文有近百篇，散文论说性强，笔锋犀利，讽刺辛辣。游记写景状物，多所寄托。

七绝·广西

八山一水一分田，旖旎风光秀可餐。
馥郁民情明特色，喀斯地貌著奇观。

七绝·南宁印象

南宁闹市看民风，老幼无欺每适逢。
莫怪声高脾气大，怀真抱素了然胸。

风光好·元旦

雪莹莹，日蒸蒸。一载将除又岁兴，好心情。

龙翔凤翥前行处，同船渡。百尺竿头干劲增，志成城。

风光好·攀登

化疑云，度迷津。柳暗花明又一村[①]，觅琼珉。

披荆斩棘攀登路，何言苦。实至名归妙用神，务求真。

南歌子·同义友父女宴饮

旧日曾诹定，今朝始践行。打开老窖[②]问觞能，笑道“半斤八两我还成！”

父辈心高兴，儿家语动情。“阿爹雨露万千承，当信晚年有靠享人生！”

---

① 引自宋·陆游《游山西村》：“山重水复疑无路，柳暗花明又一村。”

② 老窖：黑龙江省地方名酒“富裕老窖”。

霜天晓角·壬辰小寒

年初岁尾，正是天寒最。何自苦忧烦虑，常如此、心知会。

昼长神枉累，劳繁人倦睡。惊梦迴途风景，春花艳、秋禾美。

更漏子·彩云南

彩云南，华夏最，四季团花集翠。松作伴，鸟为朋，种群多样生。

风光罕，民情善，是处游人织练。宾友至，忘归期，勾留不晓疲。

浣溪沙·昆明

新岁得闲又旅行，七千里路到昆明，嫣红姹紫扮春城。

人步画中人意好，海生花地海澜馨，饱谙孔雀故乡情。

江南好·云南好三首

三首其一

云南好，好在彩云边。华夏边陲青玉嶂，九州疆域翠箳关。天下美名传。

三首其二

云南好，最好是昆明。温暖常年称宜郡，花飞四季号春城。留恋忘归行。

三首其三

云南好，生态最闻名。版纳采风陶美色，傣家泼水乐欢声。热带雨林情。

一剪梅·壬辰大寒访西南联大[①]旧址

屣步昆师[②]园囿中。仰慕名庠，叩谒先宗。豁然开朗曜双眸，联大西南，旧迹真容。

大学精神陋室风。一种耕耘，两地闻跫[③]。梅红初露岁将除，凭吊诸贤，再拜三公[④]。

---

① 西南联大：国立西南联合大学的简称。1937 年，抗日战争爆发后，为保护中国的教育与文化命脉，原设北方著名的北京大学、清华大学、南开大学三校被迫南迁并合称国立西南联合大学。西南联大在昆明 8 年，大师云集，名家荟萃，在极度简陋和艰苦的环境中，“同无妨异，异无害同，五色交辉，相得益彰”，精诚团结，弦歌不辍。因此，西南联大精神是中国教育不灭的火种，西南联大旧址也就成为中国学人心中的的圣殿。

② 昆师：昆明师范大学。

③ 两地闻跫：指三校最初迁往长沙，合组国立长沙临时大学，于 1937 年 11 月 1 日开始上课。随后战火危及长沙，仅维持了 4 个月的长沙临时大学再次被迫西迁昆明。1938 年 4 月，国立长沙临时大学改称国立西南联合大学。

④ 三公：当时的北京大学校长蒋梦麟、清华大学校长梅贻琦和南开大学校长张伯苓。

卜算子·澜沧江—湄公河[①]

相傍此江生，共饮斯江水。谊切苔岑世代情，你我同甘美。
两岸醉天然，一路惊瑰玮。到海奔流不复回，万里歌声沸。

采桑子·壬辰又立春

劝君春日多留意，乍暖还寒。莫把衣宽，何况形羸体又单。
冰城此岁堪忧惴，气滞时先。预报频传，警惕饕风虐雪天。

好事近·癸巳元日

元日踏春来，瑰色遍皴华夏。千户万家寻梦，笑意眉梢挂。
同宗儿女五洲欢，六福纵情洒。寿富德康和孝，愿景齐描画。

---

① 澜沧江—湄公河：澜沧江—湄公河发源于中国青海省唐古拉山脉岗果日峰的扎曲，流至昌都后始称澜沧江。流至云南省南腊河口出境，出境后改称湄公河。自北向南流经中国青海、西藏、云南三省区和缅甸、老挝、泰国、柬埔寨、越南五国，于越南胡志明市（西贡）附近湄公河三角洲注入南中国海。澜沧江—湄公河是一条流经亚洲的国际大河，也是世界第六大河、亚洲第三大河，东南亚第一大河。全长 4909 公里，流域总面积 81 万平方公里，被称为“东方的多瑙河”。

画堂春·人日

东方初晓紫云微，天人同庆春回。屋檐喜鹊踏歌随，比翼齐飞。

窗外声声爆竹，耳中滚滚沉雷。残零冬雪蕙风吹，数点红梅。

谢池春·情人节

女爱男欢，情侣万人空巷。一时乎、喧声浩荡。抽身无术步难移，推搡。笑缘何、癫狂模样？

山盟海誓，最贵同心吟唱。好年华、追随志向。青春无悔惬平生，崇尚。乐齐飞、业兴家旺。

怨春风·癸巳雨水

春风三度，寅飞晴雪辰时住。晶莹明灭枝头露。地上残冰、闪烁晖晨雾。

寒意犹重当体悟，人心不古难言喻。曩畴知己归何处？对鉴沉吟，两鬓银丝数。

柳梢青·癸巳上元

又是灯期。晴空一碧，月朗星稀。城市乡村，良辰丽景，气贯虹霓。

新春新愿新姿，总无改、千年话题。福寿康宁，吉祥如意，众口难移。

鹧鸪天·癸巳惊蛰

万物昭苏赖此令，祗今仍未感雷鸣。丹晖熠烁时温变，紫气氤氲景象更。

天煦煦，日明明，阴霾一扫贵多晴。近来新梦连长夜，寤后方知少信凭。

定西番·科研方案讨论会

门外风狂雪暴，天肆虐，路行难，骨生寒。

室内谋兵论道，阵容贵缮完。午宴沙龙绝妙，聚群仙。

玉楼春·癸巳春分[1]

春中昼夜平分半，残雪消融天气暖。虽然风眇丽阳多，但见灰鸦无紫燕。

何言两耳闻雷贯，岂有浓云偕闪电？迄今三候未曾临，时至冰城常恨晚。

江城子·癸巳清明

夜来随梦又还乡。报春光，孝爹娘。合家欢聚，醇美馔芬芳。醒后犹怜情未尽，心痛楚，泪霑裳。

① 农历春分三候：“一候元鸟至；二候雷乃发声；三候始电。”

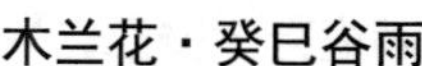

木兰花·癸巳谷雨

时过境迁春已暮，寒意袭人风雪数。杨眇翠，柳微青，遍地水潴农事误。

谷雨到来时气贵，耕种甚难灾害最。轻言改造自然劣，人定胜天当愧悔。

减字木兰花·师生聚会

大唐北苑，结彩张灯婚礼宴。共贺同欢，佳偶天成叫好连。

师生围坐，别后情长嘘起卧。觞举频繁，恭祝开心度晚年。

减字木兰花·梦醒

满城烟雨，带露柳枝披浅绿。双目睢盱[①]，含笑秾桃曳袂裾。

聒鸦惊梦，醒后神思犹骋纵。轻捻银鬚，墨耨兰笺半亩余。

---

① 睢盱 huī xū：睁眼仰视貌。宋·苏轼《浣溪沙·徐州石潭谢雨》：“照日深红暖见鱼，连村绿暗晚藏乌，黄童白叟聚睢盱。”

满庭芳·癸巳立夏

孟夏时分，初春物候，气象南北殊差。紫晖横牖，风曳柳丝斜。盥罢黉庭信步，悦足下、宿草新芽。墙头上，几只闲雀，起落聒声喳。

书涯，休懈怠，披星弄笔，戴月涂鸦。乐从此随缘，三昧搜拏。人老真情不辍，尝谓是、陆地仙家。喧中静，心如止水，自慊莫须夸。

诉衷情·话别

一年将又遇辞行，心底万难平。问君何处归去？寄语话真诚。

从此后，众山迎，路迢峥。张驰谐适，务必珍宁，尺素频仍。

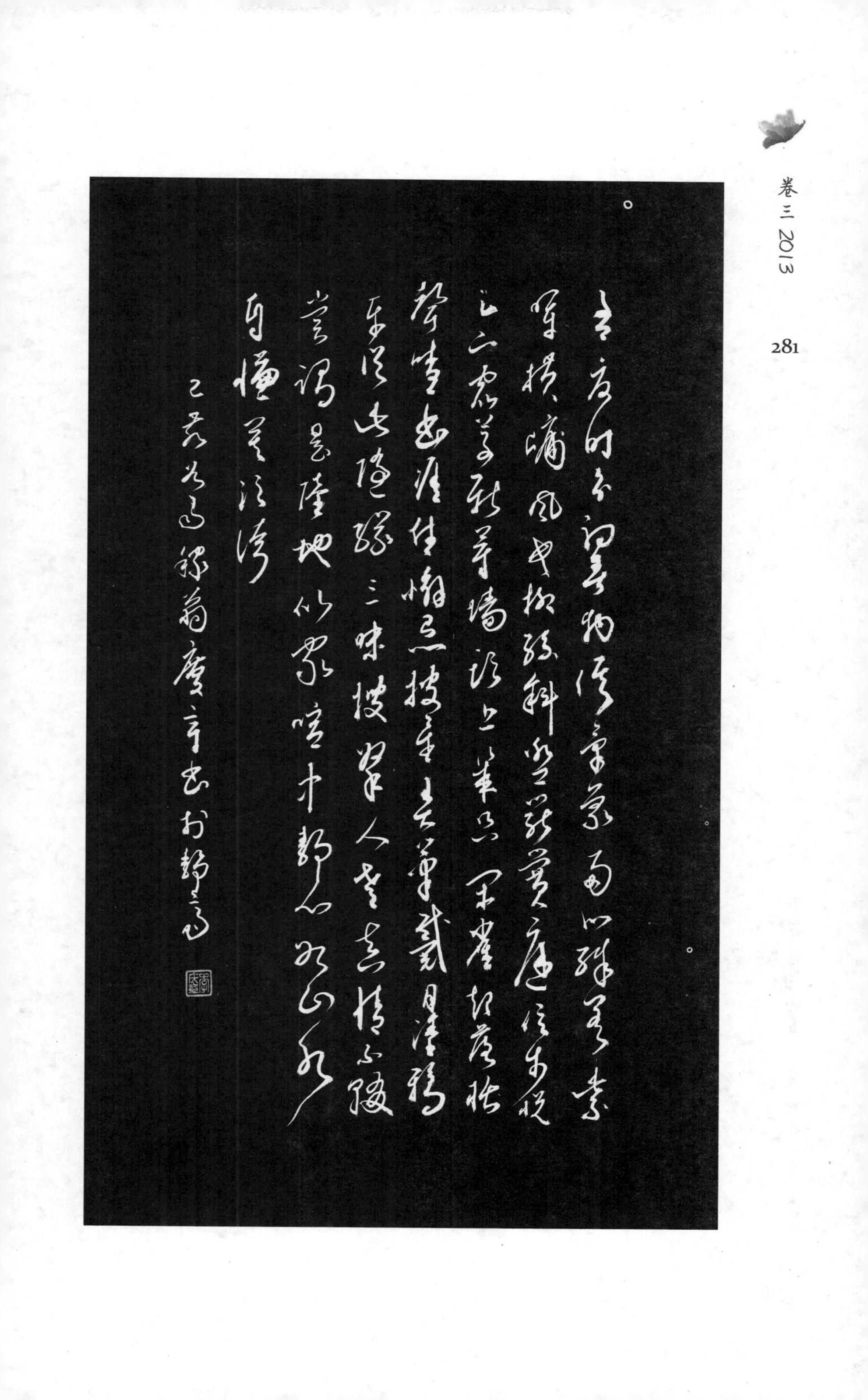

摊破浣溪沙·第二届博士研究生论坛

姹紫嫣红五月间，蜂忙莺碌舞翩跹。耕耨劳劬乐收获，不偷闲。

习惯师门疲与累，周详书苑苦和难。天道犒勤需努力，莫贪安。

调笑令·癸巳小满

调笑，自言少。第二青春心更俏。锦功八段人称好，晨练何曾迟到。成诗七步工夫妙，援笔撩鬓长啸。

诉衷情·幸会老友美籍华人赵伟钧先生

忽焉电话响声频，老友欲登门。开怀谈笑无间，同忆旧年辰。棕树下，小溪滨，酒微醺。清风高谊，意切情真，难舍难分。

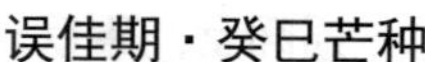

误佳期·癸巳芒种

春去销踪匿影，岂必忧心扫兴。花开花落两相宜，地利天时应。

宏愿逐年高，诚祷福星拱。不期偏遇涝情繁，抢种苦难竟。

忆秦娥·真趣

君休虑，多情紫燕呢喃语。呢喃语，食香睡好，葛民真趣。

踌躇满志人无侣，灰心丧气时多拒。时多拒，好高骛远，影单行踽。

如梦令·同门弟子业后小聚，畅忆当年趣事

梦忆东农[①]长路，伴我春秋三度。人静夜归时，总有柳丝轻抚。如缕，如缕，往事绎思无数。

---

① 东农：东北农业大学简称。

长相思·遥闻女儿重病，痛甚

泪水流，涕水流。流到皤翁心里头，思心愁更愁。

昼也愁，夜也愁。愁到归时始作休，盼归秋复秋。

采桑子·同门弟子与导师刘公忠贵教授宴聚“百事成饮食广场”

情深谊厚师生愿，问取归鸿。百事成功，志士何忧岁历匆？

离多聚少寻常态，月有衰隆。欣喜相逢，莫道山高水又重。

添字采桑子·癸巳夏至

土圭测日新令至，地久天长[①]。地久天长，彩扇传情，纤手赠香囊。

留神暑热伤形体，心静身凉。心静身凉，龙井煎茶，对友话麻桑。

① 地久天长：一谜语的谜底。谜面——夏至，打一成语，谜底——地久天长。

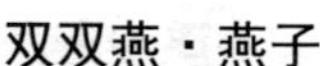

双双燕·燕子

触亲谊景，致观者欷歔，赞声盈口。双双燕子，绘写世间恒守。迁徙归来共究，最要是、新巢架构。吾耽每日出巡，汝俟安心孵彀。

知否？终身伴偶。乐比翼齐飞，剪裁丝柳。同操雏稚，毕见妇随夫后。絮语呢喃不够，更有那、全神呵佑。佳话骨肉情深，美和瑟鸣磬奏。

渔歌子·夜读

黄卷青灯对古人，清风明月韵惟真。寻李杜[①]，谒苏辛[②]，流连忘返旦鸡闻。

浣溪沙·夏雨

缱绻缠绵绿意浓，近观森郁远朦胧，春花归去有谁疼？

万木潇潇喧密鼓，千峰霭霭响疏钟，无情凄雨落残红。

---

① 李杜：李白与杜甫，两人“一生好入名山游”，所以是非寻不可见也。另李商隐、杜牧并称“小李杜”。

② 苏辛：指苏轼、辛弃疾，并称“苏辛”。

摊破浣溪沙·言别

弟子辞行话语瘥，真声殷切泪滂沱。此去何时再相见？不消多。

身体安康宜简澹，心情愉悦适笙歌。衣食起居当属意，重清和。

忆少年·童真

儿时记忆，儿时趣味，儿时欢乐。童年万花筒，令心神缭错。

戏自天成无厌恶，性情中、笑啼常获。痴人梦游境，盼真情实凿。

醉花阴·故地重游

故地重游惊巨变，东北农家宴。道主热心肠，白饭青刍，倒屣相迎见。

葡萄露酒华灯伴，讶玉尊频换。回味口留香，眊眼[1]微醺，愁绪全抛断。

---

① 眊 mào 眼：昏花的眼睛。清·陈确《与吴裒仲书》：“瞻澉岭，眊眼欲穿，暑气大盛，不审道体清适何似？”

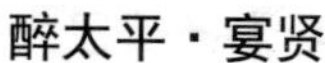

诚言似琚，毫无戏娱。举家备办丰厨，置鸡鱼菜蔬。

时方日晡，群贤到庐。同尝渌酒霞珠，共冰心玉壶。

浣溪沙·东园巨变

暴雨狂风已数天，葡萄醁酒话当年。声名鹊起赞东园。

装备集团身显赫，采收基地誉空前。举觞频数贺辞连。

洞仙歌·癸巳小暑

清凉夏夜，歇手中蒲扇。天上繁星洒庭院。爽风吹、壶里日月清幽，人声寂、巷内昏灯数盏。

多少蹉跎事，物是人非，斗转星移旧情断。唯有书味真、水墨飘香，对面语、赤诚相见。邂陶潜、闲来酒三杯，觏苏轼忙中，土茶粗饭。

少年游·癸巳大暑

此游初到两湾城，每日雾蒸腾。鸡啼犬吠，渔歌唱晚，遍地溅蛙声。

暑深远避烦心热，凉爽夜安宁。纷扰皆无，异常清寂，出入二人行。

清平乐·癸巳立秋

雨听夜半，暑热多消散。一叶梧桐飘小院，白雾和风弥漫。

忽焉喜讯飞鸿，吾儿考试亨通。三载三元连中，转身徜徉金融。[①]

满庭芳·癸巳处暑

气爽天高，秋风落叶，又是终岁非多。六旬初度，半世已蹉跎。试想人间万事，都好似、转目烟波。何足虑，云舒云卷，花开又花挼。

呵呵，休恼恨，稍安勿躁，好事须磨。愿恬淡依然，真我无

---

① 指李溯在2011—2013年的国际注册金融分析师考试中，连连通过，连升三级（一级到三级），实现职业的华丽转身。

阿。老去不妨落拓，睡梦里、对酒长歌。追求个，黎明即起，每日勿虚过。

秋波媚·癸巳白露

阴雨连绵夜森凉，呼啸北风狂。捶床捣枕，晨兴昧旦，一任冥茫。

心情沉郁思亲重，总是梦爹娘。丛林深处，孤蓬衰草，几座坟荒。

秋波媚·第二十九个教师节

白露迷迷映新阳，多彩好秋光。天高云淡，微风拂面，一派清凉。

李桃累累枝头抱，弟子百名强。开怀大笑，亢音高唱，几许茶香。

人月圆·中秋寻月

只今又是中秋日，晨起雨零星。年年此夜，明轮有几？异样心情。

家书难寄，思儿犹切，泪纵欷声。餐茶当否？游居可顺？何若归荣。

采桑子·癸巳秋分

云闲空碧金风逸，昼夜平分。秋兴撩神，远处层峦五色皴。

彻身凉爽心恬静，听任王孙。浅唱轻呻，黄卷青灯伴故人。

采桑子·生物学博士后科研流动人员进出站评审

青年才俊辕堂聚，攻略称奇。攻略称奇，身手非凡，校武辨高低。

每人机会相均等，资质何齐。资质何齐，良莠难侪，铭昊轸星[①]稀。

① 轸 zhěn 星：星名，二十八宿之一，轸星主管人间苍生寿命。

双双燕·我侬

忆归徙日，伴春暖还寒，我侬牵手。翻山越岭，晓宿夜行[①]相佑。同命情深意厚，更缱绻、缠绵不够。欢欣故友如常，乐悦橧巢依旧。

何久？儿前女后。练羽翅高翔，析疑匡谬。翩飞腾跃，顾盼稚生新秀。此去南方远走，莫忘却、雨多风骤。牢记伙众随亲，共享昊空月透。

一叶落·癸巳寒露

黄叶蓦，秋风瑟。骤来夜雨犹惶迫。舍寒醒梦残，衾单旅人寂。旅人寂，往事如烟历。

霜叶飞·癸巳霜降

露弥霜降，今偏遇，黄昏疏雨空巷。冷风萧瑟觅秋衣，乘兴呼佳酿。莫计较、凉熏热炝，有无皆乐何惆怅。举酒对荆妻，话语中、情深意笃，龙马模样。

---

① 晓宿夜行：家燕有一个“怪癖”，它们总是在夜深人静、明月当空的夜晚迁飞，而且飞得很快，有时只能看见它们的影子一闪而过。

试想万事尘间，淡为真味，岂必弘侈佻浪。饮飧居起务寻常，且忌追时尚。自古布衣多礼让，温文尔雅非凡象。耳目聪、心思密，蔑谄轻骄，素来恬旷。

秋夜雨·夜雨

遄[①]来夜雨淫威骤，风吹北户声吼。梦长怀故事，醒后更、神羸形瘦。

人非物是三年越，眼惯于、山险云复。从此藜杖叟，定力在、躬耕依旧。

定风波·自信

千日悬疑费砥磨，一言臆断任偏颇。心度浩茫犹果毅，当忌，肝肠寸断泪滂沱。

自信此生无怍我，安卧，老来睡少梦思多。每进饔餐需半饱，难了，闻鸡起舞对诗魔[②]。

① 遄chuán：快，疾速。

② 诗魔：指唐代白居易。其诗《醉吟二首》其二有“酒狂又引诗魔发，日午悲吟到日西”句，后人便以“诗魔”称之。

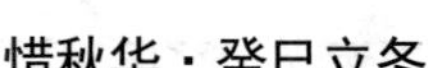

惜秋华·癸巳立冬

落叶翩飞，似流萍、履迹游移多变。犹眷故枝，飘乎不曾离远。依稀夏日春期，月妩媚情思缱绻。轻叹。正当值、满目风光无限。

转眼季令换。又严飙萧瑟，把烂红颓浅。柳犹亮、杨尚绿，素颜妆扮。应知万物同生，最可贵、以仁酬怨。高赞。待收成①、地天人健。

踏莎行·初雪

夜啸飙风，晨飘駃雪，皤翁唱晓惊飞鸹。双肢蹴蹈瞬时平，六花劲舞俄间歇。

十二琼楼，三千银阙，呼儿唤女搀耆耋。孩时记忆遽然浓，童年乐趣倾情烈。

---

① 收成：指春、夏、秋、冬四季的收成，即四秋。《管子·轻重乙》："夫岁有四秋，而分有四时。故曰，农事且作，请以什伍农夫赋耜铁，此之谓春之秋；大夏且至，丝纩之所作，此之谓夏之秋；而大秋成，五谷之所会，此之谓秋之秋；大冬营室中，女事纺绩缉缕之所作也，此之谓冬之秋。"马非百新诠："秋者成也，收也。四时皆有所收成，故曰：'岁有四秋'也。"

思远人·癸巳小雪

今岁冬来多朗霁，难掩心中是。频生龃龉，遄飞蚊蚋，深信老将至。

念儿留美十年里，喜讯常传递。雪夜不眠人，此情燔烈，谁知其中意？

风入松·癸巳大雪

始知鹖鴠[①]夜啼因，大雪锁山门。饥寒交迫哀无助，嘶声动、暮霭晨昏。落木萧条岑寂，北风呼啸悲呻。

世间多少难中人，何以众如云？战争灾害频繁起，国家破、慑胆惊魂。祈祷和平时代，祝福安定乾坤。

① 鹖鴠hé dàn：春秋·师旷《禽经》："鹖，毅鸟也。似雉而大，有毛角，鬬死方休，古人取为勇士，冠名可知矣。"先秦史籍《逸周书·时训》："大雪之日，鴠鸟不鸣。"孔晁注："鴠鸟，鹖鴠也；或作鴇鴠。《礼记·坊记》作盍旦。夜鸣求旦之鸟也。"农历大雪三候："一候鹖鴠不鸣，二候虎始交，三候荔挺出。"

更漏子·癸巳冬至

夜将阑，长梦润，更漏高声知讯。起正卯，备征衣，登程车马稀。

深冬旅，远游去，地北天南何惧。停新郑，启冰城，广西首次行。

词编（依《钦定词谱》）

竹枝二首

竹枝·冬日心情

乌烟瘴气锁全城，阴霾蔽日了无晴。

竹枝·闻过则喜

三回机响共雛鸣，一句相邀伴梦萦。同忆台湾公务访，迄今犹念老书生。

归字谣二首

二首其一

归，稼穑荒芜事欲亏。前时去，来日尚能追。

二首其二

归，尽享天伦日月晖。亲情重，夫唱妇相随。

渔父引·六十自寿

天命须臾六旬，鬓花耳重[①]眸浑，意闲气静人新。

---

① 耳重：重听，听觉迟钝。

闲中好二首

二首其一

闲中好，清趣顺时来。历数经年后，诗词稍有裁。

二首其二

闲中好，每日文为友。笔墨增况味，神情入渊薮。

纥那曲二首

纥那曲·知己

知己共平生，故交真性情。长期不得见，同样了居行。

纥那曲·知音

觅旧万山青，恸悲长泪横。子期离我去，弹奏与谁听？

拜新月·60岁寿

躬身拜新月，纵酒莫言量。故友惊变易，发妻嗔吾戆。

梧桐影·癸巳元日

风景新，春寒峭。前夜送君杨柳枝，何年此处拥君笑？

啰唝曲三首

啰唝曲・人日

彩胜[①]多阴郁[②]，初春少惊雷。今年晴愈好，残雪映红梅。

啰唝曲・西餐[③]

曩日订西餐，华梅必有缘。今时座位阙，情侣觅洋欢。

啰唝曲・世态

闲向梅笺觅小诗，常闻市井笑颠痴。几人善解鱼之乐，恁把无知作有知。

---

① 彩胜：喻人日。

② 多阴郁：化自杜甫《人日两篇》：“元日到人日，未有不阴时。”

③ 西餐：拟于华梅西餐厅接待贵友，因情人节客人一时爆满，不得已改在别处。

醉妆词·癸巳上元

汝偕予，予偕汝，四处观灯虎。予偕汝，汝偕予，共赏龙狮去。

庆宣和·癸巳惊蛰

谁负春光此段情，意蕴沉冥。漫舞东风柳丝轻。梦醒，梦醒。

南歌子七首

南歌子·癸巳春分

昼夜平分日，阴阳界限时。寒暑错交期。此间无此气，奈何之？

南歌子·癸巳清明

冷灶何曾暖，阡容未见新。心凄意楚念双亲。家祭泪流湿面、苦中呻。

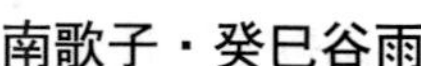

南歌子・癸巳谷雨

感喟于去岁，萦怀在梦乡。庭前惊见数枝黄。傲雪迎风独自、报春光。

晨起痴心重，寻她遍各方。归来惆怅满衷肠。岂奈东君无力、任难当。

南歌子・春雷

欲借东风处，将留花信时。倏然声动雨淅漓。远距惊藏[1]、已是五旬期。

切盼新芽吐，殷望故燕飞。向阳花木挽春回。但愿来今、往者尚能追。

南歌子・心境

稚态遐鹄鬓，童真迩鹤颜。问询何至此心宽。出世惟求、恬静少忧烦。

休怨人难测，时过境已迁。自应无事不祈援。笔墨当成为、新趣伴悠闲。

---

① 惊藏：指惊蛰。

南歌子・连翘

连翘花迎季，知更鸟报晨。迟徊春色更销魂。烟柳漾飖低唤、绿草芳茵。

莫道福来晚，何言运去频。听其由便任苍旻。万物偕行依仰、地理天文。

南歌子・癸巳立夏

茵茵芳草地，依依杨柳树。躬身含泪送君渡。对视无言、离绪最凄苦。

今日辞侬时，翌年迎尔处。此情难舍渐殷顾。暑往寒来、谁又把奴护。

荷叶杯三首

荷叶杯・飞絮

又是絮飞时景，心病，九回肠。万山千水各相远，思念，梦悠长。

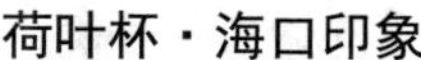

荷叶杯·海口印象

绿岛风光独秀，海口，浪漫遍椰城。天涯印象渐嶒崚，明且明，明且明。

荷叶杯·癸巳端午

忆想去年今日，观史，挥泪诵骚经。万山千水遍哀声，天地恸原卿[1]。

自古圣贤孤寞，求索，舍命谏君言。子规啼血落红残，清气满人间。

回波乐二首

回波乐·顽童

回波尔时顽童，从来惹笑难穷。父子友朋相待，天伦尽在其中。

---

① 原卿：屈原（约公元前340—前278年），中国战国时期楚国诗人、政治家。出生于楚国丹阳秭归（今湖北省宜昌市）。芈姓，屈氏，名平，字原；又自云名正则，字灵均。

回波乐·骨肉

回波尔时落泪，噩耗吓煞两位，乱魂甫定犹思，骨肉情长最贵。

舞马词二首

舞马词·马赞

立则气似磐松，行之势若蛟龙，陷阵翻江倒海，休宁雪覆冰封。

舞马词·马叹

休怪难寻骏骥，世人几识瑰英？应倡百花齐放，当求万马奔腾。

三台二首

三台·当心

牢记疑人莫用，慎思小事留神。功败垂成后果，水难收覆前因。

三台·澹定

昊空云卷云舒，瀚海潮有潮无。神仙驭龙驾凤，布衣阅卷观书。

柘枝引·老来学诗

人言甲子莫修功，免受妄徒凶。余晓恒心在，何尝好事不多砻[①]。

---

① 砻 lóng：磨。三国·魏·曹植《宝刀铭》：“造兹宝刀，既砻既砺。”

塞姑·兵团女兵[1]

不恋红衣媚妩，但爱戎装朴素。能上厅堂待宾，可下厨房悬釜。

晴偏好·苦雾

湾城随处皆荒草，轻纱掩覆真容貌。无心笑，湿蒸日甚晴偏好。

凭阑人二首

凭阑人·郁雾

初入湾城遇夏收，濛雨飘摇云梦游。凭栏多少愁，雾雰无尽头。

① 兵团女兵：当年兵团女战士，亦兵亦农，亦兵亦工，那永不褪色的飒爽英姿，永驻老去的“兵团人”心中。

凭阑人·癸巳大暑

客在他乡十日重，听惯床头波浪涌。秋声夜半浓，布衣仙，残睡慵。

花非花·海雾

云非云，雾非雾，每日生，何曾住。南风行至闭门楣，北籁吹临开牖户。

摘得新·叹岳飞[①]

叹岳飞，平生战绩瑰。尽忠酬社稷，手扶羸。英雄终被奸人戏，总堪悲。

---

① 观山东和浙江卫视播出连续电视剧《精忠岳飞》，有感历史的悲剧、悲情。

梧叶儿五首

梧叶儿·两湾

缘天力，承地工。一景数观重。云中月，雾里风，雨时虹，骚客情生趣动。

梧叶儿·应邀

初相见，情意真，更有故乡人。渔家店，黄海滨，酉时分，水调歌、轻弹浅吟。

梧叶儿·知音

知心话，肺腑言，常忆是从前。默默情思密，殷殷夙谊绵，窃窃语声潺，此际如痴若癫。

梧叶儿·秋恋

秋声逸，百草黄，疏雨纳新凉。云闲思幽静，风和送暗香，月朗照清江，道不尽、山高水长。

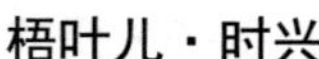

梧叶儿·时兴

秋雨轻寒乍，秋风露草斜，秋兴入谁家？勿怪天然劣，何嗔气候差，莫恼运时洼。何虑那、三冬九夏。

渔歌子六首

渔歌子·师趣

三尺讲台尽醉归，无酒无茶醉何为？一师领，众生随，从游[1]习练胜香醅。

渔歌子·书趣

书山揽胜不知归，风月无涯共几回。前岭放，后峦围，乐在松声鸟语陪。

---

① 指随从求学。“从游论”是现代著名教育家梅贻琦先生提出的教育理念：“学校犹水也，师生犹鱼也，其行动犹游泳也，大鱼前导，小鱼尾随，是从游也。从游既久，其濡染观摩之效自不求而至，不为而成。反观今日师生关系，直一奏技者与看客之关系耳，去从游之义不綦远哉！此则于大学之道，体认尚有未尽，实践尚有不力之第二端也。”

渔歌子·研趣

学富五车荫弟子，书读三余[①]励后人。左良种，右嘉文[②]，两手无空造诣敦。

渔歌子·诗趣[③]

诗六百，初成趣，骄诩匠心殊具。想来前岁寿辰期，自此似烟如缕。

渔歌子·秋趣

雾飘纚，风摇漾，喜鸦高踏疏枝唱。霜叶红，寒菊朗，丹桂傲然幽放。

北辰明，云汉亮，月圆花好人心爽。夫妻宴，蟹黄飨，命酒浅斟陈酿。

---

① 三余：冬者岁之余，夜者日之余，阴雨者时之余。

② 左良种，右嘉文：东北农业大学教授、著名大豆育种专家王金陵先生的至理名言："一手出品种，一手出论文。"

③ 诗趣：自去岁60诞辰庆宴始，便产生遵照《钦定词谱》《钦定曲谱》等习诗作词（曲）的想法。二年不足，竟然收获近体诗417首、词（曲）183首，诗词（曲）共600首。大喜过望，幸甚至哉！

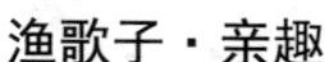

渔歌子·亲趣

北风高，秋气曼，嫩寒锁梦神劳倦。经夜晚，遇爹娘，笑貌音容依贯。

问起居，嘘冷暖，事亲敬老从心愿。情正切，意方浓，报晓晨钟轻唤。

忆江南三首

忆江南·爹娘好[①]

爹娘好，音貌总慈祥。在世亲躬关巨细，西归依梦嘱温凉。能不忆爹娘。

忆江南·爹娘忆[②]

爹娘忆，恩重胜云天。寸草春晖何以报，渊泉杯水未能安。念此泪流涟。

儿甲子，两鬓染霜斑。荆妇随家甘苦共，幼孙留美术钻研。

---

① 今日携子侄8人祭祀父母双亲。

② 此词为爹娘墓前的祭词（文）。

万请把心宽。

忆江南·癸巳重阳

去岁重阳期远眺，雨困皤翁，杖扶颓老。自斟浓醪耗时辰，午间酣睡梦氤氲。

今朝歆又重阳顾，豥阔云天，伛偻登高处。寒菊初绽照秋光，何须恋夏把心伤？

潇湘神·悼宋公恩祥①

君莫悲，君莫悲，宋公此去可能归？尚记昔年宽慰句，谁知今岁病魔摧。

① 同僚老友宋恩祥副校长因肝癌不治而死，噩耗传来，痛心疾首。10月16日8:00时，去哈尔滨市东华苑为宋公送行。

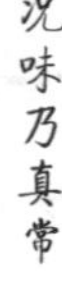

章台柳二首

章台柳·雾霾[1]

秋叶落，初霜降，夜雨轻淋雾霾障。纵是天灾逞孽狂，也有人祸行愚妄。

章台柳·头雪

秋气浓，和风惬，不意冬来未曾雪。首次无常莫怪嗔，纵是天公也难确。

---

① 雾霾：10月20～22日哈尔滨地区连续严重雾霾，能见度仅5～6米。21～22日幼儿园、中小学停课，同时几乎所有班机停运，高速公路封闭。气压低的气候原因固然不能排除，但周围农民烧荒造烟也难辞其咎。

解红·“开门大吉”[①]观感

梦想在，现实寻，大门洞启愉悦临。幸运随时伴君侧，纵无所获也开心。

赤枣子·雪趣[②]

风瑟瑟，雪飘飘，童心天性任逍遥。善启个中真趣味，便成分外美蟠蛟。

① 开门大吉：CCTV 综艺频道（3）“开门大吉”是一个观众喜闻乐见的好节目，为观众送喜、送乐、送吉祥，群众赞美有加，吾亦感慨系之。

② 雪趣：这是作者雪后见到儿童尽情嬉戏的联想。寓教于乐是教育的真谛，是教育活动的最高境界。

曲

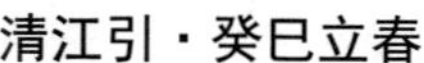

清江引·癸巳立春

东风解冻方未几，便遇春天气。明阳喜遽增，阴雪惊倏逝。潜心耨耕归故里。

折桂令·谷日

谁言谷日萧条，雪也飘飘，意也寥寥。电话昭临，高朋参访，晚宴诚邀。备浩饮、陈年烈醪，叙真情、旧岁神交。兴亦高高，语亦凿凿，酒亦滔滔，乐亦陶陶。

小桃红·榆叶梅

满园新翠染霞朱，逗引群蜂顾，看客云集恋人驻。莫高呼，惊飞柳串（儿）[①] 知何处。枝头扑簌，落英无数，遍洒探梅路。

---

① 柳串儿：黄眉柳莺的俗称。

折桂令·别情

倏然就要言离，不愿言离，却要言离。北路南津，游云常日，宿柳新堤。恁此去、山高路歧，盼重逢、紫绶朱衣。俟候来期，竟是何期？丹桂香时，月色明时。

蟾宫曲·暴雪

诧银沙、肆虐横行，来势汹汹，杀气腾腾。鸟迹迁飞，人踪藏匿，万物凋零。平日里、风姿万景，今日时、冷酷无情。何以娉婷？何以狰狞？喜怒由之，好个天灵。

静斋诗词曲集

诗词况味只寻常

下册

李庆章 著

九州出版社
JIUZHOUPRESS

卷四

2014

七绝·距离

相安无事享和平，仗势欺人起战争。
牢记距离奇妙见，各循其道秩如[①]生。

七绝·肥胖

一时之快欲难填，万病之源体易胖。
谁见食无充腹者，肠肥脑满步趋跚。

七绝·儿童肥胖

儿童肥胖最难缠，及至形成委可怜。
未雨绸缪情势迫，江心补漏不能延。

---

① 秩如：条理井然貌。清·顾炎武《<音学五书>序》：“而三代以上之音，部分秩如，至赜而不可乱。”

七绝·胖子之死[①]

惊闻椅上坠亡人，原属长期带病身。
讳疾忌医肤溃烂，积非成是血迷津。

七绝·极寒

严寒天气乃狂魔，暴雪横行事故多。
瀑布成冰如幻景，企鹅畏冷似沙鸵[②]。

七绝·吓死[③]

心中有祟六神伤，目内无人百病殃。
断喝尘间真鬼蜮，即休恶念早从良。

---

① 据美国《赫芬顿邮报》(2013-12-18)：英国250公斤重的男子从椅子上摔落，意外死亡。

② 沙鸵：沙漠鸵鸟，不耐寒。

③ 据大河网-《大河报》(2013-12-20)：一男子寺庙内盗窃佛头时突然倒地身亡。

七绝・猪死壮

遗传变异变为纲，物竞天遴物主常。
人败出名猪死壮，事达极处必招殃。

七绝・黑玫瑰[①]

绝无仅有贵非常，法国罗河是故乡。
姿态娉婷颜色俏，神情冷峻面容庄。

七绝・某大学学生觅自习处

闻鸡起舞略无神，盥毕慌忙去处麇。
状似游龙行五位[②]，形如列阵演三军。

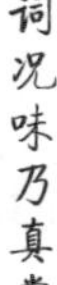

---

① 黑玫瑰：全世界拥有 20000 多种玫瑰，其中最稀少的黑玫瑰，拥有久不凋零的特色，且只在法国罗亚尔河城堡地区栽培，1 年开花 1 次。

② 五位：五个方位，即东、南、西、北、中五个方位。

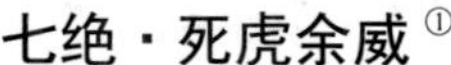

七绝 · 死虎余威[①]

龙游浅水受虾谗，虎落平阳被犬嗱[②]。
虽死余威今尚在，英魂不散斗贼贪。

七绝 · 寒假首日

只今[③]寒假第一天，分外专情异样虔。
惬意新诗成二首，舒心旧作改三篇。

---

① 据中国新闻网（2014-01-08）：温州闹市越野车上现死亡老虎，车主被传唤。根据我国《刑法》规定，非法猎捕、杀害国家重点保护的珍贵、濒危野生动物的，或者非法收购、运输、出售国家重点保护的珍贵、濒危野生动物及其制品的，处 5 年以下有期徒刑或者拘役，并处罚金；情节严重的，处 5 年以上 10 年以下有期徒刑，并处罚金；情节特别严重的，处 10 年以上有期徒刑，并处罚金或者没收财产。

② 嗱 ān：闭口不言。

③ 只 zhī 今：现在。唐 · 岑参《献封大夫破播仙凯歌六章》：“天子预开麟阁待，只今谁数贰师功？”

七绝·心情

寒来每见雾霾浓，岁去方知日月匆。

烦恼无端需自反，心情静好便曈昽[①]。

七绝·六十一寿

六旬转瞬又经年，双目昏花鬓白缘。

自度新诗增四百，同斟旧话减三千。

七绝·功夫[②]

绳剸[③]木断盱胥殷，水落石穿夙夜勤。

俯卧功夫逾记录，惊人膂力冠三军。

---

① 曈昽 tóng lóng：亦作“曈胧”。日出渐明貌。东汉·许慎《说文·日部》：“曈，曈昽，日欲明也。”

② 据《南方都市报》(2014-01-16)：一解放军下士做 2902 个俯卧撑，打破团纪录，并赢得“俯卧撑王子”美誉。

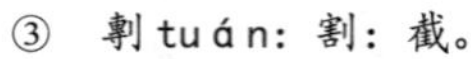

③ 剸 tuán：割；截。

七绝·医者[①]

华佗再现救瘥难，扁鹊重生解倒悬。

医者仁心真善美，精诚济世逸名传。

七绝·癸巳大寒

隆冬腊尽复严寒，项目收官岂犯难。

男女混编分步走，师生共进按时完。

七绝·谎言无瞒[②]

方圆有度迄今瞻，明暗无欺自古谙。

善意谎言宜慎用，手忙脚乱总难堪。

---

① CCTV第二届“走基层——寻找最美乡村医生”活动展开，提名者事迹无不感人肺腑。天下多有如此感天动地的良医，岂有眼下水火难容之医患关系。

② 人在撒谎时，身体体征会有细微的变化。说谎的人，腿脚的动作会增多，身体总是比平时更多些晃动。心理学上有这样的观点，一个人身上，离脑袋越远的器官便也越真实。谎言，是人生必不可少的组成部分。只是你要记住，你的身体，其实远没有你想象中那么会演戏。

五律·师恩不忘[①]

人生之要事，重在选师门。
入道虔诚意，躬身笃定根。
德行常咎省，术业每恭尊。
再造何能忘，春晖嫡父恩。

七绝·探师

岁终刻意探师亲，数次违言忐忑频。
恭贺午年祈曼寿，喜迎紫气祝韶春。

七绝·小年

除尘祭灶二十三，糖果惟求玉口甜。
送盼出行宜谨慎，迎祈守定务周严。

---

① 师恩不忘：今日探望84岁恩师刘忠贵先生及其夫人，感事而作。清·罗振玉《鸣沙石室佚书·太公家教》："弟子事师，敬同于父，习其道也，学其言语……一日为师，终身为父。"

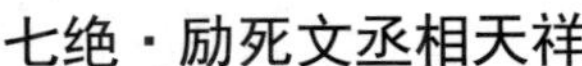

七绝·励死文丞相天祥

遭逢末世舛奇交，宋小朝廷气象凋。
三降三升无怨艾，一心一意有略韬。
毁家纾难忠肝献，伐逆勤王烈胆抛。
生致哀文频励死，成仁取义祭英豪。[1]

七绝·扫尘

黎明即起数十年，洒扫庭除每日间。
弃故从新真境界，何须腊尽不消闲。

七绝·蟹爪兰[2]

经心抚育已成材，逸韵初萌两度开。
公子痴情盈笑面，佳人羞涩满霞腮。

---

① 此处指南宋丞相文天祥曾经的幕僚王炎武，闻知文天祥兵败被俘，作生祭文约千五百言以励其死，激昂愤发，既历陈其有可死之义，又反复阐述古今所以死节之道。及至文丞相英勇就义，又痛苦撰文以祭。

② 蟹爪兰：仙人掌科蟹爪兰属植物，又名圣诞仙人掌、蟹爪莲、锦上添花等。原产南美巴西，全球热带，亚热带地区常有栽培。其开花恰逢圣诞节和元旦，花朵娇柔婀娜，光艳若偶，明丽动人。

七绝·癸巳除夕

夜深电话几多巡，儿女除夕问候殷。
李溯已回普莱诺，苏天仍在纽黑文。[①]

七绝·甲午元日二首

二首其一

经常忆旧念儿时，每遇元春乐不支。
无意新装些日惬，但求白面数天痴。

二首其二

正月元辰起五更，迩闻鞭炮响连声。
昨宵守夜欢歌伴，今旦推窗喜鹊迎。

① 普莱诺和纽黑文分别为美国德克萨斯州普莱诺（Plano）城和康迪涅格州纽黑文（New Haven）城。

七绝·过年

禳寿祈福祭祖灵，探亲访友叙真情。
每家自有年茶味，口上难言肚腹明。

七绝·寒潮来袭

春回每见艳阳天，留意添衣四体坚。
乍暖还寒寒病骨，不时之气气伤躚。

七绝·桂阳春早[①]

桂阳春早燠蕴隆，新绿依稀点碎红。
虽是大寒三候信，却临惊蛰始时风。[②]

---

① 据红网（2014-02-01）：大年初二湖南多地气温超20℃，桃花提前盛开。桂阳：湖南省郴州市桂阳县。

② 二十四番花信风中，大寒：一候瑞香、二候兰花、三候山矾；惊蛰：一候桃花、二候棣棠、三候蔷薇。中间越过立春：一候迎春、二候樱桃、三候望春；雨水：一候菜花、二候杏花、三候李花。

七绝·春运[①]

春运客流讶古今，运筹帷幄重推寻。
关联国计民生事，牵动千家万户心。

•

七绝·名城[②]

名城品味贵清幽，宾至如归走欲留。
昔日举樽狂语迈，今天把酒逊言柔。

五绝·元日

一夜牵双喜，三更跨两年。
昨霄衷曲叙，今旦乐诗弹。

---

① 据北青网－《北京青年报》(2014-02-02)：今年春运预计客流量 36 亿人次，或再创历史记录。

② 据人民网（2014-02-02）报道，中国人饮食地图：沈阳人喝酒第一，成都人吃辣居首。看到哈尔滨把喝酒全国第一的弊风陋习甩给了他地，不胜欢喜。但哈尔滨又有什么能在全国上数呢？

七绝·多伦多市长罚单[①]

违规必究惩官员，市长无由享特权。
民众监督民意畅，世人管理世风嫣。

七绝·恐聚族[②]

同窗岂必与人殊，名利终将粪土如。
聚会当求真快惬，分离务免假踌躇。

七绝·熬年

常言身体重于钱，何必自戕昼夜欢。
生物时钟疲控制，平衡调节苦摧残。

---

① 据《北京晨报》(2014-02-03)：加拿大多伦多市长乱穿马路被罚，自称感到“震惊”。

② 恐聚族：春节假期，各色同学聚会成为人们怀念青春的方式。然而，时过境迁，物是人非，本来回忆纯真年代的聚会却多了些炫富攀比的味道。当“致青春”变成名利场，面对昔日“同桌的你”，不少春节“恐聚族”感叹“相见不如怀念。”

七绝·琼花[①]

仙姿玉色贵操行，剑胆琴心仰性情。
谁信徙迁毋宁死，世人皆赞女神名。

七绝·紫荆花[②]

不离不弃紫霞魂，难舍难分骨肉亲。
游子回归花艳笑，香江日夜唱无泯。

① 琼花：忍冬科荚蒾属落叶半常绿灌木，又称聚八仙、蝴蝶花、牛耳抱珠等。原产中国，分布于江苏南部、安徽西部、浙江、江西西北部、湖北西部及湖南南部。生于丘陵、山坡林下或灌丛中，庭园亦常有栽培。4、5月间开花，花大如盘，洁白如玉。聚伞花序生于枝端，周边八朵为萼片发育成的不孕花，中间为两性小花。

② 紫荆花：苏木科羊蹄甲属常绿乔木，又名羊蹄甲、洋紫荆、玲甲花。产于亚洲南部，世界各地广泛栽植。分布于中国的福建、广东、海南、广西、云南等地，越南、印度亦有分布。叶革质，顶端二裂，状如羊蹄。花大如掌，略带芳香，五片花瓣均匀地轮生排列，红色或粉红色，鲜见白色，十分美观。

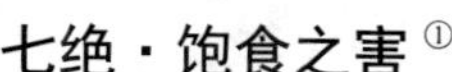

七绝·饱食之害[①]

饮飡营养但需衡，不可贪婪惹祸生。
何必朵颐求胀满，多应半饱享肠鸣。

七绝·药贵有效[②]

扶伤救死妙回春，辩证开方效验敦。
对症一汤匡正气，无关万药陷冤魂。

七绝·秀兰·邓波儿[③]

几曾忘记邓波名，天使神才影剧星。
一曲童谣连踢踏，两弯笑靥透心灵。

---

① 据《现代快报》(2014-02-08)：女子大吃大喝致“胃爆炸”，手术时腹腔喷可燃气体。这条消息让众多刚刚经历春节胡吃海喝的“吃货”们心有余悸。现代人疾病中许多为食源性或与饮食相关的疾病，“食无求饱”这一古训非常有道理，适度饥饿已经成为长寿的重要秘诀。

② 中医有句名言：“对症一口汤，不对一大缸。”一语道破药物贵在有效，好医生应该追求正确用药、科学用药，否则将贻害病人。

③ 秀兰·邓波儿（Shirley Temple，1928—2014年），出生于美国加利福尼亚州的圣莫尼卡城。电影演员，美国著名童星。

七律·老友新春

故友同光百事成，新春宴会好心情。
怀思岁月忙闲过，感喟风云大小经。
三盏无多真话吐，一言难尽满樽倾。
失时长者先杯让，[①] 众口皆喁 [②] 赞赏声。

七绝·甲午上元

居家度日重门行 [③]，海晏河澄旧念更。
去岁铺张灯火亮，今年俭恪月光明。

① 晋·董勋《答礼》:“俗以小者得岁，故先酒贺之；老者失时，故后饮酒。”南宋理学兴起，长上尊大，不可稍忽，其后诗词文章难见先少后长“让先杯”的记载。

② 喁 yú：应和的声音。

③ 门行：家世相传的优秀品行。梁·沈约《宋书·孝义传·郭原平》:“原平少长交物，无忤辞于人，与其居处者数十年，未尝见喜愠之色。三子一弟，并有门行。”

七律·病来突然

夜卧遄然腹不宁，苦衷难耐岂安生。
一通火罐无济事，二纸脐膏未缓情。
电褥足开濛体汗，姜茶灌入响肠鸣。
孰知已是三更过，力尽精疲睡眼睁。

七绝·扫黄

扫黄风暴岂容讹，所向披靡荡涤过。
四面悲声哀海马[①]，一场春雨绿松萝。

七律·重霾来袭

落地惊心满目霾，黄橙预警顺时来。
三天不散添忧郁，五日无晴费解猜。
哮喘遄罹难以卧，怔忡急患易于衰。
防尘面具销通畅，乐坏商家巧聚财。

---

① 海马：即海马子，黑龙江一带对妓女的称呼。

七律·课题汇报有感

基础科研贵自新，急功近利必庸人。
氛围厚重追求定，环境宽松动力钧。
大胆怀疑勤设问，小心验证务寻真。
十年一剑釖锋利，不到长城未可逡。

七绝·阴晴各半

乍暖还寒宿雪瞻，初明复晦驻云弇[①]。
乘车速驶临弯处，左侧昏黧右亮蓝。

七律·师生宴聚

师生宴聚外婆家，喜贺初春笑语哗。
访问成功披锦绣，晋升顺利沐丹霞。
同讴创业精神贵，共赞持成绩效葩。
把酒临风言再誓，标新立异际无涯。

---

① 弇 yān：覆盖；遮蔽。

七绝 · 远洋包裹

一仍旧贯见娘真，万选衣衫贺早春。
音讯杳无时日久，突然回电谢声频。

七绝 · 突兀一楼

柳枝遐顾已抽青，林后惶疑大厦横。
旧日风光何处觅，新年景象此时更。

七绝 · 眼睛

双瞳浴水碧波横，一目甄心景物清。
黑白厘然神豁朗，透穿霾晦见光明。

七绝 · 老夫妻

松萝共倚诧知能，风雨同舟叹性灵。
自信人中长乐老，夕阳胜过满天星。

七绝·春雪

致志专心授课程，耳提面命化书生。
讶奇百万银蛇舞，转瞬风和玉宇晴。

七律·读书

一生酷爱览揆书，乐在其中倦惫无。
经史子集承古训，诗词曲赋谒鸿儒。
微言大义宏开牖，潜志躬耕隐闭庐。
善体此中真味道，清新俊逸惬园夫。

七绝·淘书

滥竽充数假驱真，良莠难齐佞蔽仁。
觅宝深山何惧苦，千淘万漉始能纯。

七绝·丑柑[1]

苍颜丑陋品行恭，味道甘甜颖慧崇。
世上骄心因自恋，遭殃总为慕虚空。

七律·访友

臆满东风谒故人，高山流水喜相亲。
一瓯花乳香销魄，二位知心话动神。
手足情敦交未晚，苔岑谊切嘱还谆。
遄飞日影横窗过，再次相邀共写春。

七绝·甲午春分

和风拂面柳丝斜，丽日当空内境嘉。
昼夜平分值此日，向阳宿草始抽芽。

---

① 丑柑：芸香科柑橘属乔木，又名不知火、凸顶柑、丑桔等。由日本农水省园艺试验场于 1972 年以清见与中野 3 号椪柑杂交育成。最早于 2000 年引入我国四川，重庆、云南、江西、湖南、浙江等地也有种植。果实倒卵形，多有突起短颈；果皮黄橙色，果面稍粗，易剥皮，味极甜；2～3 月成熟，风味极好。

七绝·坐骑白猪[①]

切莫轻看此畜生，知人通性若神明。
忽然一日出门去，脚下舆骑万里哼。

七绝·巨鼠[②]

无名鼠辈逞凶顽，显赫猫王遇祸端。
巧布玄机鼯丑毙，出奇制胜主人欢。

七绝·婚姻致贫

男婚女嫁自应权，大小斟裁未可訾。
半日司仪成旧事，平生债务变新烦。

① 据《重庆晚报》(2014-03-14)：重庆老汉骑猪逛街，过路人纷纷围观。

② 据澳大利亚新闻网（2014-03-27）：瑞典一家捕到 1 米长巨鼠，猫被吓得不敢进厨房。

七绝·鹦鹉的郁闷[1]

伶牙惯逗主人欢，俐齿能除外客嫌。
何以三年关禁闭，啄光被羽示僩然[2]。

七律·此世

说来竟世[3]很平常，小过些功寡健康。
卅载黉门唯此乐，十年官场几多惶。
知天尽职冰心瘁，处顺安时眚[4]目苍。
明暗不欺愚性笃，食衡睡稳砚耕忙。

七绝·眼疾

眚目冥迷逾往年，心中窃问究何干？
荧屏幅射强光害，肝血枯槁视力残。

---

① 据中国广播网（2014-03-31）：鹦鹉被关3年患抑郁症，自己拔光全身羽毛。

② 僩 xián 然：骄横貌。

③ 竟世：终生，一辈子。

④ 眚 shěng：眼睛生翳长膜。宋·范成大《晚步宣华旧苑》：“归来更了程书债，目眚昏花烛穗垂。”

七绝·乐钓金枪鱼[①]

身型巨大重千斤，状若鱼雷少腹纹。
时速高超三百里，一杆钓起妇夫欣。

七绝·蜂衣人[②]

匠心独运智人缝，立异标新锦绣工。
不用剪刀无衣料，聚成云雾散生风。

七绝·甲午清明

今天午憩睡时长，梦里依稀旧日光。
兄弟顽皮无顾忌，双亲欣笑满厅堂。

① 据《每日邮报》(2014-4-4)：56岁的英国女渔夫Donna Pascoe近日钓到了一条重达412公斤的太平洋蓝鳍金枪鱼，其体型约为小象的2倍。

② 据《重庆晚报》(2014-04-10)：渝北区木耳镇男子穿46万只蜜蜂形成的90斤蜂衣，3名法国摄影师跟拍微电影。

七绝·连翘花

昨天始见吐新芽，一夜东风入耳蜗。
晨起黄蜂枝上落，便知春色贶临①家。

七绝·榆叶梅

长期落脚恋冰城，先叶开花舞鹤庭。
淡抹轻妆蜂蝶乱，平添丽色几多馨。

七绝·会走之树②

古怪离奇事许多，司空见惯究缘何。
谁言植物无能走，向水趋光步履蹉。

---

① 贶 kuàng 临：惠顾，光临。明·杨珽《龙膏记·投膏》："开阁迎宾专待等，邀玉趾，早贶临。"

② 据新华网（2014-04-19）：河北隆化县一棵古树200年"行走"百余米。

七绝·春日心情

又到鹅黄嫩绿时，无边画景入遐思。
勤耕不辍人心古，总有清诗与丽词。

七绝·文胸收集秀①

盛世收藏利几多，眷求逸雅谱长歌。
文胸本是贴身物，不晓玩家以为何。

七绝·游春

莺飞草曼水云天，人面桃花笑语潺。
午憩渔村心静好，围锅俟候品河鲜。

七绝·甲午谷雨

知时好雨九春魂，化育生机万物蕴。

① 据中国新闻网（2014-04-21）：男子 20 年收集 5000 件文胸，藏品来自高校女生。

柳绿一湾酬厚爱，桃红三尺馈鸿恩。

七绝·车祸

十番车祸九回狂，漫不经心一次尝。
错向油门求制动，盲从悖乱酿灾殃。

七绝·新母子情[①]

鸡娘孵化水生身，母性眈迷感动人。
犹若嫡亲施厚爱，自安其乐享天伦。

七绝·脑瘫儿上大学[②]

脑瘫自幼已然成，不辍顽强誓死争。
十载寒窗敦砚友，一朝金榜泣神明。

---

① 据《钱江晚报》(2014-04-25)：母鸡孵出小鸭和小鹅，见其游泳奋不顾身跳下水“救娃”。

② 据《成都晚报》(2014-04-30)：18岁脑瘫男孩612分考入川大，画直线练了一周。

七绝·博士村[①]

钟灵毓秀定将然，凤翥龙翔必有缘。
重傅尊师弦歌亢，书香世代美名传。

七绝·老吾老[②]

麻姑人瑞享安闲，叵奈愚氓付假钱。
众口皆碑仁者寿，凡夫俗子把头还。

七绝·校长吻猪[③]

乍听此讯甚荒唐，细品其中味迴香。
曾子杀猪千古颂，人师守信理由当。

---

① 据《郑州晚报》(2014-04-28)：河南邓州不到2000人的大丁村，近代以来出现20个博士和23个硕士。

② 据《新安晚报》(2014-04-29）:104岁老人摆摊屡收假币，无奈贴“良心告示”。

③ 据《新京报》(2014-04-30)：在湖北咸宁实验小学升旗仪式上，副校长洪耀明兑现“学生不乱扔垃圾，我就当众亲吻猪”的承诺，学生称赞其“说话算数”。

七绝·萤火虫事件[①]

流萤曜夜本天然，商贾矜奇只为钱。
不顾精灵生境事，必招祸乱讨人嫌。

七绝·踏青游

五亲乘兴踏青游，一日消磨谐趣留。
小店飘香人鼎沸，山珍野味价从优。

七绝·五月雪

乌云密布雨淋漓，寒气凌人雪涕洟。
霹雳一声惊咤响，东君诇报[②]速归期。

---

① 据中国新闻网（2014-05-01）：杭州萧山一萤火虫放飞活动万人喊退票，现场发生打砸。

② 诇xiòng 报：侦知情况后报告。清·魏源《圣武记》卷三：“哨兵诇报，贼兵夜将劫营。”

七绝·鸡撞车[①]

莫衷一是各东西，受众猜嫌愈迷离。
横祸飞来些小恙，处心造伪也称奇。

七律·燕聚

故人情意满盈怀，胜过榆梅火样开。
盘鲍海参同朵颐，麦啤茅酒共登台。
平生知遇难能贵，半世清交不可猜。
莫怪寻常疏会面，一经呼唤速前来。

七绝·甲午立夏

衾寒睡冷帐难捱，细雨斜风已数徊。
只见春颜随日去，何曾夏色逐时来。

---

① 据网易汽车综合（2014-05-05）：汽车与鸡相撞，母鸡毫发未伤而车被撞出窟窿。网上事件，真假难辨。这“不堪一鸡”的新闻既出，就有人以“眼见未必为实”的“科学”面孔辟谣。

七绝·最小球迷[1]

新闻炒作令人忧，最小球迷抢入眸。
何以初生能若此，家人绑架是由头。

七绝·也说某山区机场建设

山峰几许被夷平，溶洞些多见圮倾[2]。
后世儿孙何所惧，翻天覆地鬼神惊。

七绝·环境污染

秽污排放扮魔头，水气循环演斡流。
国计民生天地事，务应远虑费心谋。

---

① 据《环球时报》(2014-05-06)：英国“最小球迷”出生30分钟进球场看比赛。

② 圮pǐ倾：坍塌，倾颓。清·王士禛《池北偶谈·谈故三·祭禹陵》：“顾瞻殿宇圮倾，礼器缺略，人役寥寥，荒凉增叹。”

七绝·大学

杏坛不可猥佻[①]彰，守正争奇妙在常。
文化要津涵厚重，操行主位孕辉煌。

七绝·归燕

欢天喜地语声喧，晓是乌衣徙次还。
慨忆归风传故事，叮咛稚子爱家山[②]。

① 猥 juàn 佻：轻佻，不庄重。清·黄钧宰《金壶醉墨》："倜傥之与猥佻，慷慨之与浮靡……相似也，而背道如燕越。"

② 家山：故乡。唐·钱起《送李栖桐道举擢第还乡省侍》："莲舟同宿浦，柳岸向家山。"

七绝·稠李[①]花

幕天席地自风流，饮瀣餐霞遍北州。
寂寞闺中无识汝，免遭秽口少添忧。

七律·母亲

柔情似水润天伦，博大精深颂母亲。
画荻和丸雕琢手，吐甘咽苦勚劳[②]身。
夙兴夜寐持家务，彀饮鹑居[③]历楚辛。
不啻乾晖焜照久，终将黄口育成人。

---

① 稠李：蔷薇科稠李属落叶乔木，别名臭耳子（甘肃）、臭李子（东北）。产于黑龙江、吉林、辽宁、内蒙古、河北、山西、河南、山东等省（区）。朝鲜、日本、俄罗斯也有分布。在欧洲和北亚长期栽培，有垂枝、花叶、大花、小花、重瓣、黄果和红果等变种，供观赏用。花有蜜，是蜜源树种。果实可招引鸟类动物，庭荫树。花序长而美丽，秋叶变红色，果成熟时亮黑色，是一种耐寒性较强的观赏树。

② 勚yì劳：劳苦。明·冯梦龙《古今小说·梁武帝累修归极乐》："衍赞画既多，勚劳日积，累官至雍州刺史。"

③ 彀kòu饮鹑chún居：即鹑居彀饮，指生活俭朴，不求享受。唐·魏徵《隋书·薛道衡传》："鹑居彀饮，不殊于羽族。"

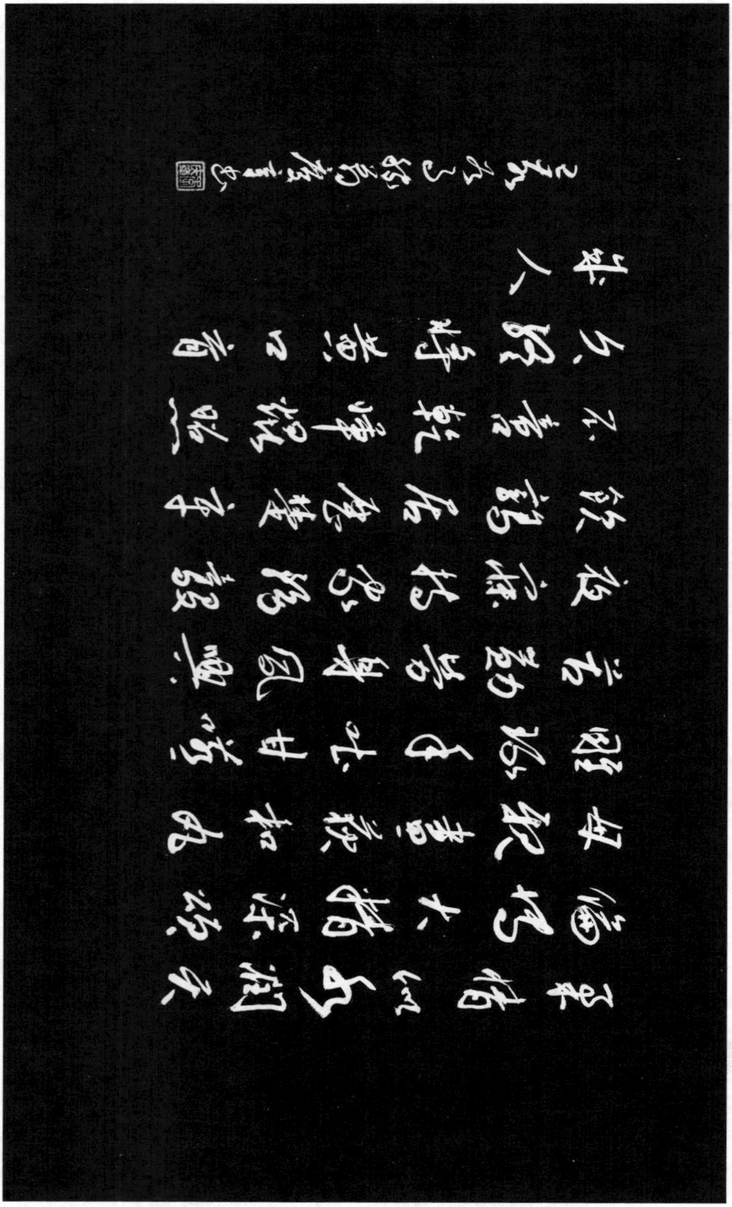

七绝·故友重逢

多年再见倍加亲，老友浓情胜酒淳。
谈笑风生崇旧忆，铅华洗尽叹歊尘。

七律·故友携游雁荡山①

轻云渺雾趣鸥闲，故友携游乐比肩。
鸟啭当头歌舞并，花香扑面悦愉骈。
青山碧翠宽胸臆，绿水清澄洗寸田。
听雨竹轩谈兴启，寻幽忘返不钦仙。

---

① 雁荡山：又名雁岩、雁山。因山顶有湖，芦苇茂密，结草为荡，南归秋雁多宿于此，故名雁荡。雁荡山以山水奇秀闻名，素有“海上名山、寰中绝胜”之誉，史称中国“东南第一山”，主体位于浙江省温州市东北部海滨，小部在台州市温岭南境。陈志岁《载敬堂集》载：“雁荡山以瓯江自然断裂，分北雁荡山和南雁荡山。以景观区位分有北雁荡山、南雁荡山、西雁荡山、东雁荡山、中雁荡山之称。”其开山凿胜始于南北朝，兴于唐，盛于宋。

七绝 · 甲午小满

齐鸣木杪聒声欢，比翼云端佾舞[①]翩。
宇宙洪荒此为乐，但求小满莫贪全。

七绝 · 柳絮

蹑步轻身入画帘，随风曼舞素衣衫。
怜侬自古多情客，百转愁肠笑口缄。

七绝 · 丁香

清风弄影韵婵娟，露溽传香色满园。
澍雨频戕情愫重，纵然身死也无怨。

---

① 佾 yì 舞：指乐舞。南朝 · 梁 · 何逊《九日侍宴乐游宴》：“羽觞欢湛露，佾舞奏承云。”

七绝·山荆子

春如白玉钿枝桠，秋若红灯映晚霞。
尽晓林檎长乐果，无知此物外婆家。

七绝·樱桃

秀美宜飧莫等闲，酸甜适啖不差钱。
长冬过后头筹拔，止痛驱烦效用专。

七绝·腐椿生芝[①]

朽木能燃尚可夸，余华孕育木芝花。
蛇仙曾历艰难事，今见寻常百姓家。

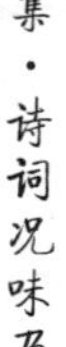

---

① 据齐鲁网（2014-05-14）：山东潍坊一死香椿树长出灵芝，重1斤6两。

七绝・蛋中蛋

卵中复卵岂言奇，切莫无知备受欺。
世事成因皆有定，客观阐释化狐疑。

七绝・度假

车多为患苦难言，人满成灾郁易癫。
度假何如家内糗，食无忧虑寝能眠。

七绝・一家亲[①]

种间互助共氤氲，不是同胞胜血亲。
物类居然犹若此，人灵岂必燹兵频。

---

① 据中国新闻网（2014-05-27）：动物园狮子、老虎和熊亲如一家，形影不离。

七绝·自强

人生当重自求强，何必祈神乱上香。
寿禄福财身外物，难填欲壑定成殃。

七绝·山羊与驴[①]

历来关系总堪忧，但喜冤家好聚头。
驴友十年安可间，无言抗议六天收。

七绝·老梨树[②]

琅花带露韵神嫣，琼树临风气象磐。
蝶乱蜂狂犹简静，尘凡阅尽饱辛酸。

---

① 据《环球时报》-环球网（2014-05-28）：山羊与驴一同生活10年，被分开后山羊“绝食”6日。

② 据东莞时间网（2014-04-21）：辽宁500岁梨树开花，树冠直径超40米，产梨6000斤。

七绝 · 韩国沉船事故[①]

沉船惨剧世惊呆，三百平民陷厄灾。
人祸滥觞超载致，指挥失利暴凶来。

七绝 · 鳄鱼

凶残暴戾势狂顽，眼泪零星状可怜。
世上堪称长命老，难疑伪善寿康全。

七绝 · 螃蟹[②]

有肠公子驻渔乡，泛海游湖诩夜郎。
一袭红衣风韵好，诗人病酒岂能忘。

---

① 据中国新闻网（2014-04-20）：韩国沉船事故遇难人数升至46人，失踪256人。

② 螃蟹：十足目腹胚亚目甲壳类动物，别称蟹。分布广泛，遍布全球。自古以来螃蟹即是美味食物，吃蟹时常作为一种闲情逸致的文化享受。螃蟹含有丰富的蛋白质及微量元素，对身体有很好的滋补作用。

七绝·杨花[①]

物候随时次第来，杨花款步柳英徊。
伴风起舞踪无定，水性污名始坐胎。

七律·教材编写会

时逢仲夏热蒸腾，唯有边州暑逸清。
文化雄都祥乐伴，凉和世界瑞福呈。
师良友诤疏编务，藻密思周备笔耕。
众口同音人气旺，新书两部善工明。

① 杨花：指杨絮，杨树具绒毛的种子。杨树为杨柳科杨属落叶乔木，别名麻柳（湖北）、蜈蚣柳（安徽）。杨树是世界上分布最广、适应性最强的树种。为主要分布在北半球温带、寒温带的森林树种，在中国分布遍及东北、西北、华北、西南等地。葇荑花序下垂，常先叶开放。种子小，具绒毛，数量多，随风传播，俗称为“杨絮”。杨树生长迅速，高大挺拔，迅速成林，能防风沙和吸收废气。古代诗词中“杨柳”意象不是指杨树和柳树，而是指柳树，一般是指垂柳，这是一个词，不是杨和柳的并列。诗词意象中的杨花也是指柳絮，之所以出现不同名字，可能和押韵平仄有关。

七绝·街头买闲

混迹人群喜漫游，无心讨价不查收。
菜蔬瓜果民生计，稼穑桑麻世代谋。

七绝·哺育

嬗代传宗盼继承，奔波终日育雏婴。
施恩父母先天赋，行孝儿孙毓养成。

七绝·科研

科研恰似万仞征，立异标新自戒铭。
百里半途于九十[①]，运筹帷幄步闲庭。

---

① 指走一百里路，九十里才算是一半。比喻做事愈接近成功愈困难，愈要认真对待。西汉·刘向《战国策·秦策五·谓秦王》："诗云：'行百里者半于九十。'此言末路之难也。"

七绝·异食癖

虽然异食见诸般，可是常人少过端。
营养缺如恢复易，主观障碍治疗难。

七绝·血月亮[①]

月蚀无亏蔚大观，一年四次色如丹。
子瞻[②]当若[③]今时在，把酒重将水调弹。

① 据中新网（2014-04-15）：美国上空将现月全食奇观，民众可肉眼观测“血月亮”。血月亮为月全食食甚阶段从地球所见到的月球颜色。月食过程可分为初亏、食既、食甚、生光、复圆5个阶段，食甚阶段是月圆面中心与地球本影中心最接近的瞬间。此时因太阳光经过地球大气层时发生色散，红光偏折程度最大，映在月球上，使月球呈现暗红色、红铜色或橙色，故名“血月亮”。

② 子瞻：即苏轼，字子瞻。

③ 当若：倘若。

七绝·红枫[①]

随风焰火碧天烧，舞日晴霞翠海飘。
羞色方知夸玉女，红妆扮靓更妖娆。

七绝·海龟[②]

历来堪羡性乖痴，四海为家乐不疲。
负字衔图长寿老，怀星抱月圣人师。

七绝·夜宿瑞庭

答辩从邀宿瑞庭，静幽轩爽好心情。
老来羁枕难言睡，夜半遥闻布谷声。

---

① 红枫：槭树科槭树属落叶乔木，又名紫红鸡爪槭、红颜枫、红叶等。主要分布在亚热带，中国、日本、韩国、美国等国家均有种植。生长季节，由于叶绿素占绝对优势，叶片便鲜嫩翠绿。秋季来临，气温下降，叶绿素合成受阻，同时叶绿素在低温下转化为叶黄素和花青素，叶片就呈现黄色而进一进转化为花色素苷的红色素，使叶片呈现红色，故名红枫。

② 海龟：龟鳖目海龟科终身海洋生活动物，别名绿海龟。广布于大西洋、太平洋和印度洋。中国海龟北起山东、南至北部湾近海均有分布。海龟身长可达 1 米多，寿命最长为 150 岁。为中国国家二级保护动物。

七律·项目评审有感

浮躁风靡不忍看，积深难返几知还。
浅尝辄止人称巧，逐热而行自诩艰。
重复研究成巨擘，临摹文墨见斑斓。
轻声叩问谁之过，伪妄专家领路蛮。

七绝·蜈蚣①

兴妖作乱病医巫，罪恶昭彰药大夫。
解痉息风消散肿，有瘥无殒效能殊。

七绝·横祸②

休云铁定寿期专，横祸飞来噩耗传。
生命至尊当敬畏，随时每处讲安全。

---

① 蜈蚣：蜈蚣目蜈蚣科有毒腺、掠食性陆生节肢动物，别名天龙、百脚虫、吴公等。广范分布于除南极洲之外的各大洲。蜈蚣为常用药材，有毒，与蛇、蝎、壁虎、蟾蜍并称“五毒”。

② 据《齐鲁晚报》(2014-05-23)：2 吨重铁饼从天而降砸中三轮车，女子不幸身亡。

七绝·生产安全[①]

长堤蚁溃圣人言，未雨绸缪世代传。
守法遵章排事故，防微杜渐保安全。

七绝·红豆杉之哀[②]

通身是宝克癌星，四纪冰川寿老名。
刈骨剥皮伤命体，濒临绝灭放悲鸣。

七绝·蜗牛[③]

优游简淡步趋蹒，负重前行意志坚。
地陷天塌神自若，山崩海啸态安然。

---

① 据《现代快报》(2014-05-24)：3岁男孩被22斤重水泥球砸中，腹腔大出血死亡。

② 据中国青年网（2014-05-25）：江西婺源景区濒危植物千年红豆杉遭游客剥皮。

③ 蜗牛：一般指所有种类的腹足纲陆生软体动物，别名蜗娄牛、驼包蜒蚰。全球性分布，世界各地有蜗牛约40000种。陆地上生活的约22000种。蜗牛具有很高的食用和药用价值，分布于欧洲大蜗牛属的几个种常作佳肴，尤其在法国。

七绝·父母是最熟悉你背影和最爱你的人

做人须要有仁心，关爱双亲重孝忱。

父母熟知儿女相，常言胖瘦嘱声箴。

七绝·善待动物

人和动物本同家，务请关心善利牠。

敬畏生灵真爱润，尊崇法益美行华。

七绝·胎盘①

器官进补紫河车，勘虑医经惑误多。

巫术盛行今尚在，未尝一效又生疴。

① 胎盘：别名胎衣、胎胞、紫河车等。中医用于补肾益精、益气养血，治疗虚损。国人嗜食胎盘的风俗，与“全体—部分同构型”原则而来的“顺势巫术”同源同流。中医理论自“生命力不灭”的方术观点推衍至“以人补人”，进而鼓吹将胎盘制成“大补药”，已经遗害数百年，迄今不消。

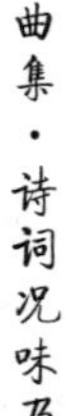

七绝·遗产

世间熙攘利勾魂[①]，孝悌遐抛竟忘恩。
切记临终撒手去，慎留遗产远忧孙。

七绝·海豚[②]

慧根知性感情深，巨浪狂涛拯救人。
灵动若飞精演绎，憨顽可爱善游巡。

七绝·甲午小暑

溽暑熏蒸汗洗身，驱车小憩枕江滨。
和风拂面心情昶，自比羲皇太古人。

---

① 化自西汉·司马迁《史记·货殖列传》："天下熙熙皆为利来，天下攘攘皆为利往。"

② 海豚：鲸目海豚科水生哺乳动物，各种海豚构成了海洋哺乳动物中种类最多的海豚科家族，全球共17属37种。广泛生活在大陆架附近的各大洋浅海中，偶见于淡水。海豚有着看起来友善的形态和嬉闹的性格，一向十分受人类欢迎。

七律·李叔同

两袖清风自雅恬，一身傲骨远庸凡。
兴衰阅尽由然悟，苦乐尝全所以缄。
精解南山明戒律，弘扬佛法镜华严。
曾经绚丽平和复，送别[①]西阳纵任谗。

七绝·暑天秋意

数日阴晴雨错连，熏人溽热转轻寒。
身披曙色庭除早，蓦见枫明九月丹。

七绝·聆听夏日

凌空电闪迅雷鸣，落地瓢泼骤雨声。
风卷残云山复远，闲听喜鹊聒新晴。

---

① 送别：指弘一大师的填词歌曲《送别》(词：李叔同，曲：约翰·P.奥德威)：长亭外，古道边，芳草碧连天，晚风拂柳笛声残，夕阳山外山。天之涯，地之角，知交半零落。一壶浊酒尽余欢，今宵别梦寒。长亭外，古道边，芳草碧连天。晚风拂柳笛声残，夕阳山外山。

七律·读史

安邦有道若烹鲢，顺势而为任手拈。
胸次壑丘八方定，运筹帷幄六神恬。
但求武将轻生死，犹愿文臣重秽廉。
社会公平风尚好，庶民安乐闵仁暹[①]。

七绝·寅时惊见马路车况

震响嚣声气势凶，超高逾载路人忡。
你追我赶争先后，利往名来几固穷。

七绝·杨家将[②]

自古杨家美誉传，雄兵据守雁门关。
忠良取义奇功立，蛊佞怀邪血泪潸。

---

① 暹 xiān：指太阳升起，宋·丁度《集韵》：“暹，日光升也。”

② 杨家将：在 CCTV 电影频道观看电影《忠烈杨家将》，心情久久不能平复。奸佞弄权，残害忠良。公道不申，公理不存，忠良难安。

七绝·世代恩仇[①]

风波亭上血腥殚，自此恩仇世代延。
暑去冬来今未改，不堪秦姓枕同眠。

七绝·用典

嘉文用典比兴由，恍若曾经美效收。
援古证今无异致，因难见巧但同求。

七绝·敬畏生命[②]

信崇灵命重天然，存异求同觅养闲。
飞燕游鱼生态美，一朝毁落碍难还。

① 据台海网（2014-06-05）：合肥有近万名岳飞后人，因家法至今鲜与秦姓通婚。

② 据《华商报》(2014-06-05)：陕西推土机摧毁上百燕子窝，活埋雏燕。

七绝·非我族类[1]

非吾族类密疏分，祸乃无滋理性人。
动不失时需记取，慎微敬小勿相亲。

七绝·忠诚[2]

常言义犬最忠真，万死千生救主人。
今日得知非但此，弗离不弃永年亲。

七绝·甲午数伏

浮云散漫笼闲庭，细雨迷蒙雾恣横。
虽是初炎三夏日，周身畅爽六神清。

---

① 据华龙网（2014-06-05）：女主人出门前与哈士奇吻别，被咬掉下嘴唇。

② 据中国新闻网（2014-07-17）：忠犬不知主人过世，守房子痴等一年盼其归来。

七绝·世界杯[①]

星球大战粉丝狂，昼夜监军体魄伤。
不畏开心因笑死，愿留话柄在云乡。

七绝·象王的遭遇[②]

萨陶巨象美称王，近地长牙祸乱殃。
欲壑难填贪念起，恣睢暴戾罪行彰。

七绝·选房

黎明即起早饔央，气定心平汏选房。
朝向楼层皆中意，返程车顺亦乖常。

① 世界杯：指国际足联世界杯，是世界上最高荣誉、最高规格、最高含金量、最高知名度的足球比赛，与奥运会并称为全球体育两大顶级赛事，甚至是转播覆盖率超过奥运会的全球最大体育盛事。据中国新闻网（2014-06-15）：苏州一球迷疑因看世界杯熬夜猝死。专家：勿透支身体。

② 据新华网（2014-06-15）：肯尼亚象王被偷猎者杀害，巨型象牙被盗走。

七绝 · 师生情

如常早练一身松，邂逅门师共乐逢。
叮嘱减肥无必要，老来略胖病难从。

七绝 · 师生怨

有会呼传返校门，论文造假待明甄。
师徒内讧何其烈，自此冤家战事频。

七绝 · 钓古

平常无事觅求闲，趣比姜公[①]渭水边。
不悔今程贫斩获，一杆钓起数千年。

---

① 姜公：姜子牙（约公元前 1156—约前 1017 年）。姜姓，吕氏，名尚，一名望，字子牙，或单呼牙，别号飞熊，因其先祖辅佐大禹平水土有功被封于吕，故以吕为氏，也称吕尚。中国著名历史人物，商末周初人。

七绝 · 恨不平[①]

谙忆当年宴会厅，法邦宾客热心迎。
汤溜倒地伤双膝，始恨尘寰路不平。

七绝 · 父亲缺位[②]

父师缺位骇听闻，心尚游方惹众嗔。
何以喙争谁氏重，女家男外勿庸循。

① 恨不平：2000 年 1 月，学校国际交流中心落成，首次利用中心接待来访的法国国家农业科学院的客人。席间，不幸踩到洒落的汤汁滑倒，两膝内侧半月板损伤，分别行姑息手术（微创术）二次，从此只能平步而趋，不能上下台阶。

② 父亲缺位：中国的父亲教育缺失现象十分严重。从幼儿园到学校大部分教师是女性，教育环境中缺少男性教师，这种教育方式对男孩的成长非常不利。由于多数父亲忙于事业，父亲的刚性教育缺失就成为男孩女性化的重要原因。

七绝·牛上房[1]

天生本性拗蛮加，何以登高瓦上爬。
不是心焦寻嫩草，便嫌地小障云霞。

七绝·东非织巢鸟[2]

东非织女美名娇，性喜群居尽善巢。
苏铁一株悬数百，开门面下雨难泡。

七绝·时感

首乘高铁趣情鲜，一路风光入眼观。
临到奉天霾渐重，碧空污染令心寒。

---

① 据《环球时报》-环球网（2014-06-19）：瑞士奶牛为寻嫩草爬上屋顶，惊呆路人。

② 东非织巢鸟：文鸟科织巢属的一种，又名东非织布鸟。其主要分布在肯尼亚、马拉维、莫桑比克、索马里、南非、威尔士兰和坦桑尼亚。织巢是雄鸟的事，雄鸟为织鸟巢每天会采集同一种草往返数十次。东非织巢鸟群居性很强，其常常汇聚集成规模庞大的鸟群，数量可达数千只。

七绝·交管堵车

每逢路口设红灯，欲走还休致慢行。
时讶噪声犹四起，任无烦恼但心惊。

七绝·沈阳宾馆

沈阳宾馆见斑斓，环境清新每乐全。
斜置室门将半掩，负亏屋内几分天。

七绝·白卷先生

两耳遗聪喜卖萌，年追六四苦难宁。
如烟历史谁曾忆，且自微言巽与[1]听。

七绝·本溪水洞

洞开门户宴宾朋，岂用甘醪味美烹。
天上世间诸景备，流连忘返逐歌行。

① 巽xùn与：附和。《论语·子罕》："巽与之言，能无说乎？绎之为贵。"

七绝·北陵[①]

风云叱咤北称王，武略文韬拓宇疆。
孤冢一堆衰草没，寒蛩满院唱声亢。

七绝·弟子归

开山弟子返家乡，北美归来探老娘。
抱杖师翁衷款[②]待，韩鲜料理话流长。

七绝·夜宿鄂温克旗

呼伦贝尔鄂温旗，宾馆三层夜索居。
室冷身寒风雨骤，翌晨红日艳明时。

---

① 北陵：又名清昭陵，清朝第二代开国君主太宗皇太极以及孝端文皇后博尔济吉特氏的陵墓，占地面积16万平方米，是清初“关外三陵”中规模最大、气势最宏伟的一座。位于沈阳（盛京）古城北约5000米，因此也称“北陵”，是清代皇家陵寝和现代园林合一的游览胜地。

② 衷款：出自内心的真诚情意。南朝·陈·徐陵《为陈主答周主论和亲书》：“希笃亲邻，敬闻衷款。”

七绝·小城[1]印象

昼晴夜雨叹呼伦，空气清优喜煞人。
城市逃亡何以异，拼财难买自然珍。

七绝·夜宿维纳河畔

频闻夜雨炸雷鸣，寒气侵凌睡眼瞠。
莫笑邻人多呓语，每窗走过尽鼾声。

七绝·圣水旅游度假村

肥羊烈酒马琴欢，曼舞轻歌彩炮连。
篝火通宵晨未烬，农家小院盛空前。

七绝·圣水

天生地造乃成因，圣水甘凉爽魄神。
诚举一抔惟此愿，濯澄双目少多矄。

① 小城：指内蒙古自治区呼伦贝尔市。

七绝 · 莫尔格勒河

安恬妩媚卧苍穹，丽态妍姿幻影踪。
落日余晖斜照处，蛇曲千里玉真容。

七绝 · 额尔古纳湿地

天然湿地亚洲名，鸟类家园四水汀。
心志旅途今就此，聒嚣尘世一闲庭。

七绝 · 额尔古纳

根河美色允宜餐，远地嘉朋嗜欲填。
俄式珍馐难尽意，骐牌烈酒卷狂澜。

七律 · 麻雀

鸟类平民少欲求，城乡遍布喜长留。
性情淳朴为人善，生气勃然不省愁。
置信推诚操必守，心直口快吐方休。

沉冤尽扫神无碍，兴在蓬间素有由。

七绝·朋友欧洲求学女儿回国探亲

曩时乖巧小黄莺，今日青春俏女生。

谈吐非凡亲历厚，思维缜密事功明。

七绝·鹭岛[1]秋蝉

多言百里不同风，纬纵经横各异容。

鹭岛何能常例外，蝉鸣好似雨蛙逢。

七绝·生化大会[2]

动观生化演三军，将帅亲征聚厦门。

先辈乃持当日勇，后人更显此时敦。

---

① 鹭岛：厦门的别称。

② 生化大会：中国生物化学与分子生物学会第十一次会员代表大会暨2014年全国学术会议。会议主题为“动态生物化学”，会上学术报告精彩纷呈，展示了中国现代生物化学与分子生物学的全新风貌。

七绝·延机

出门尤怕宕延机，长短难凭任尔疲。
既有合同应守诺，三番五次信存疑。

七绝·凤凰花

鹭岛晨听杜宇忙，海风拂面沁心香。
全城碧透神清逸，是处翩飞火凤凰。

七绝·李某君

周身倦怠课堂回，步履蹒跚话语微。
迎面李君谙世事，垂肩让路暖心扉。

七绝·新凉

新凉适意露鸡鸣，落叶萧然景色清。
有伴耆年当自喜，翁形妪影趣同亨。

七绝 · 有朋自加拿大来，中秋宴聚

中秋夜雨昼还晴，杨柳婆娑掩啭莺。
短信频催筵宴赴，三巡既后两人酲。

七绝 · 甲午白露并仲秋日

玉轮高挂柳梢头，白露横集拜月楼。
人在榆城心去远，傍身晚色弄扁舟。

七律 · 高等教育[①]

成人教育重修身，职业栽培睐艺纯。
莫忘先锋思想贵，要知端正品行珍。

---

① “高等教育”应该是在职业知识传授之外的人文教育。在高等教育中，受教育者接受的是“成人”教育，不仅是年龄上的成人，而且是个人与社会关系中的成“人”。按照启蒙时代的说法，是适合“绅士”（有教养者）的教育。按照现代的说法，是适合“公民”（高素质者）的教育。人文的“高等教育”理念注重的是培养有德行、有思想和判断能力、有人类共同理想和共好意识的人。这样的高等教育强调培养学生的目标不仅在于专业知识训练，而且在于培养有文化、有教养、有价值观的高素质公民。

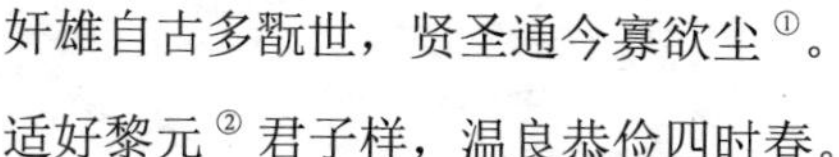

奸雄自古多翫世，贤圣通今寡欲尘[①]。
适好黎元[②]君子样，温良恭俭四时春。

七绝·甲午秋分

阴阳各半地天宁，昼夜均分冷热平。
但愿诸君休迕意，神闲气定悦秋声。

七律·东北农业大学国旗卫队赞

家珍细数满心豪，风月无边景色娇。
声震杏坛名确立，誉传华夏象明昭。
国旗卫士真情迈，学业尖兵志气尧。
十五流年成训范[③]，型男靓女尽春翘[④]。

---

① 欲尘：佛教语。佛家谓财、色、食、名、睡五欲污身，犹如尘埃，故称。

② 黎元：亦作“黎玄”，即黎民百姓。唐·李世民《晋室帝总论》：“天地之大，黎元为本。”

③ 训范：犹仪范。晋·陆云《泰伯碑》：“内修训范，外陶氓俗。”

④ 春翘：春日茂盛的花木。晋·陆机《叹逝赋》：“步寒林以凄恻，翫春翘而有思。”

七律·盼儿

美邦留学两回还，平素常将喜讯传。
初去佛州兼助教，再临耶鲁作覃研。
徙迁门庑金融界，绘写人生事业篇。
三月准时收绿卡，探亲节旦[①]共团圆。

七律·高层停电

风狂雨骤了无休，电断梯停兀自愁。
忖度如何临早课，磋商怎样下高楼。
妻携书箧蹒行侧，夫杖筇枝[②]力缚牛。
三百台阶身汗洗，提前到校免烦忧。

七绝·寒潮

深秋骤冷夜寒生，一日之差罕见冰。

---

① 节旦：元旦节日。清·朱之瑜《与安东守约书》之三：“节旦众人交礼之日，不佞不当往。”

② 筇 qióng 枝：筇竹杖。宋·陆游《眉州披风榭拜东坡先生遗像》：“百年醉魂吹不醒，飘飘风袖筇枝横。”

启告常人当警惕，无时戾气最耗能。

七绝·甲午重阳

重阳岁岁又重阳，杖履登高望远乡。
一夜秋风犹未断，黄花挺秀乐居常。

七律·金龙回内地结婚，专程来哈探望皤翁

哈尔滨城属客乡，情同故里两牵肠。
求师边地甘霖沛，就职香江业绩彰。
燕赵从来多义士，关东自始富仁郎。
深秋北上重圆梦，衣锦荣归眷侣翔。

七律·甲午寒露

霜寒露重五更残，旦起如常意志坚。
管住嘴巴宜简要，平衡营养利康全。
放开脚步精神畅，甩掉烦忧气血宣。
喜慰人生秋静美，五花山色润幽仙。

七绝·秋雨

雷轰电闪肆天庭，雨暴风狂逞悍狞。
秋叶纷纷飘水落，路人瑟瑟耸肩行。

七绝·旅中偶拾

得饶人处且饶人，该认真时尚认真。
收放开合淹雅士，万千气象化通神。

七绝·屯溪古镇

信步商街溯古先，宋明尘迹尚留连。
一江碧水穿城过，两岸风灯照柳眠。

七绝·黄山顶上广场舞

黄山绝顶徵音生，诧愕仙人踏曲行。
寻至转弯阶缓处，沪娘多位正陶情。

七绝 · 晚气

腿力深知逊往年，无心奢望再登山。
可升能降曾经事，平步余生晚气闲。

七绝 · 甲午霜降

霜繁露重晚秋残，羁旅行难两次延。
一路平心无怨语，飞机到港已明天。

七绝 · 甲午立冬

蒹葭摇曳影婆娑，寒雀安恬惬晚歌。
独立桥头形影吊，北风吹乱满池波。

七律·话旧

朋雠比坐话流年，日月穿梭若指弹。
慨赞常情犹有故，惊嗟时势蔚然观。
光阴淘漉知忠佞，历史还原辨险安。
世上清浊源本定，人间正道岂容谩。

七绝·初雪

夕见浓云影若山，夜来朔气寝难眠。
启明高挂天光好，远近清新曙色嫣。

七绝·甲午小雪日，家中蟹爪兰[1]开放

翠衣仙子绛红唇，日短初临欲火焚。
何惧霜刀欺婉弱，寒梅也逊色三分。

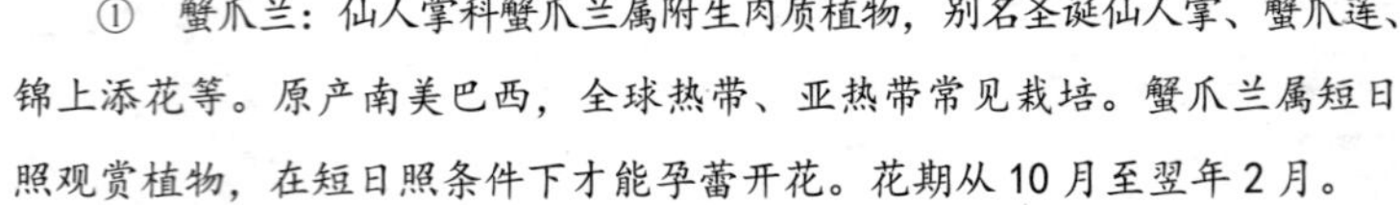
① 蟹爪兰：仙人掌科蟹爪兰属附生肉质植物，别名圣诞仙人掌、蟹爪莲、锦上添花等。原产南美巴西，全球热带、亚热带常见栽培。蟹爪兰属短日照观赏植物，在短日照条件下才能孕蕾开花。花期从 10 月至翌年 2 月。

七绝·美洲红鹮[①]

浑成美女靓衣冠，顾盼生姿涉浅滩。
一跃雄飞平地起，冲天火焰凤鸣鸾。

七绝·自嘲

一路寒风冒雪行，回房坐定腹肠鸣。
起身已是龙出洞，自笑无能不再争。

七绝·澳大利亚圣诞岛红蟹[②]

壮哉红蟹美名高，恋爱洪流气势骁。

---

① 美洲红鹮：鹮科美洲鹮属珍稀、名贵鸟类动物，别名红鹮、红朱鹭。现今只分布于拉丁美洲的哥伦比亚到巴西的部分沿海地带，是最濒危的鸟类之一。除了长喙呈灰黑色外，浑身上下包括腿和脚趾都呈鲜红色，是世界上颜色最红的鸟类。

② 澳大利亚圣诞岛红蟹：地蟹科拟地蟹属甲壳动物，别名红蟹、陆地红蟹、红地蟹。仅分布于澳大利亚圣诞岛（Christmas Island）。背壳黑色，腹部和四肢红色。肉多，是上乘的美味。一年一度的大迁徙，它们便离开丛林中的巢穴，迁移到海边进行交配和产卵。据悉岛上约有1200多万只红蟹，迁徙高峰期可把公路淹没在一片鲜艳的红色之中。

碎骨粉身何所惧，传宗开辟路迢遥。

七绝·甲午大雪

乾坤不夜雪声闻，天地无涯景色新。
万里传情儿问好，周身燠暖长精神。

七绝·赏雪

驱车野外易心情，塞上新容正视听。
连日雾霾身影匿，冰魂雪魄使人宁。

七绝·打树花[①]

绚丽多姿映晚霞，万人空巷赏奇葩。
凡间罕见斑斓景，即便神仙竟也夸。

---

① 打树花：打树花是河北省张家口市蔚县暖泉镇的汉族传统民俗文化活动。这种别具特色的古老节日社火，至今已有300余年历史。是用熔化的铁水泼洒到古城墙上，迸溅形成万朵火花。因犹如枝繁叶茂的树冠而称之为“树花”，其壮观程度绝不亚于燃放烟花。

七绝 · 两楼接吻[①]

双楼接吻骇眙[②]人，义愤填膺众口嗔。

性命关天当属意，百年大计务求真。

七绝 · 哀巨型鱿鱼[③]

体量庞然十腕形，遭逢猎捕厄灾横。

生前保护无訾问，死后观瞻有震惊。

七绝 · 熊一家[④]

父慈子孝世人嘉，弟敬兄恭众口夸。

---

① 据《新闻晨报》(2014-11-25)：上海两 15 层动迁房歪成“八”形，居民称不敢住。

② 骇眙 yí：惊骇。北宋 · 宋祁、欧阳修、范镇、吕夏卿等《新唐书 · 杨思勗传》：“贼骇眙不暇谋，遂大败。”

③ 据中国新闻网（2014-11-25)：日本现 7.6 米长巨型鱿鱼，被捕后很快死亡。

④ 据英国《每日邮报》(2014-12-01)：芬兰人瓦尔特利穿越树林时，惊奇地发现 3 只熊宝宝站立起来围成圆圈，点着步子“手拉手”跳舞！瞬间如同置身童话世界。

草莽熊罴能尚此，当真羞煞汝和吾。

七绝·牧羊羊[①]

绵羊司牧世无双，自小遗孤犬作娘。
非是认知差错见，心存责任便能当。

七绝·乌鸦扰人[②]

太平小镇聒鸦麇，日夜难休困扰民。
生境已遭人破坏，借询何处可安身？

① 据互联网（2014-12-03）：英国北约克郡一绵羊以为自己是狗，每日与牧羊犬一起赶羊。

② 据《环球时报》-环球网（2014-12-12）：美国俄亥俄州小镇斯普林菲尔德（Spring-field）遭5万多只乌鸦“入侵”，引发了居民对安全和潜在健康的担忧。很多时候，小镇很像恐怖电影《群鸟》中的场景。

七绝·雪地足痕

天地苍茫雪照明，远人数点缀园町。
足痕轻浅蝼蛄样，何以称雄万物灵？

七绝·女汉子[①]

河东狮吼亦堪夸，通透憨真少桎枷。
甜枣一颗挥掌后，女中汉子霸王花。

七绝·赞誉

赞誉如同鸦片烟，无穷隐患致人颠。
只因身影长躯体，难副其真欲使然。

---

① 读李舒《太太的厨房》(读者，2014，24期56页)，对其中胡适家“太太协会会长”江东秀“胡萝卜加大棒”政策有感。结论：女人不怕凶，打一巴掌给甜枣吃，被打的那个揉揉面颊悄悄吞吃下去。

七绝 · 水虎鱼[①]

水中兕虎[②]罪名彰，利口獠牙众胆丧。

纵是鳄鱼犹惧怕，小心躲让勿轻狂。

七绝 · 灵芝[③]

救死回生百病消，延年利寿世人褒。

白娘舍命神草窃，怜拯郎君汗血劳。

---

① 水虎鱼：脂鲤科锯脂鲤属水生动物，别名食人鲳、食人鱼。生活于南美洲亚马逊河流域，分布于阿根廷、巴西。牙齿锐利，下颚发达有刺，以凶猛闻名。成群的食人鲳常将误入水中的动物在短时间内吃得只剩白骨，甚至将误入水中的人吃掉。

② 兕 sì 虎：兕与虎，泛指猛兽。

③ 灵芝：灵芝科灵芝属真菌灵芝的子实体，别名赤芝、瑞草、万年蕈等。中国普遍分布，欧洲、美洲、非洲、亚洲东部均有不同量产。灵芝可双向调节人的整体机能，使人的免疫功能得到快速、全面提升，具有抗肿瘤、抗衰老作用。

七绝·泽国水乡[①]

侪居水上数千年，一苇航江正好看。
霸主独裁成往事，泽乡重建有新端。

七绝·鸵鸟歧途[②]

绝非违命讨人嫌，误入歧途脚步骞。
即便时程堪骏马，但行高速也憨怜。

七绝·狗穿裘皮

毛皮动物自安然，冬日何需另照看。
可笑无知顽主拗，裘皮硬裹苦衷繁。

---

① 据山东新闻网（2014-12-15）：伊拉克沼泽地上漂房屋，美得犹如中东版威尼斯。

② 据《现代金报》（2014-12-23）：2 米高鸵鸟高速公路上狂奔 8 公里，与货车赛跑。

七绝·狗戴帽子

有生何必伪装乔，历史还原粉饰凋。
安分守真需定力，人模狗样总招摇。

七绝·雪后雾凇

晶莹剔透傍枝瑰，雪骨冰肌素锦帏。
快意顽童拍手笑，骇惊朱顶[①]落英飞。

① 朱顶：指白腰朱顶雀，雀科金翅雀属鸟类动物，别名贝宁点红（华北）、苏雀（东北）。分布于近北极地区，包括北欧至加拿大、俄罗斯、日本、朝鲜半岛及中国大陆的东北、宁夏（永宁）、新疆（天山）、华北、华东等地。体型似黄雀，但体羽多斑纹，尤以胁部浓重；头顶玫瑰红色，腰淡粉色，翼斑白色；雌鸟似雄鸟，但无粉红色。常见于溪边丛生柳林、沼泽化的多草疏林和桤、榆等幼林中，也见于各种乔木杂林和林缘的农田及果园中。

七绝·少年强[①]

五岁萌娃誓敢当，娇声入耳动心肠。
闻歌起舞寻常事，只愿娘亲笑脸扬。

七绝·事业

和衷共济著经纶，存异求同苟日新。
启后承前今古事，是非功过但凭甄。

---

① CCTV《出彩中国人》节目中，中国台北5岁小姑娘刘璦纶，懂事乖巧，跳起舞来有模有样。她说她喜欢跳舞不是为别的，而是为妈妈开心，为妈妈永远年轻。

词

甘草子·元旦

元旦，玉树琼花，惬意随身伴。旧历曩时更，新境今辰见。

回首去年犹堪恋，绘一副、西阳无限。恁把余生付黄卷，乐趣从心愿。

沙塞子·癸巳小寒

寿妪乘鸾西去，山缟素，树幡旌。更有雪凌潸泪，北风萧。

昔日小儿年幼，爹惫作，母劬劳。姨姥临门帮衬，爱心掏。

倾杯令·农历六十一寿

宇宙韩餐，松雷商厦，侍女奉迎翁媪。风味嘉馐多品，清冽香醪成套。

颓龄失岁心难老，但倾杯、舒怀高笑。挥扬短匕长刃，斩断烦忧躁恼。

关河令·癸巳大寒

光阴如箭年将尽，试平心窃问：昨夜寒潮，可曾睡安稳？

梦中与儿话恳：已知否、媳妇职讯？满面春风，回言成定论。

极相思·癸巳除夕

万家烛火通明，鞭炮映天赪。举杯同贺，民康物阜，海晏河清。

强作欢心添笑靥，难掩饰、思子真情。愁迷双眼，霜飞两鬓，老泪交横。

春光好·元日

小龙隐，逸骠腾，冻雷鸣。紫气东来万物生，燠阳蒸。

随意新花适趣，赏心宿墨怡情。知己何须朝暮守，几人能。

一剪梅二首

一剪梅·除夕子夜

癸巳悄离夜未阑。曼舞轻歌，语笑声欢。弥空焰火庆嘉祥，雨顺风调，国泰民安。

甲午初临意正绵。笔走游龙，书法前贤。真情祝福若春潮，古韵新音，流水高山。

一剪梅·甲午立春

瑞雪迎春甲午年。鹊聒虬枝，灯耀高轩。六旬一度乐幽居，旧事依稀，过眼云烟。

鸿雁携书正月天。儿候宁康，女道平安。世人尤最是亲情，日久时长，骨肉相连。

迎春乐·心情

时来多睡人轻快，晨光里、衿情晒。血流平、宿病无牵碍，心率整、如钟摆。

崇静谧、惯听天籁，嗜独处、乐陶山黛。惬适春风得意，勿欠愁烦债。

探春令·归耕

岩溪澄澈，日光和煦，微风撩面。柳丝泛绿花芽浅，已然是、春将半。

重开旗鼓从今算，六旬新雏燕。忆旧时、许愿东君，投冕挂绶归耕砚。

怨春风·甲午春分

惊雷已过，春分时气些儿惰。柳梢青浅啼鸦卧，一曲胪欢，逗引行人和。

风卷云翻飞雪簸，路滑车险前途懦。天寒地冻声名涴，众口谐言，花信偏真个。

柳梢青·归耕乐

残雪斑皤，春风温煦，陌柳婆娑。气定神闲，砚耕笔种，曲醉诗酡。

稼翁自诩书多，论珍贵、无如四科[①]。百代文章，千秋经略，

---

① 四科：指我国经、史、子、集四部传统文化典籍。

万世弦歌[1]。

淡黄柳·春趣

鹅黄嫩绿，一幅新颜色。树上双鸦扇羽翮。树下长拳短棍，都是前时旧乡耋。

老诚速，何将自身责？几旬事，瞬间即。任铅华褪尽成尘客。冬雪春风，夏花秋叶，惟有心中静谧。

柳含烟·甲午清明

清明柳，祭前贤。别恨离情愁绪，无声此处更缠绵。痛飧寒。

梦里醒来因恸哭，寸断肝肠难复。老耆常念旧时欢，盼团圆。

春草碧·春思

又曾风物明，伴岁时践期，令节随序。春光里，当乐以忘忧，盎然生趣。含烟柳陌，道不尽、遐思迩虑。愁情日涨，何能忘，出国别家路。

① 弦歌：此指礼乐教化。

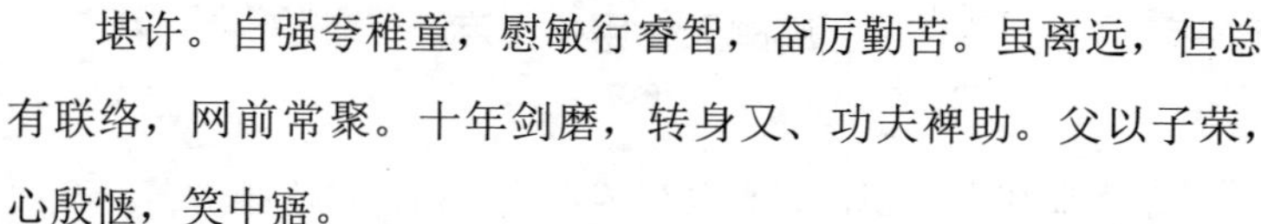

堪许。自强夸稚童，慰敏行睿智，奋厉勤苦。虽离远，但总有联络，网前常聚。十年剑磨，转身又、功夫裨助。父以子荣，心殷惬，笑中寤。

人月圆·父母乐

八年儿女多佳讯，父母乐无穷。青春伉俪，齐飞比翼，跨凤乘龙。

聪明睿智，正平摇笔，乾里奇峰。蕙心兰质，东观续史，坤内英雄。

鹧鸪天二首

鹧鸪天·故友情

古韵渔寮今又逢，桃花潭水玉壶冰。缅怀久历风云事，畅叙时新肝胆情。

茅酒洌，麦啤馨，忽闻谯鼓响双声。意犹未尽行将去，舟火辉煌夜正明。

鹧鸪天·甲午小满

远翥遥翔春日还，兴高采烈笑声欢。相询徙次驰劳苦，互问安居耗费艰。

出肺腑，入胸膊，同甘共楚爱心蕃。何谈竞进谁优胜，尽享晴和一片天。

菩萨蛮·立夏送春

今年相会无多日，空余惆怅东风逼。憔悴掩娇羞，恚嗔凝泪眸。

匆匆来也迫，悻悻归乎急。盼侬再回还，雪融冰释间。

少年游·灵岩绝景

灵岩绝景世称奇，移步换新姿。展旗天柱，屏霞錦嶂，古刹立云霓。

游宾坐定凝神处，饱览艺人飞。攀壁余宗，缘绳山险，矫健似鹰徊。

江城子·又是一年毕业季

沉寒过后又熏蒸，骤温升，速天澄。一月难开，淫雨了无晴。今日忽然霑汗滚，明暑夏，到边庭。

师门聚散总关情，静聆听，细叮咛。语重心长，掷地响锵铿。前路远邅[①]须记取，知冷暖，莫贪程。

长相思·甲午端午

祭屈原，悼屈原。仰面长吁汨水涟，衷肠九道弯。

汨水寒，罗水寒。日夜奔流不复还，离骚万古传。

采桑子·甲午芒种

学成弟子终须去，岁月难留。苦上心头，两鬓银丝一镜收。

焚膏继晷勤劳做，谓我何求？知我心忧，枕典席文卌五秋。

---

① 远邅 zhān：指路途遥远而难行。元·袁桷《林处士哀辞》：“一苇渺兮济巨川，慨不进兮道远邅。”

渔歌子·农林高校精品资源共享课系列教材《动物生物化学》《动物生物化学实验技术教程》编写会

曲水流觞聚九英[①]，阔谈高论起欢声。吟菡萏，咏青萍，诗书缜作效兰亭。

调笑令·甲午大暑

三夏，三夏，未见天蒸日炙。今晨气爽神良，前昏电骤雨狂。狂雨，狂雨，何以冰心如许。

秋风清二首

秋风清·甲午立秋

秋声长，秋叶黄。细雨落幽燕，微风送晚凉。相亲相爱双肩并，老夫老妇终生帮。

---

① 九英：指参加首次教材编写会的 5 校 9 编者。

秋风清 · 草原秋夜

秋风扬，秋雨凉。起落任无定，师生言有常。草原之夜灯如昼，立秋而后寒凝床。

梧桐影 · 甲午处暑

薪火传[1]，弦歌劲。鸾翥凤翔惠风图，根深叶茂梧桐影。

人月圆 · 甲午白露并中秋

一轮明月横云汉，清气满中秋。澄江如练，心田若洗，人欲何求。

劲松为伴，良禽作友，自入名流。父慈子孝，家和事顺，风雨同舟。

---

① 薪火传：中国生物化学与分子生物学会第十一届会员代表大会暨 2014 年全国学术会议会况空前，注册人数 2000 余人。会议学术气氛浓厚，堪称中国最高水平的学术会议。看到中国科学技术人才济济，令人欣慰。

桂殿秋·惊梦

前夜里，睡梦中。尘间恶魔逞嚚凶[1]。欣闻领袖初心伟，笃信人民戴仰同。

少年游五首

少年游·黄山美色

黄山美色世称奇，移步景参差。蹊松挺秀，怪岩飞耸，云海望虹霓。

竹林小坐茗香漫，留恋忘归时。魂断山歌，神迷悬瀑，尘客几曾知。

少年游·徽州古民居

粉屋黛瓦马头墙，内敛不张扬。乡愁家恋，商途宦路，五味妥收藏。

神工鬼斧心思密，梦想化天堂。山水同炉，人文双重，居乐

---

① 嚚 yín 凶：愚蠢凶恶。宋·沈作喆《寓简》卷一：“冥顽嚚凶，目不辨六画而名位充志、富贵没身者，又何哉？”

在平常。

少年游·徽州古村落

桃花源里有人家，水木湛清华。实雕透牖，东瓶西镜，竹翠掩榴霞。

书香扑面犹堪羡，朱子训村娃。道义垂言，徽音振响，文苑满群葩。

少年游·徽州商贾

徽州商贾善绸缪，十四即行游。含辛茹苦，栉风沐雨，百炼入芳流。

亦儒亦业名天下，荫子胜封侯。忠孝初心，诗书夙好，壮志岂难酬。

少年游·徽妇

十年鸳侣九时空，凄苦一生从。高墙禁锢，孤灯伴影，风雨掩花容。

恪行妇道持家业，规避祸端逢。抚育儿孙，睦崇姑舅，节烈耀门宗。

采桑子·甲午冬至

倏而又是年将尽，瑞雪横天。两鬓苍然，窃喜平趋脚力宽。

老来心地超常静，惟愿清闲。远距新烦，故纸堆中寻旧欢。

词编（依《钦定词谱》）

南乡子九首

南乡子·明月峰[①]

月挂西山，无启无落有缺圆。景换步移惊绝妙，调笑，坐捧清辉留小照。

南乡子·百里漓江

百里漓江，人间世上好风光。水秀山明莺唱晓，情难了，愿

① 明月峰：广西阳朔境内的奇景，俗称月亮山。明月峰山头有一天然巨大石拱，两面贯通，远看酷似天上明月高悬。由于月洞的北侧有一座圆形小山，如果游人走山南开车赏月，那个石洞就会从弯弯的上弦月，逐渐变成半月、圆月，继而又变成下弦月，十分奇妙。

作渔翁听鼓棹。

南乡子·六十一寿

快意又经年，何虑牙衰两鬓残。沉默寡言多谨励，真谛，自适安闲人有几。

南乡子·癸巳除夕

灯灿灿，雪迷迷。自安琴意度年耆。午媪辰翁今闲在，莫嗔怪，戌女酉儿身海外。

南乡子·新春小聚

至友高朋，甲午新春百事成。冷暖同知三十载，难能，聚少离多各砚耕。

烈酒真情，醉眼模糊啜泣声。畴曩不堪回首处，犹憎，忠义殃遭险佞坑。

南乡子·情人节

暮雪落无声，情侣麋欢夜色明。熙去攘来身莫住，晶莹，琪树琼花走马灯。

心绻意伶仃，众里寻他影弔形。夕念旦思人不见，相倾，旧梦重圆孔雀坪。

南乡子·反腐在路上

除害动真刀，恶虎痴蝇俱不饶。天网恢恢，戎垒更坚牢，正气雄声彻太霄。

从古至今朝，水火难容立九皋。夜寐夙兴，竭虑作唐尧，利禄功名尽可抛。

南乡子·进京

沿路北疆情，皑雪蓝天丽日明。时速十舍，师徒两代，盈盈，语笑言欢快意生。

抵站已燃灯，辗转租车落座行。雾罩霭弥，人壅道阻，暝暝，谯鼓双喧到瑞廷[①]。

南乡子·汇报聚京

汇报聚京中，埋头苦干，多产高功。藻绘蓝图调重彩，咚咚，战鼓催人赶路匆。

执手话重逢，琼浆玉液，信友真容。侪伍已然三载度，淙淙，

① 瑞廷：北京红山瑞廷酒店（RADEGAST HOTEL，BEIJING）。

尚盼呼盟酒更浓。

捣练子二首

捣练子·甲午惊蛰

书院阔，柳丝青，远处频传欢笑声。忽见纸鸢飞又落，便知童趣闹春令。

捣练子·山荆农历六十寿

华发璨，宴馐馨，六旬初度颂新声。老相知，新寿星。

祈福泰，祝康宁，抚今忆昔欠身听。会心处，笑脸盈。

春晓曲二首

春晓曲·早春

惊雷震后东风浩，锁梦春寒料峭。柳丝荡漾舞婆娑，喜鹊踏枝歌嫚妙。

春晓曲·春雪

临风玉女传春讯，口含莲，身步韵。淡妆浓抹总相宜[①]，佚貌仙姿多憾恨。

桂殿秋·老友约会

天色朗，柳陌明，会约虔切喜于形。知音愈贵知心话，老友尤需老朽声。

寿阳曲三首

寿阳曲·小场足球

寒初减，暖渐回，蕙风摇、柳烟生翠。齐声哮呼人鼎沸，数学生、蹴球双对。

① 引自北宋·苏轼《饮湖上初晴后雨二首·其二》："欲把西湖比西子，淡妆浓抹总相宜。"

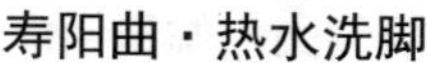

寿阳曲·热水洗脚

经常浴，每日濯，味馨香、老来矍铄。寐绵长、自添真快乐，徙轻盈，缜无愆错。

寿阳曲·甲午清明

屡问亲何去，遍寻无讯息，梦中还、痛心伤臆。恤生活、起居加饮食，儿欲养、竟成悛惕[①]。

阳关曲三首

阳关曲·女儿归来

夜难安枕盼儿亲，起舞闻鸡报卯辰。电梯启处爹娘唤，姑舅眉开双泪噙。

---

① 悛 quān 惕：悔悟戒惧。唐·吴少微《唐北京崇福寺铜钟铭序》：“于是旭旦之音达而人用悛惕，伐虞泉而人悲衰老。”

阳关曲·姑舅亲欢

善眉慈目写真情，姑舅亲欢若己生。莫言代壑与来俱，和睦人家享正平。

阳关曲·送女回美

夏初春暮落红残，杨柳依依送女还。物情总是故乡好，明岁同归瞻月圆。

欸乃曲·举棹

人世沧桑知水深，船篷风满莫沉吟。平生惯赏浪花俏，举棹闻歌听和音。

采莲子·甲午小满

士子勤学若采莲（举棹），志坚行笃莫偷闲（年少）。此间味道皆尝受（举棹），乐在其中苦亦安（年少）。

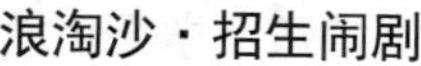

浪淘沙 · 招生闹剧

招生闹剧几时休，蹧踏公平养大牛。老迈何须招稔乱。无干快乐岂关愁。

杨柳枝 · 仲夏

紫燕频裁惹画翁，弱风轻掠逗诗童。泛湖鼓棹涟漪起，悚动沉鱼匿影踪。

八拍蛮二首

八拍蛮 · 西双版纳孔雀山庄

孔雀隐身听号传，一声呼哨蔽云天。金水湖前芳草地，随风扑落觅飧欢。

八拍蛮·学无止境

人越卅龄休学艺，该论凡俗理停噡[①]。除旧布新千古事，清音胜过老生谈。

字字双·科研人

涛头远瞻先复先，业内深谙专复专，人前方正端复端，事中左右全复全。

十样花二首

十样花·暴马丁香[②]

塞上风光别样，仲夏丁香犹放。翠绿浓荫处，馨馥郁，韵清

---

① 噡 zhān：话多。

② 暴马丁香：木犀科丁香属灌木或小乔木，别名暴马子（东北）、白丁香、荷花丁香（河南）等。主要产于中国东北、西北、华北等地，朝鲜、日本、俄罗斯也有分布。用途主要有观赏价值和药用价值。花期 6～7 月，花冠白色，花香浓烈。

爽，众芳休毁谤。

十样花·连翘

北地风情尤尚，连翘领先开放。倩影照残冰，神润朗，色鲜亮，粲然黄蝶样。

甘州曲二首

甘州曲·夏日清风

弄霓裳，摇槭影，送荷香。过江鼓浪透心凉，快意水声扬。暑热褪，酣寝梦悠长。

甘州曲·暑假

周身清爽六神闲，人卯睡，日三竿。又临暑假第一天，格外把心宽。抛脑后，无事少忧烦。

醉吟商·初伏

又届初炎，历载溽蒸何顾，欲留难住。

梦到欢心处，戏水松花江渡，同游李溯。

湘妃怨·人在旅途

生前死后本平常，地北天南何遽忙，鸡头凤尾还同样。念来兹归去方？在途中、莫要彷徨。弱者无须弱，强人岂必强，自肆汪洋。

寿阳曲三首·东农三公

寿阳曲·许振英[①]

究同化，探合成，猪育种、国标亲定。憨叟领军高建瓴，畜牧人、口碑隆盛。

---

① 许振英（1907—1993 年），我国著名畜牧学家、动物营养学家、农业教育家，我国动物营养科学的奠基人和开拓者。毕其一生于瘦肉型猪的育种，终于育成三江白猪，享誉华夏。

寿阳曲·王金陵①

农心趣，菽意情，耐寒种、产多专性。北方豆王身负鼎，稼穑人、仰思钦敬。

寿阳曲·余友泰②

专农具，重垅耕，用途通、集分相应。工程大师憧愿景③，现代人、叹嗟称圣。

---

① 王金陵（1917—2013 年），大豆育种学家和农业教育家，中国大豆杂交育种的开拓者。他在东北地区育成了“东农 4 号”“东农 36”等优良品种，后者把中国大豆种植北界向北推进 100 多公里；对大豆野生资源利用、生态区划、遗传研究、选择技术等颇多建树；从教 50 年，培养了大批农业科技人才，为中国大豆生产和科学技术的发展做出了重要贡献。王公一生致力于中国大豆研究且成果卓著，曾有“一手出品种，一手出论文”的宏论。尤其“我是老泥鳅，你们是小泥鳅，只要我在你们中间一转，你们的身上就有腥味了”的“泥鳅论”，更是深入教育的精髓。

② 余友泰（1917—1999 年），中国著名农机专家、农业工程学家、农业教育家，中国农业机械化学科具有杰出贡献的带头人。在建立垅作条件下的耕作机器系统，探讨农业机械化和农业现代化的发展规律和途径，以及系统科学在农业中的应用等方面，进行了卓有成效的开拓性工作。

③ 愿景：指余友泰先生与他人合著的《温饱十亿人》(余友泰，[美]魏特威尔，孙颔，王连铮．黑龙江科学技术出版社，1989)，在国际上先期回答了“谁养活中国人”的重大问题，极具前瞻性。

清江引·感春

东风信来花未已，惟见枝条翠。草青鹰翱翔，云暗虫酣睡。人安梦长龟曳尾[①]。

朱履曲·访友

老友香茶诗兴，知音琴瑟词情，高山流水伴樵声。穷通皆有定，福祸莫相争，得遗无梦萦。

喜春来·雪乡春早

风平风起东西漫，云卷云舒远近闲，春光无限好心欢。人数丸，林海雪中攒。

---

① 龟曳尾：比喻自由自在的隐居生活。北齐·刘昼《新论·韬光》："龟曳尾于旸谷之泥，则钻灼之患不至。"

天净沙二首

天净沙·信念

一生云复山重，几经南北西东。信念何曾变通，诚心祇奉，任其霪雨狂风。

天净沙·书趣

埋头故纸堆中，自安其乐无穷。忘却千烦万痛，谁人能懂，胜尝佳酿三盅。

卷五

2015

七绝·元旦

一夜交承年恋故，两天延续岁迎新。
烈寒难阻初阳渐，谷语[①]犹添旧友真。

七绝·孝

跪乳羔羊难忘本，树高千尺不离根。
痴心父辈容颜老，属意儿郎孝义敦。

七绝·瀑布飞人[②]

吊水楼前湍瀑啸，黑龙潭内赤蛟飞。
攀登极限多奇辟，暑去冬来每笑归。

① 谷语：谷语中餐厅。

② 瀑布飞人：镜泊湖瀑布跳水人——狄焕然，号称中国悬崖跳水第一人，他的跳水表演已经持续30年，被载入吉尼斯世界纪录。

七绝·雪乡

玉树琼枝神话境，冰魂雪魄韵文风。
雄鸡唱晓闻天籁，唤醒羲和[①]扮曙红。

七绝·一人专业[②]

大学理当如此是，一人亦可自成班。
健全心智应涵养，量产批销勿逞蛮。

---

① 羲和：中国上古神话中的太阳女神。

② 据人民网（2014-06-17）：北京大学2014届古生物学专业，1个年级1个班仅1个人毕业。有感于北京大学与有些所谓大学为了办学效益不惜牺牲教育质量形成鲜明对照，为北京大学的真实“有教无类”点赞。

七绝 · 黑叶猴谢恩①

黑叶猿猴仰正宗，携儿带女谢恩公。
只缘夹下匡时济，方有林中每日逢。

七绝 · 孝女当家②

惯历凄风和苦雨，秤砣虽小重堪挐。
深谙天下亲情贵，妈若生存就有家。

① 据《北京晨报》(2015-01-13)：男子野猪夹下救黑叶猴，5 年后猴子携全家看恩人。黑叶猴：猴科叶猴属动物，别名乌猿、乌叶猴、猿吊猴等。黑叶猴是典型的东南亚热带和南亚热带的树栖叶猴。主要栖息于江河两岸和低山沟谷地带的热带雨林、季雨林和南亚热带季风常绿阔叶林，分布于中国、缅甸、泰国、老挝，越南。在中国分布于广西壮族自治区左江以西的地区及贵州省。中国国家一级保护动物。

② 据大河网 -《大河报》(2014-12-22)：19 岁女生边上学边照顾植物人妈妈，头发近乎全白。

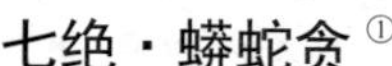

七绝·蟒蛇贪[①]

印度牛羚[②]形体壮，何曾料想险情环。
贪心不足蛇吞象，早有危言警世间。

七绝·丝瓜长[③]

丰产农家心里悦，丝瓜瓤果近寻长。
精耕细作因传统，沐露沾霜报顺祥。

---

① 据《环球时报》-环球网（2014-07-25）：蟒蛇吞下整只牛羚，场面血腥如“狂蟒之灾”。

② 印度牛羚：牛科蓝牛属有蹄类哺乳动物，别名蓝牛羚、四角羚羊、蓝弯角羚等。是印度中部及北部和巴基斯坦东部最为普遍的野生动物。它们是亚洲最大的羚羊，成年的公羚很像牛。体长1.8～2米，体重120～240公斤。

③ 据大河网-《大河报》(2014-08-01)：村民种出2.66米长的丝瓜，直径最粗有16厘米。丝瓜：葫芦科丝瓜属一年生攀援藤本植物，别名胜瓜、菜瓜。广泛栽培于世界温带、热带地区，中国南北各地普遍栽培。可供食用与药用。

七绝·猪生象[①]

短命畸胎形貌丑，不应惊怪理由详。

何需巧辩猪生象[②]，信口胡言设蔽鄣。

七绝·小狗阿黄[③]

恪守交规能自己，人皆叹赞小阿黄。

无言畜类诚如此，万物之灵何以当。

七绝·河蚌王[④]

通体墨乌鲜少见，个头颀硕美称王。

纵声高赞新时代，饲养研究绘彩章。

---

① 据《新文化报》(2014-10-16)：吉林一母猪生下“象宝宝”，鼻长近4厘米，无嘴。

② 指民间传说“牛生麒麟猪生象”。

③ 据《重庆晚报》(2014-12-14)：小狗阿黄过马路从不闯红灯。

④ 据互联网（2014-12-17)：村民鱼塘中挖出河蚌王，重达10斤，大如铁锅。河蚌：蚌目蚌科软体动物，别名河歪、歪儿、河蛤蜊等。生活在淡水湖泊、池沼、河流等水底，半埋在泥沙中。肉可食用，也可作鱼类、禽类的饵料和家禽、家畜的饲料。

七绝·海鸥劫[①]

魔手无情施暴孽，可怜鸥鸟翅伤残。
天生吃货贪婪嘴，愚昧无知守正难。

七绝·一生花姚贝娜[②]

星光璀璨艺超群，玉殒香消化煖尘。
死后残身花韵女，生前完目献捐人。

七绝·儿归

夜半醒来难再睡，念儿心切俟天明。
机场抱定双颧渥，相视无言喜笑盈。

---

① 据云南网（2014-12-17）：滇池游客喂食时折断红嘴鸥翅膀，称“带回去烤了吃”。

② 姚贝娜（1981—2015 年），湖北省武汉市人，毕业于中国音乐学院声歌系，中国大陆流行乐女歌手。因乳腺癌复发，于北京大学深圳医院病逝。生前姚贝娜的父母代其签署了眼角膜捐献志愿书。

七绝·心有灵犀

清晨耳畔响门声，料是幺儿有事情。
妻问安能知此确，灵犀一点自然成。

七绝·新父子情

父子宅家方数日，便觉深切享天伦。
同时一处如斯伴，骨肉情长复使新。

七绝·甲午大寒

又是春回冬始去，大寒过后复新年。
至亲骨肉融融乐，撇却银丝鬓角添。

七律·团聚

儿归倍觉感情殷，腊月明阳宛若春。
一种非常添喜庆，三分额外长精神。
重温旧照童真趣，复品中餐美味纯。
不忘临行频告慰，轻声细语暖双亲。

七律·父子情深

朽迈尤珍父子情，远离时忆每多怦。
渴怀异地传归讯，热盼重洋报旅程。
久别深忧相见短，新逢倍感互亲泓。
抱拥安检留连处，揉碎肝肠老泪横。

七绝·六十二岁寿偶感

醒来即苦病怔忡，弗累虚名不患穷。
六二生辰何事虑，幺儿尚在旅途中。

七绝·乖儿

唯恐爹娘多挂虑，途中每处有回音。
痴心父母痴情重，孝顺儿孙孝义忱。

七绝·年代情感电视剧《养女》[①] 观后

世上常人应洞晓，千金难买是亲情。
触及心底纤柔处，铁汉何禁泪水盈。

七绝·知难

年老膝残成铁论，心痴意笃做常人。
知难而退终须记，见可方行每必遵。

---

① 《养女》是由西安曲江影视集团和西安凯博文化发展有限公司联合出品制作的电视剧，该剧由朱正执导，阮剑文编剧，张笛、任重、刘晓庆、李菁菁、杜源、严晓频、谢紫彬等演员主演。该剧以写实的手法描写了西安底层文化和真实生活，讲述了上世纪90年代至今，古城西安两代养女的家庭情感故事。该剧以全新的视角向全国观众展示古城西安的独特魅力以及陕西人淳朴、乐观的生活态度。

七绝·刘公忠贵恩师肠癌再次住院

祸不单行叹运蹇，三年两次病刳肠[①]。
常言疾苦催人老，岂奈顽瘤屡次狂。

七绝·甲午又立春

冰消雪化一元春，紫气东来万象新。
四海升平歌丽景，三阳开泰舞芳辰。

七绝·农历生辰偶感

每岁生辰从两便，阳阴次第不相溷。
今年一反寻常态，新历提前旧历跟。

---

① 刳kū肠：剖腹摘肠。唐·白居易《放言五首》："龟灵未免刳肠患，马失应无折足忧。"

七绝·居高

雾霾过后见青天，辉照高层近百盘。
足下寒风呼啸紧，身前雪雀[1]叫声欢。

七律·再探恩师

术后多曾探病情，出乎猜想恁安平。
癌顽涯限消除便，肠管宽松吻合勍[2]。
病理专家通病理，人生巨擘洞人生。
乐天知命从无憾，岂惧西归驾鹤行。

七律·二级教授

二级教授总评完，不负平生愿果嫣。
重点学科居首位，国家奖励位头员。
主持项目三十逾，发表文章四百延。
此岁还乡身放逸，采菊篱下效陶仙。

① 雪雀：指白腰朱顶雀，即苏雀（东北）。
② 勍qíng：强大，有力。

七绝·乡情

一诺千金赞友人，每年大枣五公斤。
家乡情谊随春到，赤若丹心味道芬。

七绝·小年

今晨喜鹊叫声欢，盛意还因肇始年。
卯起媪翁包水饺，朵颐大快乐安然。

七绝·牵心

幺儿话伴謦咳[①]声，晓是春来宿病萌。
叮嘱起居多谨慎，及时调治勿心轻。

---

① 謦咳qǐng hāi：咳嗽，同“謦欬”。宋·陆游《老学庵笔记》卷八：“秦丞相晚岁权尤重，常有数卒皂衣持挺立府门外，行路过者稍顾视謦欬，皆呵止之。”

七绝·恩师出院

瘤肿切除方半月，体能恢复病初痊。
三阳启泰迎新岁，百感交怀别旧年。

七绝·甲午除夕

报岁钟声响在斯，远家儿女问安时。
今年确喜熬年夜，心旷神怡不自支。

七绝·乙未雨水

三阳开泰水浇春[①]，五谷丰登雪曜门。
乌鸟孝忱酬硕惠，羔羊跪乳报隆恩。

① 水浇春：乙未年雨水恰逢春节，有“百年不遇‘水浇春’”之说。又值央视春晚主题是“家和万事兴”，更增“孝感亲恩”的浓墨重彩。

七绝·仙客来仪

仙客临门方一日，精神萎顿费猜详。
清风使者知其渴，妙手回春笑脸扬。

七绝·郁金香[①]

花宗艳后郁金香，状若瑶钟绮态昂。
久以荷兰为故地，迄今才晓在新疆。

七绝·乙未惊蛰

花信本当桃色艳，而今塞上雾凇芃。
儿童里巷燃鞭炮，仿作惊雷唤百虫。

---

① 郁金香：百合科郁金香属多年生草本植物，别名洋荷花、草麝香、郁香等。原产地中海沿岸及中亚细亚、土耳其等地。为广泛栽培的花卉，因历史悠久，品种很多。经过园艺学家长期杂交栽培，全世界已拥有8000多个品种。大量生产的约有150种，其中红、黄、紫色最受人们欢迎。孙耀良、富次筠、马君强《花卉诗歌鉴赏辞典》（汉语大词典出版社，2004）："荷兰人也曾说：中国的新疆、西藏和青海才是郁金香的真正故乡。"

七绝·电梯故障

老伴方来报影踪，一人孤自陷梯笼。
有惊无险三千秒，绝处求生晚运鸿。

七绝·春雪

惊雷过后春阳丽，玉蝶匆忙遍地生。
游者赏心添惬意，稼农称道利墒情。

七绝·好心情

牛岭归来多口赞，万金难买好心情。
山青水绿长天碧，物阜民淳古韵明。

七绝·初春

坚冰已破万灵苏，景丽春和煖气徂[1]。
杨柳泛青横鹊影，叟童呵手戏琉珠。

七绝·模块天城[2]

万米天城平地起，百年大计莫轻看。
视同积木玩游戏，不免崩坍惹祸端。

七律·乡梦

依稀旅梦几多曾，前路迷蒙不改情。
是否通车询故友，如何购票问同行。
只耽阻误亲人念，唯恐延迟领导瞠。
风雪载途心愈切，乡愁难释到天明。

---

① 徂cú：开始。《诗·小雅·四月》："四月维夏，六月徂暑。"郑玄笺："徂，犹始也，四月立夏矣，而六月乃始盛暑。"

② 据新华网（2015-03-16）：中国速度惊人，某地57层高楼19天建成。

七绝 · 交友

益者结朋直谅博，损人交友佞迎柔。
士拥诤己名声好，父有争儿地位周。

七绝 · 乙未春分

仲春初二半分时，渐上东风绿柳枝。
景色边城偏向晚，坚冰已破雪疏迟。

七绝 · 萍聚

一夜春风满鹄城，李家小馆聚门生。
雪泥鸿爪从前忆，未酒先酡笑脸盈。

七绝 · 家事

家事从无理辨言，何如刻意取颟顸。
装聋作哑风云少，气定神闲福寿宽。

七绝·老妻61岁寿

麻姑献寿祝祯多，甲子轮回自始傩[①]。
每日开心无躁恼，童真未泯任欢歌。

七绝·火前茶[②]

门生远寄火前茶，一片丹心碧玉芽。
老迈情缘尤珍重，晓然常乐是吾家。

七绝·寒食

寒食古来缘众议，子推斋祭最敦崇。
安知随后清明到，慎火防灾未可终。

---

① 傩nuó：举止到位，行动有节度。《诗经·卫风·竹竿》：“巧笑之瑳，佩玉之傩。”《毛诗传》郑玄注：“行有节度。”徐锴曰：“佩玉所以节步。”

② 火前茶：指寒食节禁火以前采制的新茶。唐·韩偓《己巳年正月为闽相相召却请赴沙县郊外泊船》：“数盏绿醅桑落酒，一瓯香沫火前茶。”

七绝·清明

此岁清明偏纵雪，寒风吼号愈悲情。
先人冢内吾身外，向死而生顿悟萌。

七绝·芙蓉镇[①]

王村瀑布挂芙蓉，楚蜀津衢架彩虹。
古韵民情背篓满，明山秀水土家丰。

七绝·梨花雨

二月晨风聚宿云，阴寒入骨手难伸。
谁人摇落梨花雨，细辨枝头未见春。

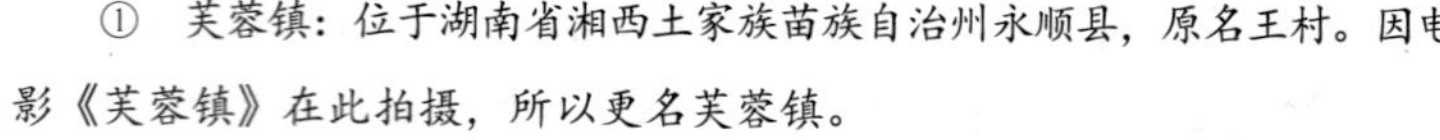
① 芙蓉镇：位于湖南省湘西土家族苗族自治州永顺县，原名王村。因电影《芙蓉镇》在此拍摄，所以更名芙蓉镇。

七绝·连翘

此年春日欲东回，乍暖还寒草尚微。
路转车横双眼亮，黄蜂曼舞恋群飞。

七绝·寻春

和风拂面鸟声啾，一抹晨光瑞彩柔。
无意东君何去处，寻春但晓在枝头。

七绝·一路农情

铁牛遍地又农忙，重耙深耕利保墒。
春种秋收桑稼事，丰衣足食话题长。

七绝·千里殊风

辰离哈市暖穿衣，一路萧条未改姿。
行至沈阳风物变，桃红柳绿正当时。

七绝·棋盘山[①]

烟波浩渺秀湖弯，雨落棋坪炮马闲。
土木方兴皆路障，车门紧闭但游山。

七绝·刘老根大舞台

喜见欣闻誉草根，深谙大众适平民。
舞台上下相宜动，忍俊难禁快乐真。

七绝·拙荆签证成功

信心百倍入门来，成竹在胸次序排。
一举僦功签获准，十年期限乐开怀。

① 棋盘山：辽宁省沈阳市棋盘山，位于沈阳市东北部，是沈阳市最大的自然风景区。

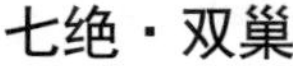

七绝·双巢

一棵老树矗河滨，两个乌巢位毗邻。
彼此将诚交谊永，互相酬应世情新。

七绝·一日榆梅开

晚寒凝滞暮春残，草木迟萌景色愆。
一日高温风信至，榆梅绽落满城嫣。

七绝·阖家出游[①]

日丽风和碧水幽，全家出动乐春游。
娘亲带领爹屏后，笑语欢声倩影留。

---

① 据德国《图片报》(2015-04-27)：德国梅前州（Mecklenburg-Vorpommern）埃尔德（Elde）河上，灰鹅夫妇携数十幼崽“春游”，队列整齐。

七绝·童星之痛[①]

八岁骄娃含恨去，天堂不必抚操琴。
理知成长循规律，莫使童星演痛心。

七绝·春来春去

骇绿纷红一日短，落花流水两情长。
人心有意春无忌，神色匆忙向北方。

七绝·燕归

归心切切意情真，絮语声声喜气蕴。
茹苦含辛圆梦景，翻山越岭赴家门。

七绝·乍暖还寒

乍暖曾开花蕾后，还寒又复早春前。

① 据《新京报》(2015-04-30)：春晚年画娃娃邓鸣贺因白血病去世，戏迷乡亲排长队送行。

风高一夜空惆怅，遍地残英惹自怜。

七绝 · 游人爆棚[1]

度假游人挤爆棚，无心胜景顾前行。
攀崖绕过藩篱复，欲速谁知险厄生。

七绝 · 沙尘

沙狂尘暴入云峦，地暗天昏惕影单。
坐骑通身遭雨虐，似沦泥淖勿须看。

七绝 · 乙未立夏未见故燕归

楼上频传归燕语，缘何未逮近邻窥。
巢空穴冷无生气，百转愁肠可问谁？

---

① 据新民网（2015-05-04）：杭州一景区人潮拥挤，游客冒险爬崖抄近道。

七绝·又宿北京某宾馆

夏初仍是牛人会，酒店频遭众口抨。

入住何曾亏宿费，来宾供物减三成。

七绝·生命科学研究

坚攻险克酬生命，实至名归赖保真。

切莫人前头脑热，虚张声势陋风频。

七绝·北京月季

历久春寒虐北方，京城是处显阴凉。

多情月季悄然绽，姹紫嫣红热血张。

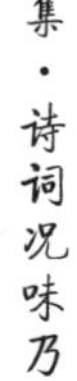

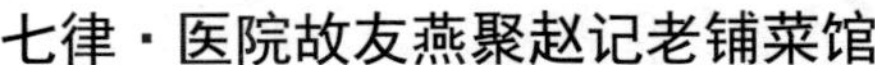

七律·医院故友燕聚赵记老铺菜馆

快意同仁重友情，相邀赵记会榆城。
遐离叵淡朋俦日，迩聚犹珍勖勉声。
一醉方休开老酒，卌年曾去启新耕。
腹心相照觞歌畅，惬适陶陈[①]喜泪盈。

七绝·故燕归来

忽闻廊道燕声喧，便晓畴年故友还。
莫问何由迟廿日，心花怒放见眉弯。

七绝·枝头鸟

但笑笼中佝偻辈，千鸣百啭媚容周。
嗟来食物何足贵，愿立高枝唱自由。

---

① 陶陈：抒发陈说。元·辛文房《唐才子传·张众甫》：“吟咏性灵，陶陈衷素，皆有佳篇，不能湮落。”

七律·悼高公尔瞻[①]书记

噩耗飞来热泪潸，音容宛在若如前。
是非明辨扬真悫[②]，忠佞严分遏伪颠。
挽手同僚织锦绣，提携后辈画图镌。
足谋多智称诸葛，善解难题誉美传。

七绝·柳絮

父母痴情原色固，杞忧儿女几曾休。
羁人敻远知离苦，陌柳愁多亦白头。

七绝·珍视[③]

进化全凭突变起，云中世界本无疆。
繁多物种当珍视，失去徒然自感伤。

---

① 高尔瞻（1936—2015年），东北农业大学原党委书记，黑龙江省政协教科文卫体委员会原副主任。

② 真悫què：真诚忠厚。宋·苏舜钦《荐王景仁启》：“安敢自任愚瞽，上欺高明，真悫之诚，幸冀采察。”

③ 据《环球时报》-环球网（2015-05-27）：心酸，澳洲一麻雀因患白化病沦为“单身狗”。

七绝·街头抓鱼[①]

大雨滂沱飧少进，汪洋恣肆寝难眠。
街头尽显抓鱼快，陷堕洪灾哂谑天。

七绝·一屋不扫[②]

习惯遒然高素质，养成依赖勇担当。
一屋不扫冥顽辈，谁敢轻侪苦涩尝。

七绝·最牛钉子户[③]

预卜通衢需累日，拦腰截断待重酬。
任凭左右飞车过，稳坐中心气死牛。

---

① 据东北网（2015-05-21）：暴雨中的东莞市民街头抓鱼，小伙子们湿透身。

② 据《环球时报》-环球网（2015-05-26）：英国大学生宿舍脏乱不堪，被批“世界垃圾袋”。

③ 据观察者网（2015-05-18）：河南洛阳现最牛“钉子户”，挂国旗腰斩道路。

七绝·超载[①]

欲壑难填由此害，悲生极乐早时谋。
明知过载潜横祸，岂必颟愚陷罪囚。

七绝·围墙倒塌[②]

谁料出门奇数伴，祸从天降背霉来。
轰然廿米惊墙倒，二死多伤酿笃灾。

七绝·智斗棕熊[③]

饭后茶余操猎犬，密林深处遇棕熊。
急中生智高声吼，喝退强蛮胆量充。

① 据人人网QQ空间（2015-05-18）：中国式超载，无法承受之重。

② 据微博（2015-05-18）：兰州一20米长围墙倒塌，9名路人被埋2人死亡。

③ 据《环球时报》-环球网（2015-05-20）：一男子在野外被棕熊袭击，大吼咆哮将其吓跑。

七绝·达拉斯水灾[①]

惊知水害神离窍，难耐心焦卧不平。
晓事家儿微信后，又传电话细言情。

七绝·留学生[②]

留洋岂是上天堂，名校终非入宝箱。
坐咏行吟功底硬，握瑜怀瑾懿操常。

七绝·戒烟[③]

饮以除忧当用酒，啜为消渴但凭茶。
百无一利嗟烟害，莫若挥刀斩乱麻。

---

① 据侨报网（2015-5-28）：美国南方暴雨洪灾致19人死，达拉斯堤坝告急。

② 据《现代金报》（2015-05-28）：美国厚仁教育《2015版留美中国学生现状白皮书》发布，去年约有8000名留美中国学生被开除。

③ 据《新京报》（2015-06-01）：北京最严控烟令启动，火车站重点巡查洗手间。

七绝·儿童

赤子之心珍有素，童言无忌贵非常。
丈夫如具垂髫气，世事澄明日月光。

七绝·战乱中的儿童

少年焉识亡家恨，天性贪玩美梦空。
敦促战魔皈正果，太平有象馈儿童。

七绝·天价车牌[①]

天价车牌超百万，自鸣得意中标王。
拼财但买专名号，难保安祯寿祉长。

① 据南海网（2015-05-29）：海南现天价车牌“琼 X55555”，拍出 110 万。

七绝·匠人[①]

夜寐夙兴因信守，千锤百炼重操行。
出神入化群芳傲，实至名归郢匠[②]生。

七绝·乡情

几度还乡尤缱绻，一朝辞故益彷徨。
梦中亲近何曾断，五内焚燔泪满裳。

七绝·乙未芒种并贺佳人新婚

地设姻缘婚礼日，天成媲偶喜家[③]门。
悦迎芒种逢时雨，调畅阴阳惠子孙。

---

① 据《中国青年报》(2015-05-11)：《大国工匠》——寻找缺失的工匠精神。

② 郢匠：楚郢中的巧匠。唐·罗隐《投所思》："雕琢只应劳郢匠，膏肓终恐误秦医。"

③ 喜家：指举办喜事的人家。

七绝·乔迁

汗水霑凝乔徙乐，孑身蠲放[1]索居哀。
悠然淡定存真趣，归宿方知醉满怀。

七绝·抹布

尚小从低无妄念，甘贫乐苦具仁心。
声名体面何曾顾，亮化他身乐趣寻。

七绝·小吃摊床

荆妻抱怨曾多次，小贩因何只顾钱。
每日凌晨炉火闹，一爿摊位半街烟。

① 蠲juān放：免除。宋·范仲淹《奏乞两府兼判》："每至岁终，尽其减省冗费之数，增息财利之数，蠲放困穷之数，具目进呈。"

七绝·内涝浮桥[①]

连绵潰瀑天灾重，一片汪洋作海观。
惊畏水高桥荡起，卌吨车载挽狂澜。

七绝·角粽

清容坦挚恒真贵，玉质深含本色香。
彩缚五丝驱鬼魅，名夸九子[②]效松篁。

七绝·乙未端阳

米粽飘香人意美，龙舟竞渡号声高。
在天屈子如神会，把酒拈须舞凤毫。

---

① 据东方网（2015-06-17）：上海暴雨致河水暴涨，政府调4辆卡车压浮桥。

② 九子：九子粽，为九只粽连成一串。宋·王曾《皇后阁帖子》："争传九子粽，皇祚续千春。"

七律·忆先考[①]

父亲已故卌年长，风木含悲乃心[②]强。

勤俭持家甘负重，拙诚守业勇担当。

轰雷烈火肝胆燥，侠骨柔肠义气亢。

最是族中名孝子，后昆追忆每褒扬。

七绝·乙未夏至

昨日端阳今夏至，高温缵续[③]逾中原。

稀珍暑热高风逸，魄爽神清气宇轩。

① 忆先考：父亲1976年因脑卒中去世，享年70岁，迄今已40年之久。其一生为人耿介，公而忘私，是多年的劳动模范和人大代表。父亲给儿女留下的“安贫乐道，奉公守法，仗义执言，恤子孝亲”等精神遗产，可以说是取之不尽和用之不竭。

② 乃心：思念，怀念。三国·魏·曹操《祀故太尉桥玄文》：“奉命东征，屯次乡里，北望贵土，乃心陵墓。裁致薄奠，公其尚飨！”

③ 缵zuǎn续：继续。唐·房玄龄等《晋书·礼志序》：“后虞与傅咸缵续其事，竟未成功。”

父親已故卅年長風木含悲乃心強勤

儉持家甘負重挑識守業曾擔當盡書

烈火纤鍊條使骨果勝義氣充最是誠

中名孝子後晨追憶每褒揚

乙未夏日 孫蔚慶書於北京之寓

七律·与四博士话别

惬意和风暑热宁，缠绵细雨父师情。
三年学海同游弋，一部鸿文共写成。
难忘平常询质润，倍珍要害指迷清。
为人做事无肤浅，自信担当任纵横。

七绝·抬头见喜

树杪攸然起聒声，抬头见喜唤山荆。
人生祸福焉因鸟，静泊方能赏事[①]成。

七绝·乙未小暑

暑汗涔涔晨练已，饥肠辘辘欲求强。
街头小店随安坐，一碗粗粥惬口香。

---

① 赏事：赏心快乐的事。唐·韩翃《送丹阳刘太真》：“长干道上落花朝，羡尔当年赏事饶。”

七绝·初伏

酷暑虽临难耐苦，初时亦有沁凉天。
贪玩老汉曾多日，借力随风放纸鸢。

七绝·开车上树[①]

触目惊心无可那[②]，手忙脚乱酿成灾。
枝头硕果多曾见，树上飞车使众呆。

七绝·狮睡高枝[③]

亘古奇观酣睡树，无忧少虑黩烦[④]遥。
乘凉岂必登高处，更惧青蝇若鬼魈。

---

① 据《法制晚报》(2015-07-13)：南京新手司机将车开上树。

② 无可那：无可奈何。亦作“无可奈”。

③ 据海外网(2015-07-06)：你瞧，树上“结满”了狮子！

④ 黩dú烦：屡屡烦扰。宋·欧阳修《蔡州再乞致仕第二表》：“睿训丁宁，曲加慰谕，愚衷恳迫，尚敢黩烦。”

七律·重修家墓

祭扫亲人已数番，尽言形法不一般。
丘茔奓阔[①]安身厝，山水环拥寝卧坛。
红药竞开家泰定，黄芪繖盖嗣殷繁。
今年旧舍重修好，日后清明每叩安。

七绝·心静身凉

渥热其时大暑当，爽身源自六神康。
药羹诹定[②]喝一碗，意满心安运久长。

七绝·红叶初华

万绿浓荫惊邂逅，矜容锁定镜头中。
不争春日一分艳，但佐秋时五色红。

---

① 奓zhà阔：辽阔，宽广。唐·房玄龄等《晋书·文苑传·成公绥》：“何阴阳之难测，伟二仪之奓阔！”

② 诹zōu定：商定。北宋·宋祁等《新唐书·令狐德棻传》：“会修晋家史，房玄龄奏起之。预柬凡十有八人，德棻为先进，故类例多所诹定。”

七绝·大暑连雨

大暑常言历雨霪，将能遍地长黄金。
果然清露今无断，后稷[①] 开怀也弄琴。

七绝·清凉夏日

大暑虽然多许热，炎辰亦有爽身凉。
清风北牖人安卧，尽享浮生好日光。

七绝·秋意

伏内清凉连数日，稔知湿气减三分。
秋时爽意超前顾，锦鲤欢腾喜鹊欣。

---

① 后稷 jì：姬姓，名弃。黄帝的玄孙，父帝喾，母姜嫄。上古时代功德最大的三公之一，农耕始祖，五谷之神，拯救民众免受饥荒灭种。

七绝·等着我[①]

欲见焉能犹恐惧，大门身后掩悲欢。
人间只要真情在，断雁孤鸿不觉难。

七绝·电梯“吃人”[②]

电梯理是安全物，生产循规主动修。
何以接连藏祸几，务求根本溯源头。

七绝·青瓜[③]

忽见青瓜藤上挂，顿生炎夏几分凉。
身边笃信多风景，每次加餐口溢香。

① 等着我：CCTV黄金档节目。《等着我》以悲喜交加、情理交融的原生态形式，用泪水和欢笑，诠释了社会主义核心价值观。打开那扇“希望之门”，与其说是久违的亲人、朋友或恩人的重现，不如说是社会文明、精神价值的回归。看一集《等着我》，你一定会觉得感天动地，融化你我的绝不仅仅是血浓于水的亲情，还有那震撼人心并唤醒良知的真情。

② 据《每日经济新闻》(2015-07-29)：“电梯吃人”揭维保乱象，压价九成抢生意。

③ 青瓜：即黄瓜，也称胡瓜、王瓜等。

七绝·乙未立秋

角落秋蛩唱几声，晡来渫雨竟无停。
叮当[①]睡醒咿呀语，叔伯衔杯侧耳聆。

七绝·新秋

白露初生晨骤冷，风吹叶落入新秋。
内存正气神闲定，邪不能干鬼见愁。

七绝·养生

养生不属功行事，倚重坚持自苦尝。
乐在其中惟旷士，复归纯粹任徜徉。

---

① 叮当：弟子田雷儿子的乳名。

七绝·屠鲸[①]

血染滩头施悍虐，伤心惨目曝新闻。
若能稍事民风易，何必屠鲸欲火焚。

七绝·凌霄花[②]

附势攀高奴性久，凌霄绝顶僭名飙，
漫无根底情难固，浪迹萍踪运獧佻[③]。

① 据《新闻晨报》(2015-07-26)：丹麦法罗群岛集体捕杀鲸鱼，海湾一片血红。

② 凌霄花：紫葳科凌霄属攀援藤本植物，别名紫葳、五爪龙、倒挂金钟等。分布在中国大部分地区，以及巴基斯坦、日本、印度、越南。具观赏价值和药用价值。

③ 獧 juàn 佻：轻佻，不庄重。清·黄钧宰《金壶醉墨》："倜傥之与獧佻，慷慨之与浮靡……相似也，而背道如燕越。"

七绝·畸变[①]

少见多嗔休忐忑，奇形怪状勿颟顸。

实为畸变生于祸，世代遗传乱象繁。

七绝·荷包牡丹[②]

玉女华裳飞笑靥，荷包锦绣馈相知。

悬壶济世仁心献，夏日休眠美睡迟。

七绝·金银花[③]

两蕾一茎名二宝，一身两色字双花。

药飧兼用神通广，功在民间百万家。

---

① 据 cnbeta 网站（2015-07-24）：日本福岛核电站变异雏菊照在网上疯传。

② 荷包牡丹：罂粟科荷包牡丹属植物，别名荷包花、蒲包花、兔儿牡丹等。原产中国北部，日本、朝鲜、俄罗斯也有分布。性耐寒而不耐高温，性喜半阴生境，炎热夏季休眠。具观赏和药用价值。

③ 金银花：忍冬科忍冬属植物，别称金银藤、二色花藤、鸳鸯藤等。中国各省均有种植，朝鲜和日本也有分布，在北美洲逸生为难除的杂草。花初开色白，经一二日则变为黄色，故名金银花。以花蕾或初开的花入药。

七绝·乙未处暑

睡眼朦胧方坐起，惊闻耳畔响雷声。
秋凉送爽东窗入，暑热全消迅雨鸣。

七绝·机器人行凶[①]

机器智能需警惕，脱离控制便猖狂。
科研本是双峰剑，百密一疏苦厄尝。

七绝·低头一族

整日低头屏幕扫，蓦然尖叫噪声频。
厝生何必追时尚，遗落灵魂苦自身。

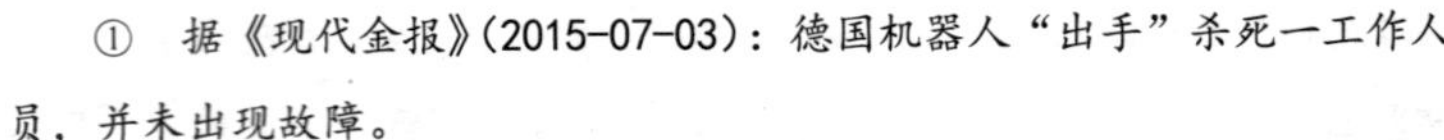
① 据《现代金报》(2015-07-03)：德国机器人“出手”杀死一工作人员，并未出现故障。

七绝·中元[①]

古意盂兰今尚在，清虚赦罪度孤魂。
后人务把先灵奠，香火连绵莫忘根。

七绝·台风天鹅 15[②]

偃动江芦梳败叶，濯湔园槭理衰枝。
一番整肃消停后，万物还原本态时。

---

① 中元：即中元节，俗称七月半，也称施孤、鬼节、斋孤或地官节，为每年农历七月十四、十五日，与上元节、下元节合称“三元”。“七月半”源于民间世俗（汉后儒家）、道教、佛教三种文化，其祭祀文化流传已久，影响地域广泛。中元节属于非物质文化遗产，是追怀先人的一种文化传统，是流行于汉字文化圈诸国以及海外华人地区的传统文化节日。一般认为，中元节，又名“盂兰盆节”“鬼节”。其实这种认识存在很大的误解。正确来讲，鬼节、中元节与盂兰盆节，是分属于民间俗信、道教与佛教的说法，三者呈并列关系，而非一个节日的三个不同名称。

② 据中安在线（2015-08-28）：台风“天鹅”变温带气旋，哈尔滨未来 48 小时持续降雨。

七绝·蝙蝠①

世代谐音托美愿，徒然毁誉在郊阡。
挂栖本是寻常态，何费庸人解倒虔。

七绝·跳舞草②

此媛多情犹善舞，闻声律动始婆娑。
休言植物低能性，奥秘详知铁杵磨。

---

① 蝙蝠：翼手目大蝙蝠亚目和小蝙蝠亚目哺乳动物，共有 19 科 185 属 961 种，别名天鼠、挂鼠、天蝠等。除极地和大洋中的一些岛屿外，遍布全世界，在热带和亚热带地区最多。大部分蝙蝠是白天憩息，夜间觅食。小蝙蝠亚目即通常所说的蝙蝠，我国有 6 科 26 属 110 种。蝙蝠大多数为食虫性及肉食性，主要利用超声波回声定位信号搜寻食物、探测距离、确定目标、回避障碍、逃避敌害等。蝙蝠是真正会飞的哺乳动物，这种进化上的优势使它们利用了哺乳动物中一个全新的未被利用的生态位。

② 跳舞草：豆科舞草属多年生木本植物，别名舞草、情人草、风流草等。产中国福建、江西、广东、广西、四川、贵州、云南、台湾等省区。印度、尼泊尔、不丹、斯里兰卡、泰国、缅甸、老挝、印度尼西亚、马来西亚等也有分布。各枝叶柄上长有 3 枚清秀的叶片，当气温达 25℃以上并在 70 分贝声音刺激下，2 枚小叶便绕中间大叶自行起舞，犹如飞行中轻舞双翅的蝴蝶，又似舞台上轻舒玉臂的少女，故名“舞草”。

七绝·含羞草（树）[①]

吊影犹持屋漏志，规行但守自勘心。
蒿莱尚且知廉耻，人类安能远世箴。

七绝·红石峡[②]

泉瀑涧潭一谷静，邃幽雄险数奇抟。
红山绿水惊绝妙，鬼斧神工叹止观。

七绝·滇红[③]

汤浓色亮欲缠绵，颊齿回甘口溢泉。
余韵无穷神气爽，忽焉化作饮中仙。

---

① 含羞草：豆科含羞草属多年生草本或亚灌木，别名感应草、知羞草、呼喝草等。原产热带美洲，广布世界热带地区。含羞草由于叶子会对热和光产生反应，受到外界触碰会立即闭合，所以得名“含羞草”。

② 红石峡：河南省焦作市修武县云台山红石峡（温盘峪）景点。

③ 滇红：云南红茶的简称。

七绝・痒痒树[①]

百日芳华蜂蝶乱，似曾相识故人归。
面庞娇媄羞瘙痒，今日方知是紫薇。

七绝・父爱[②]

舔犊情深千古颂，如山父爱世人讴。
滂沱大雨儿无恙，己自由身伞外头。

七律・结题

运筹帷幄五年前，荏苒春秋几瞬间。
举重若轻施调度，得心应手务谙娴。
精梳乱絮烦缪克，善解难题险峻攀。

---

① 痒痒树：千屈菜科紫薇属双子叶植物，别名小叶紫薇、百日红、满堂红等。产于亚洲南部及澳洲北部，中国华东、华中、华南及西南地区均有分布。树姿优美，树干光滑洁净，花色艳丽；开花时正当夏秋少花季节，花期极长，由6月可开至9月，故有“百日红”之称，又有“盛夏绿遮眼，此花红满堂”的赞语，是观花、观干、观根的盆景良材。

② 据网络相簿 Imgur（2015-09-12）：一张名为《父亲》(Dads）的照片，震撼全球百万网友。

谈笑风生因岁尾，归耕决计把家还。

七绝·咱家

忽闻雏雀叫声喳，快意回头避我遐。
但嘱无须添恐惧，一檐同住是咱家。

七绝·乙未秋分

今岁天凉秋早至，悄然燕去未相知。
急流勇退难能贵，娱老山林自此时。

七绝·惜恩师

数奇多舛瘤凶肆，手术难能网架支。
热泪双行由滚落，九回肠断痛吾师。

七绝・又临两湾

又临哈理两湾城，月下蛙声悦耳鸣。
秋意撩人风送爽，渔歌唱晚海升平。

七绝・两湾夜雨

秋风乍起啸声喧，夜雨敲窗几度眠。
晨寤面南平眼眺，水天一色两茫然。

七绝・风景

学具专功笃定勤，术存长技必然真。
莫言熟识无风景，自信身边有巨人。

七绝・白玉桃

雪丽冰清白玉桃，篮中静卧睡容娇。
仙缘何处轻关问，生在农家品自嫽。

七绝·失手

海鲜凿定乐呵呵，热饮油条共几多。
失手掀翻霑洒处，衣污帽染又妨何。

七绝·小孙家集

孙家集市聚农商，菜嫩鱼鲜果透香。
古道心胸人意重，至诚无昧事功强。

七绝·刘公岛

刘公岛峙秋风劲，甲午涛翻号角鸣。
烈士彪躯犹挺立，横眉怒目向东瀛[①]。

七绝·遥寄真情

家乡月饼寄丹忱，跨越重洋盼五音。
万里鹅毛儿女愿，痴情不改老人心。

---

① 东瀛 yíng：古中国对日本的称呼。

七绝·花斑彩石

女娲畴日补苍天，七彩余材弃海边。
我等凡胎时眼辈，流连忘返笑声潺。

七绝·乙未寒露

凉中惬意已无多，心宿[①]西沉又几何。
万里霜飘秋韵满，菊花明处客如梭。

七绝·夜发大水泊[②]

送客悄然暮色稠，忙于坐上谢忧讴。
戌时挥手离威海，子夜宽衣落枕头。

① 心宿：指心宿二星，中国古代又称大火，属东方苍龙七宿的心宿，用来确定季节。“七月流火”即是大火星西行，天气将寒之意。

② 大水泊：威海大水泊国际机场。

七绝·雾霾来袭

供暖开栓三日整，沉霾笼罩众人忧。
漫长冬令今方始，久病顽咳此愈愁。

七绝·修水龙头

家常琐事莫轻看，力不从心惹自烦。
手到虞消流水畅，邻家老弟事功轩。

七绝·乙未重阳

望远已成畴日事，腿功伤废欲求违。
塞翁失马何忧虑，常乐多祯少是非。

七绝·烧荒

慎将霾雾怨烧荒，何以农家妄主张。
秸秆还田机械少，能源利用路程长。

七绝·临窗观雨

无边事绪安滨海[1]，雨打西窗水纵流。
待到行车加速驶，比肩蝌蚪顺风游。

七绝·岱岳重游

旧地重游百念消；虔恭岱岳腿功挠。
迄今情愿从低处，心态平和不羡高。

七绝·生化理事会[2]

学人今又泰安逢，畅所当言震耳聋。
灼见真知齐岱岳，欢声笑语荡春风。

① 滨海：天津市滨海站。

② 生化理事会：每于中国生物化学与分子生物学会理事会开会，就会萌生无限感慨。一则学术气氛浓厚，二则讲话开诚布公，很有知识分子群英会的味道，因此会议对各位理事很有吸引力。

七绝·岱庙重游

禅地封天驾首尊[①]，秦皇宋主有遗痕。
晨钟暮鼓春秋魄，汉柏唐槐日月魂。

七绝·乙未霜降

霜降时令别泰安，天和日暖满心欢。
风驰电掣归情切，车抵滨西亥正残。

七绝·泰山赤鳞鱼[②]

跃上龙门身价显，泰山溪宝赤鳞鱼。
人工饲养出东胜，更有平民感贵居。

---

① 首尊：指五岳之首泰山。泰山曾是封建帝王仰天功之巍巍而封禅祭祀的地方，更是封建帝王受命于天、定鼎中原的象征，有称“五岳独尊”。

② 泰山赤鳞鱼：鲤科突吻鱼属动物，又名螭霖鱼、时鳞鱼、斑纹鱼，为泰山仅有。《泰山药物志》记载：“本品因螭头喜霖而得名”。泰山赤鳞鱼是泰山的著名特产，鱼中的稀世珍品。古代帝王来泰山封禅，泰山赤鳞鱼为御膳必备，是国内五大贡鱼（另有富春江的鲥鱼、青海湖的湟鱼、渤海的油鱼和弓鱼）之一，也是山东省重点保护的唯一淡水鱼类品种。

七绝·泰山三美[①]

泰山三美遍街寻，气定神闲探宝心。
无味之中存至趣，他乡有幸遇知音。

七绝·谁之罪[②]

家破人亡凄惨惨，离乡背井路茫茫。
生民涂炭谁之罪，国际沙文惹祸殃。

七绝·导盲犬

忍气吞声耽叱辱，主人遂意便恬安。
忠心赤胆生来就，动地惊天叹止观。

① 泰山三美：泰山白菜、豆腐、水合称“泰山三美”。
② 据《光明日报》(2015-10-28)：难民潮路在何方。

七绝·放飞小麻雀

形影不离犹轸恤，放飞天宇任蹁跹。
伤瘥幼雀回头顾，眷恋恩人友谊虔。

七绝·猪之真相

憨态可掬多快意，愫情敦厚少烦忧。
身无缺憾通称宝，母性十分绕指柔。

七绝·小鹿求生[①]

厄祸飞来濒半死，自行就诊看医生。
可怜伤势相当剧，欲望求存未有成。

---

① 据《USA Today》(2015-10-27)：美国一只小鹿被车撞伤，自己走进医院急诊室。

七绝・吃出来的泡面专家[1]

刻意标新奇巧立，人间泡面品尝完。
廿年一剑夸长技，万漉千淘诧异端。

七绝・乙未立冬

夜幕徐开风凛冽，气温飙降雪纷纭。
匠心独运环城走，一路亨通笑语闻。

七绝・群鹅散步高速路[2]

清波仙子登高速，步履蹒跚若等闲。
听任警车清道吼，依然故我泰山般。

① 据国际在线（2015-10-27）：日本男子20年吃遍5600种泡面，出书成专家。

② 据参考消息网（2015-11-09）：湖北1300只鹅在高速公路"散步"，吓坏过路车辆。

七绝 · 耳鸣

雾霾头痛曾多日，复又新罹耳自鸣。
昼夜听风偏右起，随心律动往来衡。

七绝 · 客居

此顾京城确耳鸣，拙荆同往总关情。
客居假日长峰店，晨起遥闻铲雪声。

七绝 · 乙未小雪

楼台素裹六花奇，道路遭危四眼低。
情趣只缘开味蕾，昨今双顾大鸭梨[①]。

七绝 · 神经性耳鸣

详查细检北京行，淡写轻描暂且听。
耳畔风声仍故我，无关痛痒赖神经。

---

① 大鸭梨：北京大鸭梨烤鸭店。

七绝·冬兴

常言淡定远烦虑，更晓归耕免力劬。
当贺拙荆今有讯，赋闲从此度桑榆。

七绝·冬日心情

冒雪迎风寻老店，热肠古道见真心。
玫瑰馅饼台湾菜，颊齿留香记忆深。

七绝·狗妈妈勇救爱子

幼子呼然落水中，命悬一线母忧容。
义无反顾肩扛起，大爱凝成榜样宗。

七绝·与虎谋食[①]

羊为悍虎口中物，营养阶梯刻意分。

① 据国际在线（2015-11-27）：俄罗斯动物园山羊与老虎一起散步，同吃同住。

道法自然应共处，相安无事少风云。

七绝·可怜父母心[①]

车多患累无停处，父母痴心又奈何。
酷暑严寒交替守，堪怜但免众人讹。

七绝·夜雪

衾暖寐香晨寤早，卷帘犹见月光明。
路旁灯下依稀处，人影同闻踏雪声。

七绝·雪霁

连绵数日阴云散，万树银花大美妆。
天地绝尘冰世界，身心守正雪家乡。

---

① 据中国江苏网（2015-11-27）：老夫妻两轮流坐寒风中，只为替孩子占车位。

七绝·冬日街头小贩

缩颈抬肩呵白气，迎风冒雪站街头。
心安小富弥长乐，意淡虚名甚少愁。

七绝·冬趣

地冻天寒何所惧，溜冰滑雪筑城墙。
儿时记忆重新拾，雀跃欢呼热血张。

七绝·机关算尽

作恶多端终有报，人心大快慰忠良。
聪明总被聪明误，鄙佞终因鄙佞殃。

七绝·惜闲

耳内风声依旧响，初尝进口脉栓通。
难能岁末得高卧，尽享清闲属杖翁。

七绝·踏雪

寒鸦翘首立疏枝，小院萧条遍雪泥。
莫惧前行风险在，为营步步自成蹊。

七绝·冬日春风

昨夜重洋喜讯传，女儿兰兆[1]妊身安。
冰封雪覆欣嘉日，宛若春风絮耳端。

七绝·乙未冬至

披雪出门心忐忑，拙荆相伴谒尊师。
俗言冬至初阳复，诚望身安寿考兹。

---

① 兰兆：指怀孕得子，亦称“兰梦”。唐·骆宾王《艳情代郭氏答卢照邻》：“离前吉梦成兰兆，别后啼痕上竹生。”

七绝·怜导师

觐面经时三月已，瘤魔恣肆正元伤。
精神钝滞声无力，病体癯羸[1]色萎黄。

七绝·哀导师

风卷冻云传噩耗，苦从天降泪如涛。
刘公远驾文星坠，大树横陈愈显高。

七律·哭导师

痛悼恩师泪叵收，音容宛在训长留。
瘤魔肆虐欺人老，意志坚强令鬼愁。
傲骨难摧皆赞誉，尊严不辍自封侯。
先生在世劬劳倍，祈愿天堂摄养幽。

① 癯羸qú léi：瘦弱。宋·庄季裕《鸡肋编》卷上："晋阳公主薨，年十二。帝阅三旬不常膳，日数十哀，因以癯羸。"

词

好事近·盼归

元旦岁阳新，晖曜踏枝鸣鹊。一扫宿忧悬虑，内中千千索。

儿传微信报归期，行程已明凿。几度笑声惊梦，尽享天伦乐。

好女儿·送别

此去几时还，悄语问声连。谁道男儿轻泪？缱绻复缠绵。

唯恐欠周全，细微处，尤显祗虔。桃花潭水，江云渭树，碧海青天。

望远行·纯情岁月

纯情岁月，开心伴、淡淡离愁思沮。几多磨砺，玉汝于成，赫显锐情新趣。忆想当年，慈父秉灯持卷，骄子俟晨丰羽。自行车、承载春秋积序。

迟暮，何惧鬓皤发落，怕只怕、寂寥孤苦。业乐处安，幼恭长恤，家道便蕴财富。莫叹双亲远，无能为力，病老飧居难顾。尽一生酬愿，天人焉负？

昭君怨·乙未立春

醒后仍然困顿，满目烟霾浊溷。苦笑日披纱，雾看花。

生态少谈治理，保护当居首位。休矣补牢歌，莫吟哦！

醉太平·除夕

凭栏杖翁，悠扬呗钟。小楼夤夜清风，恰情思正浓。

诗书个中，痴心数重。妻梅子鹤师松，更桃源觅踪。

三字令·正月初五日

天欲晓，爆鞭声，岁初馨。风送暖，雪飞灯。兆丰年，增喜色，祈和平。

家友睦，国安宁，世福星。人尚古，木欣荣。一帆悬，双岸阔[1]，景云明。

① 化自唐·王湾《次北固山下》："潮平两岸阔，风正一帆悬。"

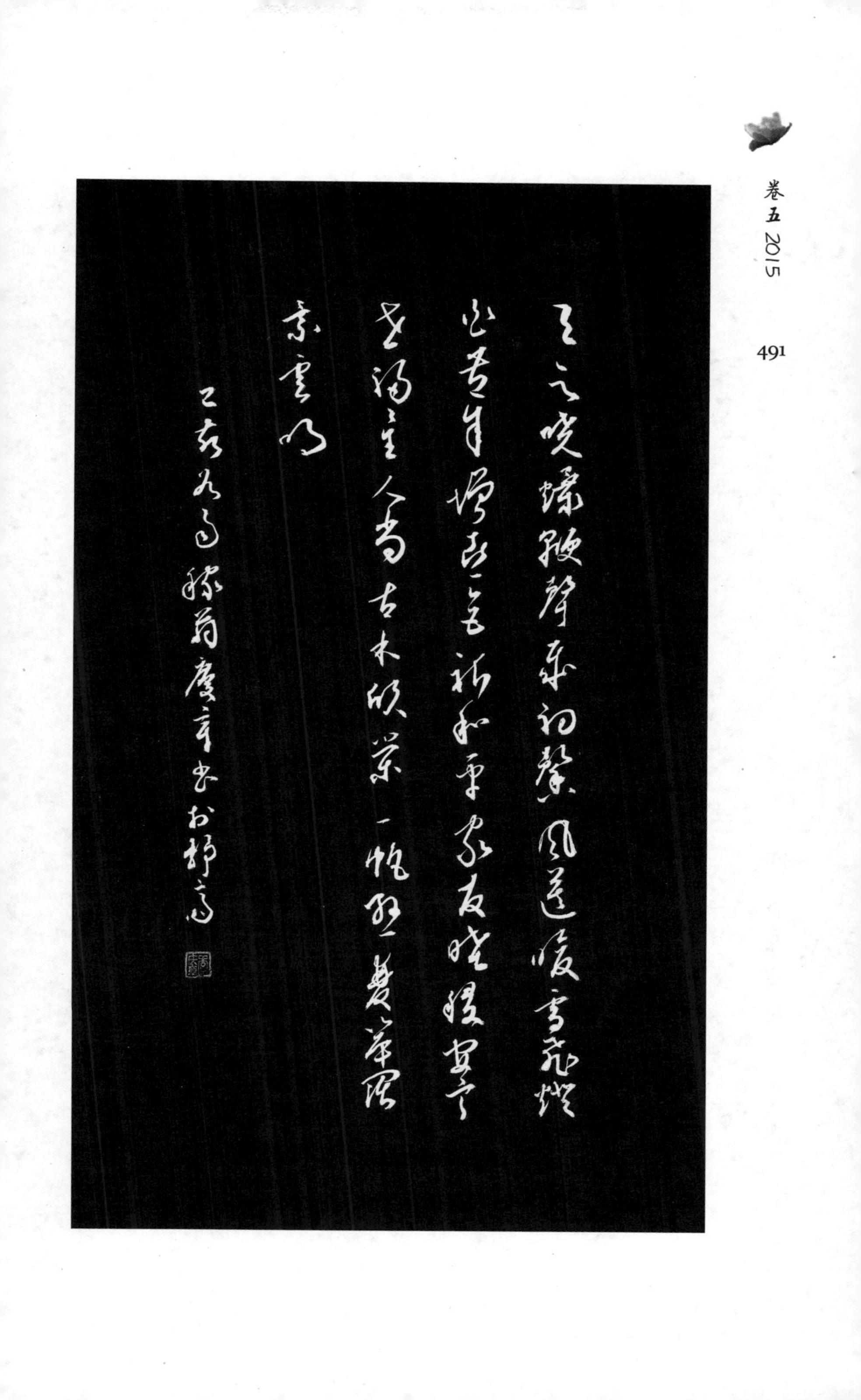

柳梢青·山荆农历六十一寿

天色方开，朝霞微露，紫气东来。甲子轮回，新元初始，赤子情怀。

一生菩萨心骸，只有那、随缘度哉。惟正惟实，善因善果，无乐无哀。

减字木兰花·心曲

春将归促，未见枝头些许绿。锁梦轻寒，旧事依稀不胜繁。

心间衷曲，流韵余音今再续。气定神闲，舒缓琴声若水潺。

十六字令·颠三首

三首其一

颠，满腹狐疑未了然。惊游梦，破晓亦难安。

三首其二

颠，各执因由解案悬。职能差，驾驶最相关。

三首其三

颠，高铁何能快且便。怀殊技，程序首当先。

青衫湿·悼高公尔瞻书记

有情冥乐倾哀怨，君去化春魂。青衫湿透，心肝欲碎，痛定思人。

举轻若重，事无钜细，每必躬亲。深谋熟虑，高屋建瓴，善解迷津。

桃源忆故人·故人情

挚情难却曾邀定，暑假期间餐请。惟重学高言鼎，切望抽身应。

故人虽匪昨时兴，心却依然严整。物欲横流之盛，何抵真清净。

极相思·七夕

老来尤怕分离，翁媪各东西。颠三倒四，心慵意懒，身倦神疲。

彼此相依人为伴，惟殊珍、呵护帮持。粗茶淡饭，安常处顺，妇唱夫随。

喜团圆·归情

秋虫唱晓，祥云冠岭，紫气东来。飞越重洋，大鹏展翅，妙舞云台。

日夜兼程，归心似箭，牵念难捱。平安降落，悬思宽放，眼笑眉开。

霜天晓角·雾霾频莅

雾霾频莅，寥落犹惊悸。宿疾复添新患，何能耐、同菅刈。

老来何所系？惟舒心爽意。欣愿碧空千里，无奢望、求安憩。

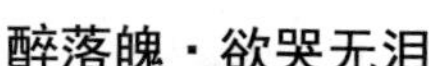

醉落魄·欲哭无泪

欲哭无泪，肝肠寸断人憔悴。导师身卧花丛睡。柱圮梁倾，当问瘤魔罪。

昔岁昔时聆教诲，今年今日哀先辈。尊求此后谁医昧。弟子愚蒙，不晓甄常祟。

词编（依《钦定词谱》）

干荷叶二首

干荷叶·秋趣

干荷叶，任风催。自管安心睡。喜蜓飞，乐鱼洄。何言落寞势衰颓，代谢天然遂。

干荷叶·秋情

干荷叶，对衰芦。共谱秋声赋。困鸭凫，倦蛙舒。素心愉悦忘情呼，真性体，无他顾。

喜春来四首

喜春来·探亲

亲情切切怀惆怅，行色匆匆返故乡。十年离别路途长。任冗忙，未少孝爹娘。

喜春来·知乐

无官但晓一身快，有子犹觉万事开。束心自隐晚福来。远惰怠，知乐筑高台。

喜春来·誉儿

父慈恰似和风布，儿孝犹同细雨濡。父慈儿孝古今慕。夸李溯，明孝理，不踟蹰。

喜春来·期盼

远行孝子双亲念，孤驿双亲孝子牵。愿青春，期老寿，盼团圆。年复年，终日梦齐全。

踏歌词·家道

父子成朋友，夫妻作恋人。同亲尊倚重，相爱贵恒温。家道有真魂，世代享天伦。

秋风清三首

秋风清·暮秋

秋声朦，寒意浓。住鸟聚还散，流溪冰复融。秋深秋睡迟迟醒，梦圆梦境时时重。

秋风清·企盼

风袅袅，雪霏霏。羁人归故里，游鸟宿栖枝。一年将尽愁肠断，双老空巢酸泪垂。

秋风清·中元

中元日，枯风疾。纸钱漫路飞，烟霭行人室。祭祖寻根世代情，恤亲扶幼天伦逸。

抛球乐四首

抛球乐·曾经

曾忆旧时光，贪球亦每常。体轻如徙燕，挥汗演攻防。转瞬人将老，语迟步踉跄。

抛球乐·心情

朝起心情昶，门出喜鹊迎。喜鹊迎，踏青传笑语，扶柳荡欢声。纵使东君去，何须涕泪零。

抛球乐·乙未芒种

芊蕙葳蕤意正浓，学人豪气贯长虹。智愚无类承匡教，桃李不言报训蒙。一曲师恩颂，唱响千秋万代中。

抛球乐·世人

世人皆重成败，棺盖铭鼎。觅虚荣、光耀列祖，荫至儿孙，位高身敬。善讨巧、功必归吾，鄙耿介、疏则嘲冷。每事若履危

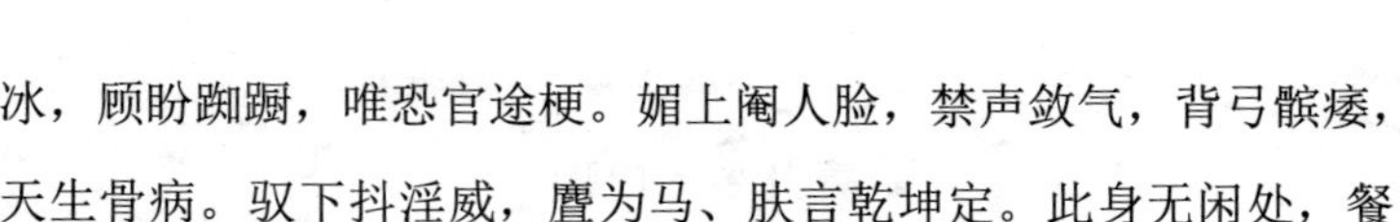

冰，顾盼踟蹰，唯恐官途梗。媚上阉人脸，禁声敛气，背弓髌痿，天生骨病。驭下抖淫威，麈为马、肤言乾坤定。此身无闲处，餐饮趣贫，起居味囧。

试想天下雄才，百年后、各把风骚领。世间孤，高地冷，怎比平民遣兴。父慈子孝，欢笑余音遐永。日出始作，鹿车共挽，瓠脯玄酒农桑景。古训须谨记，传家重在读耕，守业犹当警省。勤俭润操行，可落保、历代根苗正。富贵寿老终，信由天命。

法驾道引·暮雨

黄昏雨，黄昏雨，经夜未消停。溽热难捱一扫尽，清风拂面愈安宁。晨起好心情。

曲

寨儿令・自嘲

入得寒士门，出得布衣身，真则个自知自持常自窘。虽说是叛逆求新，保不过方正伤神，另类不合群。泥古道、乏味颇殷，效先贤、蹩脚无根。疏离多事怠，刚愎众人嗔。真，此辈甚难亲。

朝天子・自安

远也瞻，近也瞻，远瞻近瞻千重堑。殚精竭虑苦中也有甜，学海佳境欣然渐。项羽轻圣贤，武植营家店，转身辉煌成梦魇。得恬，且恬，何以自行寻烦念。

梧叶儿・离别

辞分易，相见难，何日再重看。人将去，春未还，手挥间，怨只怨、关山路拦。

2016

七绝·元旦

新年首日赋清词，但长精神鹊踏枝。
雪后初阳人意好，闲园信步正当时。

七绝·老厨家

博物餐厅众口夸，百年道府老厨家。
中西合璧蜚哈埠，薪火相传拱丽葩。

七绝·乙未小寒

滴水成冰手足挛，小寒今胜大寒天。
才知误导缘轻信，辩证方能避倚偏。

七绝·简单

愠恼常因欲火燔，贪心蠢动殄平难。
晚年何必多劬苦，享受悠闲乐简单。

七绝·冰火两重天

不老青春伴我闲，惯看冰火两重天。

北疆雪沃光摇玉，南岛风清雨蕴烟。

七绝·初到兴隆[①]

曙色微红夜未阑，启明高照晓初还。

几声犬吠渔村里，数点灯昏日月湾。

五律·旅中仙

吾本旅中仙，安然每事前。

出行无燥火，入住少纠缠。

趣味平间扩，情怀淡里延。

身虽为异客，诚若在乡田。

---

① 兴隆：即海南兴隆。创建于 1951 年，原名海南兴隆华侨农场，2007 年更名为海南兴隆华侨旅游经济区，位于海南岛东南部万宁市境内美丽的太阳河畔。

七绝·夜雨

夜雨敲窗响未停，新居不惯卧难平。
卯时反侧闻鸡起，檐下轻传话语声。

七绝·嫩寒

雨打芭蕉夜不眠，轻寒锁梦怨衾单。
闲居草舍无人顾，且自诗余信手填。

七绝·偶题

冬雨淋漓冷气侵，港田簸荡店家寻。
充值网卡初难用，睡醒开机竟可心。

五律·无题

偶遇龙家女，呜咽泪水涟。
身姿虽迥异，神气尚当年。
面显苍黄色，心忧籴米钱。

忽焉惊梦醒，夜雨响依然。

七律·五游海南，步子瞻公《六月二十日渡海》韵

海湾听雨又三更，数日连阴盼转晴。
职号学衔曾引退，官身业务已撇清。
从今徙碌销踪迹，自此居闲远噪声。
北望儋州心有拜，苏公慨忆晚年生[①]。

附：苏子瞻《六月二十日渡海》

参横斗转欲三更，苦雨终风也解晴。
云散月明谁点缀，天容海色本澄清。
空余鲁叟乘桴意，粗识轩辕奏乐声。
九死南荒吾不恨，兹游奇绝冠平生。

---

① 晚年生：即晚辈后生，此处作者自比。2005 年作者率队访问位于海南儋州的华南热带农业大学，曾专程到东坡书院瞻仰。

七绝·客居

远避重霾客岛廛，天蓝水碧妙无言。
椰风送爽神仙地，翠鸟传情锦绣园。

七绝·长春城早市[①]

海岸长春信步游，时蔬晚果放心求。
南腔北调欢同处，地角天涯乐共谋。

七绝·响雨

夜客天涯试朽才，异声惊梦费悬猜。
风吹叶响千军过，雨打林鸣万马来。

七绝·三亚会友

凌晨便起鸡啼早，翁媪相扶冒雨行。

① 长春城早市：地处兴隆长春街“海岸长春城”处。早市老年人群陆岛杂糅、风俗各异，但又非常和谐统一，堪称一个大家庭。

百姓厨房夸陕味，众仙南海乐真情。

七绝·凤凰山居

荔枝岭上凤凰庐，三面环山背靠湖。
嘉木葱笼藏宝地，风光绮丽隐仙阁。

五律·乙未大寒遇钓海人

淼淼湾三亚，潇潇雨彻天。
阴风狂且哮，浊浪滚而颠。
利禄何淫贵，功名岂乱贤。
听凭迷雾起，稳坐钓鱼船。

七绝·余生

寄情沧海度余生，一叶扁舟任纵横。
无事神仙天地授，有书富贵古今名。

七绝·听涛

索居海域[①]夜听涛，西望凭栏绪若潮。

鸥鸟欢鸣音律美，渔歌晚唱韵声嘹。

七绝·寒潮袭来

五日低温肆海湾，杖翁无力胜衣单。

啜茶稍事身躯暖，踱走依然步履蹒。

七律·六十三岁自寿

时光虚掷又一年，肇启青春第二篇。

鬓染霜斑神气长，耳生风趣欲求专。

倾心纸墨书多幅，挚爱诗词纂数编。

赤子之心依旧笃，寄情山水自称仙。

① 海域：指三亚海域中央度假酒店。

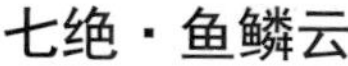

七绝・鱼鳞云

寒潮过后满天星，片片鱼鳞拱月明

忙唤拙荆观绮丽，快门轻揿动欢声。

七绝・宫廷帱帐[①]

腊尽饕蚊逞虐行，事关痛痒药无灵。

宫禁帱帐平民挂，百姓家门卧睡宁。

七绝・炮仗花[②]

不依声响但凭魂，似火燃情本色真。

占尽风流人广爱，恭财贺喜报新春。

---

① 宫廷（禁）帱帐：三开门方顶蚊帐，也称宫廷蚊帐。

② 炮仗花：紫葳科炮仗藤属藤本植物，别名鞭炮花、黄鳝藤。原产南美洲巴西，在亚洲热带地区已广泛作为庭园观赏藤架植物栽培。初夏红橙色的花朵累累成串，状如鞭炮，故有炮仗花之称。

七绝·寒潮泪[①]

妄自装修用壁砖，相沿惯例似当然。
低温过后潮霉重，墙面空前涕泪涟。

七绝·超然

处世超然阅此生，实无风雨也无晴。
忧思喜怒七情事，火燥风寒六气征。[②]

七绝·冬雨

阴云密布雨淋漓，复遇寒流盼暖衣。
告语初来东北佬，水乡冬日此情稀。

① 寒潮泪：海南寒潮过后，气温转暖，且湿度近于饱和。湿空气在冷的物体上（壁挂电梯玻窗，瓷砖装修的厨房、厕所，以及装饰镜面）凝结，蔚为奇观，同时也叫人哭笑不得，而戏称为“寒潮泪”。

② “七情”指喜、怒、忧、思、悲、恐、惊七种情志活动，“六气”指风、热（暑）、火、湿、燥、寒六种天气现象。

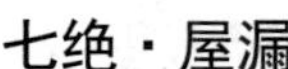

七绝·屋漏

屋漏遭逢雨日绵，拙荆抑郁老夫烦。
无人料理因年近，待到明春莫抱怨。

七绝·联欢

椰影蕉荫故井边，轻歌曼舞喜连天。
五湖四海交新友，笑语欢声庆过年。

七绝·乙未又立春

久雨初阳笑老夫，忘情呐喊对山庐。
桐华始秀新年到，梅火将然旧岁除。

七律·乙未除夕春节联欢晚会

中央晚会焕韶容，南北东西入彀中。
凤舞鸾歌旋律眇，琴鸣瑟语韵声洪。
穗城泉邑织新锦，长调秦腔唱古风。
骨肉情深游子笑，天伦尽享五洲同。

五律·丙申元日断想

气和端月始，位正首阳开。
爆竹惊魑魅，屠苏壮噱咍[①]。
风清俗念去，景丽惠心来。
立命扶黎庶，山呼有舜才。

七绝·港田的士牛人

自赏孤芳逞大牛，港田坐骑任优游。
虽穷不坠逍遥志，所欲随心快意求。

---

① 噱咍：即咍噱［hāi jué］，犹欢笑。

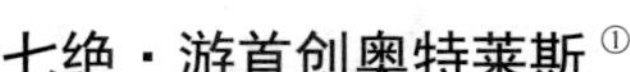

七绝·游首创奥特莱斯[1]

奥特莱斯免税城，兴隆咖喱早餐厅。
两成加费无商量，节日期间宰任聆。

七绝·海南饕蚊[2]

南岛饕蚊嗜血浆，暗中下口不声张。
一经叮咬皮丘起，痒痛难捱半月长。

七绝·浐川龙剑[3]

挚友袁公遗稼翁，浐川龙剑舞清溯。
半瓯泛绿香尘起，数片含脂玉乳凝。

---

① 首创奥特莱斯：指万宁兴隆首创奥特莱斯（Capital Outlets）。选在兴隆特色餐厅（兴隆咖喱早餐厅）用餐，点菜时发现菜谱夹一纸条，上书“初一到初七期间，加收服务费 20%”，经证实的确如此。

② 海南饕蚊：海南蚊子（伊蚊，又称“花斑蚊”），体小色黑，不声不响，暗中下口。

③ 浐 chǎn 川龙剑：指湖北省孝感市孝南区浐川茶厂所产雨前七仙牌浐川龙剑（绿茶）。此程带来海南一尝，该品一茶独秀，馥郁清香，果然好茶。

七绝·晨僵[①]

两膝晨僵已逾年，兴隆到后更艰难。
前行百米方知重，步履蹒跚不忍看。

七绝·挂碍

心存挂碍念山荆，辗转难眠卧不宁。
牖外寒蛩人意解，伴聊经夜未曾停。

七绝·今人燃放鞭炮

爆竹烟花自古燃，开门贺喜数千年。
今人任性多胡闹，价响连天晒有钱。

七绝·寒潮又袭

二次寒潮顾海南，短衣重又换毛衫。
寅时血压超常阈，目眩头昏笑口缄。

---

① 病变关节晨起时出现僵硬，经适当活动后逐渐减轻的现象，称为晨僵。

七绝·盼归

屡劝山荆早日还，莫嫌愚丈几曾烦。
只因孤苦实难耐，何况寒潮又涌掀。

七绝·丙申雨水日，山居燕聚

雨水难逢丽日升，山居喜把贵交迎。
祖孙师友人三代，笑语欢声缅故情。

七绝·丙申上元

岁稔时和始上元，春风杨柳舞翩跹。
观灯故事年年续，祭户遗风代代传。

七绝·山庐客来

舍冷衣单袖手揌，赋闲正把素笺裁。
柴门响处惊阍犬，便晓山庐有客来。

七绝·寒潮再袭

造访频繁面目憎，老人惧怕小儿惊。

寒深叵奈忧衣少，湿重难捱盼早晴。

七律·天籁

山居两月喜聆听，天籁流音惯耳鸣。

卧榻临风三惑[①]了，凭栏面雨六神平。

伯劳鼓瑟歌晨曜，促织操琴唱晚晴。

一日忽焉挥手去，茫然无措泣声嘤。

七绝·安睡

山荆有事五心燔，舍漏还缘处理难。

九转愁肠终善解，安然一觉日三竿。

---

① 三惑：三毒之异称，即贪欲、嗔恚、愚痴三种根本迷惑。

七绝·莫恚嗔

随遇而安莫恚嗔，两肢疼痛怨当身。
廊桥冇设难为过，未见他人冷汗频。

七绝·丙申惊蛰

天南地北往来勤，万里同风景象新。
平旦洊雷催布谷，日晡叠雪宴归人。

七绝·袁公晓东到访

袁公到访每年曾，此夜尤其话语盛。
及至柴门言再见，白驹过隙已三更。

七绝·歉疚

欠下当年伴娩情，终身忐忑不安宁。
常逢旧事重提起，态度虔恭仔细听。

七绝・城市交响

喇叭高鸣任折腾，人声鼎沸不消停。
高峰过后神疲惫，远巷犹传叫卖铃。

七绝・幸福相伴

夫妇同床共枕栖，阴阳互补岂能离。
相濡以沫人尊重，耳鬓厮磨自养颐。

七绝・盼春

南岛归来梦几寻，孑然舍冷卧拥衾。
春时不长春时气，远望犹增远望心。

七绝·地坑窨院[①]

历史留痕见一斑，仰韶文化肇开端。
天人合琶千年越，塬上民居正好看。

七绝·酬恩[②]

若为酬恩岂惧难，每年往返路八千。
憨顽物类犹知此，愧煞灵犀地上仙。

七绝·再现圆明园[③]

不欲钱财只为名，耗时十载气恢弘。
万园盛景一应备，鬼斧神工逸韵凝。

---

① 地坑窨院：地坑窨院在河南省三门峡市、山西省运城市、甘肃省庆阳市及陕西省的部分地区均有分布。一个深坑，四周几间窑洞，就构成了这种神奇的住所，也让整个村子呈现“远看见树不见村，临近闻声不见人”的神秘景象。

② 据 CCTV 网（2016-03-09）：企鹅曾被老人搭救，每年游 8000 公里回来看望恩人。

③ 再现圆明园：阚三喜作为上海市非物质文化遗产“建筑微雕”项目传承人，凭借一双巧手，潜心制作完成气势恢宏的“全景式巨型立雕圆明园”。

七绝·血拼[1]

动物群诛甚偬恫，蛮牛不抵小工蜂。
皆因误会横灾酿，两败均亡后果凶。

七绝·毛坯房

毛坯建筑自装修，动地惊天响不收。
弹指入居七载过，迄今未断使人愁。

七绝·山荆归来

今日山荆返塞城，杖翁孤苦复歇停。
老来还是同居好，心定神闲起卧宁。

① 据四川新闻网（2016-03-09）：四川夹江3头牛被3万余只蜜蜂群攻蜇死。

七绝·春霾

青阳乍冷便生霾，怨恚东君万不该。
改造自然随意是，神仙也惧报应来。

七绝·盼去

羁旅兴隆两月回，车涛人海噪声雷。
盼来冬日重归去，再享山居赏叶梅。

七绝·山荆六十二寿

六二春阳媚景新，麻姑献寿紫芝芬。
汉斯烤肉添佳趣，惬与山荆共醉醺。

七绝·家常

阳春二月好心情，老友香鸭酒逸馨。
女聘男婚如意讲，家长里短称心听。

七绝·丙申春分

昼夜平分二月春，东风拂面柳丝新。
儿童竖蛋开心处，愈显顽皮赤子真。

七律·归耕吟

归耕顿感倍轻松，教授一朝变稼翁。
朗月清风从此伴，幽情雅趣自今崇。
吟诗作赋期常态，度曲填词盼日工。
海角天涯迁徙路，闲云野鹤六龄童。

七绝·解陶[①]

染病童鱼舛运遭，命悬一线使人焦。
荆妻远道求黄粉，妙手回春共解陶。

① 解陶：犹宽慰。

七绝·春深

小坐疏林对鸟音，无边落木洗尘心。
忽焉蛱蝶翩然过，方觉春时业已深。

七绝·春雨

因迟益贵猝然逢，多少游人语笑中。
润物无声增柳色，湿衣不见著春红。

七绝·仙聚

南海偕游两月过，八仙再会柳莺歌。
盛和世纪同酣饮，酒逾三巡已自酡。

七绝·丙申寒食

寒食他年火被尊，所为诚在奠一身。
两千余载无烟日，不辍弦歌风雨[1]人。

七绝·丙申清明

江北江南喜稼耕，春风春色正清明。
虽忙莫忘先人祭，薪火相传世代盛。

七绝·暮春寒潮

暮春时节遇寒潮，边塞阴风猛似刀。
草色昏黄云树远，天光曀晦[2]路人憹[3]。

---

① 风雨 fèng yù：像春风一样的吹拂着人，像夏雨一样滋润着人。汉·刘向《说苑·贵德》：“管仲上车曰：‘嗟兹乎，我穷必矣！吾不能以春风风人，吾不能以夏雨雨人，吾穷必矣。’”

② 曀晦 yì huì：天色阴沉昏暗。宋·陈造《后囚山赋》：“岚昏涝朝，黯掩曀晦。”

③ 憹 náo：烦乱。清·蒲松龄《聊斋志异》：“如一善则心中清净宁帖，一恶则懊憹烦躁，似油沸鼎中，其难堪之状，口不能肖似之。”

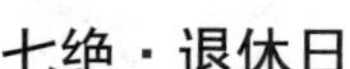

七绝·退休日

昨日通知正视听，退休更改至出生。
月增二百全薪易，块垒无声落地平。

七绝·连翘

有脚阳春款步临，暖生篱外数枝金。
素馨[①]宛似同花色，六四殊形可定音。

七绝·粘床

夜来春雨落声微，晨起粘床未几回。
病酒何曾因量小，乐逢知己任衔杯。

---

① 素馨：黄素馨，又名迎春花，与连翘花极为相似。除其他区别外，迎春花有 6 个花瓣，连翘花只有 4 个花瓣。

七绝·章鱼越狱[①]

不愿为奴际有涯，水生智者愈堪夸。
临危巧用脱逃术，大海回归每日家。

七绝·丙申谷雨

柳浪闻莺谷雨时，和风拂面惬心驰。
蜂狂蝶乱疑花眼，确是连翘发几枝。

七绝·山杏花

花团锦簇闹枝头，占尽春风雪见羞。
少女翩然林下舞，解颐声朗落英稠。

① 据奇趣网（2016-04-14）：一只叫 Inky 的章鱼，在新西兰沿海城市 Napier 的水族馆成功越狱，回归故乡大海。新闻爆出，一时成为传奇。

七绝·读书三首

三首其一

读书索理慧人生，博古通今自阖明。
仰取俯拾耕耨趣，贯穿钩引绩织情。

三首其二

读书不可为谋生，功利当头障眼明。
乐水乐山[①]游子意，难分难舍故人情。

三首其三

读书贵在贯平生，莫使今兹明复明。
漫道雄关真似铁[②]，清风朗月总垂情。

---

① 乐 yào 山乐水：有人喜爱山，有人喜爱水。比喻个人的爱好不同。宋·程颢、程颐《二程外书·卷七》："乐山乐水，气类相合。"

② 化自毛泽东《忆秦娥·娄山关》："雄关漫道真如铁，而今迈步从头越。"

七绝·雀泛[①]

远处频传聒噪声，彼屈此晟几曾停。

蹑足眄望惊蓬雀，落叶悄然满仄陉。

七律·书稿校雠

校雠文藻用心良，累榭层台盛举襄。

去异存同依首稿，辨非勘误赖专长。

甄词别句书生气，补漏弥遗翰墨香。

责任明昭勤讨榷，万分之二可担当[②]。

七言排律·蔷薇科李亚科四属辨八韵[③]

杏桃樱李艳姿娉，霞蔚云蒸百媚生。

---

① 雀泛：麻雀是非常喜欢群居的鸟类，易形成数百只乃至数千只的大群，称为雀泛。

② 校对差错率要保持在万分之二以下。

③ 蔷薇科李亚科四属辨：春到塞外，方数日便见春花竞发。热情的赏花人中，难能有几人辨识其真，呼唤其名。余闲暇中略览资料，总结三条识别易混易滥之春花（蔷薇科李亚科杏、桃、樱、李属）的标准，遂成八韵排律一首，以飨爱花之人。

品相难分呼简辨，颜容宛近吁粗明。
有无花梗当先验，存废新芽[①]尔后征。
梗有李樱称姊妹，梗[②]无桃杏结弟兄。
花同芽显[③]桃眉秀，花早芽开[④]杏眼清。
李子弟兄从萼别，双胞姊妹自缘评。
反唇花萼[⑤]宜名杏，裂口花缘[⑥]适命樱。
三审[⑦]渐开依次第，东君绮态步轻盈。

五言排律·残春风雨联想八韵

夜半狂风起，摇窗飒瑟鸣。
拥衾惊雨泻，抱睡恐心怦。
更悯春花落，还祈稼穑盈。
落花知客少，盈穑保收成。
少客酬劳减，成收日给衡。

---

① 新芽：即新生叶芽。

② 梗：即花梗，也称花柄。

③ 花同芽显：即花芽同见。

④ 花早芽开：即先叶开花。

⑤ 花萼：花萼是植物花冠外面的绿色被片。

⑥ 花缘：即花瓣的边缘。

⑦ 三审：即第三步。第一步为辨花梗，第二步为观花叶，第三步为审花时。

虽难敷众费，尚可享余羹。
但满风调愿，犹充雨顺情。
农家惟乐道，四海颂承平。

七绝·丙申立夏饯春

四月榆城饯杪春[①]，梨花带泪鸟失神。
别情缱绻邀延处，执手相期话语谆。

七绝·宿雨送春

宿雨连绵冷气侵，诗成厌改了无心。
绿肥红瘦春归去，四季轮回亘古今。

① 杪 miǎo 春：暮春。唐·李端《送友人游江东》：“江上花开尽，南行见杪春。”

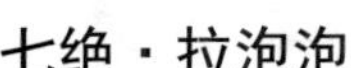

七绝·拉泡泡

五彩缤纷耀眼明，欢呼雀跃少年情。
阿翁不减真童趣，拉泡功夫众愕惊。

七绝·母亲节哀母

卅五年前母告哀，至今仍悔滞南开[①]。
弥留未尽床前孝，扇枕温衾不再来。

七绝·夏雨

夏雨潇疎掩荜门[②]，听窗燕语忆前尘。
频仍翘首乜斜望，不见他年博弈人。

---

① 南开：南开大学。

② 荜bì门：用竹荆编织的门。清·钱谦益《投老》：“投老经年掩荜门，清斋佛火自晨昏。”

七绝·百香果[1]

原产巴西择气候，植根热带最风流。
耆名隽永神仙侣，百味芬芳一果收。

七绝·可可[2]果

树上黄金亚马人，安危与共岂能分。
醍醐美饮传天下，切莫贪多警列君。

① 百香果：西番莲科西番莲属草质藤本植物，别名鸡蛋果、洋石榴、紫果西番莲等。原产安的列斯群岛，现广植于全球热带和亚热带地区。花大而美丽，无香味，可作庭园观赏植物。果可生食，果瓤多汁，有“果汁之王”美称。入药具兴奋、强壮之效。

② 可可：梧桐科可可属乔木，别名可加树。原产南美洲亚马逊河上游的热带雨林，主要分布在赤道南北纬 10° 以内的狭窄地带。主产国为加纳、巴西、尼日利亚、科特迪瓦、厄瓜多尔、多米尼加和马来西亚。主要消费国是美国、德国、俄罗斯、英国、法国、日本和中国。1922 年，我国台湾省引种成功，现海南省东南部和云南省南部有栽培。可可是世界三大无醇饮料植物（茶、咖啡、可可）之一，果实可做饮料和巧克力糖，营养丰富，味醇且香。

七绝·初夏骤热

塞上人家恶苦寒，迄今热宝未疏闲。
倏然直上三十度，急觅时衣储物间。

七绝·大紫[1]

首度酬劳喜尽欢[2]，感恩图报数陈丹。
一役大紫真情切，三载师门旧忆繁。

七绝·丙申小满

秔稻[3]初荣已麦秋，农家远眺企丰收。
渠中水沛秧苗壮，陌上阳骄米面优。

---

① 大紫：樱桃名，又名大叶紫、大红袍、大红樱桃。原产俄罗斯，1890年引入我国山东烟台，是目前我国的主栽品种之一。

② 尽欢：谓孝养父母尊长，极意承欢。南朝·齐·王俭《褚渊碑文》：“尽欢朝夕，人无闲言。”

③ 秔 jīng 稻：秈[xiān]稻。南朝·萧统《文选·扬雄〈长杨赋〉》：“驰骋秔稻之地，周流梨栗之林。”李善注：“《说文》曰：‘秔，稻属也。《声类》以为秔，不黏稻也。’《汉书》东方朔曰：‘泾渭之南，又有秔稻、梨、栗之饶。’”

七律·高血压用药调整

每日三餐二十年，急需调整岂能延。
平衡血压经一载，改换经方用两天。
老药虽称疗效确，新型犹把顺应[1]偏。
减频防漏心澄定，摒弃烦疑好顾全。

七绝·太平猴魁[2]

两叶一芽状扁平，涤烦极品产猴坑。
体资高爽兰香韵，口味甘醇爱侣情。

---

① 顺应：即顺应性。新型缓释剂和控释剂可以提高病人用药的顺应性，如减少用药频率、避免漏药现象、方便患者用药等。

② 太平猴魁：汉族传统名茶，中国历史名茶之一，属于绿茶类尖茶，产于安徽省太平县（现改为黄山市黄山区）一带，为尖茶之极品，久负盛名。其外形二叶抱芽，扁平挺直，自然舒展，白毫隐伏，有“猴魁两头尖，不散不翘不卷边”的美名。2004 年，在国际茶博会上获得“绿茶茶王”称号。

七绝 · 雨中行

雨骤风狂转瞬间，行人四散避时患。
兹生已惯何当虑，处变无惊匹似闲。

七绝 · 再议读书四首

七绝 · 淘书

不晓因何戏腐儒，垃圾堆里令淘书。
迄今犹恋黄童日，益友良师每似初。

七绝 · 真书

启蒙发昧满情怀，宛似源头活水来。
独特原创思想备，醍醐灌顶豁然开。

七绝·择书

善择方能免惑忧，裁红点翠惬需求。
典籍专业恒长炼，时尚冲闲短促谋。

七绝·读书

手无释卷近痴迷，读勿离毫嗜尾批[①]。
疑且后明参透理，知行贯统自成蹊。

七律·丙申端阳踏青

丙申甲午日中天，踽步晨曦自养闲。
足踏芳茵一径上，手掬清露两眉间。
蒲灵近水频颌首，艾慧依石屡动颜。
逸友如兹心气昶，信交草木理应攀。

① 尾批：即批尾，指在别人著作后面加评论和批注。

七绝·花陌

姹紫嫣红满苑庭，随心所欲玷文明。
目空呵斥翻篱过，花陌一时足下生。

七绝·冰雹

风起云蒸未几何，雷声大作雨滂沱。
冰雹顷刻从天降，状若乒乓苦害多。

七绝·悼杨绛[①]先生

洗尽铅华享盛名，贤妻才女贯平生。
百年风雨从容对，冲淡仁和不屑争。

---

① 杨绛（1911—2016年），本名杨季康，江苏省无锡市人，中国女作家、文学翻译家和外国文学研究家，钱锺书夫人。2016年5月25日凌晨，杨绛在北京协和医院病逝，享年105岁。

七绝·胯下鳄[①]

澳鳄庞然廿百斤，性情残暴赛凶神。
皤翁胯下奴颜见，悚动全球网络人。

七绝·闹中静

电掣风驰刺耳鸣，依然故我莫关听。
阶前雀戏安闲逸，树下翁操乐淡宁。

七绝·沮钓[②]

百兴蓑翁寓异邦，一钩吊起愧难当。
剖开鱼腹勃然怒，尽是人间秽恶彰。

① 据《环球时报》- 环球网（2016-06-14）：澳大利亚昆士兰州一位老爷爷身骑 1 吨重鳄鱼玩耍，还说这只是他的日常。

② 据网易新闻“宠物天地”(2016-06-16)：Louis 剖开一条从溪边钓起的大鱼时，发现鱼腹中有鱼钩和各种塑料制品，甚至还有小朋友的玩具。

七绝·猪救主人[1]

莫道猪家大脑昏，面慈心善感情真。
灵机一动出奇策，救主成功也傲人。

七绝·顺意

连绵半月雨难停，今日忽焉见小晴。
未始出发一路顺，申中入住两湾城。

七绝·父亲节悼父

十七独自闯关东，背井离乡冇定踪。
膂力超群阴鬼惧，诚心曜日世人恭。

---

① 据“英国那些事儿”(2016-06-18)：主人心脏病发作，家养大黑猪马路上装死拦车救主。

七绝·复临两湾城二首

七绝·畅怀

喜鹊高声屡畅怀，欢呼老友复归来。
同追往日亲邻好，共忆当年暴雨哀。

七绝·惬心

漫步寻山惬老翁，神清气爽腋生风。
农家新麦收成好，亩产千斤喜乐融。

七绝·丙申夏至

夜色初开浪缓生，晨曦微露雾轻萌。
邨鸡唱晓渔人起，布谷催勤马达鸣。

七绝·出行乐

改善民生又几重，铭心镂骨数交通。
事随人愿出行便，笑逐颜开六秩翁。

七绝·晨兴

露草凄凄夹径生，莎鸡[①]在野纵喉鸣。
晨风送爽神闲逸，款步滩头阅海耕。

七绝·金骏眉[②]

韵味嫣绵沁果香，绰约缕细钿金黄。
正山小种新生代，妙品红茶玉芽王。

---

① 莎鸡：虫名。又名络纬，俗称纺织娘、络丝娘。清·吴烺《雨中花》："任屋角莎鸡促织，吟遍朝昏。"

② 金骏眉：红茶中正山小种的分支，2005年研制出的新品种红茶。金骏眉是难得的茶中珍品，外形细小紧密，伴有金黄色的茶绒茶毫，汤色金黄，入口甘爽。

七绝·桑沟海洋农场

睡起临窗眺海湾，惊心疑似对冰川。

轮机响处洪波涌，耕耨渔家万顷田。

七绝·择枕

自诩平生睡不愁，近来择枕苦堪忧。

通宵反侧难成梦，踏遍商家四处求。

七绝·海湾雨

苦雾弥天海上来，瞬间吞没眼前阶。

狂风撼牖声声吼，暴雨咆门阵阵喔。

七绝·鼠蛇大战[①]

势迫情危似火焚，黑蛇犯子鼠娘瞋。

---

① 据快科技（2016-07-05）：一只母鼠怒战口衔子鼠的黑蛇，最终从蛇口中救出孩子。母性高劭，叹为观止。

舍生忘死情高劭，母性惊天泣鬼神。

七绝·早产四胞胎[①]

手术剖宫喜沓来，双龙两凤四胞胎。

东南西北优先序，凭任医生信手裁。

七绝·畜禽之义[②]

三霜[③]每日讨一餐，志与同俦共锦筵。

尺布缝衣寒士享，畜禽之义口心传。

---

① 据《齐鲁晚报》(2016-07-05)：日照早产四胞胎取名“东南西北”，四位老人分别照看。

② 据有宠网（2016-07-04）：狗狗每天行走四公里为主人送饭，感动所有人。

③ 霜：年岁的代称，犹言秋。唐·贾岛《渡桑乾》：“客舍并州已十霜，归心日夜忆咸阳。”

七绝·丙申小暑

羁旅寻山匿影踪，乐身高处视无穷。
仍忧暑热谁家驻，岂自陶然两腋风。

七绝·炒作[①]

拍卖成交利好攀，平均每粒两千钱。
葡萄炒作犹如此，何况乔装作演员。

七绝·美味当忌[②]

转世金蝉理善终，可哀翻作菜一笼。
神灵勿亵千年训，何奈今成耳畔风。

---

① 据《山西日报》(2016-07-09)：日竞拍天价葡萄“浪漫红宝石”，每颗 2433 元人民币。

② 据中国新闻网（2016-07-11)：浙江上千山民入夜捉金蝉，手电筒照一晚赚上百元。

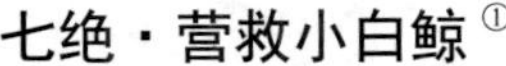

七绝·营救小白鲸[①]

搁浅河滩陷圄图，残余坎炁[②]示初生。

众人协力成功救，戏海金丝鼓浪鸣。

七绝·无花果[③]

叶茂枝繁绿羽裳，慧中秀外韵甘香。

诨名曾骗时人信，花隐榕囊肉果彰。

---

① 白鲸：一角鲸科白鲸属海洋哺乳动物，别名贝鲁卡鲸、海金丝雀。世界上绝大多数白鲸生活在欧洲、美国阿拉斯加和加拿大以北的海域中。几个白鲸集中的地区已成为赏鲸圣地，包括加拿大东部的圣劳伦斯河下游与哈德逊湾西部的丘吉尔河河口。

② 坎炁 qì：脐带的别名。

③ 无花果：桑科榕属小乔木，别名阿驲、映日果、优昙钵等。原产地中海沿岸，分布于土耳其至阿富汗。中国唐代即从波斯传入，现南北均有栽培，新疆南部尤多。史籍称“阿驿”，维吾尔语称“安吉尔”。目前已知有 800 个品种，绝大部分都是常绿品种，只有生长于温带的才是落叶品种。具有优异的食用、药用和观赏价值，是目前利润率最高的盆栽果树之一。

七绝·安归

宛若平常寤卯前，午时飞抵用中餐。

腾云驾雾一千里，谈笑风生四体安。

七绝·入伏日二首

七绝·田雷博士学位论文实验研究开题报告会

学术兴兵纸上谈，运筹帷幄布戎严。

出奇制胜追先手，拨正流苏准校钤。

七绝·师生宴聚

弟子同师若己生，无微不至总关情。

归耕置酒初伏日，答谢声悲涕泪横。

七绝·孙女出生

孙女临门甫降生，举家欢惬喜相迎。
健康成长亲人愿，永葆童真赤子情。

七绝·老友欣逢

年尚轻时共苦甜，犹珍此聚俏江南。
餐中每忆夷愉事，置腹推心老态憨。

七绝·女孙初声

瑞气祥云绕牖轩，女孙福降畅斯言。
初声响亮催人省，肇始菁英若此喧。

七绝·暑凉

大热之时暑气消，惟缘夜雨每常潦。
窗风厉响难安睡，骇恐松江卷怒潮。

七绝·啃青

老来营养重平衡，粗细调和恋啃青。

白糯澳峰一六六，每秋必选未尝停。

七绝·商家画书[①]

感喟商人效古贤，画书摹字渺流迁。

文明标识国家定，别出心裁自取偏。

七绝·杞方印宁夏枸杞[②]

日月光华哺育成，通灵宝玉碧沙鸣。

一枚入口知宁夏[③]，止渴生津血衍生。

---

① 据《现代快报》(2016-07-25)：江苏一厕所不标男女只标“凸凹”，遭吐槽“太污”。

② 杞方印宁夏枸杞：产于宁夏回族自治区中卫市中宁县鸣沙镇，为枸杞极品（质量等级：贡果）。

③ 宁夏：此处化用地名为动宾词组，意为使人在夏日安于宁静。

七绝·丙申立秋

此日清凉最解忧，风高气爽入商秋[①]。

连天渥热匆忙过，午睡酣然绮梦游。

七绝·爵士乐[②]

热烈疯狂爵鼓隆，钢琴铜管贝斯从。

自由即兴抒衷臆，浪漫开心远附庸。

七绝·秋声

晓露轻霜劲草横，灶鸡居野对秋鸣。

无心取悦求关注，天籁浑成自有声。

---

① 商秋：秋天。古以五音配合四时，商为秋。商音凄厉，与秋天肃杀之气相应，所以称秋为商秋。晋·潘尼《安石榴赋》：“商秋授气，收华敛实。”

② 爵士乐：虽然曾经看过爵士乐演出，但欣赏爵士乐专场音乐会还是平生第一次。尤其在富丽堂皇极具专业水准的哈尔滨大剧院，观看俄罗斯奥列格·隆德斯特列姆爵士乐团表演，更富有大快朵颐的享受感和满足感。

七绝·《黄帝内经·灵枢·通天》人之五态六首

七绝·人之五态总括

五态谙知利养生，个中何属自权衡。
阴平阳秘[①]精神治，天地人和大道行。

七绝·太阴之人

喜怒无形患险阴，逢财起意利熏心。
神机鬼械乘虚入，貌似矜持隐慝深。

七绝·少阴之人

落井投石屡不禁，贪图小利缜思寻。
常怀忌妒心机重，笑里藏刀伪善人。

① 阴平阳秘：阴与阳相互对抗、相互制约和相互排斥，以求统一，取得阴阳之间的相对动态平衡，称之为“阴平阳秘”。

七绝·太阳之人

自命清高大话喷，感情冲动是非泯。
抛头露面沽风雅，事败何曾溯起因。

七绝·少阳之人

爱慕虚荣枉自尊，矜功恃宠必躬亲。
浮心燥气羞言过，结贵攀高耻涉贫。

七绝·阴阳和平之人

磊落光明正气炎，心宁岂惧小人谗。
达观自有新天地，淡定从容举不凡。

七绝·战争小难民祭

幼小心灵苦恨多，离乡背井奈之何。
怒拳高举吁天地，还我童年罢戟戈。

七律・聿儿满月

聿越溟濛巧笑多，虽无话语但凭歌。
儿从坠地承钟爱，母自怀胎历砥磨。
月内欢情充满第，日间嘉趣汇成箩。
弥足宝贵人初始，便似香清润小荷。

七绝・绕行[①]

对面斯人当去路，何须燥莽放粗声。
蹒跚绕走无多远，海阔天空己自平。

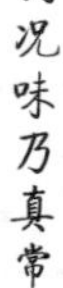

七绝・丙申处暑

暑气初平意趣添，儿时旧爱老来拈。
每天百字临行草，逸少[②]形神略可瞻。

---

① 绕行：逐年岁长，腿疾愈重。一怕地面不平，二惧路人（车辆）当道。久之习以为常，无非地面不平稳妥地走慢些，路人（车辆）当道耐性地绕道走。心宽地阔，烦恼自消。

② 逸少：王羲之（303—361 年），字逸少，东晋时期著名书法家，有“书圣”之称。

來越滇藏巧咲
多難無話語但
憑歌兒從墜地
承鐘愛母自懷
胎展砥磨月內
彰情充滿第日
間嘉趣滙成籮
彌足珍貴人初
始便似清香潤
小荷

己亥冬月[illegible]唐京書

七绝·保健品之惑

益寿延年古迄今，觅丹求药惑初心。
飧香睡稳精神铄，阳秘阴平享乐临。

七绝·圣贤梦[①]

望子成龙尚可攀，为人岂必效儒贤。
优良素质公民做，自立谋生世代延。

七绝·负鼠[②]

有袋唯其驻美洲，身形庳小[③]入名流，

① 据《新京报》(2016-08-29)：读经少年圣贤梦碎——反体制教育的残酷试验。

② 负鼠：有袋目负鼠科动物的通称，是一种比较原始的有袋类动物。北美和南美的负鼠是唯一生活在澳大利亚及其邻近岛屿之外的有袋类动物。由于种类的多样性和超强的环境适应能力，美洲负鼠已经走过了7000万年的漫漫长路。负鼠性情温顺，常常夜间外出，捕食昆虫、蜗牛等小型无脊椎动物，也吃一些植物性食物。

③ 庳bì小：矮小，低而小。宋·范成大《吴船录》卷下："数里间一土山，极庳小，上有翠微亭。"

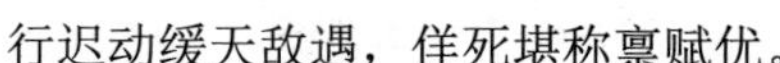

行迟动缓天敌遇，佯死堪称禀赋优。

七绝·兰州黄河

悬身索道瞰黄河，玉带穿城嵌彩珂。

慈母育儿华夏伟，孔明车水铁闻多。

七绝·兰州碑林[①]观书有感

卅亩碑林翰墨情，迷踪千古一瞥惊。

人书俱老工方鉴，复有天资擘始成。

---

① 兰州碑林：位于兰州市黄河北岸白塔山西麓的最高处，碑林建筑飞檐灵动，大气磅礴。兰州碑林 1998 年破土动工，2013 年正式开放。

七绝·甘南[①]

户外天堂感自由，蜜浆牛奶任川流。[②]
世间一片桃源地，静穆祥和脚步悠。

七绝·格桑花[③]

梅朵格桑效祖先，凌霜傲雪绽高原。
英雄岂问生身地，共美家乡世代蕃。

① 甘南：甘南藏族自治州，中国十个藏族自治州之一，位于中国甘肃省西南部，是藏、汉文化的交汇带，黄河、长江的水源涵养区和补给区。

② 《圣经》中有“天堂是‘有乳和蜜流淌的地方（land flowing with milk and honey）’”的赞美词。

③ 格桑花：又称格桑梅朵，具体为何种植物存在广泛争议。广义“格桑梅朵”为高原生命力最顽强野花的代名词，而从植物学特征上讲，菊科紫菀属植物和拉萨至昌都常见的栽培植物翠菊，都符合格桑花的特征，另外在藏区也有如金露梅、波斯菊、狼毒花、高山杜鹃、雪莲等植物称为格桑花的说法。

七绝·高原反应

会聚金城[①]贵有闲，同仁结队闯高原。
驱车悄上三千米，气急头疼不可言。

七绝·丙申白露

白露时分雨滞缠，台风[②]肆虐骤生寒。
自斟秋冻因人异，朔气伤身药瘉难。

七绝·第32个教师节

致仕归耕九月除，诗书夥伴未曾孤。
门生问省犹勤力，倍感师情世迥殊。

---

① 金城：兰州市的别称。

② 台风：指2016年第10号超强台风狮子山。

七绝·误闯马蜂窝[①]

路遇黄蜂谨绕行，误为儿戏必难宁。
惟因闯入栖身地，便有新闻耸众听。

七绝·丙申中秋

雕刻时光似水流，月圆花好又中秋。
赋闲重启诗书趣，自有馨香满腹收。

七绝·丙申秋分

秋色平分桂子香，灶鸡入宇劝功忙。
寒衣早备应牢记，莫待需时苦遽惶。

七绝·印石

舍弟真诚可动天，多方印石送消闲。

---

① 据多彩贵州网－《贵州商报》(2016-09-13)：贵阳一男子误踩马蜂窝，被蜇后致多器官衰竭。

幽情雅趣书刀聚，汉韵秦风墨指环。

七律 · 家国天下

朝代存亡演迭更，家国天下共枯荣。
家安社稷根基稳，国泰黎民祉佑衡。
本固枝繁期永日，河清海晏享升平。
家国古训直须记，天下归心百业弘。

七绝 · 洒水车

寅初晓色晚秋风，杳寂边城渴睡浓。
洒水琴声惊梦醒，黎明即起伴晨钟。

七律 · 多情江山[①]

代换朝更百事纷，宫非国是异宗嗔。

---

① 指CCTV第八频道播出，以清朝开国皇帝顺治正史戏说的电视连续剧《多情江山》。

文韬武略图长治，夕惕朝乾意鼎新。
皇帝深情生死恋，歌伶挚爱猎耕亲。
如烟正史真从此，动地惊天泣鬼神。

七绝·长假

长假何须苦罪遭，安心宅内逸情高。
飧香睡稳随缘法，日月无知我自陶。

七绝·新愁

夜永寒沉锁蜃楼，起身平望始添愁。
一声愣叹一声苦，半怨燃煤半怨秋。

七绝·丙申寒露

露重寒凝景气新，山皴五色稻香熏。
醉陶秋韵开胸臆，放浪形骸逐鹤云。

七绝·丙申重阳

老妪皤翁乐举觞，黄花遍地又重阳。

登高已是耆年梦，信步平阡别趣长。

七绝·山果[①]

斯文何以动人心，唤醒良知泪满襟。

全面小康贫厄翦，阳光普照万春临。

七绝·父爱[②]

一片汪洋道路瘫，娇儿病笃岂容延。

水深徒涉无反顾，父爱如山可动天。

---

① 据《人民日报》(作者：黄兴蓉，2012-02-13，24 版)：我叫山果。这是一篇广泛传阅的文章，真实感人。在与世隔绝的大山里，生活着很多善良的人们，他们虽然贫穷得让人心颤，但也善良得叫人落泪。

② 据《环球时报》－环球网 (2016-10-05)：父亲高举女儿去看病，在洪流中跋涉 2 小时。

七绝·刘伶利之死[①]

癌症晚期遭解雇，严冬虐雪复饕霜。
临终眷顾尤需记，敬畏生灵不可忘。

七绝·生命情书[②]

卌载如斯贵有专，情书不断耐其繁。
每天只为一声诺，生死相依岂忘言。

七绝·天使的葬礼[③]

黉舍枪声起祸殃，少儿六岁竟身亡。
为圆天使生前梦，众扮超英轸悼殇。

---

① 据 CCTV《今日说法》(2016-09-24)：被开除的癌症患者。

② 据《那一座城》(2016-08-2)：90 多岁书店老板的生命情书——一生好短，唯你难忘。

③ 据《镜报》(路透社，2016-10-06)：在这个小天使的葬礼上，大家都成了“超级英雄”。

七绝·师爱[①]

仁者爱人交口赞，特殊教育用心良。
学生唐病师邀请，盛典隆婚做伴娘（郎）。

七绝·生命的敬畏[②]

勇士残年患肿瘤，主人心碎泪难收。
苦情营造朱明[③]雪，爱犬临终喜忘忧。

七绝·受伤的泰迪[④]

豆豆伤平复转忧，主人一去不回头。
每天门口殷殷盼，整日心中苦苦愁。

---

① 据boredpanda（2016-10-02）：美国肯塔基州从事特殊教育的老师Kinsey French，婚礼邀请了所有的学生，背后原因令人泪奔。

② 据《环球时报》-环球网（2016-09-26）：女主人为特别喜欢玩雪的临终爱犬，人工制造一场大雪。

③ 朱明：夏季的别称。

④ 据《狗与爱的世界》(2016-09-12)：受伤的小泰迪豆豆被主人抛弃，却在医院等着主人回来。

七绝·你帮我助[①]

同处家园喜共生，你帮我助享和平。
山羊采饲登高处，脚踏犀牛稚态萌。

七绝·消防员

火眼金睛救险人，钢筋铁骨克灾神。
死生置外耽忠义，何顾时干计亥寅。

七绝·伙伴[②]

小象雏鸵感性真，不离弗弃互相亲。
虽然禽兽非同类，但却柔情似恋人。

① 据《环球时报》-环球网（2016-09-28）：山羊宝宝想吃最上面的叶子，找来“大块头”犀牛帮忙。

② 据boredpanda（2016-10-06）：在群象中，小象Jotto偏偏看上一只鸵鸟Pea，成为好闺蜜。

七绝·心灯[①]

灭顶之灾若死刑，扶危解困唤重生。
十年五百浮屠立，自有心灯每日明。

七绝·丙申霜降

切莫秋深淡友情，今朝满座尽真朋。
只因袍谊经霜久，岂畏人言数尺冰。

七绝·骨鲠

骨鲠于喉吐咽难，驱车就诊路桥穿。
杏林能者经查视，信手清除奏凯旋。

---

① 据《英国那些事儿》(2016-10-05)：他在这呆了 11 年，从死神手上抢下 500 条人命。

七绝·聿儿百晬写真

婴稚天生意志顽，聿儿模练用心虔。
众亲呼唤倏回首，一笑凝眸也粲然。

七绝·初临三亚

屋檐雨响伴鸡鸣，静待晨光忆昨行。
老友黎明相送早，新邻夕食接机诚。

七绝·老顽童

诗词曲赋古人宗，正草分行汉晋崇。
无虑无忧真性体，有闲有乐老顽童。

七绝·重生

归田便要用心耕，肯付辛劳准定成。
持握自由如佚老，凤凰浴火又重生。

七绝 · 凤凰山人

世间喧闹此全无，虽号山人趣不疏。
诗雨润神荔枝岭，书风爽魄凤凰庐。

七绝 · 他乡遇故知

有幸他乡遇故知，南迁候鸟共秋时。
电梯入口齐声讶，巧住同楼上下墀。

七绝 · 丙申立冬

万物收藏已孟冬，北疆寒至又冰封。
鹿城仍是梅华日，碧海蓝天暑气浓。

七绝 · 天堂

老年候鸟故人肠，南岛新巢筑垒忙。
宾至若归今感遇，有家之地是天堂。

七绝·老来居所

去岁兴隆怨语常，今年三亚笑声扬。
老来居所尤关切，适意心安是我乡。

七绝·“双十一”网淘

网上淘金老少痴，通宵达旦正当时。
新潮购物堪忧虑，有限薪酬岂任支。

七绝·游泳

劈波斩浪任吾游，剪断烦丝不晓愁。
五载消停今复始，依然矫健自风流。

七绝·海南望月

庭中晚坐览星辰，海上嫦娥最媚人。
面罩云纱羞色掩，光华夺目玉容新。

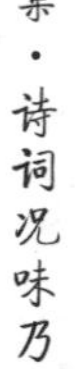

七绝·文封江

冰情雪趣北疆魂，素裹银装景色欣。
一夜之间天骤冷，松江封冻也斯文。

七绝·丙申小雪

申年转瞬又初冬，地北天南各不同。
大雪纷飞边塞外，鹿城随处角梅红。

七绝·书店

三亚街头热浪熏，醍醐灌顶眼前新。
强捱膝痛扶阶上，书店依然摄我神。

七绝·山居友聚

八名老友聚山庐，东北人家酒一壶。
回首卌年闲趣少，迄今惟有利功无。

七绝·新家

早沐山风晚浴霞，称心如意住天涯。

平生甚解清恬乐，老迈犹歌下里巴。

七绝·丙申大雪

凭栏面北念家乡，此际心头满遽惶。

每遇雪前云霭起，雾霾弥漫苦衷尝。

七绝·睡佛桑[1]

一夜山风啸耳屏，佛桑摇落睡娉婷。

身甘踏踏红尘入，幻化清魂世界宁。

七绝·丙申冬至

雪虐风饕大地凝，暗流涌动一阳生。

山翁抱杖观儿戏，落寞心头火复萌。

① 佛桑：即扶桑。

词

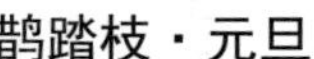

鹊踏枝・元旦

似水流年何以断？花落花开，景色依然见。云卷云舒知演变，潮生潮落明更嬗。

致仕归家情自愿，旧趣新拾，复把诗书恋。一叶轻舟从此善，闲云野鹤清风伴。

好时光・晚年

第二青春模样，头脑笨、嘴巴强。纯粹简单真性体，童心贵有常。

浪迹何处是，蛟世界、鹤家乡。莫道人垂老，恰正好时光。

鹧鸪天・乙未小寒

雪地冰天入小寒，星移物换又一年。晨钟警世发深省，暮鼓催人放远观。

休驻脚，莫歇闲。此山放过彼山拦。青春不老雄心壮，妙写人生第二篇。

少年游四首

少年游·雾霾愁

冰城何以雾霾频，尾气覆秸焚。往年头痛，今冬耳重，愁煞暮龄人。

海南环境依然好，福祉济生民。日丽风和，天蓝水碧，绝胜万千银。

少年游·分界岭

海南分野辨炎凉，牛岭暗机藏。一山横卧，两边迥异，首雨尾晴阳。

天生地造浑然是，任选意中长。仁者居南，知者寓北，候鸟老人乡。

少年游·山居新春联欢会

欢声笑语荡山居，琴瑟会笙芦。节拍恰恰，清音袅袅，一幅踏歌图。

玄英将去青阳至，天暖地回苏。海风轻舒，椰林叠翠，是处响鹧鸪。

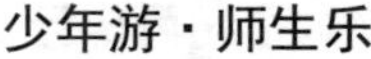

少年游·师生乐

兴隆燕聚庆新元，闻讯乐陶然。眉梢喜上，心头花绽，雨后艳阳天。

师生每近情尤怯，缱绻复缠绵。数载千秋，几年一面，执手话空前。

渔歌子四首

渔歌子·心情

客居三亚几多闲，漫步沙滩不晓还。鸥鸟掠，浪花翻，碧海蓝天秀可餐。

渔歌子·乙未除夕

除夕之夜盼团圆，寂守空巢子未还。餐不欲，寝难眠，寥落凄清老泪潸。

渔歌子·丙申元日

丙申元日又一春，结彩张灯喜曜门。鞭炮响，笑声频，物阜民安紫气氤。

渔歌子·丙申上元

上元月照万民欢，玉焰金英不夜天。灯火火，水圆圆，时雨祥风锦绣年。

风光好·鱼鳞云

夜沉沉，月森森。满目鱼鳞隐宿参，晓晴阴。

沉浮荣辱人生路，今方悟。世态炎凉力可禁，自宽心。

晴偏好·新愁

终究琼岛盟鸥鸟，新愁暗锁寒湿扰。何时了，云开日照晴方好。

忆江南·送友人南下

江南望，此去路迢迢。早誉伟才经砥砺，后名佳器待琢雕。创业志须高。

关北忆，还记雨潇潇。意厚情深尤缱绻，心长语重复清醪。不忘死生交。

满庭芳·为动物医学学院哈尔滨校友会成立而作

胜友如云，群贤歙聚，欢声笑语一堂。适逢其会，执手话衷肠。马家花园旧事，何曾淡、五载鸿庠。丁香邑，激情岁月，汗水著华章。

泱泱，经纬业，同一世界，同此安康。愿天地合和，大美无疆。坚信倘失我辈，寰球定、极甚荒凉。今齐首，引商刻羽，高唱满庭芳。

少年游·小隐

清风两袖伫阶前，碧海映蓝天。会盟鸥鸟，伴偕鳱鹊[①]，堂燕舞翩跹。

---

① 鳱 gān 鹊：喜鹊。

从今不拗陶居士，心远地舆偏[①]。博弈听琴，赏菊对酒，延养憩寻山。

一斛珠·杞方印宁夏枸杞

芳名远播，彤身玉女姿容婀，遐龄仙子千年卧。日月光华，精奥承恩荷。

秀色可餐增欲火，天生尤物居奇货，杏林橘井通灵舵。气死郎中，椅杌难高坐。

最高楼·新闲

开心处，人老不孤单，岁月赋新闲。笔酣墨饱成诗速，神清气定练书蕃。个中情，年少启，此时专。

间或有、艺徒三四访，间或有、砚兄一二况，当置信，此真缘。无关利害弥足贵，有因疏密异常虔。鄙隳颓[②]，褒粹美，享恬安。

① 化自东晋·陶渊明《饮酒（其五）》："问君何能尔？心远地自偏。"

② 隳 huī 颓：消沉。明·梁辰鱼《浣纱记·放归》："寡人据于蒺藜，入于幽谷，颜色憔悴，志气隳颓。"

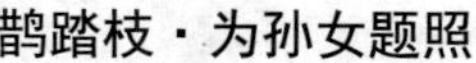

鹊踏枝·为孙女题照

巧笑倩兮桃李让。美目妍兮，静女其姝样。日日新兮人赞赏，自将儿语咿呀唱。

祖父见兮神气爽。祖母闻兮，微信飞声亮。步步高兮天祚享，有孙尤快心花放。

采桑子·书痴

淘书每必多收获，岂任凭空。其乐无穷，似醉如痴稼穑翁。

斋藏富蕴千般逸，对话文宗。老友相逢，流水高山九曲衷。

丑奴儿令·话别

长揖拜别君将去，北上新黉。浪缓风平，轻棹飞舟愿此行。

正当国运昌隆际，重任肩承。激浊扬清，勤恕廉明远恶声。

齐天乐·聿儿百晬

爱孙康健安翁媪，居闲复添欢笑。百晬初阳，金光万缕，霞

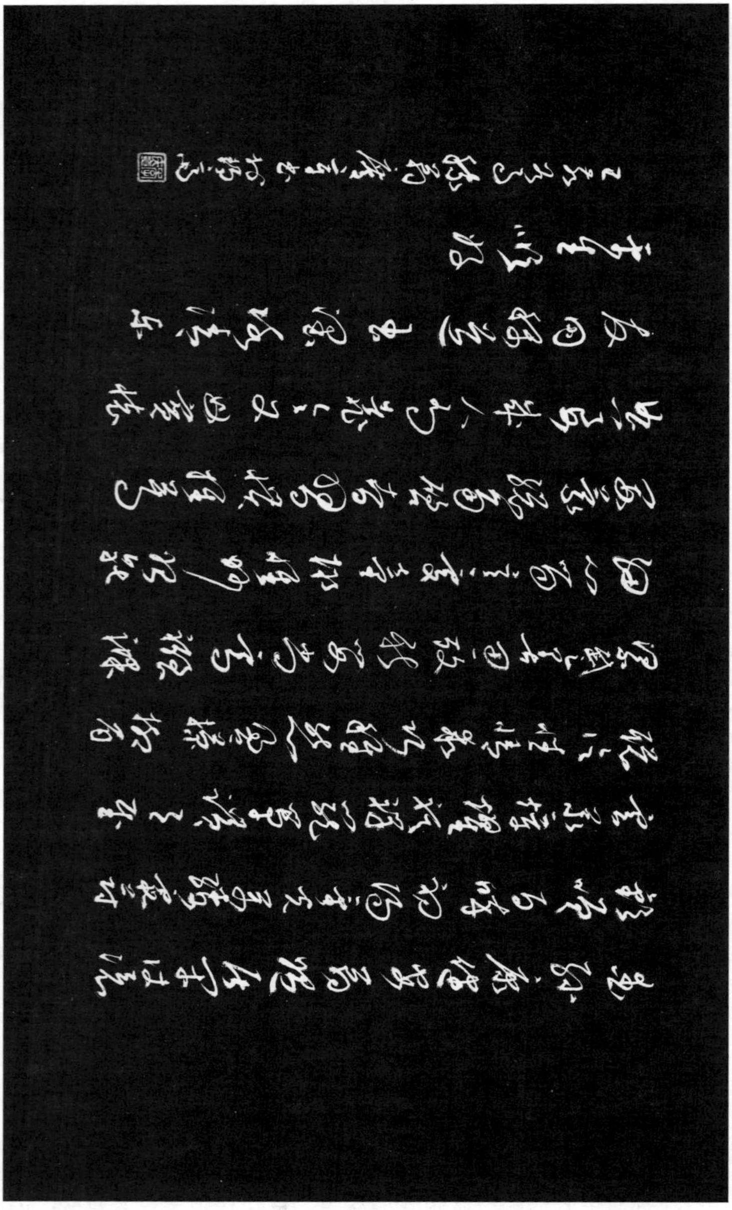

蔚云蒸辉耀。祺祥笼罩。赞天赋聪伶，性情乖巧。稚态盈掬，柳眉紧蹙善思考。

新婴尚需襁褓，细心留意处，童趣惟妙。始龀开蒙，总角启智，习惯推尊典要。成人有靠。令父母宽怀，友朋称道。玉润冰清，乐平生顺好。

词编（依《钦定词谱》）

蕃女怨·回南[1]

海南冬末墙淌汗，回暖时见。洳潮侵，寒腿患，心霾难散。立春天色转晴开，略舒怀。

一叶落·无奈

一叶落，惊心魄，有声掷地眼神错。可怜四脚蛇，生存难推度。难推度，束手无良策。

---

① 回南：即“回南天”，为华南地区一种天气现象。初春时随着气温回升，空气湿度接近饱和，墙壁甚至地面因水蒸气凝聚而显异常潮湿，浓雾则是“回南天”最具特征的表象。

忆王孙三首

忆王孙·蟋蟀

山庐坦卧对王孙，永夜无停语动人，赞许皤翁早退身。作邻尊，曲水流觞唱和频。

忆王孙·自慰

孤时最怕忆当年，两鬓经霜不忍看，犹幸寝香尚可饭。乐悠闲，明月清风如鄙愿。

忆王孙·且喜

孤苦凄清终又了，才半月、面苍人老。自知慵懒夜来长，每日起、天方晓。

尝盼拙荆归回早，微信报、于飞徙鸟。此时张口竟无言，却难掩、心情好。

金字经三首

金字经·落花风

雀聒屋檐下，雨听园囿中，过往行人脚步匆。风，肆威殄瘦红。吾心恸，痛哉田舍翁。

金字经·三伏末日

晨色行将去，暗蛩犹尚歌，炎热残零无几多。那，未觞竟自酡。林中坐，雅兴起，吟且哦。

金字经·习书

篆隶行草正，秀清刚朴浑。集大美，道源思魏晋。真，画心声，书若人。扬天分，下功夫，追右军[①]。

---

① 右军：王右军，即王羲之，东晋时期著名书法家。历任秘书郎、宁远将军、江州刺史，后为会稽内史，领右将军。人称“王右军”。

古调笑·师心自用

刚愎，刚愎，自大轻狂至极。师心[①]唯我独尊，常因气使乱神。神乱，神乱，人寡亲离众叛。

① 师心：即以心为师，只相信自己，固执己见。北齐·颜之推《颜氏家训·勉学》：“见有闭门读书，师心自是，稠人广座，谬误差失者多矣。”

曲

沉醉东风·追求

愕昨日冰霜蔽野，惬今天涛浪拍碣。鹏程路五千，燕处时一月。只缘因、生境差别。绿水青山翡翠叠，蓝天下云白若雪。

小桃红·春闷

客居南岛又新春，人困心中闷。一月时光转身顺，小屋蹲，每天长调难成韵。悄声虐蚊，迟来花信，淫雨覆寒云。

殿前欢·至味

莫凄惶，此心安处便吾乡。人生羁旅谁承望？每事停当。一张木板床，两件棉纱氅，三顿黄菽酱。尝言至味，惟淡真香。

一枝花·归真

适才学术论，转瞬渔樵问。自由遐噪聒，自在迩纯真。野鹤闲云，海角风和润，天涯雨细氲。唱晚晴、曲亢词新，安暮年、食香睡稳。

普天乐·春寒

雨淋漓，云接驾。寒噤山鸟，风落桐花。人犯愁，心生怕。热带羁情平添诧，窃狐疑、误走天涯。还去欲留，还留欲去，留去孰佳？

金字经·游园

肥绿深处听莺语，瘦红前头看蝶跹。漫步兴隆热带园。天，薄云遮日悬。微风煽，港田一路还。

天净沙·趣说

少时不隐行踪，中年何必西东，老迈尤珍隽永。梅花三弄，贵能妇唱夫从。

满庭芳·晚情

斜阳晚晴，浓桃艳李，花匠园丁。感同门意足心兴，事济功成。博学者、卅余[①]获鼎，彦硕人、枯近[②]流缨。师尊亘，中秋月明，每所问康宁。

一枝花·Serena，聿儿[③]

［一枝花］心襟企盼殷，梦境纡萦旷。有孙真幸福，无虑小安康。夙愿终偿，自此就职称上，从今也把祖父（母）当。喜难禁、地阔天宽，乐不支、神清气爽。

［梁州第七］凤鸣宇、吉音润朗，鹊踏枝、佳讯飙扬。呱呱坠地孙囡唱。喷珠噀玉，咀徵含商。感心动耳，荡气回肠。贺增口、父母荣光，庆生芝、绣褓凝祥。叹的是母亲苦、十月怀胎，惊的是父亲累、一家运掌，赞的是聿儿乖、三日还乡。红妆，锦章。祈聿儿将来淑人守静承嘉愿，温婉女儿样。能够妙笔生花袭世芳，著作等身长。

---

① 卅余：三十多人。

② 枯近：近八十人。

③ 聿儿：美国达拉斯时间2016年7月19日17:23时，即中国北京时间7月（农历六月，又称荷月）20日7:23时孙女顺利出生，母女平安，全家大喜。出生后3日随同父母乘车返回家中。定取英文名Serena，中文乳名聿儿。

［尾］恰便似小荷一朵苞初放，白纸一笺美未央。纯粹的人生有赖钦尚。导航，敢当。户本的西宾[①]尤应世俗罔。

沉醉东风·扎尕那藏民山寨

眺突兀石峰峭伟，睨空濛云雾迷离。头前岭外山，足下溪中水。沐秋风、牛壮羊肥。草绿稞黄梵塔奇，乐天命参禅进礼。

① 西宾：或西席，是汉代对教师的尊称。汉代席地而坐，以坐西面东为尊。相传汉明帝刘庄为太子时，拜桓荣为师。登皇位后，对桓荣仍安排以坐西面东南的座位，表示对启蒙老师的尊敬。从此，“西席”便成了对教师的尊称，也称西宾。

卷七

2017

七绝·新年感怀

新年肇始瑞光弘，燕舞莺歌岁历更。
致仕归田安稼穑，笔耕墨耨趣环生。

七绝·他乡有朋来访

新家两月凤凰轩，问候频传五指山。
今日人生佳话应，他乡喜见故知颜。

七绝·清欢

阴潜阳生又过年，难能此刻乐清欢。
心无挂碍犹堪啜，身有肢疴尽可颟。

七绝·鸡年说鸡

司晨有信报黎明，唤起寒门益早行。
误把福人幽梦扰，难禁恶语是非生。

七绝·丁酉元日

闻鸡起舞又新元，鞭炮齐鸣颂久安。
盛世华年千户庆，和春丽景万民欢。

七绝·64周岁自寿

尽享余生乐此闲，儿时旧曲又新弹。
蕉阴鹭[①]影诗书味，始伴皤翁每日餐。

七绝·人日并丁酉立春

立春人日两相和，双庆临门又几多。
燕语蕉林童龀[②]舞，莺啼桐陌惠风歌。

---

① 鹭：指三亚市市鸟——黄嘴白鹭，也叫白老、唐白鹭，是一种中型涉禽。它披着一身乳白色的羽毛，一尘不染，显得高傲而文雅。

② 童龀chèn：亦作“髫[tiáo]龀”，谓幼年，指幼童。髫谓儿童下垂之发，龀谓儿童换牙。故髫龀谓幼年。

七绝·习学鸟音

歌声婉转唱晨昏，暗自从师渐入神。

一日凭栏惟肖仿，赚来原鸟以为真。

七绝·人不孤

风清云淡凤凰村，粝饭粗蔬腊酒浑。

自信德馨人不寂，虽居僻远客盈门。

七绝·得知长期长校一位同僚因不惯退休生活早早西去，感赋为念

生前喜恋旧官身，斗气家中每怒嗔。

但适归田俗念远，真欢应属布衣人。

七绝·聿儿弹琴[1]

有模有样坐琴前，无束无拘并母肩。
时刻留心听众想，每弹一曲笑容嫣。

七绝·自制汤圆

汤圆可口乐陶然，自助完成庆上元。
如意称心包入内，新花老树不禁言。

七绝·丁酉雨水

天涯岁始雨难多，屡见浓云影似驼。
无处不花时有谢，山皴黄绿鸟虫歌。

---

① 聿儿弹琴：儿子李溯通过微信传来孙女聿儿弹琴的视频。才刚刚 6 个月的聿儿，那自立的神情，那准确的反应，还有那惬意的笑容和欢快的叫声，看后令人畅怀。

七绝·山荆习学太极扇

山荆学扇在山居，业内功夫见业余。
每日晨昏勤奋练，实名当副岂能虚。

七绝·丁酉惊蛰

山居确属不寻常，飒至清风满陋堂。
枝上黄鹂[1]高唱早，溪头缅栀暗传香。

七绝·海棠湾[2]国际免税购物中心

兴之所至海棠湾，免税商城翘首观。
外货环球添购趣，名牌满目伴游欢。

---

① 黄鹂：黄鹂科黄鹂属鸟类动物，共有 31 种。该属鸟类动物主要分布于除新西兰和太平洋岛屿以外的东半球热带地区，广布于古北界和东洋界。中国有 1 属 6 种。常见黑枕黄鹂，俗称黄莺，在中国为夏候鸟。体羽鲜丽，多为黄、红、黑等色的组合。中型鸣禽，鸣声洪亮悦耳。树栖性，以昆虫、浆果为主食。

② 海棠湾：位于海南省三亚市东北部海滨，与亚龙湾、大东海、三亚湾、崖州湾并列三亚市五大名湾。海棠湾风光旖旎，景象万千，一种原生态的美使海南三亚市旅游独具魅力。

七绝·山荆六十三寿

不甘寂寞惧空闲，六十三庚又练拳。
昔日功夫依旧在，层楼更上笑容嫣。

七绝·丁酉春分

鹿城不见信风摇，四季繁花美色娇。
长夏无冬称热带，天然物阜便渔樵。

七绝·二游三亚南山大小洞天

山海奇观景色妍，仙家故事古今传。
谁将大者知何去？致使惟存小洞天。[①]

---

① 据《崖州志》记载："石船少南，有亭，匾曰'大洞天'。亭四楹，大字书刻对二。""陈继统，港门人。雍正间，往南山岭采樵，憩牛车山下，步入大洞天，见二叟对弈石上。……归家已三年。后无病而终，享寿百岁。"陈继统的后人现仍生活在港门村，经常有人携带干粮到山里寻找"大洞天"，迄今无果。

七绝·他乡会晓东

知心老友贵相逢，海角天涯会晓东。
流水高山清韵响，班荆道故绮情融。

七绝·桐花祭

羁身海角遇清明，泣谢桐花肯祭灵。
风木含悲时日久，迄今犹痛寸肠青。

七绝·话别

每天平旦一开门，便见鹊鸲[①]先问询。
疑似已知分手事，今朝更有嘱声谆。

① 鹊鸲 qú：鹟科鹊鸲属鸟类动物，又名吱渣、信鸟、四喜等。分布于中国华南地区及长江以南一带。两性羽色相异，雄鸟上体大都黑色，翅具白斑，下体前黑后白。雌鸟则以灰色或褐色替代雄鸟的黑色部分。鹊鸲与喜鹊相似，但体形细小，俗称“小喜鹊”。不分四季晨昏，在高兴时鹊鸲会在树枝或大厦外墙鸣唱，因此在中国内地有“四喜儿”之称。

七绝·涯州归来

暮春时节始归来，连翘亭前已盛开。

柳眼桃腮迎面笑，喜鸦寒雀问声徊。

七绝·又见雾霾

生态如兹万不该，阴云小聚便生霾。

放心环境何时有，修复工程旷日挨。

七绝·觅牡丹

春意撩人踏赏天，冰城是处杏花繁。

痴心谷雨情专注，唯晓何方觅牡丹。

七绝·真情

半年未见众门生，别后居常问不停。

小店一爿围定坐，菜嘉酒美铁闻馨。

七绝·争春

杏桃棠李竞相开，蝶乱蜂狂燕侣偕。
只为冰城增美色，明朝老去也舒怀。

七绝·冷应激

今晨血压又升高，预警天人不协调。
立夏时分风雨骤，嫩寒锁梦睡兴[①]消。

七绝·八府喜宴

文哲诚怀告请频，盛筵唯庆令郎婚。
亲家故友欣媒妁，同砚知音恋榼樽[②]。

① 睡兴：睡眠的趣味。唐·白居易《认春戏呈冯少尹李郎中陈主簿》："暗助醉欢寻绿酒，潜添睡兴著红楼。"

② 榼 kē 樽：均为酒器，意指饮酒。

七绝·谒牡丹

平生感喟享清闲，翁媪俦偕谒牡丹。
数载花期忙里错，而今逐胜[①]满心欢。

七绝·麦青寒[②]

黑云叆叇[③]雨浏涟，荼苦蒿忧系牡丹。
任有倾城姿色好，何禁始夏麦青寒。

七律·重回南开

别梦萦牵卅四春，归来学子泪霑巾。
槐香馥郁欣然醉，燕语呢喃喟尔亲。
寻故园中怀旧事，探家路上羡今人。
快门屡揿欢声起，酬愿应谙赤胆真。

---

① 逐胜：追寻胜景。宋·杨万里《雪后晚晴四山皆青惟东山全白赋最爱东山晴后雪绝句》："只知逐胜忽忘寒，小立春风夕照间。"

② 麦青寒：即麦苗时期的低温寒冷，江淮一带则指麦秀寒。宋·范成大《夏日田园杂兴》："五月江吴麦秀寒，移秧披絮尚衣单。"

③ 叆叇 àidài：云盛貌，即浓云遮日。明·王錂《寻亲记·对雪》："彤云靉靆，茅屋顿成银界。"

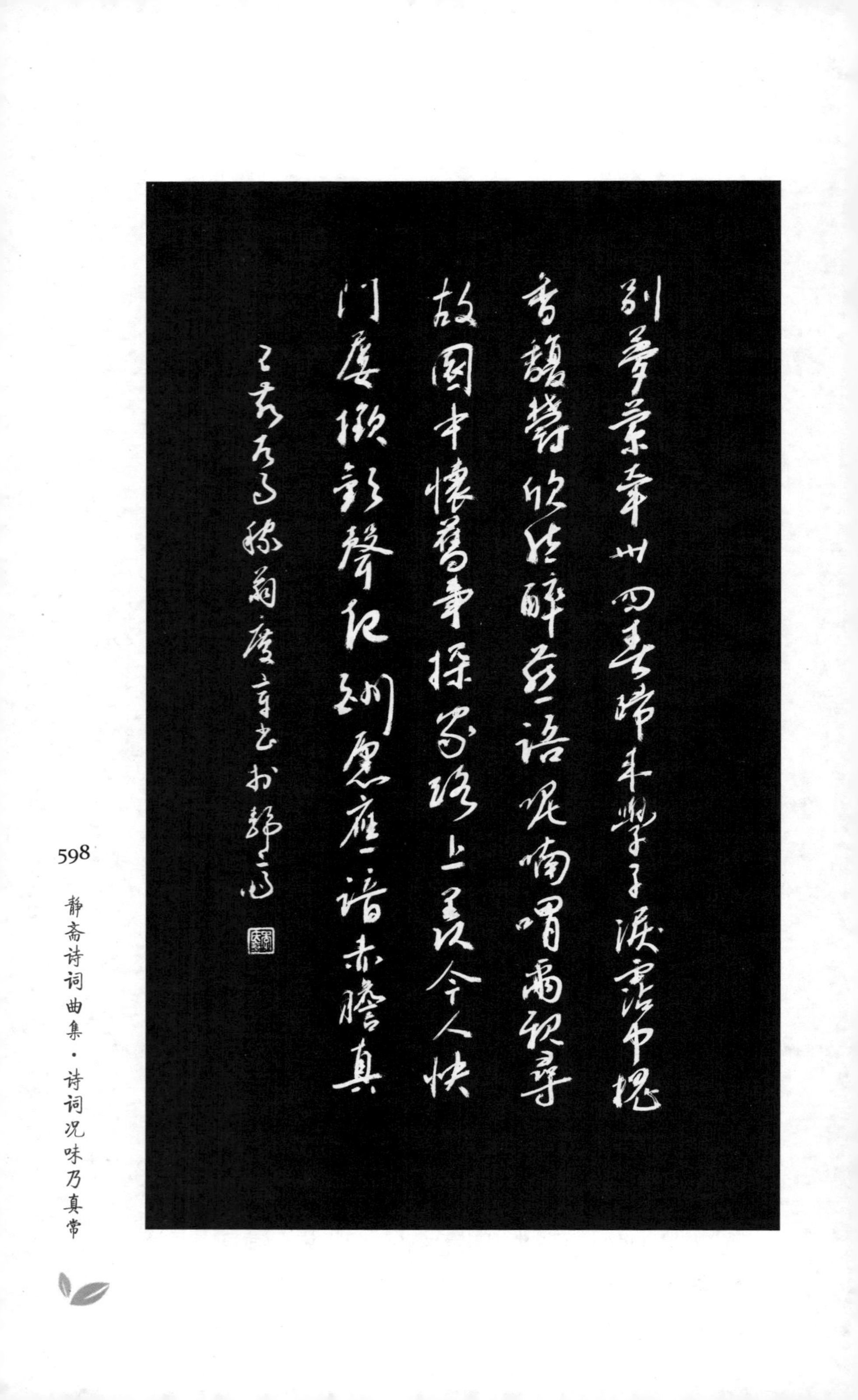

七绝·双膝病笃

一跤摔倒下肢伤，两次烦忧手术尝。
膝贵何能言贱弃，留心宝用待良方。

七绝·虫咬性皮炎

昆虫噬咬皮炎患，转瞬迁延数月长。
丘疹融合成小片，虽然剧痒命无妨。

七绝·候诊

皮炎数月看专家，候守医门待诊查。
窗外静听荷雨啜，廊中苦耐众人哗。

七绝 · 卜奎好人

卜奎车站陷艰迍[①]，绝路逢生遇好人。
联系右援轮椅坐，热肠古道感情淳。

七绝 · 迢祭五亲

故墓重修已二年，蕤宾[②]北上祭家先。
路迢行蹇心情迫，叩首高陵涕泪涟。

七绝 · 父亲节 2017

今年节日不平凡，父子荣升互致函。
从打女孙荷月降，开心笑口未曾缄。

① 艰迍 zhūn：艰难。唐 · 陆贽《册淑妃王氏为皇后文》："尝属艰迍，累从行幸，思贤才以辅佐，知臣下之勤劳。"

② 蕤 ruí 宾：古人律历相配，十二律与十二月相适应谓之律应。蕤宾位于午，在五月，故代指农历五月。晋 · 陶渊明《和胡西曹示顾贼曹》："蕤宾五月中，清朝起南飔。"

七绝·丁酉夏至

谚云夏至不拿棉，塞上边城却未然。

东北冷涡今又到，阴云密布霡霂[1]涟。

七绝·清晨雷雨

愕然平旦响雷声，暴雨狂风啸耳屏。

手握毛锥[2]无意写，厝疑[3]邻舍犬鸡宁。

七绝·冰城浴火

尝闻北塞盛冬名，此讶天文乱象生。

似火炎阳连数日，高温又见烤冰城。

---

① 霡 mài 霂：久下不停的雨。霡，古同“霢”。《诗·小雅·信南山》：“益之以霢霂，既优既渥。”

② 毛锥：古代笔的别称，即毛锥子。南宋·杨万里《诚斋集》：“仰枕槽丘俯墨池，左提大剑右毛锥。”

③ 厝 cuò 疑：置疑，怀疑。

七绝·入伏

伏天始至气温升，心静身凉暑热平。
今日冰城迎大烤，艳阳高照羡人行。

七绝·人老莫逞强

老年逢事岂能撑，调整当机便有灵。
冷气侵人捱一路，头晕数日不安宁。

七律·青春际会[①]

驱车四百到明城，旅宿天徕伴拙荆。
通达拜恩农稼友，明珠谢惠砚书情。
初心不忘崇纯粹，一世难偿尚正平。
莫惧年高双鬓白，精神抖擞暮春迎。

① 青春际会：陪拙荆返乡明城，参加其小学、初中、高中同学和青年点同事聚会。下榻“天徕浴馆”，顺便去明珠小区探望其儿时好友刘小娟及其母亲，继去通达镇霍家窑探望其青年点好友王金荣。

七绝·中伏駃雨

清晨駃雨爽身凉，数日熏蒸一扫光。
大暑罕能逢惬适，万金难买送禾墒[①]。

七绝·秋惬

探儿申请预期批，护照刚需准备齐。
刈获[②]频仍多喜惬，今年赴美见端倪。

七绝·黄汗

水风湿热四邪蒸，黄汗偷从两腋生。
固表益阳宣肺气，玉屏[③]来古效驰名。

---

① 墒 shāng：土壤适合种子发芽和作物生长的湿度。

② 刈 yì 获：收获。清·黄燮清《秋日田家杂咏》："刈获须及时，总为雨雪伤。"

③ 玉屏：即玉屏风散，中医方剂名，为补益剂，具有益气固表止汗之功效。

七律·电视剧《领养》[1]观后

跨国寻亲斗病魔，驿程全赖好的哥。
邻居闲里关心致，社会忙中属意多。
领养妈咪诚沥血，嫡生父母重偿过。
真情共谱纥那曲[2]，众口同讴大爱歌。

七绝·外寒内热证

午睡前溲[3]入厕房，突然颤抖若筛糠。

① 中央电视台电视剧频道热播的《领养》自播出以来，收视率居高不下，多次荣登 CSM52 城榜首。无论是演员扎实的演技还是剧中的大爱精神，都引起了广泛讨论，极具社会话题性，可谓口碑、收视双丰收。“催泪大剧”“情感无国界”“演员演技稳扎稳打”等好评不断。作为一部讲述跨国寻亲题材的作品，《领养》不浮夸、不做作，用诚挚的情感深深触及观众内心，在直戳泪点的同时又传递出无国界的跨国之爱。

② 纥 hé 那曲：唐声诗名，本为五言绝句。《尊前集》收作词调，《词律》《钦定词谱》皆列此调。胡震亨《唐音癸签》考其为唐天宝中，崔成甫翻《得体歌》，有“得体纥那也，纥囊得体那”之句，此即“纥那”之名所本。并谓唐人于舟中唱《得体歌》，有号头，即和声，“纥那”者或曲之和声也。

③ 前溲 sōu：小便，小恭。

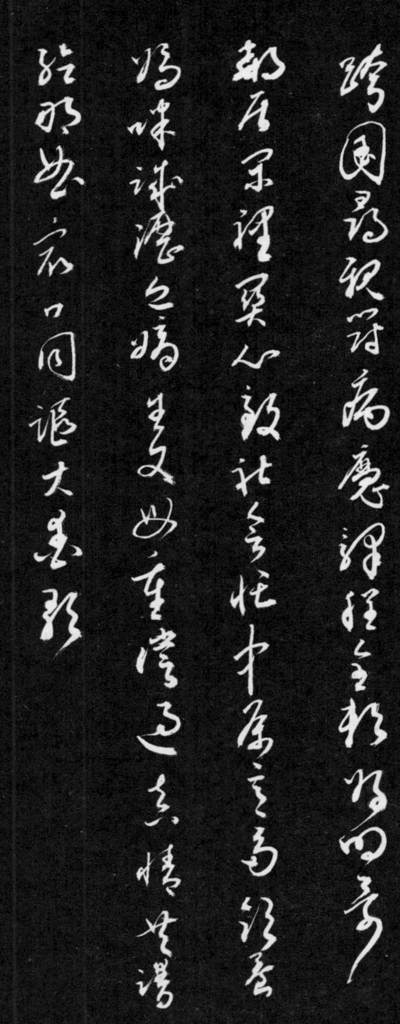

外寒内热周身痛，通圣防风[①] 药效良。

七绝 · 群鸟养羞[②]

出门惬意沐秋光，寒雀哄然落旷场。
群鸟养羞今日始，凉生白露聚收忙。

七律 · 丁酉秋分贺弟子李慧铭博士与彭刚先生新婚之喜

喜鹊高枝乐袅娉，贺音润朗动秋声。
慧心淑女千姿媚，铭鼎遒文百代荣。
彭蠡[③] 胸襟堪秀士，刚肠性体可豪英。
新诗吟咏双飞燕，婚礼讴歌并蒂情。

---

① 通圣防风：即防风通圣丸，中医古代名方。防风通圣散出自《宣明论方》，属于表里双解剂，主治表里俱实证。以憎寒壮热无汗、口苦咽干、二便秘涩、舌苔黄腻、脉数为证治要点。本方改为丸剂，名“防风通圣丸”。

② 养羞：储藏食物。《逸周书 · 时训》：“白露之日鸿雁来，又五日玄鸟归，又五日群鸟养羞。”朱右曾校释：“养羞者，蓄食以备冬，如藏珍羞。”

③ 彭蠡lǐ：指中国五大淡水湖之一的巢湖。

七绝·丁酉仲秋

同邀朗月举清觞，共飨中秋喜若狂。
今日溯儿佳讯报，乔迁妥善愿心偿。

七绝·暮秋友聚

寒凝露重自今亢，老友情深岂可忘。
水井坊醇添烈焰，桃红普旺负秋阳[①]。

七绝·丁酉霜降

秋风落叶满庭园，白露为霜感舍寒。
供暖推迟十日整，接头诡谬喟然叹。

---

① 指法国普罗旺斯（Provence）产粉（桃）红葡萄酒（Rose 2012），饮用后如沐秋阳一般适意。古代称冬天受日光曝晒取暖为“负喧”。唐·白居易《负冬日》：“负暄闭目坐，和气生肌肤。”

七绝·丁酉重阳

老来有乐岂彷徨，第二青春属[①]健康。
逸致闲情心趣远，媪翁谐适晚晴长。

七绝·丁酉立冬

寒风飘雨雾霾横，梦醒寅初血压升。
头痛胸闷今复见，只缘签证俟回应。

七绝·签证

翁媪偕行赴沈阳，一周筹备甚宽肠。
溯儿忙碌真情献，签证安平每事襄。

七绝·赫图阿拉城

萧瑟寒风雨后狂，游人寥落老城荒。

---

① 属 zhǔ：即属意，意向集中或倾向于（某人或某事）。晋·刘琨《答卢谌诗并书》：“不复属意于文，二十余年矣。”

赫图阿拉[①]今犹在，立国称金忆罕王。

七绝·丁酉小雪

乾坤闭塞入严冬，霁雪晞阳[②]曜雾凇。
莫道天寒诗兴减，稼翁闲月藻思[③]浓。

七绝·隆冬苦热

越冬何用屉笼蒸，汗水涔淫羽扇擎。
室内高温三十度，难捱苦热稼翁惊。

---

① 赫图阿拉：即赫图阿拉故城，位于辽宁省新宾满族自治县永陵镇。“赫图阿拉”是满语，汉意为横岗，即建在平顶山岗上的城。努尔哈赤、皇太极、多尔衮等众多清前时期的历史名人都出生在这里。赫图阿拉城为努尔哈赤称汗的后金都城，史称“兴京”，是中国历史上最后一座山城式都城，也是迄今保存最好的女真族山城。

② 晞xī阳：朝阳。唐·董思恭《咏露》：“晞阳一洒惠，方愿益沧溟。”

③ 藻zǎo思：做文章的才思。清·刘大櫆《序》：“翩然而藻思翔，蔚然而鸿章著。”

七绝·赴美探儿

十年初次探儿人，万里航程一路春。
落地亲迎无挂碍，女孙绕膝享天伦。

七绝·预言终偿

干咳数月苦难当，尽是环污惹祸殃。
空气润明尘垢少，不疗自愈预言偿。

七绝·初见女孙

女孙稚小未开蒙，但晓亲情乍面逢。
两目凝神疑惑看，忽焉一笑口含噰[①]。

① 噰 yōng:〔噰噰〕形容声音和谐。战国·楚·屈原《楚辞·九辩》:“雁噰噰而南游兮，鹍鸡啁哳而悲鸣。”

七绝·乐居儿处

今年大雪沐西风，气若深秋迥不同。
引颈长鸣知徕鸟[①]，心花怒放杖藜翁。

七绝·斯坦福德[②]初雪

临窗对雪绪如潮，一岁将除路远迢。
浪迹他邦翁媪惬，阖家团聚愿心瀌。

---

① 知徕鸟：即知来鸟，指山鹊，传说此鸟能知未来之事，故名。西汉·刘安及其门客《淮南子·氾论训》："猩猩知往而不知来，乾鹊知来而不知往。"高诱注："乾鹊，鹊也。人将有来事忧喜之征，则鸣，此知来也。知岁多风多巢于木枝，人皆探其卵，故曰不知往也。"

② 斯坦福德：美国康涅狄格（Connecticut）州斯坦福德（Stamford）郡。

七绝·热热[①]

吾若忙时汝便闲，傍身静卧不纠缠。
生灵似此真情贵，大美和合世界圆。

七绝·丁酉冬至

历图今日始交冬，鸥鸟忘机舞碧空。
寒雀乐俦灰鼠餮，感恩投食绿篱丛。

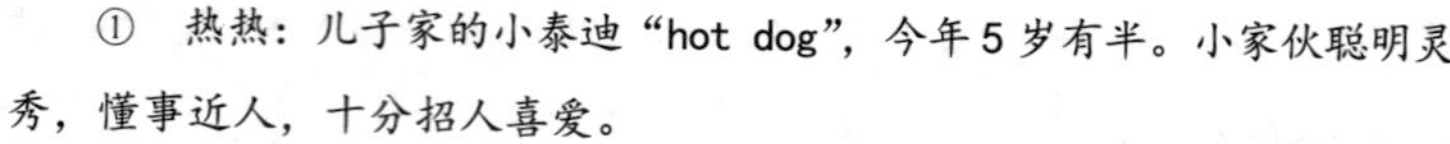

① 热热：儿子家的小泰迪“hot dog”，今年5岁有半。小家伙聪明灵秀，懂事近人，十分招人喜爱。

词

好时光·丁酉元日

灿烂春元[1]新启，金马跃、碧鸡翔[2]。天顺地和人意适，升平万古芳。

莫道霜鬓已，趣未老、日方长。曲赋诗书印，恰当好时光。

乳燕飞·聿儿一周岁

申岁陶然历。岂能忘、一声啼唱，喜从天即。天使不堪尘间扰，兀自酣眠数日。云霓待、疲除倦释。睡眼惺忪瞄世界，浅靥开、尽见婴儿赤。父母愿，爱称聿。

欢心常伴无闲隙。杖藜翁、天伦叙乐，畅抒胸臆。每见女孙添新趣，便入诗词韵律。摛掞处、真情甜蜜。一笑一颦皆故事，此娇娃、冰雪聪明质。当羡我，誉孙癖。

---

① 春元：正月初一。元·脱脱、阿鲁图《宋史·乐志十四》："消辰协吉，时维春元，上册三殿，旷古无前。"

② 金马、碧鸡：传说中的神物。南朝·宋·范晔《后汉书·西南夷传·邛都夷》："青蛉县禺同山有碧鸡、金马，光景时时出见。"南朝·梁·萧统《文选·左思》："金马骋光而绝景，碧鸡儵忽而曜仪。"吕延济注："金马、碧鸡，神物也。"

人月圆·圣诞节

老来节日思亲重，圣诞每临时。年年此日，心托鸥鸟，遥寄禳祈。

今年圣诞，阖家团聚，久愿终随。美邦东岸，天伦叙乐，情动庭闱[①]。

① 庭闱：内舍，多指父母居住处。唐·杜甫《送韩十四江东省觐》："我已无家寻弟妹，君今何处访庭闱？"

小喜人心·祖孙乐

孙孙首谋面，陌生惊初见，攒眉不言，喜抱翛翚[1]始远。几经有新变，吻吻吻连连，顶顶顶[2]天天。音稚俨如雏燕，华语英语叫人何能辨。

---

① 翛翚 xiāo huī：飞腾迅疾貌。宋·章樵《古文苑·卫觊〈西岳华山亭碑〉》："神乐其境，翛翚无形。尊卑有序，絜心致诚。"章樵注："翛翚，飞腾迅疾也。"

② 指婴幼儿与至亲的互动游戏"顶脑门"。

2018

七绝·2018 年元旦

桑榆未晚又新元，夙愿终偿企廿年。
万里重洋今岁渡，亲情畅享布衣仙。

七律·团圆

一家团聚享常伦，冰封雪覆若暖春。
溯溯[1]奔波勤守业，天天[2]忙碌妥安身。
聿儿[3]聪慧惊群好，热宝[4]乖萌感众亲。
忍俊不禁翁媪足，饱餐酣睡葛怀民[5]。

---

① 溯溯：儿子。

② 天天：女儿（儿媳）。

③ 聿儿：女孙。

④ 热宝：泰迪热热。

⑤ 葛怀民：即葛天氏、无怀氏时代的民众。葛天氏乃中国远古联盟共主，无怀氏为中国民族联盟时代伏羲女娲政权的第七十二任帝。葛天氏和无怀氏所在时代，是我国古代人向往并称道的“理想之世”。晋·陶潜《五柳先生传》：“衔觞赋诗，以乐其志。无怀氏之民欤，葛天氏之民欤！”

七绝·天伦叙乐

每日门厅待子归，稚园同往载孙回。
遐思曩岁情绵绻，叙乐天伦信可追。

七绝·暴风雪

风饕雪虐水成冰，半日之间路勒停。
悯念群鸥惶惑遇，饔飧不继万难宁。

七绝·丁酉小寒

美邦东岸雪踪连，车路通行步道愆。
超量海盐凭泼洒，但求省事少花钱。

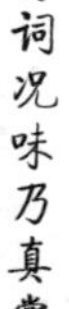

七绝·冰雪奇缘[①]

安娜顽强志不恢，国民有难岂稽违[②]。
红鞋踏破关山路，觅得亲情夏日归。

七绝·祖孙缘

儿语咿呀莫浪猜，谙通此道是儇才[③]。
孙言祖悟亲情蜜，每至从心笑靥开。

七绝·家庭晴雨表

衷情骨肉不衰分，隔代尤浓攫魄魂。
活脱一张晴雨表，全家忧喜系于孙。

---

① 冰雪奇缘：全家人驱车40分钟，去Webster Bank Arena观看Disney on Ice Presents Frozen. Sunday, January 07, 2018 4:00 PM.

② 稽违：指耽误或延误。明·陶宗仪《辍耕录·匠官仁慈》："有匠人程限稽违，案具，吏请引决。"

③ 儇xuān才：聪慧敏捷的人。汉·张衡《南都赋》："儇才齐敏，受爵传觞。献酬既交，率礼无违。"

七绝 ·“色难”对

圣云悦色最为难[①]，父母开心自可安。
皇帝命联询对句，纪昀容易胜同官。[②]

七绝 · 无题

残冰未尽北风凄，冻雨飘摇霰雾霏。
忐忑皤翁心向远，松花江畔柳依依。

七绝 · 65岁自寿

老来切勿自寻烦，简澹惟求体魄安。
血色瑶轮[③]同贺慰，书香墨润入霞餐。

---

① 子夏问孝。子曰：“色难。有事，弟子服其劳；有酒食，先生馔；曾是以为孝乎？”

② 据传，一次乾隆读书时，突然抬起头来对纪晓岚说：如果以“色难”作上联，想对好下联很不容易。纪晓岚不假思索，直接就说：下联就对“容易”。乾隆品品味道，赞曰“绝妙”。纪晓岚之所以对得如此快，是因为他知道，早在明代成祖朱棣与大臣解缙就出对过此联。

③ 血色月亮。今岁寿诞，恰值“150年不遇”“月全食血月＋超级月亮＋蓝月”三景合一的天文奇观！可谓幸甚至哉。

七绝・丁酉又立春

周期购物往韦城[①]，父子驱车喜伴行。
一路酬心情绪昶，春风化雨海鸥鸣。

七绝・不痴不聋不作阿家阿翁[②]

不谙姑舅若何当，但晓天伦岂可方。
耳聩才能无愠恼，脑痴便会有福祥。

七绝・小年

斯郡[③]初春过小年，儿孙翁媪乐空前。
迎新瑞雪如期至，辞旧心情是日还。

---

① 韦城：纽约州韦斯特切斯特（Westchester）郡，美国纽约大都市北部的一个郊区郡。

② 指作为一家之主，对下辈的过失要能装糊涂。唐・赵璘《因话录》卷一："郭暧尝与升平公主琴瑟不调。尚父拘暧，自诣朝堂待罪。上召而慰之曰：'谚云：不痴不聋，不作阿家阿翁。'"阿：助词，用在称呼的前头。家：通"姑"，丈夫的母亲。翁：丈夫的父亲。阿家阿翁，即婆婆公公。

③ 斯郡：即美国康涅狄格（Connecticut）州斯坦福德（Stamford）郡。

七绝·雨后心情

林杪轻飘罣霭纱，明庐隐映见人家。
凭窗杖立心情好，蓦念天涯叶子花[1]。

七绝·丁酉除夕

年夜萧条叹冷清，心无着落卧难宁。
迎新短信频繁阅，怀旧长歌反复听。

七绝·戊戌元日

子夜钟鸣[2]醒稼翁，戌来酉去两相融。
年庚岂在留心处，笔墨痴情宛若童。

---

① 叶子花：三角梅的别称。

② 钟鸣：东窗下的教堂（FIRST PRESBYTERIAN CHURCH）钟声定时鸣响，不断告示人们世界的日更月替、时过境迁。

七绝 · 旧业重操

儿生眩晕痛爹心，细忖医方手代针。
症见回头神色转，重操旧业病魔擒。

七绝 · 女孙频繁感冒

风寒每犯几多天，咳嗽高烧涕水涟。
惟赖自堪[①]矜远药，纯阳[②]损害病难痊。

七律 · 祖孙伴

父母偕行去纽廛[③]，惟留老幼守家田。
女孙身热痰咳剧，翁祖肢残步履蹇。
红柚白梨开聿口，唾涎鼻涕蹭爷肩。

---

① 自堪：自己能胜任，能忍受。唐 · 黄滔《旅怀》诗："萧飒闻风叶，惊时不自堪。"

② 纯阳：指纯阳之体，生理学名词。为小儿生理、病理特点之一。东汉 · 卫汎《颅囟经》："三岁以内，呼为纯阳。"

③ 纽廛：纽约市廛。

启蒙动画[①]黄童爱，伫立凝神电视前。

七绝·戊戌上元

连绵宿雨叹凉生，杖立窗前俟月明。

谀赞老妻心趣亢，劬劳自制上元羹。

七绝·春到斯坦福德

红芽始绽稚囡姱，鸣雀初啼客地华。

惬晓斯城春已醒，探亲期满欲还家。

七绝·商场麻雀

商场憩坐俟山荆，耳畔惊疑有雀鸣。

封闭空间虽偌大，何方觅食度今生？

---

① 启蒙动画：指英语动画练听力《粉红猪小妹（Peppa Pig）》。本套视频为英音，比较适合英语刚刚起步特别是年龄 2～5 岁的儿童。

七绝 · 儿女易职既成

数月遐愁苦事繁，疲于奔命口常叹。
重新易业如望兑，儿女舒心父母安。

七绝 · 在美购物

选购时常感自豪，家邦制造字明昭。
价廉物美平民爱[①]，每日难离是处瞧。

七绝 · 斯城[②]街头一瞥

入骨春风四体僵，街头漫步负暄望。
诧疑姝媛罹癫症，身覆寒衣足纳凉。

---

① “中国制造”已经成为欧美民众日常生活不可或缺的重要元素。据记者采访确认，中国生产的家电和日常生活用品，在美国中、低收入家庭中，占有量可高达 80% 以上。

② 斯城：即斯坦福德（Stamford）郡。

七绝·荆妻 64 寿

母氏劬劳备晚餐，珍馐美馔满杯盘。
孝心儿女归来早，口诵祯祥寿老欢。

七绝·梦念

料峭春寒寒锁梦，绵长念痛痛戕神。
深怀父母劬劳苦，迄死难忘养育恩。

七绝·配镜

斯城配镜验光时，眼界宏开口叹奇。
设备精良均肆好，郎中细腻每无欺。

七绝·戊戌春分

大雪纷飞寒意迫，衣单体弱稼翁忧。
斯城气候原如此，已入春分尚著裘。

七绝·美国囡[1]

个性张扬美国囡，自由成长畅心言。
未从其愿随称不，态度鲜明岂覆翻。

七绝·中餐

遣情真味乃中餐，美馔珍馐数万千。
去国怀乡尤念此，朵颐豪快自称仙。

七绝·游耶鲁大学[2]

访春耶鲁乐游园，感喟书香润秀颜。
母校重归儿女惬，稚孙尤恋历阶攀。

---

① 美国囡：孙女聿儿出生在美国，刚刚1岁又8个月，即表现鲜明的个性。要什么与不要什么，态度十分坚定。不要的东西“No”说得响亮而干脆，没有任何可以商量的余地。

② 游耶鲁大学：儿子和儿媳均是毕业于耶鲁大学的博士，在美工作数年，事业和家业均有小成。此次携1岁又8个月的女儿陪同父母重游母校，可谓兴致勃勃。小孙女不失童趣，在大学书店攀爬台阶，旁若无人，尤为尽兴。

七绝·咳嗽

喉咙剧痒干咳烈，寝卧难平苦痛缠。
两用糖浆分夜昼，口尝三次病初蠲[①]。

七绝·斯城连翘[②]

诧惊连翘传春讯，雨霁斯城展笑颜。
慨叹园丁劳作苦，成功引种大洋边。

七绝·后生可畏

当信后生豪气壮，半年两次举家迁。
尘埃落定精心划，事到临头每事全。

① 蠲 juān：除去，驱出，祛除，免除，去掉。同“捐”。唐·白居易《杜陵叟》：“十家租税九家毕，虚受吾君蠲免恩。”

② 斯城连翘：据记载，连翘仅分布于中国和日本。今日在大西洋东岸的美国斯坦福德（Stamford）郡得以相见，方知此记载并非全面。

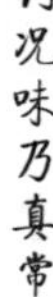

七绝・举家南迁

地北天南犹咫尺，千山万水仅须臾。
阖家欧郡[①]开心笑，谑议斯城霹雪颰[②]。

七绝・客居

美味中餐疲惫释，澄幽晚色画图新。
媪翁双宿红屋顶[③]，一夜聆听鸟聒群。

七绝・戊戌清明

滚滚雷鸣惊梦醒，潇潇雨泣动情怀。
身羁欧郡心驰远，父母坟前涕泪揩。

---

① 欧郡：美国德克萨斯州欧文（Irving）市。

② 颰 fú：大风。〔～飙〕大风。亦作“扶摇”。

③ 红屋顶：Red Roof Inn.（红屋顶旅馆）。

七绝·欧文印象

足食丰衣疏困扰，安居乐业享安祯。
天长地久宜人处，鸟语花香景色明。

七绝·玛斯汀巷[1]

幽居巷陌玛斯汀，夜晚心同万籁宁。
一抹晨光初报晓，便闻啼鸟满窗棂。

七绝·家中百灵

清晨已惯稚孙歌，唱彻居庐众口阿。
莫道初声差韵律，自由随性味酥酡[2]。

---

① 玛斯汀巷：指美国 Iriving，Texas（德克萨斯州欧文市）Ranch Valley Parkway（PKWY）的 Glen Cove 小区 Mustang Drive（玛斯汀巷）。

② 酥酡 tuó：古印度酪制食品。宋·林洪《山家清供·玉糁羹》："东坡一夕与子由饮，酣甚，槌芦菔烂煮，不用他料，只研白米为糁。食之，忽放箸抚几曰：'若非天竺酥酡，人间决无此味。'"

七绝·快乐的环卫工

高高兴兴步蹁跹，认认真真汗渗涟。
垃圾完清挥手去，笑声遗落巷衢边。

七绝·二月晦日[①]欧文

晨寒午热似家乡，日丽风高入夏光。
树影婆娑林籁动，皤翁策杖逸情长。

七绝·舍前野鸭

清晨绿地卧双凫，色喜嘉宾莅草庐。
俟我抬头微笑对，欢声悦耳翅翎舒。

---

① 晦日：古人根据天上有没有月亮和月亮的圆缺来记月，称为晦、朔、弦、望。晦是月终，朔是初一，弦分上弦（每月初七、初八）、下弦（每月二十四、二十五），望是十五。

七绝·女孙乐唱

五月时程犹恨短，天伦叙乐俊难禁。
女孙殊爱高声唱，旁若无人赤子心。

七绝·赤子真情

别前熊抱女孙娃，不晓行将去日遐。
顿悟随之神色变，高声呐喊唤爷爷。

七绝·话别

此去相逢又几何？深情父子话成箩。
老来眼泪尤其贵，触动柔肠苦痛多。

七绝·别情

远送双亲到纽城[①]，即将分手复叮咛。

① 纽城：指美国新泽西州最大港市纽瓦克（Newark），为大纽约市的一部分。

过关翁媪回头望，视线模糊涕泪零。

七绝 · 归心

归期已到愈流连，远汉[①] 疏星月正圆。
莫道神思如箭走，心情尚在子孙边。

七绝 · 远乡归来

时濒孟夏返家乡，日丽风和月既望[②]。
弟子诚邀筇杖老，言难尽意话题长。

---

① 远汉：指遥远的天河。宋 · 葛长庚《贺新郎 · 赠林紫元》："月插青螺髻。柳梢头、夕阳荏苒，西风摇曳。数粒苍山黏远汉，树色烟光紫翠。"

② 既望：农历十六日，表示满月后一天。在古籍文献中，对一个月中某些特殊的日子还有特定的名称。如每月第一日叫"朔"，二日为"既朔""死魄"或"旁死魄"，三日为"哉生明"或"月出"，八日为"恒"或"上弦"，十四日"即望"，十五日"望"，十六日"既望"或"生魄""哉生魄"，十七日"既生魄"，廿二、廿三日"下弦"，最后一天为"晦"或"即朔"。

七绝·何以不再养花

多年不再养盆花，放却忧心免恋家。
流动客居何以乐，惟求适意旅愁遐。

七绝·赞青年名医

青年隽秀省名医，诊视鼻渊[1]善用奇。
辨证求因方略胜，精诚务本效功居。

七绝·电脑之痛

维修电脑力难当，半载停机苦遍尝。
弟子偷闲身手到，醍醐灌顶透心凉。

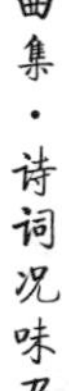

① 鼻渊：中医病名，是指鼻流清涕、如泉下渗、量多不止为主要特征的鼻病。常伴头痛、鼻塞、嗅觉减退、鼻窦区疼痛，久则虚眩不已。是鼻科常见病、多发病之一。亦有“脑漏”“脑砂”“脑崩”“脑渊”之称。西医学的鼻窦炎症性疾病可参考本病进行辨证施治。

七绝 · 乐住两湾

数载屡嗔人气弱，荆妻顾访每曾悁[①]。
此行忻见楼林立，夜伴机鸣也入眠。

七绝 · 戊戌小暑

海风频抚送清凉，暑日烦忧一扫光。
甄选适居心动处，荣成妙好两湾强。

七绝 · 戊戌大暑

浓雾蒸腾数日连，门窗紧闭换风关。
讶惊鞋帽生霉黑，衾枕潮黏苦宿患。

七绝 · 蝉

居高远韵傲秋风，不惧炎蒸岂驯同。

---

① 悁 yuān：忧愁，忧郁。北宋 · 王安石《与望之至八功德水》："聊为山水游，以写我心悁。"

慢曲常弹孤自赏，恬然寡欲内心充。

七绝·哮咳

过敏咽炎转哮咳，气壅痰塞苦难捱。
邻家大姐苏黄药[①]，妙使皤翁笑靥开。

七绝·新凉

方知出暑[②]仅三天，便觉新凉益昼眠[③]。
飒至清风居舍满，杳濛烟雨怯声溅。

七绝·呼兰与萧红

呼兰美誉自萧红，柳絮才高也籍风。

---

① 苏黄药：苏黄止咳胶囊，扬子江药业集团北京海燕药业有限公司生产。

② 出暑：处暑的别称。

③ 昼眠：白昼睡眠，午睡。唐·白居易《睡起晏坐》："后亭昼眠足，起坐春景暮。"

玉出昆冈乡适[①]力，金生丽水地宜工。

七绝·杂感

多年未见已然生，不晓如何变化能。
大话连篇难谏止，云天雾地蔑嫌憎。

七绝·真情再续

同窗聚会兴无前，水复山重若等闲。
卌载流光胞谊厚，今朝再续挚情殷。

七绝·病身参加同学 40 年再聚首

杖翁三日不寻常，跛曳伤肢硬逞强。

① 乡适：乡土所适。萧红恰是因乡土小说一举成名，而且成为 10 年写作 100 多万字的多产青年作家。可以说，呼兰孕育了乡土作家萧红，萧红也使呼兰因此出名。

只为同窗嘉谊续，飧艰膝痛[1]咬牙当。

七绝·戊戌秋分，首次中国农民丰收节[2]

农耕地位本齐天，稼穑桑麻莫小看。

壤沃渠饶基础厚，民丰物阜幸福磐。

七绝·戊戌寒露

平生遂意几曾看，事尽从心未有全。

人淡若菊诚亘久，心澄似水可延年。

七绝·戊戌重阳

乡情不改意难违，梦里行程又几催。

---

① 飧艰膝痛：在伤肢的基础上，又添食物过敏一年，除猪肉、鸡肉外，其他动、植物蛋白质食物几乎都不能吃，吃则剧烈咯痰（过敏性鼻咽炎）。

② 中国农民丰收节：于 2018 年设立（国函〔2018〕80 号），节日时间为每年农历“秋分”，这是第一个在国家层面专门为农民设立的节日。

雁字[①]云空凄唳唤，登高远望以为归。

七绝·戊戌霜降吃柿子

儿时乐道老来馋，但恐鞣酸[②]便秘炎。
口欲难捱何以顾，甘腴隽永朵颐忺[③]。

七绝·心期[④]

经年属念凤凰居，子夜飞临不觉疲。
如故鹊鸲犹唱晓，真情未减道心期。

---

① 雁字：指成列而飞的雁群。群雁飞行时常排成“一”或“人”字，故称。宋·范成大《北门覆舟山道中》：“雁字江天闻塞管，梅梢山路欠溪桥。”

② 鞣酸：又名单宁酸。在植物中广泛分布，是一种重要的次级代谢产物，也是除木质素以外含量最多的一类植物酚类物质。为黄色或淡棕色轻质无晶性粉末或鳞片，无臭，微有特殊气味，味极涩。2017 年 10 月 27 日，世界卫生组织国际癌症研究机构公布了致癌物清单，单宁酸和单宁名列其中。

③ 忺 xiān：高兴；快乐。清·洪昇《长生殿》：“清游胜，满意忺。”

④ 心期：心愿，心意。清·纳兰性德《浪淘沙》：“回首碧云西，多少心期；短长亭外短长堤。”

七绝·山居新语

耳蜗连昼响机鸣，入夜依然慊[①]梦萦。
商贾庶民虽有别，相安共处世风清。

七绝·戊戌立冬随团体验养老服务

立冬之日艳阳燔，翁媪偕行两日闲。
夜宿文昌[②]参养老，瞩今瞻后放心间。

七绝·水色山光各不同

四百行程半日间，山光迥异水云天。
时温尽管差三度，树静风平感汗湲[③]。

---

① 慊qiè：通“惬”。快心，满意。《孟子·公孙丑上》：“行有不慊于心。”

② 文昌：海南省省直辖县级市，别名紫贝。自西汉建制已有2100多年历史，为海南三大历史古邑之一。海南省闽南文化发源地，文昌航天发射中心所在地。有中国椰子之乡、华侨之乡、排球之乡、文化之乡、国母之乡、航天之乡、将军之乡、书法之乡以及长寿之乡美誉，自然风景优美，文化底蕴深厚，是海南省重点旅游城市。

③ 湲yuán：潺湲，水慢慢流动的样子。战国·楚·屈原《楚辞·九歌》：“观流水兮潺湲。”

七绝·伟人逸卧

昌鸡[①]唱晓伴皤翁，五砌楼台练锦功。

瞬时眼前夤亮[②]闪，遥看逸卧伟人庞。

七绝·五指山[③]

翡翠林都五指山，天然别墅妙姿妍。

馨风送爽清凉地，丽景耽情[④]锦绣园。

七绝·山荆遐游香港

山荆结队访香江，往返何需计短长。

---

① 昌鸡：海南文昌鸡，海南省文昌市特产，中国国家地理标志产品。

② 夤 yín 亮：恭敬信奉。南朝·齐·王俭《褚渊碑文》："自非坦怀至公，永监崇替，孰能光辅五君，夤亮二代者哉？"

③ 五指山：海南省县级市，别名通什。位于海南岛中南部腹地，是海南岛中部地区的中心城市和交通枢纽，也是海南省中部少数民族聚居地。五指山市因海南岛最高山峰五指山而得名。2017 年 3 月，入围"2017 百佳深呼吸小城"名单。

④ 耽情：谓因喜爱而倾注深情。清·傅扆《柳枝词》："灵和前殿见风姿，戎薛耽情写艳词。"

自打家公[①]跂蹇[②]患，遐游廿载未能望。

七绝·戊戌小雪

时温骤降感微寒，出水迎风体战挛。

自此天涯阴气涨，饮飧起卧慎防偏。

七绝·贻悔[③]

忘却年龄勿绮谈[④]，慎微谨小老必严。

泳池贻悔鱼跃起，右肋创伤恨苦添。

① 家公：一家之男主人，多指丈夫。汉·焦赣《易林·剥之涣》："坐争立讼，纷纷匆匆，卒成祸乱，灾及家公。"

② 跂蹇 qí jiǎn：跛足。亦指跛行的人。

③ 贻悔：留下悔恨。

④ 绮 qǐ 谈：美艳的言辞。清·胡楷《志》："诗之评，字之正，人物之绮谈，奇闻奥旨，靡所不载。"

七绝 · 呼唤知音[①]

翘首凭栏眺远林，望穿秋水唤知音。
莫言离久人情淡，故友归来每日寻。

七绝 · 旧情难移[②]

移居别处为身安，震响机鸣苦不眠。
几度闻知溪友[③]觅，如心[④]唱和旧情专。

---

① 呼唤知音：隔年后来琼，因为小区三期施工，园鸟已经避噪逃离。每日晨昏仍如前岁，模仿鸟叫，希望昨日园鸟早日回归。

② 旧情难移：经多日不懈地凭栏呼唤，终于使迁居的园鸟重归故地，唱和如初。

③ 溪友：指居住溪边寄情山水的朋友。宋 · 陆游《小舟晚归》："扶病寻溪友，忘忧泛钓槎。"

④ 如心：称心，如意。宋 · 王安石《与孟逸秘校手书》之八："奔走南北，而事多不能如心。"

七绝·戊戌大雪二首

二首其一

时当大雪仲冬濒，景丽风和每日春。
鸟语传情晨悦耳，桐华献彩暮宁神。

二首其二

冬时不惯雪连三，翁媪相偕客海南。
每日娱游千米后，温泉浴泡必当参。

七律·尖峰岭[①]雨林谷游

老年候鸟晚开花，兴味高幽甚可夸。

廿八拳人同聚首，六台座驾统调拏。

阴晴称意天缘好，餐宿随心地遇嘉。

漫步雨林深叱吸[②]，朵颐鲟馔怍中华[③]。

七绝·夜宿天池[④]

桃园晚睡已三更，夜雨淋漓久不停。

一阵山风羁客讶，竹摇叶响欠身听。

---

① 尖峰岭：即尖峰岭国家森林公园。位于海南岛西南部，总面积447平方公里。公园以神秘的热带雨林、神奇的自然景观、独特的气候条件、山海相连的地理优势，成为海南省六大旅游中心系统之一。公园拥有中国现存整片面积最大、保护最完好的原始热带雨林。从海滨至1412米的主峰分布着7个植被类型，形成垂直的植被带谱。拥有维管植物2800多种，动物4300多种，被誉为“热带北缘生物物种基因库”。

② 叱吸：犹呼吸。宋·苏轼《飓风赋》：“袭土囊而暴怒，掠众窍之叱吸。”

③ 中午聚餐于雨林谷品鲟园，品尝香煎、清蒸人工养殖中华鲟，虽然大快朵颐，但心存愧疚。

④ 夜宿天池：下榻尖峰岭天池桃花园酒店。

七绝·黄流老鸭[①]

黄流老鸭美其名，一岁多哉始可称。
白斩方知真味道，耐嚼不烂趣尤增。

七绝·岁末心情

皤翁此际好心情，毕岁开怀飨静平。
琐事无强[②]烦虑少，安常处顺佚愉[③]生。

① 黄流老鸭：一道色香味俱全的海南传统名菜，一般有白斩和干煸两种做法。

② 无强：不强制，顺乎自然。

③ 佚愉：安逸欢愉。明·方孝孺《与郑叔度书》之六："奉别以来，艰戚、佚愉、闲居、行役，梦寐无时不相接，忘其为两年之久、千里之远也。"

词

少年游·斯郡行

康州斯郡雪凄迷，冬日每常时。寒风凛冽，路人凉踽，鸥鸟夜归迟。

此行欢享天伦乐，谷雨近归期。连翘迎春，松涛水暖，江畔柳依依。

采桑子·团聚

廿年企盼天伦乐，夙愿终偿。远渡重洋，万里行程一日央。

阖家翕聚康都邑，雪虐风狂。再返南乡，眼笑眉开共引吭。

渔歌子二首

渔歌子·有病求医

有病求医且耐烦，置身平易自能安。先等待，后听传，虽没坐定已看完。

渔歌子・偌大门庭

偌大门庭若市廛，人头攒动噪声喧。轻诊病，重谋钱，悬壶济世几人弹。

菩萨蛮・主任高论

半年居美天伦慰，鼻渊复重难捱最。每日苦痰多，滞稠犹恶魔。

归回忙诊断，十日无明辨。教授戏言听，一头云雾生。

玉蝴蝶・聿儿闻乐起舞

闻声摇摆徊旋，容与[①]踏歌欢。脚步稚儿蹒，心神赤子妍。

娘亲忙录像，慈父作旁观。人赞舞姿翩，曲终情未阑。

---

① 容与：安闲自得。宋・张孝祥《水调歌头・隆中叁顾客词》：“纶巾羽扇容与，争看列仙儒。”

真欢乐·祖孙相伴5月忆，并贺聿儿2周岁

老来快乐童儿赋。小天使、全神顾。些微长进添欢，点滴提高增趣。故事萦宛留心处。对视频、怦然憬悟。企俟好时光，盼祖孙团聚。

酉冬幸得初相遇。意朦胧、怯生觑。俄间即显亲昵，不日随祈爱抚。爷奶高唤求帮衬，回报以、自编歌舞。每日唱晨昏，与笙篪同步。

相见欢·同学卌[①]载聚会恰值母校进[②]年庆典

平生几次相逢？恁[③]匆匆。尽自忙于勋业每亲躬。

知心话，不眠夜，意方浓。畅叙桑榆瑰景醉千盅。

① 卌xì：四十。

② 进：七十。

③ 恁nèn：这样，那样。南宋·辛弃疾《沁园春》："君非我，任功名意气莫恁徘徊。"

渔歌子·纵情

元首楼台[①]任歗歌[②]，水云轩榭[③]恣嗟哦。情感炽，话题多，童心不辍酒无酡[④]。

少年游·尖峰岭阳光太极游

世间幽境不虚传，四海共奇观[⑤]。群峦竞秀，众生和美，热带雨林园。

太极玄友[⑥]尖峰聚，溪谷乐声阗。意气昂扬，形神酣畅，矫健若游仙。

---

① 元首楼台：镜泊湖下榻处元首楼。

② 歗 xiào 歌：吟咏歌唱。

③ 水云轩榭：旅游就餐处水云酒楼。

④ 酡 tuó：醉酒。

⑤ 谓尖峰岭国家森林公园林（竹）海、云海、雾海与大海四海齐观，一览无余。

⑥ 玄友：道友。清·蒲松龄《聊斋志异·灵官》：“朝天观道士某，喜吐纳之术。有翁假寓观中，适同所好，遂为玄友。”

风入松·太极拳

太极出易据阴阳，河洛孕羲皇[①]。形神意气浑一体，经纬贯、宇宙八方。世界文明承续，中华传统弘扬。

陈吴孙武李和杨[②]，各美不相妨。捋掤挤按八功法[③]，尽皆寓、动静驰张。营卫[④]心脾谐适，饮飧起卧安常。

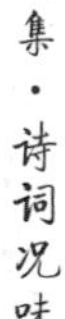

① 羲皇：伏羲，风姓，又名宓羲，古代传说中中华民族的太古正神、人文始祖、三皇之天皇，创造太极八卦、文字、渔猎、婚姻等。通常言古史者，必言“三皇五帝”。“三皇”流传最广的是：伏羲（天皇）、神农（地皇）、少典（人皇）。至于“五帝”，一般认为是黄帝、颛顼、帝喾、尧、舜。

② 指太极拳自明末清初由创始人陈王廷外传后形成的各流派。

③ 八功法：指太极拳的基本动作：“掤 [bīng]、捋 [lǚ]、挤、按、采、挒 [liè]、肘、靠（进、退、顾、盼、定）”等。

④ 营卫：中医学名词。营指由饮食中吸收的营养物质，有生化血液、营养周身的作用。卫指人体抗御病邪侵入的机能。

春光好·戊戌冬至

三光曜，六合宁，一阳生。槿绽葛然莺舞[①]，纵多情。

海角棹歌频数，天涯语调繁芿[②]。迁鸟羁人心慊适，享安平。

① 槿，指朱槿；葛，指小叶九重葛即三角梅（或称光叶子花）；莺，指流莺，即莺。流，谓其鸣声婉转。宋·晏殊《酒泉子》词："春色初来，偏拆红芳千万树，流莺粉蝶斗翻飞。"

② 繁芿 réng：繁复杂乱。清·钱谦益《〈憨山大师梦游全集〉序》："大师著述，援笔立就，文不加点，字句不免繁芿，段落间有失次。"

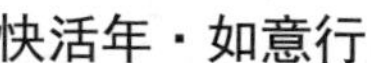

快活年·如意行

今年元日在斯城，越洋如意行，家人翕聚梦终能。喜闻双宝[①]频添笑，乐见儿女福音并，一幅新瑞景。

喜春来·第二青春

平平淡淡为佳境，简简单单见性情，欢欢乐乐匹神明。珍自省，如是享余生。

折桂令·山居

凤凰山[②]、挺秀天涯。候鸟原乡[③]，耆老新家。榕树垂荫，椰风

---

① 双宝：指女孙聿宝儿和宠犬热宝儿。

② 凤凰山：即凤凰岭。据三亚古籍《崖州志》记载：凤凰岭海拔 393 米，是三亚市区的最高峰，方圆 40 里内无与其匹，是唯一可以全览三亚四大海湾（三亚湾、大东海、榆林湾、亚龙湾）及 360° 鸟瞰三亚整座城市全貌的最佳去处。

③ 原乡：祖先居住过的地方。

送爽，槟水[1]浮槎。盟雪鹭、抒情任洒。友经棕[2]、写意堪夸。翠岭丹霞。夜卧闲云，昼啜香茶。

---

① 槟水：指槟榔河。三亚市槟榔河片区，槟榔河从中穿过。槟榔河两岸分布有 15 个纯黎族自然聚落，槟榔是该地的主要象征，也是主要的经济来源。

② 经棕：即古代用于写经的贝叶棕，古称多啰树。

卷九

2019

五律·2019元旦自酬

初阳新岁启，林杪鹊鸲鸣。
曳杖慱趋履，凭栏悦籁声。
韵文吟卷[①]纂，字体草书成。
属意寻诗味，根心[②]写性情。

七绝·新年志庆

赏心乐事满胸襟，志庆新年始到临。
改革复兴奇迹著，国强民泰世人钦。

七绝·戊戌小寒

有时无气反升温，数日阴寒泯迹痕。
妥慎天涯亏雨季，燠阳骤减北风跟。

---

① 吟卷：诗册，诗稿。元·宋无《寄王子长》："吟卷看花掩，行床并竹铺。"

② 根心：出自本心。清·严有禧《漱华随笔·袁了凡》："故人之行善，利人者公，公则为真；利己者私，私则为假。又根心者真，袭迹者假。"

七绝·夜雨

夜雨潇潇扰梦乡，寒雰料峭予先尝。
披衣起躄[①]寥然坐，注墨敷宣弄笔忙。

七绝·戊戌大寒

大寒腊月正当中，农谚春将冷肆凶。
未雨绸缪今日始，天灾力胜稻粮丰。

七律·66岁寿

杖翁六六喜盈怀，黄发朱颜笑满腮。
致仕五年童趣启，归田三载稼情开。
天伦叙乐添孙辈，雅兴衔欢[②]涨韵才。
此岁犹珍妻弟伴，荆人祝语雪般皑。

---

① 起躄bì：抬起跛脚行走。汉·枚乘《七发》："当是之时，虽有淹病滞疾，犹将伸伛起躄，发瞽披聋而观望之矣。"

② 衔欢：心怀欢乐。唐·岑羲《夜宴安乐公主新宅》："衔欢不觉银河曙，尽醉那知玉漏稀。"

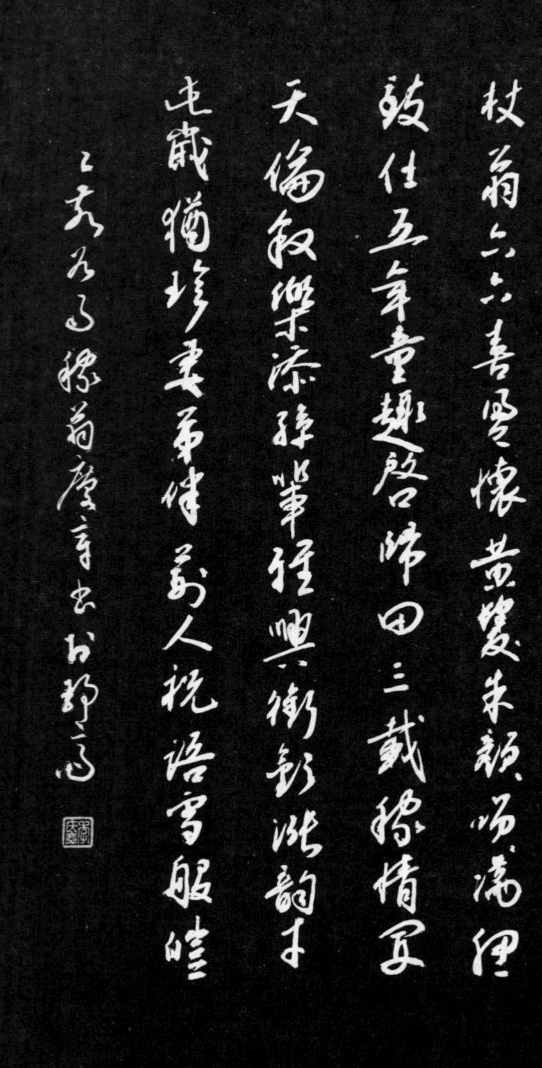

七绝·己亥元日

梅燃槿放报春令，鹭唱鸲歌恋鹿城。
未晚桑榆曦照绮，杖藜耆叟葛民情。

七绝·稚孙视频

手机常伴用心虔，温故知新每度鲜。
乐在其中人自逸，女孙犹若在身边。

七绝·亥岁说猪

六畜之首几千年，华夏文明谱巨篇。
豕具家成[①]缘会意，玦龙玉兽[②]惑弥天。

---

① “家”字为会意文字。甲骨文字形，上面是“宀 [mián]”，表示与室家有关，下面是“豕 [shǐ]”，即猪。古代生产力低下，人们多在屋子里养猪，所以房子里有猪就成了人家的标志。

② 玦 jué 龙玉兽：指玉猪龙，又名玉兽玦。

七绝 · 己亥上元

潇潇夜雨沁凉生，宿鸟邀欢向早鸣。

整饬心神筹晚聚，汤圆擅美月澄莹[①]。

七绝 · 中国人民解放军总医院海南医院就医

是日驰行赴海棠[②]，微风送爽沐晨光。

三年未减膏粱[③]苦，拟就军医易味尝。

七绝 · 耐心乎？爱心乎？

医家首要是仁心，敬畏羸身[④]理便寻。

---

① 澄莹：清亮，清澈透明。喻雨后月亮更加皎洁。清 · 黄景仁《偕吴竹亭访珍珠泉》：“一泓在山麓，澄莹沁幽思。”

② 海棠：三亚市海棠区，中国人民解放军总医院海南医院所在地。

③ 膏粱：肥美的食物。春秋 · 鲁 · 左丘明《国语 · 晋语七》：“夫膏粱之性难正也。”韦昭注：“膏，肉之肥者；粱，食之精者。”

④ 羸 léi 身：瘦弱的身体。此处指病人。北宋 · 王安石《寄育王山长老常坦》：“羸身归来不受报，祇取斗酒相献酬。”

诊断当从亲述始，主观先入阸陈[①]深。

七绝・与病共处

膏粱骇忌已三年，不晓何因恁久缠。
与病和居霾晦少，平心静俟艳阳天。

七律・再拜儋州东坡书院，还步子瞻公《六月二十日渡海》韵

东方[②]别后念无更，一路儋州[③]喜放晴。
北塞杖翁心愿久，东坡书院目标清。
岂疏往日陈衷曲，犹重今时表祝声。
十四流年诚志遂，气愉神怿[④]瞬间生。

---

① 阸陈：遭受困厄。清・钱谦益《送何士龙南归兼简卢紫房一百十韵》："阸陈良亦乐，在莒安可忘。"

② 东方：海南省东方市。

③ 儋州：海南省儋州市，为东坡书院所在地。

④ 气愉神怿 yì：形容欢欣愉快。

七绝·己亥春分

儿传喜讯若春风，乐煞阿娘并乃翁。
迎迓次孙嘉月至，举觞遥庆两洲同。

五律·己亥清明

己亥清明日，晨兴[1]杖履翁。
神宁春满面，心动喜盈瞳。
犬吠农家院，鸡鸣灌木丛。
新雏承故爱，老树绽初红。

七绝·身影

身影难齐莫傥慌[2]，午前嫌短后超长。
青春励志还需早，艾老[3]平心岂必狂。

① 晨兴[xīng]：早起
② 傥[tǎng]慌：失意貌。亦作“傥怳”或“傥恍”。
③ 艾老：对50岁以上人的称谓。

七绝·趴趴抱

爱孙趴抱[①]母怀中，两目无睁带笑容。
闹世喧嚣如是已，心安个处[②]睡思浓。

七绝·是娃娃，为何斯者不能玩儿？

聿儿惊诧笑颜开，今有真娃搂在怀。
意欲随身玩耍便，谁知父母否声喈[③]。

七绝·鹿城归来

暮春望日[④]返榆城，景象殊差苦嬗更。
口鼻干燋皲裂见，时温陡降雾霾生。

---

① 趴抱：即“趴趴抱”。在美国，新生儿第一时间要拥在母怀中，以感受母亲的体温、气味，为开口哺乳做准备。北京时间 2019 年 4 月 18 日凌晨 01:22 时（美国中部时间 4 月 17 日下午 12:22 时）次孙降生，爱称“戎儿”。

② 个处：这地方。宋·贺铸《鹤冲天》词：“个处频回首，锦坊西去，期约武陵溪口。”

③ 喈 jiē：疾速的样子。

④ 望日：指月亮圆的那一天，通常指农历每月之十五日。

七绝·戎儿初生睡

酣然一睡到如今，不屑凡间聒迩临。
氧醉安能听任愿，初生勿怪本由寻。

七绝·“五一”节期间赴京

北京今去事繁多，国际牛人演续歌。
不耐膏粱随后诊，咨求保膝上医[①]峨。

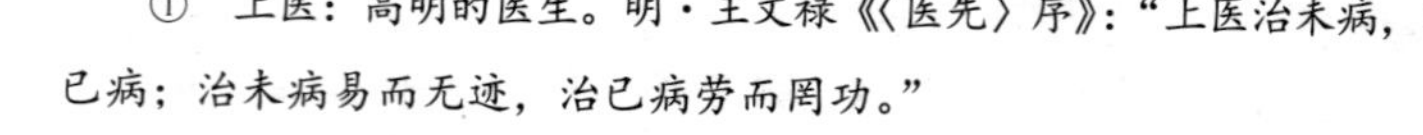

① 上医：高明的医生。明·王文禄《〈医先〉序》：“上医治未病，不治已病；治未病易而无迹，治已病劳而罔功。”

七绝 · 饯春迎夏

心情顺好北京闲，静俟嘉时膝病看。
满地落英春去也，笋香撑腿夏开端。

七律 · 双膝关节单髁置换术

妥疗伤膝俟元机，再世华佗救苦黎。
一瞬蹎仆[①]多载恨，十年等待每朝期。
大夫闳粹关远效，小处精心豫短疷[②]。
幸喜归耕嘉运至，单髁置换稼翁宜。

---

① 蹎仆 diān pú：跌倒，倒。东汉 · 班固《汉书 · 贡禹传》："诚恐一旦蹎仆气竭，不复自还。"

② 疷 qí：病。《诗 · 小雅 · 无将大车》："之子之远，俾我疷兮。"毛传："疷，病也。"

七绝·病之声五首

七绝·病之吟

此顾京师好运程，廿年残腿获新生。
皤翁释负山荆乐，出入相随远近行。

七绝·病之福

岂得平时若此安，遐离噪扰六神宽。
清风飒至憨憨睡，妙手春回美美餐。

七绝·病之趣

躯犹器具用需珍，年久当修旧换新。
生命曩时机械说[1]，今天笃信确应循。

① 机械论为近代形而上学唯物主义，又称机械唯物主义。机械论把世界万物的运动都理解或归结为机械运动。把人的心脏比作钟表上的发条，把神经和关节比作其中的油丝和齿轮，甚至宣称“人是机器”。

七绝·病之亲

平居[①]执手似同生，病榻之前谊更闳。
竭尽余年全力报，难酬明弟一家情。

七绝·病之喟

仁心感化德之劭，妙手回春术所峣。
求是辨因心气敛，上医医国[②]古来骄。

---

① 平居：平日，平素。唐·杜甫《赠特进汝阳王二十韵》："晚节嬉游简，平居孝义称。"

② 上医医国：指治病之法与治国之术有相通之处。唐·孙思邈《备急千金要方·诊候》："古之善为医者，上医医国，中医医人，下医医病。"自古以来，钻研医道，济世救人，成为"上医"，充分体现出我国古代医家人格价值的理想追求。

七律·戎儿满月，步“聿儿满月”韵

戎女娉姿赞许多，甫生含笑众亲歌。
儿临福地人称羡，母赋衷情自淬磨。
月影婆娑新凤曲，花香馥郁玉婴箩。
弥望永路程如锦，矜爱孙囡赏稚荷。

附：聿儿满月

聿越溟濛巧笑多，虽无话语但凭歌。
儿从坠地承钟爱，母自怀胎历砥磨。
月内欢情充满第，日间嘉趣汇成箩。
弥足宝贵人初始，便似香清润小荷。

更漏子·新年鹿城即事

北风嘶，窗罅啸，更漏寅时初报。惊夜冷，惧晨寒，加衣莫等闲。

凝神志，聚营卫，援笔迓迎新岁。静踞虎，动游龙，颖端曜曙红。

生查子·戊戌除夕又立春

去年除夕时，廿载欣重聚。异国享天伦，同室添佳趣。

今年除夕时，翁媪身山寓。明弟共鞭春，亲谊开令序[①]。

---

① 令序：犹佳节。宋·宋祁《和晏相公九日郡筵》："令序凝秋禴，欢游驻使轩。"

少年游五首

少年游·大广坝水库[1]

卧龙远眺近长堤，土筑亚洲奇。蓄能发电，泽农灌溉，水利万千机。

烟波浩渺夕阳外，无处不风姿。山色湖光，鸥歌鱼跃，仙境有谁疑？

少年游·汉马伏波井

马公[2]勋业迄今传，浴血战经年。叛军平定，岭南清肃，壮美若红棉。

驻屯十所[3]忧无水，掘井获甘泉。将士同俦，官民互济，饮誉伏波源。

---

① 大广坝水库：位于海南省东方市西部，为海南省第二大水库，水库湖面100平方公里。水库坝长近6公里，高程144米，是亚洲第一大土坝。大广坝水电站气势磅礴，装机容量24万千瓦。

② 马公：指东汉光武帝时期最著名的伏波将军马援，在率军平定交阯郡雒将之女徵则、徵贰聚众造反中战功卓著。

③ 十所：即十所村，是海南省东方市八所镇辖下的一个自然村，“马伏波井”就座落在该村旁。

少年游·洋浦千年古盐田[①]

时光荏苒越千年，正德[②]古盐田。春风秋雨，浩涛狂浪，无损旧容颜。

砚池万盏如棋布，浓墨写华篇。历史洪流，人民巨手，同力易坤乾。

少年游·雷琼海口火山群世界地质公园[③]

雷琼海口火山群，地质自然村。类型齐备，景观丰富，揽胜入黉门[④]。

乾生坤造灵奇见，鱼贯赏游人。鬼斧神工，殊姿异态，亘古

---

① 洋浦千年古盐田：位于海南省洋浦半岛西南处，距今已有1200多年历史，盐田总面积750亩，有7300多个形态各异的砚式盐槽，年产盐量500吨。

② 正德：指谭正德，为洋浦盐田的创始人。基于洋浦盐田开创了高产量的“日晒制盐”先河，清乾隆皇帝曾御书“正德”赐给这些盐田人。因为皇帝御书“正德”，盐田在1949年中华人民共和国成立前，一直保留着正德村这一名字。

③ 雷琼海口火山群世界地质公园：位于海口市石山镇，属4A级景区，为世界地质公园和国家地质公园。海口石山火山群为地堑——裂谷型基性火山活动地质遗迹，也是中国为数不多的全新世（距今1万年）火山喷发活动的休眠火山群之一，具有极高的科考、科研、科普和观赏价值。公园内生长有1200多种植物，占海口植物品种的85%，被称为“海口之肺”。

④ 黉 hóng 门：古代称学校的门，借指学校。

尚遗痕。

少年游·宋氏祖居[①]

读耕传世古今尊，学问比鉏耘[②]。修身立命，丰衣足食，天下赖生民。

英才每自源平易，切莫鄙家门。祖训无忘，乡音不改，遗脉永持循。

春光好·己亥赴京

暮春已，鸟迁曾，嫩寒仍。致仕皤翁复京城，一身轻。

四世同堂[③]燕语，五洲齐会[④]莺鸣。牛奶安全营养重，贵谐声。

① 宋氏祖居：位于海南省文昌市昌洒镇古路园村。孙中山先生的夫人、中华人民共和国名誉主席宋庆龄的高祖、曾祖、祖父三代都曾居于此地，宋庆龄的父亲宋耀如于 1861 年在祖居里诞生。为纪念宋庆龄及其家庭在历史上的贡献和影响，文昌市人民政府于 1985 年修复宋氏祖居。

② 鉏 chú 耘：犹耕种。宋·苏辙《泉城田舍》："家世本来耕且养，诸孙不用耻鉏耘。"

③ 指在京弟子南雪梅博士做东，于极富中华文化传统的老字号"四世同堂"（魏公村店）宴请来京参会的同门老师和同学。

④ 指第六届"奶牛营养与牛奶质量"国际研讨会。

采桑子·住院

十年等待终完愿，更上层楼。初魄[①]如钩，照彻皤翁心里头。单髁置换[②]因人宜，曩日难求。倍感风流，善美全凭上医谋。

词编（依《钦定词谱》）

遐方怨二首

遐方怨·老迈

人渐老，病徐来。且自宽心，世间谁个不理该。但求遗痛[③]少些挨。自然规律也，任凭裁。

---

① 初魄：农历每月初三、初四的月亮。唐·张仲素《玉钩赋》："莹迢遰之初魄，出西南之一方。"

② 单髁置换：即膝关节单髁置换术，是应用微创手术（minimally invasive surgery，MIS），使病人减少疼痛，早期活动，减少住院时间，迅速康复，很早就可恢复功能的膝关节置换术式。

③ 遗痛：犹余痛，即大痛之后未全部消失的痛楚。元·袁桷《至治丞相挽诗次韵李仲囦学士重玄开葆命》："阴氛动天地，遗痛感樵苏。"

遐方怨·双膝关节拟手术联想

双膝痛，廿年长。苦境谁知晓，山荆最感伤。百般事务一身当。遽遥[1]前路雾弥茫。

精打算，细衡量。不可匆匆始，焉能草草央。贵金轻命切提防，但求元化[2]坐医堂。

后庭花破子二首

后庭花破子·喜迎次孙降生

嘉讯越重洋，欢情溢满庞。次孙今临莅，轩檐曜美光。举瑶觞。纵歌一曲，皤翁喜若狂。

---

① 遽 jù 遥：遥远貌。唐·骆宾王《饯李八骑曹序》："然乃想山川之遽遥，送归将远；惜岁华之不待，行乐无时。"

② 元化：华佗（145—208 年），字元化，一名旉，沛国谯县人，东汉末年著名医学家。华佗被后人称为"外科圣手""外科鼻祖"。后人多用神医华佗称呼他，又以"华佗再世""元化重生"称誉有杰出医术的医师。

后庭花破子·《静斋教育文集·地方多科性大学建设》纂成

拳拳赤子心，诚诚杖者音。任凭风云漫，甘尝苦虑深。万山寻，十年一日，九茎[①]见、完胜金。

---

① 九茎：典故名。典出西汉·司马迁《史记·孝武本纪》："甘泉防生芝九茎。"东汉·班固《汉书·宣帝纪》："金芝九茎，产于函德殿铜池中。"后因以"九茎"指芝草，亦称"九芝"等。

曲

沉醉东风·万绿园[①]

悦梅槿澄鲜海口，喜椰棕滴翠滩头。怡情岂用茶，醉趣何需酒。筑一园福祉千秋。都市风光自此优，尽意享丹青妙手。

① 万绿园：位于海南省海口市龙华区东部、滨海大道的中段，总面积1070亩。万绿园将蓝天、绿水、原野、现代化高楼融为一体，以海南热带观赏植物为主，还种植有国内外热带、亚热带多种观赏植物，充分体现热带风光和海滨特色，为国际性旅游景点。

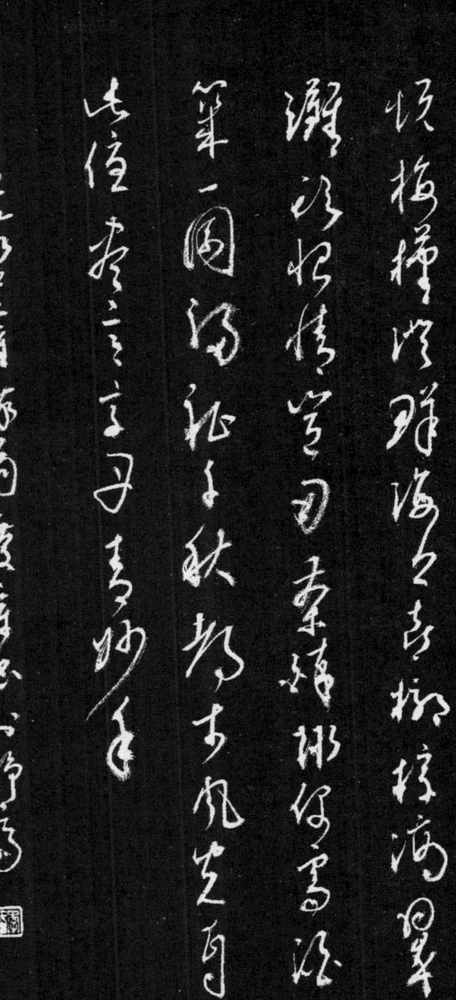

水仙子·油菜花海洋度假公寓

神州半岛住芸薹[①]，阖悦全程潜性怀，朦胧雾夜君临海。飧居费左猜，温馨如至家宅。时新派，简妙[②]牌。此去还来。

① 芸薹yún tái：别名油菜，其花称芸薹花（油菜花）。此处指油菜花海洋度假公寓（君临海店）。

② 简妙：简约而巧妙。宋·唐子西《语录》：“如《桃源记》言：‘尚不知有汉，无论魏晋。’可见造语之简妙。”

曲编（依《钦定曲谱》）

刮地风·《静斋诗词曲集·诗词况味乃真常》完稿

终把千钧重担抛，一任逍遥。诗词曲卷细琢雕，数载神劳。春风秋雨，怒嗔欢笑。况味真常，写吾原貌。宽心便是好，知足不可少，方算作末路英豪。

贺圣朝·幸避双膝全关节置换术

行路难，廿余年谈笑间，每处风光云外山。受之双亲莫毁残，发肤贵、而两膝关，纵然是钛合金、也心不安。

静斋诗词曲集

诗词况味乃真常

李庆章 著

九州出版社
JIUZHOUPRESS

图书在版编目（CIP）数据

静斋诗词曲集 ：诗词况味乃真常 / 李庆章著 .
-- 北京 ：九州出版社，2019.11
ISBN 978-7-5108-8512-9

Ⅰ . ①静… Ⅱ . ①李… Ⅲ . ①诗词—作品集—中国—当代②散曲—作品集—中国—当代 Ⅳ . ① I217.2

中国版本图书馆 CIP 数据核字（2019）第 274047 号

静斋诗词曲集 ：诗词况味乃真常

作　　者　李庆章 著
出版发行　九州出版社
地　　址　北京市西城区阜外大街甲 35 号（100037）
发行电话　（010）68992190/3/5/6
网　　址　www.jiuzhoupress.com
电子信箱　jiuzhou@jiuzhoupress.com
印　　刷　武汉市卓源印务有限公司
开　　本　880 毫米 × 1230 毫米　32 开
印　　张　24
字　　数　510 千字
版　　次　2020 年 5 月第 1 版
印　　次　2020 年 5 月第 1 次印刷
书　　号　ISBN 978-7-5108-8512-9
定　　价　88.00 元
